김성곤의
중국한시기행

장강·황하 편

김성곤의 중국한시기행: 장강·황하 편

1판 1쇄 발행 2021. 3. 9.
1판 3쇄 발행 2023. 7. 20.

지은이 김성곤

발행인 고세규
편집 이예림 디자인 조명이 마케팅 신일희 홍보 박은경
발행처 김영사
등록 1979년 5월 17일(제406-2003-036호)
주소 경기도 파주시 문발로 197(문발동) 우편번호 10881
전화 마케팅부 031)955-3100, 편집부 031)955-3200 | 팩스 031)955-3111

값은 뒤표지에 있습니다.
ISBN 978-89-349-9083-3 04800
    978-89-349-5536-8 (세트)

홈페이지 www.gimmyoung.com   블로그 blog.naver.com/gybook
인스타그램 instagram.com/gimmyoung   이메일 bestbook@gimmyoung.com

좋은 독자가 좋은 책을 만듭니다.
김영사는 독자 여러분의 의견에 항상 귀 기울이고 있습니다.

김성곤의
중국한시기행

장강·황하 편

일러두기

1. 지명과 인명은 한자를 우리말로 읽어주는 것을 원칙으로 했으며, 소제목에 딸린 주요 지명은 한자와 현지 중국식 발음을 병기했다. 중국 소수민족의 고유명사는 해당 언어의 발음에 가깝게 표기했다.
2. 한시, 고유명사 뒤에 병기한 한자는 되도록 한국식 한자를 사용했다.

머리말

2011년 8월 중순, 폭염이 기승을 부리던 여름날, 한 방송국 피디의 방문을 받았다. 당시 청주에 살고 있던 나는 고속버스터미널에서 그를 만나 점심으로 이열치열 매운 낙지비빔밥을 먹고 단골 찻집에 가서 이야기를 나누었다. 허 아무개라며 명함을 건네는 피디는 코가 우뚝하고 얼굴이 까무잡잡하여 이국적인 느낌이었는데, 고향도 가깝고 나이도 비슷하여 대화가 스스럼없이 즐거웠다. 그는 중국 여행 프로그램 제작에 나를 전문가로 부른 것인데, 중국 관련 전문가들이 숱하게 많을 텐데 굳이 나를 택한 것은 인터넷에 떠도는 내 영상을 본 까닭이라고 했다. 이전에 학생들을 인솔해서 중국 남방으로 문학기행을 다녀왔을 때의 영상인 듯했는데, 그 영상에서 내가 중국 한시를 노래하는 모습이 인상적이어서 한시를 여행에 접목해보자는 기본적인 구상이 생겼다고 했다.

한시를 노래하듯 읊는 방식을 '음송吟誦'이라고 하는데, 음송은 한자가 갖고 있는 원래의 성조를 조금 더 과장하여 늘이거나 꾸밈을 주어서 노래와 가깝게 만든 것이다. 본래 예부터 중국에서 시문을 익히고 감상하는 방식으로 활용되었던 것인데, 근현대에 들어서 서구식 낭송에 밀려 잊혔다가 최근에 다시 수집되고 복원되어서 교육 현장에서 널리 활용되고 있다. 2009년, 중국 북경에서 개최된 국제음송학회에서 음송을 처음 접한 뒤로 나는 중국 한시를 가르치는 교육 현장에서 이 음송 방식으로 수업을 진행하며 한창 재미를 들이고 있던 터였다. 여행 중에 간간이 이 음송으로 한시를 들려주면 시청자들도 재미있어 할 것이라는 피디의 말에 흔쾌히 중국 항주로 훌쩍 떠났다. 그해 추석을 일주일 정도 앞둔 때였다. 이후 3주 동안 절강성의 항주와 소흥, 안휘성의 황산과 마안산, 강소성의 남경과 소주 등지를 돌며 촬영했다. 항주 서호에서는 배를 타며 소동파의 시를 읊었고, 소흥 노신고리에서는 함형주점의 소흥주 잔술에 취하기도 했다. 황산의 달빛 아래 대금을 불기도 하고, 마안산의 이백 무덤에 술과 시를 바치기도 했다.

방송이 나가고 제법 괜찮은 시청자 반응을 확인한 뒤로 피디와 나는 의기양양 신명이 올라 술잔을 거듭 부딪치며 의기투합하고, 중국 천하를 두루 답파할 때까지 여행을 멈추지 말자고 약속했다. 그렇게 시작된 중국 기행은 2011년부터 2019년 가을까지 9년 동안 계속되어 총 40여 편의 중국 여행 영상이 제작되기에 이르렀으니, 방송 쪽에서도 유례가 드문 일이거니와 나 개인에게도 작지 않은 성과라 자부할 만하다.

중국 기행 시리즈가 이어지자 몇몇 출판사로부터 여행기 집필 제의를 받기도 했으나 이런저런 이유로 열매를 맺지 못하다가 10회가 마무리되면서 전작《리더의 옥편》을 출간한 김영사로부터 출간 제안을 받았다. 총 10회의 여행 중에서 장강과 황하를 따라가며 촬영했던 여행을 1편으로 정리하고, 나머지 부분은 2편으로 모아서 출간하자는 제안이었다. 이 제안에 따라 집필을 시작하여《김성곤의 중국한시기행: 장강·황하 편》을 마무리했다. 이는 장강을 따라 여행하며 촬영한 2014년의 영상물과 황하를 따라 여행하며 촬영했던 2016년, 2018년, 2019년의 영상물을 기초로 쓴 것이다.

　우리 여행팀은 장강과 황하를 기축으로 삼아 강의 남북으로 오르내리며 수려한 명승과 유서 깊은 고적을 두루 답파했다. 장강 여행은 사천성 북쪽에서 내려오는 민강岷江이 운남성을 흘러온 금사강金沙江과 만나 장강이라는 이름을 최초로 부여받은 사천성 의빈宜賓에서 시작하여 중경, 호북성, 호남성, 강서성, 안휘성, 강소성, 상해의 숭명도를 거쳐 바다로 들어가는 장강구長江口에 이르는 긴 구간의 여정이었다. 황하는 발원지가 속한 청해성에서 출발해서 감숙성, 영하회족자치구, 내몽고자치구, 섬서성과 산서성의 진섬대협곡, 하남성, 산동성을 거쳐 발해로 흘러드는 황하구까지 여행했다. 이 책에서는 기본적으로 방송된 기행 시리즈의 동선을 따라가면서 명승고적이나 문화풍습을 해설했으며, 한시를 인용할 경우에는 자세한 설명을 추가했다. 한시는 대체적으로 우리나라에 많이 알려진 이백, 두보, 도연명, 소동파의 작품을 위주로 골랐으며, 난해한 학술적 담론은 지양하여 가독성을 높였다. 여행길에서 흥에 겨워 지은 자작시들도 함께 덧붙였다.

중국 기행 시리즈가 방송되면서 적지 않은 사람들이 중국 한시에 대한 관심을 알려와 공부 모임을 만들고 문학 답사하는 기회도 가지면서 한시의 세계가 빚어내는 고전적인 기쁨을 함께 나누고 있다. 이 책이 이러한 고답적인 한시 취향의 독자들을 즐거운 독서의 시간으로 이끌 수 있기를 바란다. 일반적으로 어렵고 고루하다고 여겨지는 한시를 여행에 접목하는 데는 적지 않은 용기가 필요했을 것인데, 이 일에 주저하지 않고 앞장서준 아요디아 제작팀에게 감사의 마음을 전한다. 이들로 인해 일반 대중에게 한시를 전할 좋은 기회를 얻게 되었으니, 한시의 현대적 수용에 대한 가능성을 조심스럽게나마 기대할 수 있게 되었다. 긴 세월 한결같은 열정으로 중국 기행 시리즈 제작팀을 이끈 허백규 피디에게 특별히 고마움을 전한다. 그는 길고 험한 여행길에서 좋은 동료를 넘어 훌륭한 벗이 되었으니 여행이 나에게 베푼 가장 값진 선물이다. 방송계를 퇴직한 후에 고향 마을로 돌아가 동네 슈퍼를 운영하면서 틈틈이 《삼국사기》를 읽겠다는 그의 원대한(?) 꿈을 이룰 때까지 그가 만든 좋은 영상물을 많이 볼 수 있었으면 좋겠다. 이 책을 쓸 수 있도록 기획하고 독려하고 세심하게 다듬어준 김영사 관계자 여러 분께도 감사드린다. 아무쪼록 여러 사람이 힘을 모아 만든 이 책이 색다른 중국 여행을 꿈꾸는 독자들과 한시의 멋을 즐기는 애호가들에게 유익한 벗이 되기를 바란다.

2021년 3월
새봄을 꿈꾸는 수락산 자락에서
김성곤

차례

CONTENTS

2부 황하

CONTENTS

CONTENTS

1부

장강

오직 강 위에 불어가는 맑은 바람과

산 사이에 또는 밝은 달은

귀로 들으면 아름다운 음악이 되고

눈으로 보면 아름다운 그림이 된다네

惟江上之淸風 與山間之明月,

耳得之而爲聲, 目寓之而成色。

_소동파, 〈적벽부〉 중

어디선가 맑은 바람이 불어오고 망망한 바다 같은 수면이 펼쳐지며 달을 부르는 노랫소리가 흥겹게 들려온다. 그 옛날 시인들이 아름다운 자연에 기대어 자신의 시를 완성했듯이 이제 늙고 수척해진 자연이 시인들의 시를 빌려서 자신의 옛 영화를 전한다. 이곳 적벽에 불어갔던 바람, 넘쳤던 달빛, 그리고 그 청풍과 명월 사이에서 유유자적 행복했던 사내를 품었던 적벽의 영화로운 시절을 전해준다.

사천성

1장

약 6,300킬로미터의 길이로 중국에서 가장 긴 강인 장강은 청장고원의 탕구라산에서 발원하여 티베트, 운남, 사천, 중경, 호북, 호남, 강서, 안휘, 강소, 상해를 거쳐 동중국해로 흘러간다. 바로 이 장강을 따라 여행을 하기로 했다. 청해성 장강의 발원지까지 가는 것은 쉽지 않은 일이어서 사천성의 민강岷江과 운남성의 금사강金沙江이 만나는 의빈宜賓에서 여행을 시작하기로 했다. 사천성 북쪽에서부터 남쪽으로 흘러온 민강의 탁한 물과 청해성과 운남성을 굽이굽이 돌아 흘러온 금사강의 맑은 물이 서로 만나 비로소 장강이라는 이름을 얻고, 동쪽으로 수천 리 길을 흘러가는 것이다.

본격적인 장강 여행에 앞서 한시기행 내내 자주 이름이 오르내리는 중국의 대시인 '이백李白', '두보杜甫', '소동파蘇東坡' 세 분의 연고지를 방문했다. 이백의 고향 강유江油, 소동파의 고향 미산眉山, 그리고 두보가 약 5년 가까이 머물러 살았던 성도成都 초당草堂, 이들 모두 사천성 경내에 있으니 사천성에서 출발하는 장강 여행에 앞서 이곳들을 한번 둘러보는 것도 의미 있는 일이지 않겠는가?

1. 끝내 돌아가지 못한 시선의 고향
－ 강유(江油, 찌앙여우) 청련진(靑蓮鎭, 칭롄쩐)

사천성 성도에서 북동쪽으로 150킬로미터 떨어진 강유시 청련진에 이백의 고향 집 농서원隴西院이 있다. 당나라 서쪽 변방 지역의 쇄엽성碎葉城(지금은 중앙아시아 키르기스스탄에 속해 있다)에서 태어난 이백은 5세 되던 해에 아버지 이객李客을 따라서 이곳으로 옮겨 왔다. 이객은 감숙성 농서 사람이어서 자신의 거처를 '농서원'이라 이름을 붙였고, 이백은 25세가 될 때까지 이 집에서 생활했다. 농서원은 25세에 고향을 떠나 천지를 주유하던 이백이 61세로 세상을 떠날 때까지 그토록 그리워했으면서도 한 번도 돌아오지 못한 집이다. 소년 이백의 동상이 굽어보고 있는 농서원의 뜰에 서서 그 유명한 〈정야사靜夜思〉를 읊조리자니, 아득한 시절의 시인의 마음이 더욱 절실해져 나그네 마음도 절로 서늘해진다.

침상 머리 밝은 달빛
땅에 서리 내렸나 했네
고개 들어 밝은 달을 바라보고
고개 숙여 고향을 생각하네
牀前明月光, 疑是地上霜。

舉頭望明月，低頭思故鄕。

　간결하면서도 자연스러운 언어로 고향에 대한 그리움을 절절하게 표현한 이 짧은 시는 지금까지도 중국인들이 가장 즐겨 읊는 시다. 이 시가 나온 뒤로 천 년이 넘는 긴 세월 동안 타지를 떠도는 헤아릴 수 없이 많은 사람이 고향과 가족이 그리운 달밤이면 마치 주문처럼 이 시를 읊었고, 시를 타고 흐르는 맑은 눈물로 마음에 위로를 받았다. 이 시에서 절절하게 느껴지는 사향지심思鄕之心은 그럴 만한 이유가 있다.

　이 시의 창작 배경은 이렇다. 25세 이백은 아버지의 큰 후원으로 만관萬貫의 거금(지금으로 보면 약 2억 원 정도)을 허리에 두르고 중원 지역으로 벼슬길을 찾아 나섰다. 하지만 아무런 성과도 없이 그 큰돈을 2년 만에 탕진하고 말았다. 돈이 떨어지자 벗들도 떠나갔고 이내 병이 찾아와 그는 양주의 허름한 여관에서 병든 몸을 뒤척이는 처량한 신세가 되었다. 어느 날 밤, 떨어지지 않는 신열로 가물가물 겨우 잠든 이백은 자신의 뜨거운 이마를 어루만지는 서늘하고 부드러운, 너무나 익숙한 손길을 느끼고는 잠에서 깨어났다. 눈을 떠보니 아무도 없고 그저 밝은 달빛이 온 방을 가득 비추고 있을 뿐이었다. 이백은 고향에 계신 어머니가 달빛을 타고 찾아온 것임을 직감한다. "아들아, 너는 내가 꿈에 태백성을 보고 낳은 별의 자식이 아니더냐. 어찌 이렇게 절망하여 누워 있느냐. 어서 일어나 너의 꿈을 향해 다시 걸어 나가거라!" 달빛에 이끌려 여관방을 나서 마당으로 나갔더니 달빛은 온 천지에 서리가 내린 듯 하얗게 부서지고 있었다. 고갤 들어 하염없이 달을 바라보던 이백의 고개가 떨구어지고 어머니에 대한 사무치는 그리움으로 한동안 흐느끼던 이백의 입술로 천고의 시구가 흘러나오고 있었다. "쥐터우왕밍위에~ 띠터우쓰구우샤앙擧頭望明月, 低頭思故鄕."

　이백은 그토록 고향을 그리워하면서도 왜 끝내 한 번도 돌아가지 않았을까? 큰돈을 쥐여 주며 기대했을 부모님을 뵐 면목이 없어서였을까? 이것도 한 원인이었겠지만 더욱 결정적인 이유가 있다. 우리는 그 이유를 이백의 고향 집 뒤편에 자리한 한 무덤의 주인에게서 들을 수 있다. 바로 이백의 여동생 이월원李月圓이다. 이백에게 여동생이 있었던가? 이백의 전기에는 없지만 고향 청련진이 속한 창명현彰明縣의 《현지縣志》에서 그녀의 존재를 확인할 수 있다. 이월원은 고향을 떠나 돌아오지 않는 오빠를 대신하여 부모님을 모시고 고향 집을 지키며 평생 홀로 살았다고 한다. 그녀가 매일 화장하고 남은 물을 버렸더니 대나무가 하얀 분 색깔로 변했다고 해서 '분죽루粉竹樓'라는 이름으로 불리는 누각이 새롭게 복원되어 있다. 대나무가 빼곡하게 봉분을 덮고 있는 이월원의 무덤에 서서 오라버니 이백에 대해 물으니 그녀가 대답한다. "아마도 오라버니는 그 일 때문에 끝내 돌아오지 못했을 겁니다."

　이백이 25세에 청운의 꿈을 가슴에 품고 고향을 떠날 때의 일이다. 이백보다 두 살 아래인 23세 이월원에게는 곧 결혼을 하기로 한 사람이 있었다. 그런데 이백은 그 약혼자를 꼬드겨 함께 중원 지역으로 여행을 떠나버렸다. 잠시 여행하고 돌아오면 될 것이라 가볍게 생각하고 출행한 것인데, 아뿔싸! 장차 매제가 될 이 약혼자가 그만 도중에 병이 들어 객사하고 만 것이다. 무슨 면목으로 고향에 돌아가 동생을 볼 것이랴. 이백은 고향이 그리울 적마다 고향 마당을 비추고 있는 높이 솟은 달을 그저 바라볼 뿐이었다.

2. 시성 두보의 호우시절

─ 성도(成都, 청두) 두보초당(杜甫草堂, 뚜푸차오탕)

성도 남쪽 교외에 시성 두보의 초당이 있다. 안녹산의 난이 일어나 당나라가 혼란스럽던 시기에 전쟁을 피하여 가족들을 이끌고 여러 지역을 위태롭게 전전하던 두보는 이곳 성도로 와서 친구들의 도움을 얻어 초당을 짓고, 약 4년 동안 비교적 평화롭게 기거했다. 대부분 전쟁의 상흔으로 얼룩진 그의 침울한 작품들 속에서 드물게 보이는 한가롭고 평화로운 기식의 작품들은 대부분 이 시기 이곳에서 태어난 것들이다. 두보는 이곳에서 240여 수의 시를 썼다. 공원으로 조성된 초당 곳곳에는 이 시기 쓰인 유명한 작품들이 게시되어 사람들의 발길을 잡는다. 그중에서 가장 유명한 것은 봄밤에 내리는 반가운 비를 노래한 〈춘야희우春夜喜雨〉다. 첫 구절 '좋은 비는 시절을 안다'는 뜻의 '호우지시절好雨知時節'에서 따서 만든 〈호우시절好雨時節〉이라는 영화 제목 때문에 우리나라 대중들에게도 제법 많이 알려진 시이다.

좋은 비 시절을 아나니
봄이 되어 만물이 싹이 틀 때라
바람 타고 몰래 밤에 들어와
만물을 적시되 가늘어 소리조차 없구나
들길은 구름이 어둑하고
강가 고깃배 불만이 밝다
새벽녘 붉게 젖은 땅을 바라보면
금관성 곳곳에 꽃이 무겁겠지

◈ 성도 두보초당

好雨知時節，當春乃發生。
隨風潛入夜，潤物細無聲。
野徑雲俱黑，江船火獨明。
曉看紅濕處，花重錦官城。

시절을 아는 비처럼 우리도 나서고 물러설 때를 알 수 있다면 얼마나 좋을까? 만물을 적셔 길러내는 큰 덕을 베풀되 가늘어 소리조차 없는 봄비처럼 겸손하게 조용히 베푸는 삶을 살 수는 없을까? 아름다운 붉은 꽃 세상은 바로 이러한 봄비 같은 사람들로 인해 피어나는 것이려니! 봄비 오는 초당 연못 정자에 기대어 봄비의 무한한 덕성을 노래한 이 시를 읽으면 가문 마음에도 소리 없이 봄비가 내리는 듯하다.

3. 그 아버지에 그 아들, 소동파의 고향
— 미산(眉山, 메이산)

성도에서 65킬로미터 떨어진 남쪽에 소동파의 고향 미산이 있다. 도교와 불교의 성산으로 유명한 아미산峨眉山에서 그리 멀지 않은 곳이다. 미산에 들어서면 거대한 동상 셋이 나그네를 맞는다. 바로 소동파와 그의 부친 소순蘇洵, 그의 동생 소철蘇轍, 이른바 삼소三蘇의 동상이다. 삼소는 중국문학사에서 빛나는 이름이다. 당나라와 송나라를 통틀어 가장 글을 잘 쓴 여덟 사람을 일컫는 '당송팔대가'에 이 삼부자가 들어 있으니 이 얼마나 대단한 집안인가! 이 삼부자가 살던 옛집은 지금은 그들에 제사하는 삼소사三蘇祠라는 사당이 되어 여행자들을 맞이하고 있다. 사당에는 출중한 두 아들을 양옆에 둔 아버지 소순의 행복한 모습이 보이는데, 사당 앞에는 그 아버지에 그 아들이란 뜻의 '시부시자是父是子'가 큼지막하게 쓰인 현판이 걸려 있어 사람들의 고개를 끄덕이게 만든다. 이 고향 집에서 소동파는 동생 소철과 잘 자라고 열심히 공부해서 아주 젊은 나이에 그 어렵다는 진사시에 동생과 동시에 합격했다. 동파는 21세, 소철은 두 살 어린 19세였다. 당시 황제였던 인종은 흥분을 감추지 못하고 황후를 붙들고 송나라의 장래를 이끌 재상감을 둘이나 얻었다며 크게 기뻐했다고 한다. 형제가 과거

◈ 삼소사

에 동시 합격한 이 믿기 어려운 일은 그의 고향 집 오래된 연못 서련
지瑞蓮池에 전설이 되어 남아 있다.

소동파 형제는 과거를 보기 위해 수도인 개봉開封으로 가고 부모
는 합격 소식이 오기만을 초조하게 기다리고 있던 어느 날, 아버지 소
순은 집 안을 서성이다가 연못가에 이르렀다. 여름이 한창인 연못에
는 백련과 홍련이 화사하게 꽃을 피우고 있었다. 꽃을 감상하던 소순
의 시선이 문득 연못 한곳에 머무르는가 싶더니 얼굴에 환한 웃음꽃
이 번지기 시작했다. 소순은 잰걸음으로 안채로 돌아가 부인 정씨를
큰 소리로 불렀다. "부인, 기뻐하시오. 우리 두 아들 다 합격이오!" 정
씨가 믿기 어렵다는 듯 의아해하며 물었다. "벌써 소식이 온 건가요?"
"아니오. 소식이 온 것은 아니지만 두 녀석 다 합격할 것이란 확실한

징표를 내가 보았소!" 소순은 부인 정씨의 손목을 이끌어 연못 가까이 가더니 한 곳을 가리키며 말했다. "저기에 두 아들이 합격할 것이라는 징표가 있소이다. 하하하!" 소순이 가리킨 곳에는 한줄기 꽃대에 두 송이 꽃을 피운 기이하고 상서로운 연꽃이 염염冉冉히 피어 있었다. 형제의 합격 소식이 전해진 뒤 이 연못은 지금까지도 상서로운 연꽃이 피었다는 뜻의 '서련지'로 불린다. 연못가에 세워진 정자의 이름은 '서련정'인데, 여름날 이곳에 앉아 미풍에 불어오는 서련지의 연꽃 향기를 맡으면 순간 천년의 시간을 훌쩍 뛰어넘는다. 어린 동파 형제의 깔깔거리는 웃음소리가 연못 너머에서 들려오는 듯하다.

4. 만리장강의 첫 포구 마을
─ 이장고진(李庄古鎭, 리쫭구쩐)

이백의 고향 강유, 성도 남쪽 두보의 초당, 아미산 자락의 소동파의 고향 미산까지 두루 답파하고 이제는 본격적으로 장강을 따라 여행을 시작한다. 우리가 처음 들른 곳은 만리장강萬里長江 제일고촌第一古村으로 불리는 이장고진이다(고진은 중국의 오래된 마을을 뜻한다). 사천성 의빈에서 동쪽으로 20킬로미터 떨어진 장강 남쪽에 자리한 이장은 명·청시대의 옛 건축물로 구성된 고풍스럽고 아름다운 거리를 그대로 간직하고 있다. 홍등과 붉은 주련이 곳곳에 걸려 있기 때문에 이국적인 풍경이 선명한 골목을 걸으면서 글씨를 감상하는 것도 여행의 별미다. 또한 '복福'자를 대문마다 붙여놓았는데 글씨가 거꾸로 뒤집혀 있다. 무슨 의미일까? 복이 뒤집어져 있으니 복이 하늘에서 쏟아진다는

◈ 이장고진

의미일까? 거꾸로 뒤집힌 복자를 중국어로는 '푸따올러福倒了'라고 하는데, 이때 '뒤집어질 도倒'자는 '도달할 도到'자와 발음이 같아서 '푸따올러福到了', 즉 '복이 도달했다'라는 의미로 읽힌다.

이렇게 글자가 달라도 발음이 같거나 유사하면 뜻을 공유하는 문화 양식을 '해음諧音'이라고 하는데, 문자의 나라 중국에서는 이런 해음 문화가 유별나게 발달해서 각종 건축 양식, 장식 문양에 다양한 재미를 더해주고 있다. 예컨대 집 거실에 들어서면 거대한 도자기 꽃병이 양옆으로 하나씩 세워진 것을 볼 수 있는데, 이러한 장식은 단순히 시각적인 아름다움에 그치지 않는다. 꽃병을 뜻하는 '병甁'의 발음이 평화롭다는 뜻의 '평平'과 발음이 같다는 것에서 착안한 '평평안안平平安安'의 기원, 즉 집안이 늘 평화롭고 안락하기를 기원하는 주인의 마음을 담고 있는 것이다. 이런 식으로 해음을 활용한 장식 문양을 하나

씩 살피며 거리를 걷다 보면 별거 없어 보이는 단조로운 옛 거리도 제법 재미가 쏠쏠하다. 박쥐는 '박쥐 복蝠'이라는 발음 때문에 '복 복福' 자와 통하여 창틀과 난간에 장식되어 있고, '물고기 어魚'는 발음이 여유롭다는 뜻의 '남을 여餘'와 통해서 연꽃과 함께 그림에 단골로 등장한다. 연잎 사이에서 노니는 물고기들을 뜻하는 '연연유어蓮蓮有魚'는 해마다 여유로운 생활이 이어지길 바라는 '연년유여年年有餘'의 기원이 되는 것이다.

허름한 찻집에서 차를 마시며 한담을 즐기는 느긋한 지역 주민들과 짧은 인사도 나누고, 독한 담배 연기 속에서 펼쳐지는 와자지껄한 마작판 구경도 하고, 거대한 술독들이 진열된 지역 특산 술집에 들러 독한 술맛도 보며 어슬렁거리다가 마침내 한 곳에 도착했다. 바로 최고의 칼잡이란 뜻의 '제일도第一刀'라는 글씨를 달고 있는 돼지고기 수육집이다. 이장에서 꼭 맛봐야 할 음식인 쏸니바이러우蒜泥白肉를 먹을 수 있는 곳이다. 얇게 썬 돼지 수육을 마늘, 고추 등으로 만든 양념장에 찍어 먹는 이 요리는 리쫭바이러우李庄白肉라는 별도의 이름이 붙어 있을 정도로 이장을 대표하는 음식이다. 재료로 돼지 엉덩이와 뒷다리 사이의 고기만을 써서 비계와 살코기의 비율이 아주 적당하다. 이 고기를 알맞게 삶은 후에 최고의 칼잡이가 길이 20~30센티미터, 너비 15~20센티미터의 크기로 잘라내는데, 이때 가장 중요한 것이 두께다. 얇은 종이처럼 1~2밀리미터의 두께로 썰어야 하니 최고의 칼잡이 '제일도'가 필요한 것이다. 썰어놓은 수육을 들어보면 거의 투명해서 반대편 사물의 그림자가 어른거릴 정도다. 마늘과 붉은 생고추를 빻아 간장, 설탕, 참기름, 식초 등과 함께 섞어 만든 양념장에 이 수육을 찍어 먹는데, 먹는 방식도 특이하다. 수육을 젓가락 사이에 끼운 다음 공중으로 들어 올려 몇 차례 빙빙 돌려 휘감은 다음 양념장에 찍어 먹는다. 수육이 얇고 길어서 가능한 식사법이다. 비계와 살코기의 비율이 적당해서 느끼한 맛이 전혀 없이 고소한 데다가 마늘과 고추의 향이 신선한 맛을 더해줘서 최고의 수육 요리로 손색이 없다. 게다가 빙글빙글 돌려서 먹는 재미까지 더해지니 얼굴도 싱글벙글해지기 마련이다. 수육을 빙빙 돌려 먹으면서 혼자 히죽거리고 있는데 옆 테이블의 중국인 가족들은 뭐 그렇게 야단 떨 것 있느냐는 듯 그냥 수육을 집어 양념장에 비벼 먹고 있었다. 이런 재미없는 사람들 같으니라고. 하긴 회식 자리에서 여럿이 공중에서 수육을 돌리고 있으면 정신 사나울 것 같기는 하다.

5. 대숲에 이는 시인의 휘파람
  ― 의빈(宜賓, 이빈) 촉남죽해(蜀南竹海, 수난주하이)

장강의 도시 의빈은 강만 있는 게 아니다. 드넓은 바다도 있다. 바로 대나무 숲이 바다처럼 망망하게 펼쳐지는 '촉남죽해'가 그것이다. 사천성 남쪽 지역에 있는 대나무 바다라는 뜻이다. 120제곱킬로미터에 달하는 광대한 지역이 온통 대나무다. 전망대에 올라 바라보면 푸른 대숲으로 덮인 크고 작고 높고 낮은 산봉우리들이 끝도 없이 이어지는데, 긴 바람을 따라 출렁이는 대숲은 영락없이 푸른 물결이 넘실대는 망망한 바다다. 송나라 시인 황정견黃庭堅이 이곳에 들러 감탄하며 말했다고 하는 '죽파만리竹波萬里(대숲의 파도가 만 리에 이어진다)'가 실감이 나니 호연한 기상이 절로 가슴에 스민다. 대나무를 특히 좋아했던 시인은 소동파다. 그는 "푸른 대나무가 자라는 집"이란 뜻의 〈녹균헌 綠筠軒〉이란 시에서 이렇게 말했다.

고기 없는 밥은 먹을 수 있지만
대나무 없는 곳에선 살 수가 없다네
고기가 없으면 사람이 마를 수 있다지만
대나무 없으면 사람이 속되기 마련이지
마른 몸이야 다시 살찌울 수 있다지만
선비가 속되어지면 다시는 고칠 수 없다네
寧可食無肉, 不可居無竹。
無肉令人瘦, 無竹令人俗。
人瘦尚可肥, 士俗不可醫。

대숲에 불어오는 맑은 바람 앞에 오래 서 있어서일까? 속기 가득했던 정신도 좀 비어지고 맑아지는 듯하다. 이렇게 계속 비어지고 맑아지면 몸도 가벼워져서 대나무 꼭대기로 걸어올라 낭창거리는 대나무를 따라 춤도 출 수 있을까? 마치 영화 〈와호장룡〉의 대숲 결투 장면처럼 말이다. 마침 이곳은 〈와호장룡〉을 비롯한 수많은 영화의 촬영지이기도 하니 그런 상상도 자연스럽지 않은가. 전망대를 내려와서 대나무들로 빼곡한 숲길을 걷다 보면 곧고 매끈하게 자란 굵은 대나무 하나하나가 멋진 군자의 수려한 모습으로 보인다. 옛날 서성書聖 왕희지王羲之의 아들이자 서예가로 이름난 왕휘지王徽之가 대나무를 '이분'이란 뜻인 '차군此君'이라 부르며 "어찌 하루라도 이분을 보지 않을 수 있으랴!"라고 고백했다는데, 나 역시 그렇게 친근하게 굴고 싶어도

'이분'께서 속된 서생이라 비웃을까 겁이 난다. 대숲에 깊숙이 들어와 앉으니 고요하기가 물속 같다. 바람에 스치는 대나무 잎사귀의 가벼운 속삭임만 간간이 들려오니 마음에 평화가 그윽하게 번진다. 당나라 시인 왕유王維의 〈죽리관竹裏館〉이 절로 입에서 흘러나온다.

> 홀로 깊은 대숲에 앉아
> 거문고를 타다가 긴 휘파람을 분다
> 남들은 모르는 깊은 대숲에
> 밝은 달 찾아와 나를 비춘다
> 獨坐幽篁裏, 彈琴復長嘯。
> 深林人不知, 明月來相照。

대숲에 앉아 거문고 타고 휘파람 부는 시인의 모습이 얼마나 그윽하고 아름다운가. 거기에 밝은 달까지 찾아오는 밤이라면 또 얼마나 황홀할 것인가. 이 시는 운치 있는 대나무 숲의 정경을 그리는 것으로 그치지 않는다. 거문고를 타는 행위는 진실한 친구를 뜻하는 지음知音을 부르는 상징으로 해석할 수 있다. 거문고의 명인 백아伯牙와 귀명창 종자기鍾子期의 탄금 고사에서 비롯된 상징이다. 그러므로 거문고 소리를 듣고 숲을 찾아온 밝은 달은 바로 진실한 친구가 된다. 대나무를 닮은 듯 속기 없이 맑아진 시인에게 밝은 달을 닮은 듯 광명무구光明無垢한 벗이 환한 얼굴로 찾아온 것이다.

촉남죽해는 죽림 외에도 맑은 호수, 장쾌한 폭포, 오래된 사원이 있어서 여행의 재미를 더해준다. 특히 신선들의 거처라는 뜻의 선우동仙寓峒이 높은 산봉우리 절벽에 자리하고 있는데, 선우동은 대나무 바다의 밝은 구슬이란 뜻의 '죽해명주竹海明珠'로 불리는 핵심 풍경구이다. 붉은 색깔의 절벽 위아래는 온통 대나무의 푸른색이어서 더욱 신비로운 느낌이 든다. 신선들만이 학을 타고 훨훨 왕래했던 그 하늘길을 케이블카로 씽씽 달려 쉬이 도착할 수 있으니 얼마나 좋은가. 절벽을 따라 조성된 도교와 불교의 건축물과 조각상 등을 감상하면서 선계의 청량한 맛을 즐기다가 문득 눈을 들어 까마득한 아래쪽을 내려다보면 논다랑이가 등고선처럼 층층 펼쳐지는 인간의 속계가 엷은 구름 속에서 가히 몽환적이다. 선계에 서니 비로소 떠나온 속계가 아름답다. 참 재미있지 않은가!

장강삼협

장강삼협은 중경시 봉절현奉節縣의 백제성白帝城에서 시작하여 호북성 의창시宜昌市 남진관南津關에 이르는 총 193킬로미터 길이의 긴 협곡으로, 상류로부터 구당협瞿塘峽, 무협巫峽, 서릉협西陵峽의 세 협곡을 통칭하는 말이다. 이 협곡 구간에는 높은 봉우리들이 좁은 강물을 사이에 두고 하늘 높이 치솟아 장관을 이루는데, 이 빼어난 장관에 역사와 문학, 신화와 전설이 굽이굽이 서려 있어서 이곳 장강삼협은 중국 여행의 백미라 할 만하다. 촉한의 군주 유비가 오나라 손권과의 싸움에서 패해 마지막 숨을 거둔 봉절 백제성과 부하에게 죽임을 당한 장비의 목이 몸과 분리된 채 묻혀 있는 운양雲陽 장비묘張飛廟는 삼국지의 역사 현장이고, 아침에는 구름, 저녁에는 비로 찾아오는 아름다운 신녀의 애정고사를 품고 있는 무산 신녀봉은 신화와 전설의 무대다. 중국 최고의 시인 이백과 두보가 백제성에서 각각 최고의 환희와 슬픔으로 빚은 절창을 남겼고, 중국 남방 문학의 비조라 일컫는 애국시인 굴

◆ 장강삼협댐

원屈原과 중국 사대 미녀 중 한 사람인 왕소군王昭君의 고향이 바로 의창 삼협댐에서 멀지 않은 자귀현秭歸縣이다.

장강에 삼협댐이 건설된 후로 수위가 크게 올라서 대형 크루즈선이 삼협 구간을 오가면서 여행객들을 실어나르고 있다. 배는 보통 중경에서 출발하는데, 여행객들은 배 안에서 숙식을 하면서 배가 멈추는 곳마다 내려 관광지를 둘러본다. 보통은 3박 4일의 여정으로 삼협댐이 있는 의창까지 가는 코스인데, 풍도豊都의 귀성鬼城, 충현忠縣의 석보채石寶寨, 봉절의 백제성은 배에서 내려 둘러보고, 삼협의 시작인 구당협의 기문夔門부터 무협에 이를 때까지는 선상에서 머물며 협곡의 수려한 경치를 감상한다. 무협이 시작되는 무산시巫山市에 이르면 작은 배로 갈아타 소삼협小三峽, 소소삼협小小三峽을 구경하고, 다시 배로 돌아와 무협 구간의 신녀봉을 비롯한 무산의 열두 봉우리를 감상한다. 삼협댐이 있는 의창에 도착해서는 배에서 내려 고속열차를 타고 중경으로 돌아가는데, 시간에 여유가 있으면 의창에 있는 굴원의 고향과 왕소군의 고향을 찾아갈 수도 있고, 더 여유가 있으면 거기서 현대판 무릉도원으로 알려진 장가계張家界로 가기도 한다. 물론 버스로 4시간 반 이상을 달려가야 하니 가까운 거리는 아니다.

1. 슬픔의 성, 환희의 성
– 중경(重慶, 충칭) 백제성(白帝城, 바이띠청)

중경시 봉절현 구당협 기문 앞쪽 자그마한 섬 위에 유서 깊은 백제성이 있다. 삼협댐 공사로 수위가 올라 원래 육지였던 곳이 섬이 되어 지금은 연륙교가 설치되어 있다. 섬에 들어서면 거대한 제갈량의 동상이 여행객들을 맞이하면서 이곳이 삼국지의 역사 현장임을 알린다.

제갈량의 반대를 무릅쓰고 출정을 감행했다가 오나라 장수 육손에게 패하여 이곳 백제성에서 최후를 맞이한 유비는 급히 사람을 보내 성도에 머물고 있는 제갈량을 부른다. 그리고 자신의 뒤를 이어 촉한을 이끌어갈 아들 유선劉禪을 잘 돌봐줄 것을 부탁하고 마침내 숨을 거둔다. 고아가 된 아이를 부탁한다는 뜻의 '탁고당托孤堂'에는 당시 임종에 참여했던 촉한 군신들의 인물상이 생생한 모습으로 재현되어 있다.

이 탁고당에 서 있는 한 신하의 이름이 눈길을 끈다. 바로 마속馬謖이다. 제갈량이 울면서 처형했다는 읍참마속泣斬馬謖의 그 마속이다. 전해지는 바에 따르면, 유비는 임종 시에 제갈량에게 후사를 부탁하

면서 특별한 주문 하나를 더하였다고 한다. 유비는 먼발치에 서 있는 마속 쪽을 바라보면서 이렇게 말했다. "마속은 말을 실제보다 과하게 하니 중임을 맡겨서는 아니되오." 제갈량은 유비 사후에 진력을 다해 후주 유선을 보필하여 유비에 대한 충심을 다하였지만, 마속을 중용하지 말라고 부탁한 유비의 마지막 유언에 대해서는 개의치 않고 여전히 마속을 신임하였다. 그는 위나라와의 전쟁을 위해 군대를 이끌고 출정하면서 주요한 요충지 가정街亭을 마속에게 맡긴다. 결국 마속의 경솔한 판단으로 가정을 위나라에게 빼앗기면서 제갈량의 북벌은 실패하게 된다. 급히 퇴각하여 돌아온 제갈량은 눈물을 머금고 마속을 처형하니 이것이 이른바 읍참마속의 시말이다. 그리고 제갈량이 뼈아프게 후회하고 반성한 것이 "말을 실제보다 과하게 하니 중용해서 안 된다"라는 유비의 마지막 당부를 소홀히 한 것이었다. 이 이야기에서 비롯된 사자성어가 바로 '언과기실言過其實'이다. 늘 말이 실제보다 과장되기 쉬운 우리의 언어 습관을 돌아보게 하는 이야기다. 백제성은 삼국지 영웅 유비의 죽음의 그늘이 드리워져 있는 슬픔의 성, 상성傷城이지만 슬픔에 앞서 다가오는 것은 언과기실의 언어 습관에 대한 반성을 촉구하는 준엄한 목소리다.

백제성은 역대로 수많은 시인 묵객들이 들러 역사와 풍광을 소재로 훌륭한 시들을 써낸 곳이었으므로 시의 성, 시성詩城으로도 불린다. 백제성 곳곳에 시를 새긴 비문들이 서 있는데 이 중에서 가장 유명한 것은 이 성을 처음 세운 한나라 공손술公孫述의 사당 백제묘白帝廟 정문 앞에 세워진 모택동毛澤東(마오쩌둥)의 친필 시비이다. 모택동의 초서는 워낙 개성이 강해서 한눈에 알아볼 수 있는데 필체가 얼마나 활달한지 금방이라도 비문 밖으로 날아갈 기세다. 그가 쓴 작품은 바로 이백이 지은 〈조발백제성早發白帝城〉이라는 칠언절구다.

아침 일찍 오색구름 속에서 백제성을 이별하고
천 리 강릉길을 하루 만에 돌아간다네
강 양쪽 기슭에선 원숭이 울음소리 끝없이 울리는데
내가 탄 가벼운 배는 벌써 첩첩산중을 벗어났구나
朝辭白帝彩雲間, 千里江陵一日還。
兩岸猿聲啼不住, 輕舟已過萬重山。

당나라 현종 천보天寶 말년, 안녹산의 난이 발발하자 여산에 은거했던 이백은 위험한 정치권력 투쟁에 뛰어들게 된다. 안녹산 반군에 의해 함락된 장안을 떠나 촉 지방으로 피신한 현종은 태자인 이형李亨에게 군대를 정돈하여 북쪽으로부터 반군을 공격하고, 또 다른 아들 영왕永王 이린李璘으로 하여금 남쪽에서 군대를 이끌고 반군을 협공하도록 지시하였다. 그러나 태자 이형이 스스로 황제에 즉위하여 권력을 차지하고는 영왕 이린의 군대 지휘권을 박탈했다. 이린이 황제의 명을 거부하면서 마침내 형제 사이에 권력 투쟁이 시작되었다. 결국 이린이 패하여 죽임을 당했으며, 당시 이린의 막부에서 참모로 활약하던 이백 역시 내란부역죄로 체포되어 심양의 감옥에 갇히게 되었다. 주변의 도움으로 간신히 사형은 면했지만 멀고먼 귀주 야랑으로 유배길에 오르게 되었다. 이미 60줄에 가까운 이백에겐 다시 돌아오기 힘든 저승길과도 같은 길이었을 것이다. 겨울 석 달 동안 힘겹게 삼협 강물을 거슬러 올라와 한숨 돌린 곳이 바로 백제성인데, 놀랍게도 이백은 백제성에서 황제로부터 사면령이 떨어졌다는 기쁜 소식을 듣게 되었다. 당시 관중 지역에 심한 기근이 들었으므로 황제가 관례에 따라 죄인들에게 감형 조치를 내렸던 것이다. 사형을 당할 죄인은 유배형으로, 유배형 이하는 모두 방면하는 대대적인 감형 조치였다. 죽음의 문턱에서 다시 살아난 이백은 집으로 돌아가는 길에 벅찬 희열과 감동으로 이 〈조발백제성〉을 썼다.

시는 온통 환희로 가득 차 있다. 첫 구의 백제성 아침 하늘에 빛나는 오색구름은 이백의 기쁜 마음을 시각적으로 드러낸 것이고, 2구의 천 리 길을 하루 만에 돌아가는 대단한 속도감은 날아갈 듯 기쁜 이백의 마음을 형상화한 것이다. 특이한 것은 3구에 등장한 협곡 양쪽에서 들리는 원숭이들의 울음소리다. 본래 삼협에는 원숭이들이 많이 서식해서 이곳을 오가는 사람들은 원숭이의 처연한 울음소리를 자주 듣게 되는데, 특히 가을바람을 타고 들리는 원숭이들의 울음소리는 얼마나 처연한지 듣는 이로 하여금 절로 눈물을 떨구게 만든다고 했다. 그래서 삼협 지역에서 불리던 노래에 "파동 삼협에 울리는 슬픈 원숭이 울음소리, 밤 울음 세 마디에 눈물이 옷깃을 적시네巴東三峽猿鳴悲, 夜鳴三聲淚霑衣"라고 했던 것이다. 이곳을 오가는 사람들이야 대부분 멀리 귀양 가는 유배객이거나 고향을 멀리 떠나 타지를 떠도는 장사꾼이었을 테니 가을바람에 불려 오는 원숭이 울음소리가 눈물샘을 자극하는 것이야 당연하지 않겠는가. 그런데 이백의 이 시에 등장하는 원숭이 울음소리에는 그런 슬픈 기색이 전혀 없다. 그것은 오히려 절망적인 유형에서 벗어나 그리운 집으로 돌아가는 이백을 축하하는 팡파르로 들린다. 이 팡파르가 삼협을 벗어나는 동안 끊임없이 울려대며 이백의 귀환을 축하했으니 그의 귀로가 얼마나 행복했겠는가. 마지막 구의 가벼운 배는 내란부역의 유형자라는 무거운 죄목을 벗어버린 이백의 가벼워진 어깨를 가리키며, 그 배가 첩첩산중의 험로를 벗어나 넓은 강으로 나가게 되었다는 것은 새롭게 펼쳐질 미래에 대한 낙관을 담고 있다. 이렇게 이백은 환희의 찬가를 부르며 자유의 날개를 달고 백제성을 떠났다.

이 시에 대한 역대 평가가 후한데, 명대 양신楊愼은《승암시화升庵詩話》에서 이 시가 "바람과 비를 놀래고 귀신을 울게 만든다驚風雨而泣鬼神"라고 할 정도였다. 많은 사람이 이 시를 즐겨 인용하고 낭송하는 것은 시 행간에서 용출하는, 천년의 긴 세월 속에서도 시들지 않고 생생하게 다가오는 시인의 환희와 감격 때문일 것이다. 유형의 땅으로 가는 것처럼 절망하고, 삼협의 거센 물결을 거슬러 올라가듯 고단한 사람들은 이백처럼 자신에게도 도달할 백제성을 꿈꾸며 이 노래를 불렀을 것이다.

◈ 10위안 지폐

　〈조발백제성〉을 흥얼거리면서 계단을 내려오면 삼협의 시작을 알리는 구당협의 대문 기문이 한눈에 들어온다. 중국 돈 인민폐의 10위안에 실린 문양이 바로 이 기문의 풍경이어서 관광객들마다 사진을 찍느라 여념이 없다. 그곳에서 조금 더 내려온 곳에 거친 돌로 깎아 만든 마른 형상의 동상이 있다. 바로 이백이 백제성을 떠난 지 8년 후에 이곳으로 온 시성 두보의 동상이다. 전란으로 사방을 떠돌던 두보가 늙고 병든 몸을 이끌고 고향으로 돌아가다가 병이 깊어져 약 2년간 머물러 산 곳이 바로 이 백제성이 있는 기주였다. 두보는 이곳에서 수많은 절창을 써냈다. 그중 〈등고登高〉는 두보의 시 1,400여 편 중에서 압권지작이라 할 정도로 최고의 작품이다.

　바람 세고 하늘 높아 원숭이 울음소리 애절하고
　맑은 강가 흰 모래밭에 새 날아 돌고 있다
　끝없이 낙엽은 쓸쓸히 내리고
　다함없는 장강은 굽이쳐 흐른다
　만리타향 늘 객이 되어 가을을 슬퍼하고
　평생 병이 많아 홀로 누대에 오른다

간난에 시달려 희어진 머리 많아 슬퍼하는데
노쇠한 요즈음 탁주마저 그만두었어라

風急天高猿嘯哀,　渚淸沙白鳥飛迴。
無邊落木蕭蕭下,　不盡長江滾滾來。
萬里悲秋常作客,　百年多病獨登臺。
艱難苦恨繁霜鬢,　潦倒新停濁酒杯。

'등고'는 평생 타향에서 떠돌던 두보가 끝내 고향에 돌아가지 못하고 머문 땅, 기주 백제성에서 지은 사향思鄕의 노래다. 처자식을 이끌고 타향을 전전한 것이 벌써 몇몇 해던가. 꿈에도 그리던 고향 집은 여전히 하늘 끝에 있고 전란 속에 헤어진 동생들은 생사조차 알 수 없어 가슴에 한이 맺히는데, 계절은 속절없이 깊어가 드디어 음력 9월 9일 중양절을 맞이했다. 예로부터 중양절은 온 가족이 함께 가을 산에 올라 산수유 붉은 열매를 머리에 꽂아 액운을 쫓고 국화주 술잔을 기울이며 무병장수를 기원하는 소풍날이었다. 전란이 일어나 동생들과 헤어진 후로 해마다 중양절은 그에게 더욱 외롭고 쓸쓸한 날이 되었다.

올해도 어김없이 찾아온 중양절, 내년이면 동생들과 함께 높은 산에 올라 국화주를 기울이리라 기대하고 기대했지만, 전란은 끝이 없고 고향 가는 길은 여전히 막혀 있다. 그래서 작년과 재작년처럼 시인은 홀로 높은 산에 올라 한 맺힌 사향의 노래를 부른다. 바람은 급히 불고 하늘은 높아 원숭이 울음소리 더욱 슬프다. 구당협, 무협, 서릉협으로 이어지는 장강삼협이 시작되는 백제성에 가을바람이 급히 불어온다. 그 바람에 원숭이 울음소리가 슬피 실려 온다. 시인의 슬픈 눈에 강가를 맴돌고 있는 새 한 마리가 들어온다. 숲에 내려앉지 못하고 강가를 맴돌고 있는 새의 모습에서 고향을 떠난 뒤로 어디를 가도 끝내 정착하지 못하고 이리저리 방랑하는 자신의 모습을 본다. 높은 곳에 앉아 계곡에 울리는 원숭이 울음소리에 귀를 기울이고 강가를 맴도는 새를 바라보던 시인이 눈을 들어 멀리 삼협의 온산과 그 한복판을 흐르는 장강을 바라본다. 시인의 시선이 근경에서 원경으로 바뀌었다. 계절이 깊어진 협곡의 산들마다 끝도 없이 낙엽이 진다. 그리고 그 한복판을 유장한 장강이 힘차게 흘러간다. 쓸쓸히 지는 낙엽은 저무는 시인의 노경老境을 비유적으로 표현한 것이고, 지체 없이 흘러가는 강물은 아무것도 이루지 못한 채 늙어가는 시인에 아랑곳하지 않고 무정하게 흘러가는 시간이자 세월이다. 거친 강물 같은 이 무정한 세월이 자신을 고향에서 만 리 멀리 떨어진 이곳까지 휩쓸어온 것이다. 그 격랑의 세월 속에서 남은 것은 오직 병든 몸뚱이로 중양절에 홀로 높은 곳에 오르는 '독등대獨登臺'의 지독한 고독뿐이다. 전란으로 인한 방랑과 그 방랑의 삶에서 기인한 절절한 가난에 머리카락은 진즉 서리라도 내린 듯 하얘졌다. 이 서릿발 같은 백발은 시인 혼자의 힘으로는 어찌해볼 도리가 없는 시대가 안긴 불운의 상징이요, 고통의 표상이다. 그래서 '고한苦恨'의 '한'이 될 수밖에 없다. 아, 한잔 술에 기대면 이 한스러운 마음에서 벗어날 수 있을까! 하지만 그것조차 몸이 병들어 불가하다. 기구한 삶이 주는 절절한 고독과 고통스러운 회한을 아무 대책도 없이 온몸으로 마주할 수밖에 없게 되었다. 고독은 더욱 깊어지고 고통은 더욱 커간다.

이 시를 읽다 보면 시어 사이사이 깊게 스며 있는 늙은 시인의 고독과 그리움에 절로 깊은 동정이 인다. 때를 만나지 못해 불우한 삶을 살았던 수많은 지식인, 난리 통에 떠난 고향을 절절히 그리워하며 술잔을 기울이던 수많은 사람이 이 시를 읽으며 시인과 함께 울었을 것이다. 이 시에는 슬픔을 위로하는 힘이 있다. 바로 이 시의 풍격으로 말해지는 '비장미悲壯美'에 그 답이 있다. 역대 수많은 평자는 이 작품을 비장미를 가장 잘 구현한 시로 평가했다. 슬프면서도 장엄하다. 슬픔과 장엄함의 이중주다. 장엄함 때문에 슬픔에는 강한 힘이 스민다. 바로 이 강한 힘이 실린 장엄한 슬픔이 우리 마음을 사로잡고 우리 안의 슬픔을 위로하고 치료하는 것이다. 구당협에서 불어오는 찬 가을 바람을 맞으며 두보의 〈등고〉를 음송하다 보면 눈가에 눈물이 맺히기도 하지만 가슴 한편에 호연한 기상이 쌓이는 듯 뜨거움이 일렁인다.

2. 머리는 운양에 몸은 낭중에
— 운양 장비묘(張飛廟, 짱페이먀오)

본격적인 삼협 구경에 앞서 잠시 들러볼 만한 곳이 바로 백제성에서 그리 멀지 않은 곳에 자리한 운양의 장비 사당이다(크루즈 여행의 경우 대체로 장비 사당까지는 가지 않는다). 이 유서 깊은 사당은 지금으로부터 1,700년 전에 촉한의 명장 장비를 기념하기 위해 지어졌다. 수목이 울창한 봉황산을 뒤로 두고 유장하게 흐르는 장강을 앞에 둔 배산임수의 명당이다. 장비의 사당이 이곳에 세워진 이유는 바로 그의 비극적인 죽음 때문이다.

관우가 손권에게 죽임을 당한 뒤 이성을 잃은 유비는 주변의 만류를 뿌리치고 오나라와의 전쟁을 준비하면서 사천성 중부에 있는 낭주閬州에 주둔하고 있던 장비에게도 합류할 것을 지시했다. 장비 역시 유비와 마찬가지로 관우의 죽음으로 이성을 잃었었는지 부하 장수들에게 폭행까지 가하면서 출병 준비를 다그쳤다. 이에 앙심을 품은 범강范疆과 장달張達 두 장수가 장비의 목을 베어 들고 손권의 오나라로 도망쳤다. 그들이 운양에 이르렀을 즈음 촉과 오가 화친을 논의하고 있다는 소식이 전해졌다. 진퇴양난에 빠진 두 사람은 장강에 장비의 머리를 버리고 도망쳐버렸다. 그 일대에서 고기를 잡던 어부가 장비의 머리를 발견하고는 봉황산 산기슭에 묻게 되니, 그곳이 지금 사당이 있는 곳이다. 그래서 장비는 "머리는 운양에 있고, 몸은 낭중에 있는頭在雲陽, 身在閬中" 신세가 된 것이다.

장비는 거친 성격이지만 의협심이 뛰어나 불의를 보면 참지 못하였으므로 대중에게 크게 환영받은 인물이다. 악당을 만나면 후환을 생각지 않고 우선 흠씬 두들겨주니 본인이야 나중에 큰 고초를 겪기도 하지만 대중은 쾌재를 부르며 반기는 것이다. 이런 그의 모습을 드러내는 사자성어가 바로 "악인을 미워하기를 원수 보듯 하다"라는 뜻의 '질악여구嫉惡如仇'이다. 장비가 눈을 부라리며 탐관오리를 매질하는 《삼국지연의》의 한 장면이 사당 한쪽에 조형물로 만들어져 있다. 대중이 장비를 친근히 여기는 마음은 그와 관련된 수많은 생활 속담에서도 알 수 있다. "장비가 콩나물을 먹는다"라는 속담은 무슨 뜻일까? 일도 아니라는 뜻이다. 대식가인 장비가 콩나물 한 접시 먹는 것이야 일도 아닌 것처럼 어떤 일을 아주 쉽게 처리할 수 있을 때 쓰는 말이다. 우리말로 "식은 죽 먹기", "누워서 떡 먹기"에 해당한다고 할 수 있겠다. "장비가 수를 놓는다"라는 말은 또 무슨 뜻일까? 거칠면서도 섬세한 면이 있는 경우를 칭찬하는 말이다(이 말은 큰 재주를 너무 자잘

◈ 장비

한 일에 쓴다는 부정적인 뜻으로 쓰이는 경우도 있다). "장비가 쥐새끼를 바라본다"라는 속담은 좀 어렵긴 하지만 장비의 눈과 쥐의 눈을 생각하면 된다. 장비의 눈은 고리눈(환안環眼)으로 묘사되는 크고 둥근 눈이다. 이 큰 눈이 쥐새끼의 작은 눈을 보고 있다는 뜻인데, 어떤 당황스러운 상황이 발생해서 서로 눈만 멀뚱멀뚱 쳐다보고 있는 난감한 상황을 가리킬 때 쓰이는 말이다.

장비의 고리눈을 말했으니 이참에 그의 모습에 대한 이야기를 해보자. 나관중의《삼국지연의》에서 장비는 흔히 신장이 팔척이요(신장팔척身長八尺), 표범 머리에 고리눈이고(표두환안豹頭環眼), 제비꼬리처럼 갈라진 턱에 호랑이 수염(연함호수燕頷虎鬚)으로 그려진다. 그야말로 위풍당당하고 용맹무쌍한 용사의 모습이다. 삼국지를 다룬 모든 영상물에서 장비는 대체적으로 이러한 모습으로 그려지고 있다. 그런데 소설속 장비 말고 역사 속 장비는 사뭇 다른 미남자의 모습이었을 것이라고 추측하기도 한다. 2004년 장비가 주둔했던 사천성 장비산張飛山에서 발굴된 장비로 추정되는 조각상 때문이다. 이 장비 조각상은 나관중이 묘사하고 있는 무시무시한 장비의 모습과는 너무나도 달랐으니, 수염도 없이 매끈한 얼굴의 백옥 미남자였다. 사람들은 장비의 누이가 후주 유선에게 시집을 가서 황후가 될 정도로 고왔으니 장비 역시미남자였을 가능성이 있다고 주장하기도 한다. 사실 진수의 역사서《삼국지》에는 유비와 관우에 대한 묘사가 있으나 장비의 모습에 대한구체적인 언급이 없으니 이런 주장이 전혀 황당한 것은 아니다.

장비의 사당 곳곳을 둘러보는데 아래쪽에서 폭죽 소리가 요란하고연기가 구름처럼 피어오른다. 관리하는 사람에게 물어보니 이 지방사람들은 차량을 새로 구입하면 꼭 이 장비 사당에 들러서 운전의 무사고를 비는 풍속이 있다고 한다. 그러면서 장비 사당의 영험함을 옛이야기를 들어서 설명한다. 청나라 강희 황제 때 대학사 겸 이부상서를 맡고 있던 장붕핵張鵬翮이라는 고관 대신이 고향 사천에 들렀다가장강을 통해 조정으로 돌아가는 길이었다. 배가 장비 사당을 지날 즈음에 동행하던 하속들이 장비에게 제사를 하고 가자고 권했는데, 장붕핵은 "재상은 장군에게 절하지 않는다"라는 '상불배장相不拜將'의 이유를 들어서 제사를 거부하고 그냥 지나쳤다. 그들은 30리를 더 가서 삼파계三壩溪라는 계곡에 이르러 하루를 묵었는데 다음날 아침에 일어나 보니 배가 장비 사당 근처에 그대로 있었다. 묶은 줄이 풀려서 바람에 밀려 뒤로 왔겠거니 하고 다시 30리를 가서 삼파계에 묵었는데 역시 다음날 아침에도 여전히 배는 장비 사당 근처에 있었다. 그 다음날도 마찬가지였다. 장붕핵이 크게 두려워하고는 허둥지둥 장비 사당에 올라 사죄의 제사를 드렸더니 장비의 신령이 용서했는지 강 위로 청풍이 알맞게 불어와 뱃길을 순조롭게 열어주었다. 지금도 장비 사당 앞 장강 석벽에는 '강상풍청江上風淸'이라는 2미터가 넘는 큰 글씨 넉 자가 새겨져 있어서 뱃길 수호자 장비의 존재감을 더하고 있다. 이러한 전설에 기초하여 이 지역 사람들은 새로 차량을 구입하면 무조건 이곳으로 달려와 안전 무사고를 기원한다. 뱃길보다 더 험한 것이 자동차 길이요, 자동차 길보다 더 험한 것이 인생길이니 그저 이런저런 신령의 도움을 빌고 빌면서 조심조심 안전제일로 나아갈밖에.

3. 신녀봉에 내리는 저녁 비
– 장강삼협(長江三峽, 창장싼샤)

이제 장강삼협의 절경 속으로 들어가보자. 백제성을 출발한 배가 삼협의 대문인 기문을 지난다. 백제성이 있는 봉절은 이전에 기주로 불렸으므로 이곳 삼협의 대문을 기문이라고 부른다. '기문천하웅夔門天下雄'이라 칭해질 정도로 기문 부근의 협곡은 웅장하다. 강을 사이에 두고 남쪽으로 백염산白鹽山, 북쪽으로 적갑산赤甲山이 까마득한 높이로

◈ 구당협 기문

강을 굽어보고 있다. 여기서부터 삼협의 첫째 협곡인 구당협이 시작
된다. 동쪽으로 무산현까지 약 8킬로미터로 이어지는 구당협은 강폭
이 좁고 산세가 험해서 삼협 중 풍경이 가히 압권이다. 두보도 이 웅
장한 구당협의 산세에 감동해서 〈백염산白鹽山〉을 남겼다.

뭇 산봉우리 밖에 우뚝 솟아
깊은 물가에 뿌리를 서렸구나
다른 산들은 모두 두터운 대지에 기대고 있건만
너만 홀로 높은 하늘에 가깝구나

卓立羣峯外, 蟠根積水邊。

他皆任厚地, 爾獨近高天。

　예전에는 이 기문 앞에 염여퇴灩澦堆라는 암초가 있어서 배의 운항을 크게 위협했다. 여름에 강물이 불면 물에 잠겼다가 겨울에 수위가 낮아지면 모습을 드러냈는데, 옛날 뱃사람들은 물 밖으로 나온 염여퇴의 크기를 보고 배 운항 여부를 판단했다고 한다. 그래서 이 지역에 "염여퇴가 코끼리만 해지면 구당협은 올라갈 수 없고, 염여퇴가 말만 해지면 구당협은 내려갈 수 없다灩澦大如象, 瞿唐不可上, 灩澦大如馬, 瞿唐不可下"라는 민요가 전해졌다. 이 인상적인 바위를 보고 두보가 읊은 〈염여퇴〉라는 시다.

　거대한 바위가 물 한가운데 있는데
　강이 추워지니 물 밖으로 길게 나왔네
　소를 빠뜨려 수신水神에게 제사하고
　바위가 말만 해지면 배의 운항을 삼간다네
　하늘의 뜻은 배가 뒤집힐까 염려한 것
　신묘한 공력이 아득한 물에 닿아 있구나
　전란에 연이어 뱃줄을 푸노라니
　떠나든 머물든 위태롭기만 하구나
　巨石水中央, 江寒出水長。
　沉牛答雲雨, 如馬戒舟航。
　天意存傾覆, 神功接混茫。
　幹戈連解纜, 行止憶垂堂。

염여퇴는 1958년에 폭파되어 해체되고 그 일부가 중경에 있는 삼협박물관에 전시되어 있다.

배가 무산현에 도달하면 구당협은 끝나고 무협巫峽이 시작된다. 무산현에서 여행자들은 큰 배에서 작은 배로 갈아타고 소삼협과 소소삼협을 구경한다. 소삼협은 무산소삼협으로 불리는데, 장강삼협에 웅장함이야 못 미치지만 아기자기한 맛이 있어 볼 만하다. 소삼협의 수려함을 소개하는 안내원의 지칠 줄 모르는 설명이 좀 거슬리면 배 맨 위층에 올라가서 차 한잔 마시면서 느긋하게 경치를 감상하면 된다. 소삼협에서 가장 눈길을 끄는 것은 높은 절벽 틈새에 자리한 관이다. 절벽에 매달려 있다고 해서 '매달릴 현懸'자를 써 '현관懸棺'이라고 한다. 이 지역에 살았던 고대 소수민족의 장례 풍속인데 까마득한 현애 절벽에 묘실을 파고 그곳에 관을 넣었다. 그 작업 과정이 어려워 비용도 많이 들었을 터라 지체 높은 귀족들이나 가능한 장례 풍속이다. 사람이나 짐승이 접근하기 어려운 절벽이니 도굴을 방지하기에 좋아서 택한 방식이겠지만, 구름 피어오르는 절벽 높은 곳이면 신선이 있는 곳이니 망자가 선계로 가기 쉬울 것이라는 믿음도 있었을 것이다. 소삼협이 끝나고 소소삼협이 시작되면 이번에는 뱃사공이 노를 젓는 작은 배에 옮겨 타고 맑은 물길을 거슬러 올라가면서 좁은 협곡의 풍광을 감상한다. 자연 풍광이야 크게 다를 바가 없지만 지역 주민인 뱃사공이 부르는 민요 한 자락을 감상할 수 있어 이채롭다. 물론 약간의 사례는 해야 한다. 다시 순서를 바꿔서 소소삼협에서 소삼협으로 다시 장강삼협으로 돌아오면 배는 기적을 울리며 본격적으로 무협의 한복판으로 운항을 시작한다.

총 길이 46킬로미터의 무협은 수려한 봉우리들이 끝도 없이 이어지는데, 그중에 가장 빼어난 것이 무산십이봉巫山十二峯, 무산의 열두 봉우리다. 강을 사이에 두고 남북으로 여섯 봉우리가 차례로 구름 안개 속에 신비롭게 솟아 있다. 봉우리마다 조운朝雲, 기운起雲, 등룡登龍 비봉飛鳳 등의 이름을 갖고 있는데, 이 중에서 유명한 것이 무산 신녀의 전설을 안고 있는 신녀봉神女峰이다. 봉우리들 중에서 가장 먼저 아침노을을 맞이하고 가장 늦게 저녁노을을 전송한다고 해서 망하봉望霞峰이라는 이름으로도 불리는 이 봉우리 뒤쪽에는 사람 형상의 돌기둥 하나가 서 있는데 이 돌기둥이 바로 무산의 신녀. 신화 속 서왕모西王母의 막내딸 요희瑤姬가 인간 세상에 노닐다가 풍경이 수려한 무산 인근을 지나가게 되었는데, 마침 우禹가 백성들을 이끌고 치수하는 현장을 보게 되었다. 거센 물결과 사투를 벌이는 우의 노력과 정성에 감동한 요희는 신공을 활용하여 우가 치수에 성공하도록 힘을 보탰다. 그리고 치수가 성공한 뒤에도 돌아가지 않고 물길이 가장 험한 무협의 산봉우리에 남아 백성들이 평안히 뱃길을 오갈 수 있도록 보살펴주었다. 장구한 세월이 흐르면서 그녀의 몸은 돌기둥으로 변하게 되었으니, 신녀봉 뒤쪽에 서 있는 사람 형상의 돌기둥이 바로 그것이다. 무산의 산들은 자주 구름과 안개에 가려져 있어서 아주 청명한 날이 아니면 무산 신녀의 돌기둥을 보기가 쉽지 않다.

이 신화 속 이야기는 천년 뒤 전국시대에 이르면 애정고사로 각색되어 등장한다. 굴원의 제자 송옥宋玉이 쓴 〈고당부高唐賦〉라는 글에서 비롯된 이야기이다. 당시 장강삼협이 속해 있던 초나라를 다스리던 회왕懷王이 무산에서 노닐다가 노곤하여 잠이 들었다. 꿈에 한 부인이 나타나서 말하기를 "저는 무산의 신녀입니다. 왕께서 무산에 놀러오셨다는 소식을 듣고 잠자리 시중을 들고자 찾아왔습니다"라고 하니

◆ 무협신녀봉

왕이 흔쾌히 그녀와 동침하였다. 다음 날 신녀는 왕과 작별하면서 말했다. "저는 무산의 남쪽, 높은 산 험한 곳에서 살고 있습니다. 아침에는 구름이 되어, 저녁에는 비가 되어 조석으로 대왕과 함께했던 이곳을 찾아오겠습니다." 잠에서 깨어난 회왕이 나가 보니 과연 아침 구름이 자욱하게 무산을 덮고 있었으므로 사당을 지어 신녀를 기리고 사당 이름을 '아침 구름'이란 뜻의 '조운朝雲'이라 칭하였다. 이 이야기에서 비롯된 성어가 남녀가 나누는 육체적인 사랑을 뜻하는 '운우지정雲雨之情'이다. 이 운우지정의 연애 신화는 특히나 감성적인 시인들을 격동시켰으니, 무산 무협을 지나는 시인들 중에 아침 구름과 저녁 비를 언급하지 않는 이가 없을 정도이다.

어젯밤 무산 아래
원숭이 울음소리 꿈속에서도 길더라.
복사꽃 푸른 물에 나는
춘삼월 구당협을 지나는데,
비는 바람에 날려
남쪽으로 초왕대를 스치니,
높은 언덕에서 송옥이 그리워
옛일을 생각하며 눈물 흘리노라.
昨夜巫山下，猿聲夢裏長。
桃花飛綠水，三月下瞿塘。
雨色風吹去，南行拂楚王。
高丘懷宋玉，訪古一沾裳。

이백이 지은 〈무산 아래서 머물다宿巫山下〉라는 시이다. 이백이 시인 송옥이 그립다고 능치고 있지만, 속마음이야 무산 신녀의 고운 자태를 그리워하며 탄식한 것은 아닐는지! 이 운우지정의 신화는 비가 잦고 구름도 많은 무협의 날씨에서 비롯된 것일 가능성이 높다. 특히 무협은 구름이 장관이기로 유명하여서 당나라 시인 원진은 "바다를 보고 나면 물이 눈에 차지 않듯이, 무산을 제외하고는 더 이상 구름이 아니다曾經滄海難爲水, 除卻巫山不是雲"라고 할 정도였다.

배가 엷은 저녁 구름 속 신녀봉과 점점 멀어지고 강물이 시나브로 어두워지니 나그네 객수를 이기지 못해 생각이 깊어지는 사이, 무산 신녀 같은 둥근 보름달이 동편에 걸려 있다. 강물에 술 한잔 따르는 나그네 뱃길이 그윽하여 좋구나.

파국의 유정한 밤
초강에 옛 달이 뜬다
둥근 하늘 거울에 한잔 술 올렸더니
신녀의 씻은 얼굴이 또렷하구나
巴國有情夜, 楚江古月生。
一樽飛鏡酹, 神女洗顔明。

― 김성곤, 〈무산월巫山月〉

호남성

3장

1. 산수화 속을 노닐다
− 장가계(張家界, 장자제)

장강을 따라 여행하는 길, 삼협댐이 있는 의창에서 배를 내려 육로로 장가계張家界로 향한다. 장가계까지는 차로 4시간 반이 걸린다. 의창은 호북성이고 장가계는 호남성이니 시간이 좀 걸리는 여정인데, 그래도 요즘은 고속도로가 생겨서 한결 수월하다. 장가계는 문자 그대로 장씨 집안의 세상이란 뜻으로, 명나라 때 조정에서 장씨 집안에게 내려준 영지이다. 한나라 개국 공신 장량張良이 말년에 은거한 곳이라고 말하기도 하는데, 근거가 부족하여 믿기 어렵다. 유방이 항우를 무찌르고 천하를 차지하게 만든 일등공신 장량은 대업을 이룬 후에 그 공을 누리지 않고 과감히 물러남으로써 비정한 권력에 토사구팽되지 않고 천수를 누린 명철보신明哲保身(총명하고 사리에 밝아 일을 잘 처리하여 일신을 그르치지 않음), 공성신퇴功成身退(공을 세운 후 그 자리에서 물러남)의 현자다. 그가 물러나 은거한 곳은 장가계가 아니라 호북성 함녕시咸寧市 통성현通城縣에 있는 황포산黃袍山으로 알려져 있다. 황포산과 장가계는 무려 400킬로미터 이상 떨어진 전혀 다른 지역이다. 이 황포산은 장량의 스승인 황석공黃石公이 살던 통성현의 장사산張師山과도 멀지 않은 곳이니 장량이 은거했을 가능성이 매우 높다. 황석공은 이교圯橋 다리 위에서 일부러 신발을 떨어뜨려 장량을 시험한 후에 병법서를 전해준 그 괴팍한 스승이다.

풍광이 뛰어나 1982년 중국 최초의 국가삼림공원으로, 1992년 유네스코 세계유산으로 등재된 장가계는 우리나라 사람들이 특히 많이 찾는 이름난 관광지다. 마치 오래된 신전의 허물어져가는 기둥과도 같고 봄날 솟아난 거대한 죽순과도 같은 크고 작은 기이한 봉우리들이 산을 가득 채우고 있다. 이런 모습은 우리나라에서는 극히 보기 드문 자연 풍광이어서 우리나라 관광객들을 매료시키기에 충분하다. 풍경구 안에 '십리화랑十里畵廊'이라는 구역이 따로 있지만, 86제곱킬로미터에 3천여 개의 봉우리가 들어차 있는 장가계는 그 전체가 빼어난 그림으로 가득한 화랑이라 해도 과언이 아니다. 높이가 무려 326미터에 달하는 백룡 엘리베이터를 타고 전망대로 높이 올라가 그 봉우리들을 바라보면, 영화 〈아바타〉의 공중에 떠 있는 할렐루야산이 즉각 연상될 정도로 신비롭기 그지없어서 마치 다른 세상에 와 있는 듯한 느낌이 든다. 여기에 구름 안개가 어슴푸레하게 깔리기라도 하면 장가계는 즉각 여백의 미를 한껏 살린 한 폭의 대형 산수화가 된다. 저기 봉우리 몇 좌를 뽑아 집 가까운 곳에 옮겨 심어놓고 조석으로 감상하고 싶은 욕심이 동한다. 잘생긴 아름다운 산수를 늘 대하고 살다 보

◈ 장가계

면 우리 성정이 그 자연을 그대로 닮아가지 않겠는가! 우리가 그토록
풍경이 좋은 곳을 찾아다니며 기웃거리는 이유가 바로 그런 자연처럼
멋진 사람들이 거기 살지도 모른다는 기대 때문 아니던가! 옛 화가들
이 산수화를 그려 대청에 걸어두고 조석으로 감상한 뜻도 그러하거니
와 그 산수화의 명산대천 사이사이에 그 산천을 닮은 듯 눈 맑고 웃음
순수한 사람들을 배치한 것도 그런 기대를 담은 것이리라.

당나라 시인 위응물韋應物의 〈휴가일방왕시어불우休暇日訪王侍御不遇〉
는 환경의 교육적 효과를 논하는 곳에 자주 인용되는 시이다.

아흐레를 정신없이 내달리다 하루 한가로워

그대 찾아갔다가 만나지 못하고 돌아오네.

뼛속까지 스미는 그대 시의 맑은 기운 기이하다 했더니

그대 집 문 앞에 항상 차가운 물이 흐르고

눈 가득한 산봉우리가 마주하고 있어서였군요.

九日馳驅一日閑, 尋君不遇又空還。

怪來詩思淸人骨, 門對寒流雪滿山。

이 산수화 같은 공간 속에 사는 아름다운 사람들은 누구인가? 바로 토가족土家族(투쟈주)이다. 호남성과 호북성, 중경과 귀주성 일대에 흩어져 살고 있는 토가족은 약 8백만 명 정도로 알려져 있으며, 토가어를 구어로 쓰지만 별도의 문자는 없다. 토가족은 '토생토장土生土長', 즉 원래부터 이곳에서 나고 자란 원주민이라는 말이다. 장가계 풍경구 내에는 토가족의 사는 모습을 구경할 수 있는 마을 산채가 있다. 마을을 구경하면서 가장 눈에 띄는 것은 울면서 노래 부르는 아름다운 신부의 모습이다. 울며 시집가는 노래라는 뜻의 곡가가哭嫁歌를 시집가는 신부가 목이 쉬도록 부른다. 부모와 형제를 떠나는 슬픔을 담은 이별 노래인데 얼마나 구슬픈지 듣다 보면 절로 코끝이 시큰해진다. 보통 신부는 결혼하기 전 7일에서 보름 정도, 길게는 한 달이 넘도록 노래를 부른다고 한다. 목이 쉬어서 더 이상 소리가 나지 않을 때까지 줄곧 불러야 현숙한 신부라 칭송을 받는다고 한다. 노래는 대체로 부모님의 은혜에 대한 감사와 가족을 다시 보지 못하는 슬픔에 대한 내용이 주를 이룬다. 곡가가 중 아버지의 은혜를 노래한 〈곡부哭父〉의 가사를 소개한다.

하늘의 별 총총 달은 어둑한데

우리 아버지 날 위해 고생고생하셨네

아버지의 가없는 은혜로운 마음이여

말로는 다 표현할 수 없다네

우리가 굶주릴까 걱정하시고

우리가 병들까 걱정하시고

우리가 남들보다 추하게 입을까 걱정하시며

새벽부터 밤까지 고생고생하셨네

(중략)

딸자식 지금 부모님을 떠나가려 하니

아픈 가슴 견딜 수가 없고 눈물이 옷깃을 적시네요

딸이 되어 부모님께 효도를 다하지 못하고

종신토록 부모님을 모시지 못하게 되었어요

물 속에서 켜는 등불이 어찌 밝을 수 있겠어요

헛되이 세상에 와서 사람 노릇 못하고 있네요

장가계 여행에서 빼놓을 수 없는 곳이 장가계의 혼이라고 불리는 천문산天門山이다. 통천대도通天大道, 하늘로 통하는 큰 길이라는 거창한 이름의 도로가 천문산 낭떠러지를 돌며 10킬로미터 넘게 이어진다. 해발 200미터에서 1,300미터까지 99번 굽어지는 길로 버스가 씽씽 달리면 창밖 까마득한 낭떠러지 너머로 구절양장 절벽 도로가 바짝 따라온다. 이윽고 도착한 곳은 999개의 계단으로 이루어진 하늘로 오르는 계단, 상천제上天梯다. 이 계단 끝에 하늘 문 천문동天門洞이 신비롭게 서 있다. 이 천문동이 있는 산봉우리는 삼국시대 숭량산이

◈ 천문산 도로 통천대도

라 불렸는데, 어느 날 갑자기 굉음과 함께 높이 131.5미터, 너비 57미
터, 깊이 60미터의 동굴이 봉우리를 관통하여 남쪽에서 북쪽으로 둥
근 문처럼 뚫려서 마치 하늘로 들어가는 대문인 양 신비롭게 조성되
었다. 삼국시대에 이 지역을 다스리던 오왕吳王이 이를 길조라 여겨서
산 이름을 숭량산에서 천문산으로 바꾸고, 이 동굴을 천문동이라고
한 것이다. 많은 유람객이 이 신비로운 곳을 올라 천문동에 이르러 하
늘 문 저 너머에 있는 선계를 엿보고자 한다. 까마득한 계단 끝에 하
늘을 담고 있는 천문동을 상천제 아래에서 바라보면 저 문 너머에 무
언가 특별한 세상이 있을 것 같은 기분이 들기 때문이다. 옛사람도 그

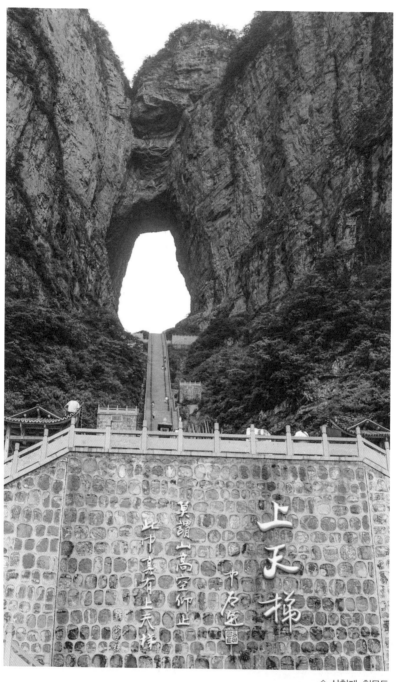

◈ 상천제, 천문동

렇게 느꼈던지 이런 노래가 전해진다.

천문산 위 천문동이 있고
천문동 위에 하늘 문 문턱이 걸쳐 있다네
인간과 하늘이 문턱으로 떨어져 있으니
선계로 가려면 문턱을 넘어가야 한다네
일생토록 근심 없고 행복만 많은 곳
신선처럼 즐겁게 껄껄 웃으며 살 곳이라네
天門山上天門洞, 天門洞橫天門坎。
人間天上由坎隔, 若往仙界跨坎過。
一生無憂幸福多, 猶如神仙樂呵呵。

이런 기대를 안고 999개의 계단을 힘겹게 올라서 천문동 문턱을 넘어서지만 보이는 것은 첩첩 이어지는 산맥의 아스라한 원경일 뿐이다. 우리가 찾던 선계는 다시 산 구름과 저녁 안개 속으로 멀리 숨어버리고 고단한 나그네는 천문동 절벽을 나는 산제비들의 비행을 바라보면서 먼 옛날 아득한 무릉도원의 별천지를 상상할 뿐이다. 무릉도원, 장가계의 정식명칭이 장가계무릉원풍경명승구張家界武陵源風景名勝區가 아닌가. 이것이 장가계를 무릉도원으로 일컫는 이유이기도 한데 사실 유토피아 무릉도원은 다른 곳에 있다. 이제 우리는 진짜 무릉도원을 찾아간다.

2. 복사꽃 물결 따라 찾아가는 세상 밖의 땅
- 도원(桃源, 타오위안)

옛날 무릉武陵의 한 어부가 고기잡이배를 타고 가다가 길을 잃었다. 한참을 헤매다가 복사꽃이 무더기로 줄지어 떠내려오는 신비로운 물줄기를 만나게 된다. 이상한 느낌에 휩싸인 이 어부는 그 물줄기를 끝까지 거슬러 올라가 마침내 조그만 동굴을 발견한다. 안쪽을 들여다보니 희미한 불빛 같은 것이 보여 배를 버려두고 동굴로 들어갔는데, 동굴 너머에는 수백 년 전 진시황의 폭정을 피해 숨어 들어온 사람들이 살고 있는 평화롭고 풍족한 이상 사회가 있었다. 위진남북조시대 술과 국화의 시인 도연명이 쓴 〈도화원기桃花源記〉라는 글에 나오는 이야기이다.

이 글에서 비롯된 유토피아가 바로 무릉의 복사꽃 물결이 흘러내려온 근원지라는 뜻의 무릉도원武陵桃源이다. 전란으로 어지럽던 시대의 가난한 시인 도연명이 상상 속에서 그려낸 유토피아이건만, 이 작품이 발표되자 사람들은 그것을 상상의 허구가 아닌 실재하는 공간으로 믿었다. 그래서 그런 공간을 찾아다니기도 하고 스스로 만들기도 했다. 사람들은 무릉군에 속한 여러 지역을 탐사하고는 마침내 도연명의 글에서 묘사하고 있는 지형과 유사한 곳을 찾아냈다. 바로 호남성 상덕시常德市에 있는 도원桃源이라는 곳이다. 장가계에서 가면 4시간 정도 소요되는 거리이다. 이 도원에 도연명이 설계한 무릉도원이 있다. 입구에 들어서면 '세상 밖 무릉도원'이란 뜻의 '세외도원世外桃源'이 적힌 높다란 패방牌坊(위에 망대가 있고 문짝이 없는 대문 모양의 중국 특유의 건축물)이 나그네를 반긴다. 우리는 이상향을 무릉도원이라고 표현하지만 중국인들은 대체적으로 세외도원이라는 말을 많이 쓴다. 우리네 홍진 세상 밖에 있는 무릉도원이란 뜻이다. 뜰 곳곳에 연못을 파고 복숭아나무를 심었는데, 복사꽃이 연못에 떨어지는 봄철이면 복사꽃 물결 따라가던 무릉의 어부의 모습이 자연스럽게 떠오를 것이다. 조금 더 올라가면 이 유토피아의 설계자인 도연명의 사당이 있다. 그 사당 너머로 작은 계곡이 이어지는데 그 졸졸 흐르는 물줄기를 따라 올라가다 보면 물줄기가 끝나는 곳에 자그마한 소가 하나 있고 그 위쪽으로 작은 동굴이 하나 보인다.

어부가 심히 기이하게 여겨 다시 앞으로 나아가 복숭아나무숲 끝까지 가고자 했다. 숲은 물이 흘러나오는 수원지에서 끝나고 그 위로 산 하나가 솟아 있었다. 그 산에 작은 동굴이 있는데 희미하게 빛이 흘러나오는 듯했다. 어부는 배를 버려두고 입구로 들어갔다. 처음에는 극히 좁아 겨우 한 사람이 지나갈 수 있을 정도였다.

— 도연명, 〈도화원기〉

밖에서 보면 동굴이 어두워서 제법 깊어 보였는데 망설일 것이 무엇 있으랴. 어부야 아무것도 몰랐으니 호기심 반 두려움 반으로 주저함도 있었겠지만, 우리는 동굴 저 너머에 무릉도원이 있다는 걸 이미알고 있는데 이까짓 어둠 쯤이야! 생각보다 길지 않은 동굴을 나서니 가을 햇살에 눈이 부신데 거기에 우리네 세상과 별반 다르지 않은 무릉도원이 범범하게 펼쳐지고 있었다.

어부가 다시 수십 보를 더 가니 환하게 트이고 밝아졌다. 토지

는 평평하고 넓으며 집들은 가지런하고 기름진 밭과 아름다운 연
못과 뽕나무 대나무 등속이 있었다. 밭길이 사방으로 통해 있고
닭 우는 소리와 개 짖는 소리가 들리는데, 그 가운데 왕래하며 농
사를 짓는 사람들의 복장이 다른 세상 사람과 같았다.

– 도연명, 〈도화원기〉

밭도 있고 그 밭을 가는 소도 있고 대나무 우거진 연못도, 단아하게
지은 예스러운 집들도 보이고, 몰려다니는 닭들도, 늘어져 있는 개도
보였다. 그러나 가장 눈길을 끄는 것은 무릉도원을 찾는 관광객들을
맞이하는 가게들이 줄지어 있는 풍경이었다. 이건 도연명의 설계도에
는 애초 없는 풍경이다.

사람들이 어부를 보고는 깜짝 놀라며 그 들어온 경유를 묻고는
그를 데리고 집으로 돌아가서 술을 차려 내고 닭을 잡고 밥을 지
었다.

– 도연명, 〈도화원기〉

가게 주인들이 옛날 어부를 대접하듯이 음식을 차려내는데 그중에
기억할 만한 것이 바로 뢰차擂茶(레이차)라는 전통차다. '뢰'는 음식을
갈다라는 뜻으로, 뢰차는 찻잎, 생강, 산수유, 녹두 등을 갈아 분말로
만든 뒤 소금을 넣어 끓여 마시는 걸쭉한 차다. 한나라 때부터 마시기
시작한 차라고 하니 도연명이 살았던 위진남북조시대보다 훨씬 앞서
서 비로소 무릉도원의 느낌이 조금 살아난다. 이 뢰차를 여러 가지 간
식거리와 함께 푸짐하게 먹는데 그중에 압권은 무를 허리띠처럼 길게

깎아서 만든 매콤하고 짭짤한 '장수무'이다. 이걸 중간에 끊지 말고 한 번에 다 먹어야 장수한다고 하니 너도 나도 장수무를 높이 들어올린 뒤 목을 길게 빼고 우적우적 씹는데 적지 않은 사람들이 사레가 걸려 온통 웃음바다가 되었다.

며칠 머물다가 작별하고 떠나는데 이 마을 사람들이 이르기를 "외부 사람들에게 말할 것은 못 됩니다"라고 했다. 어부는 동굴을 나온 뒤 자신의 배를 찾아 타고 길을 따라가면서 지나는 곳마다 표시해두었다. 무릉군에 이르러 태수에게 나가 사실을 설명하니 태수가 즉시 사람을 파견하여 어부를 따라가 찾게 했는데, 지난번 표시해둔 곳을 찾아보았으나 길을 잃고 말았다.

— 도연명, 〈도화원기〉

왜 도연명은 무릉도원을 끝내 세상 사람들이 찾지 못하도록 꼭꼭 숨겨놓았을까? 아마도 그 무릉도원은 뱃길로 찾아갈 수 있는 곳이 아니라는 뜻은 아닐까? 마음 길로, 마음의 등불을 밝히고 어둠을 넘어 찾아갈 수 있는 그런 곳이라는 뜻은 아닐까? 이런저런 생각으로 허청허청 어둑해진 길을 걸어 나오는데 오래전 이곳에 들러 술 한잔 기울이던 봄날이 아련하게 떠올랐다.

진나라 사람의 땅에 깊이 앉아
홀로 세상 밖 술을 마신다
복사꽃 피어 속한 기운 사라지고
매화 떨어져 울타리 향기롭다

삼대 한 집안 식구들

모두 모여 불 지펴 밥 지어먹는다

뉘엿뉘엿 봄날은 저물어가는데

얼큰 취한 객은 돌아가는 길 더디다

幽坐秦人地, 獨飮絶世時。

桃開無俗氣, 梅落有香籬。

三代一家口, 咸來食飯炊。

冉冉春將暮, 醺醺客歸遲。

- 김성곤, 〈봄날 도화원을 방문하다春日訪桃花源〉

3. 여신의 눈물과 시인의 탄식, 옛사람의 우환
- 동정호(洞庭湖, 뚱팅후) 악양루(岳陽樓, 위에양러우)

이번 여행지는 장강이 삼협을 나와 동으로 흘러가다 만나는 중국에
서 두 번째로 큰 담수호인 동정호다. 예부터 '팔백리동정八百里洞庭'이
라고 불리는 이 거대한 동정호의 면적은 1990년대 말 기록에 의하
면 2579.2제곱킬로미터다. 참고로 서울 면적이 605제곱킬로미터이
니 그 광대함은 상상하기가 어려울 정도이다. 호남성의 주요한 네 개
의 하천 상수湘江, 자수資水, 원강沅江, 풍수澧水와 멱라강汨羅江을 비롯
한 작은 지류들이 흘러들어와 이 거대한 호수를 이룬다. 서북쪽에서
는 장강에서 갈라져 나온 송자하松滋河, 호도하虎渡河, 우지하藕池河, 화
용하華容河 등이 장강의 불어난 물을 이 동정호로 흘려보내는데, 이로
인해 동정호는 장강 유역의 막대한 홍수 조절 능력을 갖추게 되었다.

◆ 동정호

동정호 북쪽을 흐르는 장강은 남으로 방향을 틀어 호남성 악양岳陽의 성릉기城陵磯에 이르러 동정호가 내뿜는 물을 다시 받아서 동북쪽으로 흘러간다. 이 호수 중앙에 군산君山이라는 이름의 커다란 섬이 있는데, 이 섬의 옛 이름이 동정산洞庭山이었으므로 호수를 동정호라 한 것이다. '동정'은 신선들이 살고 있는 정원이라는 뜻인데, 도교에서 이 섬 중앙에 자리한 섬을 천하제일복지天下第一福地로 여겨서 이렇게 이름을 붙인 것이다.

동정호에서 가장 이름난 명승지는 무한武漢의 황학루黃鶴樓, 남창南昌의 등왕각滕王閣과 함께 강남삼대명루江南三大名樓로 꼽히는 악양루다. 호남성의 2대 도시인 악양은 동정호의 동북쪽 끝에 자리하고 있는데,

◆ 악양루

동서남북으로 이어지는 뱃길로 인해 예부터 군사적 요충지였다. 악양
루는 삼국시대 오나라 장수 노숙魯肅이 군대를 사열하는 열병대閱兵臺
로 처음 세웠다고 하니 1,800여 년의 역사를 간직하고 있는 셈이다.
악양루는 '동정천하수, 악양천하루洞庭天下水, 岳陽天下樓'라는 말처럼 늘
동정호와 이름을 같이했다. 악양루가 명루로 천하에 이름을 알리게
된 것은 한 편의 명시와 명문이 존재한 까닭이다. 당나라 시인 두보의
시 〈등악양루登岳陽樓〉와 송나라 정치가요 문장가인 범중엄范仲淹의 글
〈악양루기岳陽樓記〉다.

두보는 죽기 전에 고향에 돌아가자는 절박한 심정으로 약 2년 동안
머물던 백제성을 떠나 삼협을 지나 고향을 향한다. 하지만 여전히 뱃
길은 전란으로 막히고 오갈 데 없이 된 두보는 병든 몸을 이끌고 호

북과 호남을 정처 없이 떠돈다. 이 막막한 절망의 시기에 두보의 배는 바다처럼 광활한 동정호에 도달했고, 늙고 병든 시인은 그 유명한 누각 악양루에 올라 이 시를 남겼다.

예로부터 동정호를 들었더니
이제야 악양루에 오르네
오나라 초나라까지 동남으로 터져 있고
해와 달이 밤낮으로 이곳에서 떠오르네
친척도 친구도 소식 한 자 없고
늙고 병들어 외론 배로 떠도는 몸
고향 북쪽은 여전히 전쟁 소식
누각 난간에 기대어 눈물 콧물 흘리네
昔聞洞庭水，今上岳陽樓。
吳楚東南坼，乾坤日夜浮。
親朋無一字，老病有孤舟。
戎馬關山北，憑軒涕泗流。

이 시의 전반부는 동정호에 대한 묘사이고, 후반부는 자신의 신세에 대한 술회다. 친척도 친구도 소식 한 자 없이 늙고 병들어 홀로 외롭게 떠도는 몸이다. 고향이 있는 북쪽은 여전히 전쟁 중이어서 돌아갈 아무런 희망도 없다. 악양루 난간에 기대어 눈물 흘리고 있는 시인의 처지가 여간 안쓰럽지 않다. 이 시는 역대로 3, 4구를 최고의 명구로 여겨 왔다. 오나라, 초나라까지 넓게 이어지는 이 광활한 동정호는 해와 달이 뜨고 지는 장엄한 우주 공간으로 묘사된다. 그런데 이 광대한 풍경에서 비롯된 장엄한 기상이 작품 후반부에 묘사된 슬픔에 강력하게 영향을 준다. 후반부에서 시인의 고독과 절망이 강렬하고 침울해도 이 시는 여전히 장엄한 기상 속에 있다. 늙고 병든 몸으로 친척과 친구들의 외면과 전쟁이라는 시대가 만든 불행에 힘을 다해 맞서는 강인함을 보여주는 것으로 이해할 수도 있다. '고주孤舟'의 '고'는 외로움이면서 동시에 고고함이다. 따라서 홀로 세상과 우주에 맞서는 배짱을 보여주는 것으로도 볼 수 있다. 유종원이 〈강설江雪〉에서 묘사한 천산, 만 길에 내리는 눈에 맞서서 삿갓 쓰고 홀로 차가운 강에서 낚시하는 노인의 그 외로운 배 '고주'가 바로 두보의 〈등악양루〉의 고주가 될 수도 있는 것이다. 그런 씩씩함과 결기 때문에 마지막 구 난간에서 흘린 시인의 눈물도 개인의 슬픔에서 벗어나 전란의 시대에 대한 슬픔으로 읽힌다.

2003년 봄, 중국 강남을 여행하면서 악양루에 올라 두보의 이 시에 화답하는 〈악양루에 올라 두보를 생각하다登岳陽樓懷杜甫〉라는 시 한 수를 썼다.

천 리 동정호여
만년의 근심을 머금고 있구나
북으로는 무협의 한에 통하고
남으로 소상의 근심에 접하였어라
늙고 병들어서도 붉은 봉황을 노래했지만
평생을 흰 갈매기로 떠돈 신세
난간에 기대어 그의 눈물자국을 보니
소상반죽瀟湘斑竹처럼 선명하게 남아 있구나

千里洞庭水，　長含萬載愁。
北通巫峽恨，　南接瀟湘憂。
老病吟朱鳳，　平生是白鷗。
憑軒看涕痕，　如竹分明留。

바다처럼 망망한 동정호에 천년 세월을 넘어서 서려 있는 두보의
한을 읊은 것이다. 그 한은 동정호에서 거슬러 올라 삼협에 짙게 서린
고향에 대한 두보의 그리움과도 만나고, 또 소수, 상수로 이어져 호남
을 떠돌며 느꼈을 두보의 고독과 절망과도 만난다. 호남을 떠도는 중
에 남악 형산에 올라 붉은 봉황을 노래했던 것은 몸은 늙고 병들었지
만 여전히 뜨거운 시인의 피가 흘렀던 까닭일까? 하지만 그의 일생은
한 마리 정처 없는 흰 갈매기 같았다. 그가 눈물 콧물 흘렸던 악양루
에 올랐더니 난간에 그의 눈물자국이 선명하다. 마치 순임금의 아내
아황과 여영의 피눈물자국이 소상반죽에 선명하게 남은 것처럼 말이
다. "난간에 기대어 그의 눈물자국을 보니, 소상반죽처럼 선명하게 남
았다"라는 이 시의 마지막 구에 나오는 소상반죽의 전설을 따라 악양
루에서 15킬로미터 정도 배를 타고 동정호 호심에 있는 군산君山으로
들어갔다.

당대 시인 유우석劉禹錫이 "흰 은쟁반 위에 푸른 소라 한 마리白銀盤裏
一青螺"라는 지극히 감각적인 수사로 묘사한 신비로운 섬 군산에는 순
임금의 두 아내 아황과 여영을 모신 사당 상비묘湘妃廟가 있다. 상수의
여신이 된 두 여인의 이야기다. 아득한 시절 순임금이 천하를 순수하
던 중에 호남에서 병이 들었다. 순임금의 두 아내, 요임금의 딸인 아황
과 여영은 산서 남부에서 출발하여 호남까지 남편을 찾아왔다. 그들

이 동정호로 흘러드는 상수湘水 부근에 이르렀을 때 순임금이 호남 남부 창오蒼梧에서 이미 숨을 거두었다는 비보를 접하게 되었다. 상심이 극에 이른 두 여인은 상수 강가에서 피눈물을 흘리다가 마침내 숨을 거둔다. 그리고 그 피눈물이 대나무에 떨어져 눈물자국으로 선명하게 남게 되니 이것이 바로 얼룩 반점이 있는 소상반죽이라는 대나무다. 상비묘 앞에는 그 전설의 시대에서 불쑥 솟아난 듯 두 자매의 무덤이 반죽에 둘려 고요히 자리하고 있다. 두보 역시 생의 마지막 여정에서 상비묘에 들러 아득한 전설처럼 아름다운 시 〈사당 남쪽에서 저물녘 바라보다祠南夕望〉를 지었다.

긴 닻줄이 푸른 강물을 당기고
외론 배 기우는 햇살에 떠 있다
흥이 일어 지팡이 짚고 거닐다가
멀리 구름 이는 흰 모래밭을 바라본다네
산 요정은 봄 대숲에서 길을 잃고
상수의 여신은 저녁 꽃에 기대었구나
호남 이 그지없이 맑은 땅
무진세월 길게 탄식하던 곳이었느니
百丈牽江色, 孤舟泛日斜。
興來猶杖屨, 目斷更雲沙。
山鬼迷春竹, 湘娥倚暮花。
湖南淸絶地, 萬古一長嗟。

군산에서 상비묘와 함께 이름난 것이 하나 있으니 바로 군산은침

차君山銀針茶다. 찻잎이 미세한 흰 털로 덮여 있고 마치 바늘처럼 뾰족해서 '은침'이라 이름한 것이다. 가볍게 발효시킨 황차黃茶 계열에 속하는 이 차는 유리잔에 따라서 마시는 것이 특징인데, 뾰족한 찻잎이 유리잔 속에서 꼿꼿하게 서 있는 모습을 보기 위해서다. 이 모습을 "죽순이 땅에서 솟아난 듯하다群筍出土"라고 표현하기도 하고 "만 자루 붓이 하늘에다 글씨를 쓴다萬筆書天"라고 과장하기도 한다. 드넓은 동정호가 바라보이는 찻집에서 이 명차를 한 잔 시켜놓고 범중엄의 〈악양루기〉를 읽는다. 악양루를 천하의 명루로 널리 알린 명문이다.

파릉巴陵의 훌륭한 경치는 동정호 하나에 달려 있도다.
먼 산을 머금고 긴 강을 삼켰으니 호호탕탕 끝이 없으며
아침 햇살과 저녁 그늘에 그 기상이 천태만상이로다.

악양루를 중수한 등자경滕子京의 부탁으로 〈악양루기〉를 쓴 범중엄은 광활한 동정호가 펼쳐지는 변화무쌍한 풍경에 대한 서술을 시작한다. 수개월 동안 장맛비가 이어지는 음산하고 어둑한 동정호의 풍경과 그 동정호를 바라보는 사람들의 슬픈 심정을 먼저 기술하고, 이어서 맑고 화창한 봄날의 동정호의 풍경을 다음과 같이 묘사한다.

화창한 봄날 햇빛이 맑으며 물결이 일지 않을 적에는
위아래의 하늘빛이 만경萬頃에 달하도록 온통 푸르나니
모래밭에 갈매기들은 날아 모여들고
반짝이는 물고기들은 헤엄치고
언덕의 지초와 물가의 난초가 향기롭고 푸르구나.

자욱한 안개가 한번 개이고 밝은 달이 천리를 비추면
물에 뜬 달빛은 금빛으로 빛나고
고요한 달그림자는 마치 물속의 구슬이라,
어부들의 노랫소리가 서로 화답하니
이 즐거움이 얼마나 지극한가.
이 시절 누대에 오르면 가슴이 트이고
마음이 즐거워지나니
영욕을 모두 잊고 술잔을 잡아 바람을 대하여
의기양양 기뻐하는도다.

그런데 범중엄의 이 글은 동정호의 풍경을 장엄하거나 아름답게
묘사하는 데서 빛나는 것이 아니다. 글의 마지막 단락에서 그가 보여
준 우환의식憂患意識 때문이다. 동정호의 풍경에 따라 때론 근심하기도
하고 때론 즐거워하기도 하는 우리네 보통 사람들의 얄팍한 정서적
반응과는 사뭇 다른 옛날 어진 사람의 근심과 즐거움을 이야기하고
있다.

아아! 내가 일찍이 옛 어진 이들의 마음가짐을 추구해보니,
이 두 가지 경우의 행위와 다른 것은 어째서인가?
외물外物 때문에 기뻐하지도 않고
자신의 처지 때문에 슬퍼하지도 않았으니,
조정 높은 자리에 있으면 그 백성들을 걱정하였고
강호 먼 곳에 머물면 그 임금을 근심하였으니,
이것은 나아가서도 걱정하고 물러나서도 걱정한 것이다.

그렇다면 어느 때에나 즐거워할 수 있었겠는가?

천하 사람들이 근심하기 앞서 먼저 근심하고

천하 사람들이 즐거워한 후에야 비로소 즐거워한다.

아! 이런 사람들이 없다면 내 누구와 함께 돌아가겠는가.

옛날 어진 사람들은 외물에 기대어 즐거워하거나 자신의 처지 때문에 슬퍼하지 않았다는 것이다. 그들은 온통 백성과 임금 생각뿐이다. 조정에 있어 뜻을 펼칠 때에는 물론이고, 실의하여 강호에 머물 때에도 온통 나라에 대한 걱정뿐이니 자신의 처지를 비관할 틈도 좋은 풍경을 찾아 즐길 여유도 없다는 것이다. 이것이 바로 북송시대 지식인들이 보여준 시대에 대한 우환의식이다. 그럼 평생을 그렇게 걱정만 하면서 살 것인가? 아니다. 천하 사람들이 다 즐거워한 뒤에 즐거워하면 된다. 천하의 걱정거리가 있으면 백성을 위해 앞장서서 그 문제를 해결해주고, 문제를 해결한 후에 그 공에 거하며 먼저 즐거워하지 않고 천하 백성들 뒤로 물러나 그들의 기쁨을 바라보며 비로소 즐거워한다는 것이다. 동정호가 내다보이는 찻집에 앉아 〈악양루기〉의 이 마지막 대목을 읽다 보면 동정호처럼 드넓은 가슴을 가졌던 옛사람들의 호연하고 낙락한 모습이 떠올라 숙연해진다.

천하 사람들이 근심하기 앞서 먼저 근심하고,

천하 사람들이 즐거워한 후에야 비로소 즐거워한다

先天下之憂而憂, 後天下之樂而樂。

호북성 4장

1. 시선 이백의 각필 굴욕 역사 현장

— 무한(武漢, 우한) 황학루(黃鶴樓, 황허러우)

장강을 따라 시를 따라 떠도는 길, 동정호를 실컷 구경하고 악양시 북단 성릉기에서 다시 장강을 만나 동으로 흘러가다 보면 호북성의 중심도시 무한武漢을 만난다. 장강은 무한의 한복판을 흘러가는데, 장강의 최대 지류인 한수漢水가 무한에서 장강과 합하여 흘러가므로 무한을 강성江城이라 부르기도 한다. 무한은 예부터 교통의 요지로서 중국에서 인구와 재화가 가장 많이 집중된 네 개의 도시를 일컫는 천하사취天下四聚라는 말로 칭해질 정도로 번화한 도시다. 천하사취는 청나라 때 공업과 상업이 가장 발달한 네 곳의 도시, 북쪽으로는 북경, 남쪽으로는 광동성 불산佛山, 동쪽으로는 강소성 소주蘇州, 중서부로는 무한을 일컫는 말이다. 이 도시에서 한시를 따라 떠도는 우리를 가장 반갑게 맞아주는 곳은 장강 남쪽 기슭 사산蛇山 꼭대기에 우뚝 솟아 있는 황학루다.

황학루의 전신은 삼국시대 오나라에서 세운 군사용 망루였다. 그런데 전쟁이 끝나고 천하가 안정되면서 군사용에서 관광용 누각으로 바뀌게 되었으니, 장강을 따라 여행하는 관리들과 상인들이 필히 들러서 노닐고 잔치하는 곳이 되었다. 당나라 때부터 큰 규모로 지어졌으며 쇠락과 중건을 수차례 거듭하면서 지금에 이르렀다. 황학루가 청나라 말기에 무너진 뒤 1957년 장강을 가로지르는 장강대교가 황학루의 옛 부지를 점용해버려서 1985년 본래 있던 자리에서 1킬로미터 떨어진 사산 정상에 중건되었다. 1981년부터 약 4년에 걸쳐 중건된 황학루는 5층 누각으로 전체 높이는 50여 미터인데 약 60미터 높이의 사산 정상에 있어서 아주 높이 우뚝 솟아 있다는 느낌을 준다. 황학이라는 명칭에 걸맞게 황색 유리 기와로 덮여 있는데, 날렵한 처마가 층층이 포개져 있어서 금방이라도 날개 치고 날아갈 것 같은 힘찬 기상이 느껴진다.

누각 이름에 황학이 붙게 된 데는 다음과 같은 재미있는 전설이 전해내려 온다. 옛날 옛적 지금 황학루가 세워진 이곳 사산 부근에 주막집 하나가 있었다. 주인 신씨 부부는 성실하고 친절해서 손님들이 모두 좋아했는데, 어느 날 이 주막집에 남루한 차림의 노인 하나가 들러 술을 한잔 청했다. 행색이 거지꼴이었지만 주인 내외는 개의치 않고 술을 내어 대접했다. 이후로 노인은 종종 들러 공짜 술을 마시고 갔는데, 여러 달이 지난 후에 다시 노인이 찾아와 말했다. "내가 도를 닦기 위해 멀리 남쪽으로 가려 하는데, 그간 밀린 술값을 계산하고 떠나려 하오." 그는 주머니에서 귤 껍질을 꺼내더니 주막집 벽에 누런 황

학 한 마리를 그렸다. 그리고 사람들이 박수를 치고 노래하면 그 장단에 맞추어 학이 벽에서 춤을 출 것이라 말하고는 표연히 떠나버렸다. 그 후로 노인의 말대로 학은 춤을 추었고 사람들은 그 학춤을 보기 위해 구름 떼처럼 모여들었다. 수년이 흐른 뒤 신씨 내외는 큰돈을 벌었는데, 어느 날 그 노인이 돌아와 퉁소를 불어 황학을 벽에서 불러낸 후에 그 황학을 타고 멀리 가버렸다. 신씨 내외는 이 도사를 기념하기 위해 누각을 세우고 이를 황학루라 칭했다. 황학루 주변에는 부속 건물들이 여럿 보이는데 유독 눈길을 끄는 누각 하나가 있다. 이름하여 '각필정閣筆亭', 붓을 놓아버렸다는 의미의 정자다. 황학루는 그 뛰어난 절경으로 인해 역대 수많은 묵객들이 찾아와 붓을 잡아 시를 쓰고 그림을 그린 곳으로 유명한데 어째서 하필 '각필'이며, 그것이 무에 그리 대단하고 기릴 만하여 정자까지 세웠단 말인가? 그 각필정 앞에 세워진 벽면에는 최호가 쓴 〈황학루〉라는 시가 활달한 행서체로 유려하게 새겨져 있는데, 바로 이 시 하나 때문에 '각필정'이라는 희한한 건물이 세워졌다. 황학루 1층에 들어서면 신선을 태운 거대한 황학이 누각을 배경으로 하늘을 훨훨 날아가는 대형 벽화가 조성되어 있어서 이 황학루의 전설을 말해준다. 이 전설로 최고 아름다운 율시律詩를 써낸 사람이 있다. 바로 이백으로 하여금 붓을 던지게 만든 당나라 시인 최호崔顥이다. 이제 황학루에서 가장 유명한 일화, 이백의 각필閣筆 고사를 소개한다.

시인 이백이 젊은 시절 이 황학루를 찾았다. 천하의 명승이라면 가리지 않고 찾아 마음껏 감상하고 마음껏 붓을 휘둘러 절창을 뽑아내던 이백이 이 천하의 승경 황학루에 올랐으니 이미 창작 의욕이 저 창자 속에서부터 꿈틀대고 있을 터였다. 그가 시상을 이리저리 구슬리면서 붓을 들어 먹물을 찍고 필봉을 다듬고 있을 때, 아직도 구절 하나가 미진하여 왼손으로 수염을 만지작거리며 최후의 퇴고를 하고 있을 그 시점에 한 사람이 시 한 수를 적어 이백에게 보이면서 말했다.
"진사 최호가 이곳에 들러 지은 〈황학루〉라는 시입니다."

옛 사람 황학을 타고 가버리고
이곳엔 황학루만 남았구나
황학은 한번 가서 돌아오지 않고
흰 구름만 천년 세월 유유히 흐르누나
맑은 강 또렷한 한양의 나무들
향기론 풀 우거진 앵무주
날은 저무는데 내 고향은 어디메뇨
안개 자욱한 강가에서 나그네 시름겹구나

昔人已乘黃鶴去, 此地空餘黃鶴樓。
黃鶴一去不復返, 白雲千載空悠悠。
晴川歷歷漢陽樹, 芳草萋萋鸚鵡洲。
日暮鄉關何處是, 煙波江上使人愁。

이 시는 전반 4구의 황학루의 전설을 소재로 한 몽환적인 느낌과, 후반 4구의 황학루에서 바라보는 원경의 맑고 시원한 느낌, 저물어가는 강가에서 찾아오는 고향에 대한 그리움의 정서를 잘 교직하여 만든 수작이다. 형식적으로도 아주 독특한 구성이다. 전반 4구는 율시의 엄격한 규칙을 따르지 않고 물 흐르듯이 써낸 고체시 풍격이며, 후반 4구는 율시의 격률을 엄격하게 지켰으니, 반고반율半古半律의 창의적인 형식이다. 전반은 몽환적인 전설을 소재로 하여 고체와 잘 어울리고, 후반은 실경을 위주로 하여 율시와 잘 어울린다는 점에서 작가 최호의 고심이 묻어난다.

황학루 전설의 몽환적인 정서가 황학루 주변의 광활하고 시원한 풍경을 거쳐서 다시 저물녘 사향의 그리움의 맑은 정서로 이어지는 것이 물 흐르듯 자연스럽다. 실경과 허경의 결합, 근경과 원경의 교직, 고체와 율격의 조화, 전설의 몽환적 정서의 아득함이 사향 정서의 아득함으로 이어지는 수미상응首尾相應의 구성까지, 그래서 후대에 비평가들 중에는 이 시를 칠언율시 최고의 시로 평가하기도 한다. 과연 이백도 이 시를 보고서는 대단한 걸작임을 바로 알아차렸다. 그는 큰 소리로 이렇게 외치면서 붓을 던져버렸다. "눈앞에 이토록 멋진 경치를 두고도 시를 써낼 수 없으니, 이는 최호의 시가 위쪽에 있기 때문이로다眼前有景道不得, 崔顥題詩在上頭." 천하의 시인 이백의 굴욕의 역사다. 시선 이백의 붓을 꺾은 이 일로 인해 최호의 〈황학루〉는 천하를 진동했다. 그래서 급기야 황학루 부속 건물로 각필정까지 들어서게 된 것인데, 그 각필정 앞에 최호의 〈황학루〉를 새겨놓기까지 했으니 이백의 굴욕의 역사는 이 황학루 공간에서만큼은 영원히 계속될 것이다. 이 각필 고사는 후인들이 만들어낸 것이라는 일부의 주장도 있지만, 훗날 이백이 남경(금릉金陵)에 있는 봉황대에 올라서 지은 〈등금릉봉황대登金陵鳳凰臺〉라는 작품을 보면 최호의 〈황학루〉 구도를 그대로 활용하고 있으니 최호와의 관련성이 전혀 없지는 않은 것 같다. 〈등금릉봉황대〉의 첫 부분은 〈황학루〉와 아주 유사하다.

봉황대에 봉황이 노닐었더니

봉황은 떠나 누대는 빈 채로 강만 절로 흐르누나

鳳凰臺上鳳凰遊, 鳳去臺空江自流。

"옛사람 황학을 타고 가버리고/이곳엔 황학루만 남았구나/황학은 한번 가서 돌아오지 않고/흰 구름만 천년 세월 유유히 흐르누나", 최호의 이 〈황학루〉 네 구절을 이백은 두 구절로 축약했을 따름이다. 기본적인 구도가 완전히 일치한다. 그때 받았던 충격이 만들어낸 결과로 보아도 무방하지 않을까? 어쨌든 이백은 붓을 꺾고 황학루를 떠나버렸다. 혹자는 이 대목에서 "한 주먹으로 황학루를 박살내고 싶구나, 발길질 한 번으로 앵무주를 차 엎어버리고 싶구나一拳搥碎黃鶴樓, 一脚踢翻鸚鵡洲"라는 이백의 다른 시까지 인용하고 있지만 아무래도 너무 과하게 적용한 듯싶다. 이백의 각필이 주는 신선함 때문에 후인들이 만들어낸 이야기일 것이다.

이백의 굴욕이 서린 공간인 황학루, 하지만 이백에게도 회심의 일격이 있었으니 천고의 명편 송별시 〈황학루에서 양주로 가는 맹호연을 전송하며黃鶴樓送孟浩然之廣陵〉라는 칠언절구가 바로 이 황학루에서 탄생되었던 것이다.

내 오랜 벗이 황학루를 이별하고
꽃이 흐드러지는 삼월 양주로 가는구나
외로운 배 먼 그림자 푸른 하늘로 사라지고
보이는 것은 하늘 끝으로 흘러가는 장강의 물결뿐
故人西辭黃鶴樓, 煙花三月下揚州。
孤帆遠影碧空盡, 唯見長江天際流。

이백이 양주揚州로 가는 맹호연孟浩然을 전송하면서 지은 이 시는 준수한 젊은 이백이 그려낸 그림처럼 아름다운 송별시이다. 호북湖北 안륙安陸에서 신혼의 단꿈에 젖어 있던 20대 후반의 이백은 그곳에서 멀지 않은 양양襄陽에 살고 있던 유명한 시인 맹호연을 알게 되었다. 맹호연은 이백보다 열두 살 연상이었으나 둘은 아주 절친한 벗이 되어 시로 창화하며 행복한 교유를 하였다. 이백은 맹호연을 너무나 존경하여 〈증맹호연贈孟浩然〉이라는 시를 그에게 바쳤는데, 이 시에서는 "천하의 풍류남 맹 선생님, 저 이백이 사랑합니다吾愛孟夫子, 風流天下聞"라고 애정을 직접 고백하기도 했고, "그대의 높은 산을 어찌 오를 수 있으랴, 예서 그저 맑은 향기를 맡을 뿐이라네高山安可仰, 徒此揖清芬"라며 맹호연에 대한 숭모의 마음을 숨김없이 드러내기도 했다.

어느 해 봄날, 맹호연이 강남의 명소인 양주로 여행을 떠난다는 말을 듣고 이백은 그를 전송한다는 구실로 호북성 동남단에 위치한 무한까지 따라가서 함께 노닐었다. 그리고 얼마 후에 황학루에서 맹호연을 전송한다. 두 사람 모두 이름난 대시인이었으니 최고의 송별시는 예약된 것이나 다름 없었다. 계절은 백화가 만발한 춘삼월이었고 친구는 강남 최고의 도시 양주로 흥분과 설렘을 안고 여행을 떠나려 하고 있었다.

얼마나 그림같이 아름다운 송별시인가. 장강 변에 전설처럼 아름답게 우뚝 서 있는 황학루, 연화삼월의 강남 꽃 향기가 시 밖으로 물씬물씬 풍겨져 온다. 풍류가객과 절세가인들이 넘쳐나는 강남 양주로 가는 벗에 대한 부러움이 제2구에 가득하다. 함께 갈 수만 있다면 얼마나 좋으랴. 이제 벗은 배를 타고 황학루를 떠났다. 하지만 이백은 전별의 장소를 떠나지 못한 채 맹호연이 탄 배를 하염없이 바라보고 있다. 그의 배가 푸른 하늘 속으로 가물가물 사라져 소멸될 때까지 말이다. 그리고 마침내 하늘 끝에 아무것도 보이지 않게 되었을 때 이백은 스스로 장강의 물결이 되어 하늘 끝까지 맹호연을 따라간다. 맹호연이 탄 뱃전을 두드리는 물결에 담긴 이백의 정회가 얼마나 가슴 벅차게 하는가. 물론 이 시를 전별 자리에서 지어 맹호연에게 준 것이라고 한다면 후반 2구는 맹호연을 보낸 후의 이백의 모습을 예견하여 쓴 게 될 것이다. 이 시 구절을 읊으면서 맹호연은 또 몇 번이나 고갤 돌려 황학루를 바라보았을까? 그리고 그리움의 강물 되어 뱃전에 부딪는 이백의 마음의 물결에 또 얼마나 감동하며 행복해했을까?

2. 소동파가 청풍과 명월을 따라 노닐던 땅
— 황강(黃岡, 황강) 동파적벽(東坡赤壁, 똥포츠삐)

이백 같은 멋스러운 친구의 전송은 없어도 양주로 가는 맹호연처럼 부푼 마음으로 장강 물결을 따라 다음 여정을 향해 간다. 이번에는 무한에서 동쪽으로 1시간 거리 떨어져 있는 황강시黃岡市의 동파적벽이다. 소동파가 남긴 최고의 작품 〈적벽부〉가 탄생한 공간이니 시를 따라 떠도는 여행길에서 빼놓을 수 없는 곳이다. 동파적벽은 황강시 황주구黃州區에 속해 있는데, 이 황주는 소동파의 파란만장한 인생역정에서 빼놓을 수 없는 공간이다. 40대 중반에 이른 소동파는 왕안석의 신법에 반대하다가 옥에 갇혀 고초를 겪고 하루아침에 태수의 신분에서 단련부사團練副使라는 미관말직으로 좌천되어 황주에 유배되었다. 천재 시인이요, 훌륭한 목민관으로서 황제의 신임과 백성들의 사랑을 독차지하던 소동파가 죄인의 몸이 되어 황주라는 궁벽한 유배지에 갇히게 되었으니 그 상실감과 무력감이 오죽했겠는가! 그가 황주에 도착한 뒤에 쓴 〈안국사기安國寺記〉라는 글에 그 시기 그의 마음의 풍경이 오롯이 보인다.

　2월에 나는 황주 귀양지에 도착하여 숙식 문제가 대충 해결된 후로는, 문을 닫아걸고 외부와의 관계를 끊고, 내 놀란 혼백을 가다듬기 시작했다. 그리하여 앞으로 새 삶을 어떻게 꾸려나갈 것인지 깊이 생각하였다. 난 여태까지 충동적으로 행동하고, 중용의 도리를 지키지 못했다. 이제 나는 어디서부터 시작해 더듬어 찾아가야 할지조차 막막하다. 깨끗하게 새로 출발하기 위해서는 불도에 헌신함이 좋지 않겠는가. 나는 마침 성 남쪽의 안국사라는 조용하고도 아름다운 절을 찾아냈다. 이 절은 키 큰 나무들과 대나무에 둘러싸여 있고, 주위에는 못과 정자들이 있다. 사흘마다 나는 그곳에 가서 향을 피우고 조용히 명상에 잠기곤 한다. 그곳에서 나는 자아와 무아의 경계까지도 망각할 수 있어 아주 깨끗하게 빈 마음이 된다.

쇠약해진 심신을 종교적 명상으로 달래며 안정을 찾아가던 소동파가 또 한편으로 기대었던 것은 황주의 뛰어난 자연 풍광이었다. 황주 동쪽 언덕에 있는 황무지 '동파東坡'를 개간하여 호구지책을 마련함으로써 가족들의 생계가 어느 정도 안정이 되자, 소동파는 본격적으로 자연을 찾아 노닐며 그간 정치적 좌절로 인해 잃어버렸던 삶의 기쁨을 회복하는 데 주력하였다. 소동파의 최고의 작품으로 꼽히는 〈적벽부赤壁賦)는 유배지라는 극도의 궁벽한 삶에서조차 포기할 수 없는 생의 기쁨을 찾아가는 동파의 모습이 선명하게 그려진 작품이다.

임술년 가을 7월 16일 밤
소식이 객과 더불어 배를 띄워 적벽 아래에서 노닐었더라.
맑은 바람이 천천히 불어 물결이 일지 않는지라
술을 들어 객에 권하며 명월의 시를 노래하였더라.
이윽고 달이 동산 위로 떠올라
북두성과 견우성 사이를 배회하니
흰 이슬이 강에 자욱하게 내려 물빛이 하늘에 이어졌더라.
일엽편주를 배가 가는 대로 내버려두었더니
아득히 넓은 만경창파를 건너가는구나.
넓고 넓구나, 허공을 날아올라 바람을 타고 가는 듯
어느 곳에 멈출지 알 수가 없구나.
가볍게 나부끼는구나, 속세를 버리고 홀로 우뚝 서서
날개를 달고 선계에 오른 듯하구나.

〈적벽부〉는 〈전적벽부〉와 〈후적벽부〉 두 편으로 구성되어 있는데, 이 대목은 〈전적벽부〉의 첫 단락이다. 청풍과 명월이 수놓은 몽환적인 가을밤, 마음껏 자유를 누리고 있는 시인의 모습이 마냥 행복하다. 얼마나 구속된 삶이었던가. "내 삶을 내 마음대로 주장할 수 없는 내 신세여!"라고 늘 탄식하던 동파가 아니었던가. 그 부자유한 삶이 청풍과 명월의 도움으로 자유의 날개를 달고 마음껏 날아오르는 것이다. 청풍이 찾아와 동파는 그 청풍에 잘도 어울리는 벗, 명월을 부른다. 명

◈ 황강 동파적벽

월은 동파가 부르는 노랫소리에 응하여 찾아오고 달빛을 강물에 풀어
하늘 길을 연다. 청풍에 내맡긴 동파의 배가 달빛 길을 타고 하늘로
날아올라 훨훨 자유롭게 노닌다. 마치 겨드랑이에 날개가 돋아 훨훨
날아 선계에 오른 신선처럼 동파는 세속의 갑갑한 구속으로부터 벗어
난다. 청풍과 명월에 대한 동파의 생각이 〈전적벽부〉 후반에 그려져
있다.

천지 사이의 모든 사물은 각기 주인이 있는 법

내 것이 아니라면 털끝만 한 것이라도 사양하겠노라.
오직 강 위에 불어가는 맑은 바람과
산 사이에 뜨는 밝은 달은
귀로 들으면 아름다운 음악이 되고
눈으로 보면 아름다운 그림이 된다네.
취하여도 금하는 이가 없고
쓰고 써도 다함이 없는 것이니
바로 조물주가 주신 끝없는 보배가 아닌가.

청풍과 명월이라는 조물주가 허락한 무진한 보배를 누리는 삶은 결코 누추하지도 않고, 가난하지도 않다는 것이다. 풍요로운 물질문명의 온갖 혜택을 누리면서도 늘 결핍과 불만을 느끼며 살아가는 우리와는 달리 동파는 가난하고 자유롭지 못한 유배지의 궁핍한 환경 속에서도 풍요를 마음껏 누리며 행복한 글을 쓰고 그림을 그렸다. 달빛 밝은 어느 날 밤, 황주에 있는 승천사라는 절을 찾아가 노닌 〈기승천사야유記承天寺夜遊〉라는 짧은 글은 동파의 맑은 행복의 진수를 보여준다.

원풍 6년 10월 12일 밤
옷을 벗고 잠자려 하는데 달빛이 창으로 비쳐 들어와 기뻐 일어나 이리저리 거닐었다. 더불어 즐길 이가 없어 승천사로 장회민張懷民을 찾아갔다. 그 역시 아직 자지 않고 있어서 함께 절 뜰을 산책했다. 뜰은 마치 수초 그림자가 어른거리는 투명한 연못 같아 보인다. 사실은 달빛에 대나무와 잣나무들의 그림자가 비친 것이다. 어느 밤인들 달이 없으랴, 어느 곳인들 대나무 잣나무가 없으

라. 다만 우리 두 사람처럼 한가로운 사람이 없을 뿐이로다.

　동파의 시와 글을 따라서 찾아간 동파적벽, 무한에서 70여 킬로미터 떨어져 있는 동파적벽에는 청나라 강희 연간에 세운 고건축물들이 소박하고 고풍스럽게 솟아 있어서 나그네를 반긴다. 전후 〈적벽부〉를 적은 이부당二賦堂, 동파의 시와 초상이 남아 있는 파선정坡仙亭, 수선정睡仙亭 등 여러 건물을 일람하고 나면 딱히 더 감상하고 즐길 만한 풍경이나 유적이 없다. 〈적벽부〉에서 묘사된 망망대해 같다던 강물은 어디에 있는가. 어지러운 봉우리 하늘을 뚫고, 놀란 파도가 강기슭을 찢던 장관은 어디에도 없다. 장강의 물줄기가 바뀐 탓이다. 천년 세월이 적벽에서 강을 떼어내 데려가버렸다. 적벽 아래 조그만 연못 하나가 남아 과거의 영화를 희미하게 전해주고 있을 뿐이다.

　적벽 가장자리에 서서 〈적벽부〉를 불러본다. "청풍서래, 수파불흥淸風徐來, 水波不興." 순간 어디선가 맑은 바람이 불어오고 망망한 바다 같은 수면이 펼쳐지며 달을 부르는 노랫소리가 흥겹게 들려온다. 그 옛날 시인들이 아름다운 자연에 기대어 자신의 시를 완성했듯이 이제 늙고 수척해진 자연이 시인들의 시를 빌려서 자신의 옛 영화를 전한다. 이곳 적벽에 불어갔던 바람, 넘쳤던 달빛, 그리고 그 청풍과 명월 사이에서 유유자적 행복했던 사내를 품었던 적벽의 영화로운 시절을 전해준다.

강서성

5장

6,300여 킬로미터를 굽이굽이 흐르는 장강은 청해성의 발원지로부터 삼협댐이 있는 호북성의 의창까지 4,500킬로미터나 되는 긴 구간인 상류, 의창에서 강서성의 호구湖口까지 955킬로미터 구간인 중류, 호구에서 바다로 빠지는 곳까지 938킬로미터 구간인 하류로 나뉜다. 중류와 하류의 분기점이 되는 호구는 중국에서 제일 큰 담수호인 파양호鄱陽湖의 물이 장강으로 들어가는 입구라는 뜻이다. 이 호구에서 멀지 않은 곳 강서성 최북단에 심양潯陽, 시상柴桑, 강주江州 등으로 불린 오래된 역사문화도시인 구강九江이 있다. 호남, 호북, 강서, 안휘의 교차지에 있기 때문에 예부터 교통의 요지로 중시되어서 '천하의 눈썹과 눈에 해당하는 땅天下眉目之地'으로 불려왔다.

이 구강에서 가장 유명한 명승지는 시의 산으로 불리는 여산廬山이다. 여산은 강서성 북부 막부幕阜산맥의 동단부를 이루는 명산으로, 광산匡山으로도 불린다. 높이는 약 1,600미터다. 381년 진나라의 고승

혜원惠遠이 입산하여 여산을 수행도량으로 삼은 이래로 중국 정토종淨土宗의 성지가 되어 수많은 사찰이 들어서고 고승과 묵객들이 끊임없이 찾아와 많은 일화와 시화詩畵를 남겼다. 동림사東林寺의 백련사지白蓮寺址, 서림사西林寺의 고탑, 주자가 경학을 강론한 백록동白鹿洞 서원, 도연명이 살았던 정절靖節서원, 이백이 '비류직하삼천척飛流直下三千尺'이라고 읊은 폭포천瀑布泉 등이 유명하다. 대부분의 사찰은 청나라 말기 태평천국의 난 때 소실되고, 동림사와 서림사를 비롯한 40여 개의 절이 현존한다.

1. 동파의 담장 낙서로 명찰名刹이 된 절
- 여산(廬山, 루산) 서림사(西林寺, 시린스)

서림사는 여산의 오래된 고찰이다. 고승 혜원이 30년 동안 주지로 있었던 이 고찰은 세월을 따라 부침을 거듭하면서 쇠락했지만 오래된 고탑이 아직도 높이 솟아 있어 건재함을 보여준다. 이 서림사가 유명하게 된 데는 이 사찰 안에 북송 최고의 시인으로 시, 서, 화 각 방면에서 뛰어난 성취를 보여준, 우리나라 고려조에서 특히 추앙을 받았던 소동파의 〈제서림벽題西林壁〉이라는 시가 있기 때문이다. '서림사의 벽에 시를 쓰다'라는 뜻의 이 칠언절구는 동파가 40대 중반 정치적 핍박을 받던 시절, 벗과 함께 여산에 올랐을 때 쓴 것이다. 여산을 두루 유람하면서 몇 편의 시를 썼는데, 이 시는 여산 유람의 총결인 셈이다.

가로로 보면 산맥이요 옆에서 보면 봉우리라

원근고저 각기 다른 모습이구나

여산의 진면목을 알 수 없는 것은

내 몸이 이 산속에 있기 때문이 아닌가

橫看成嶺側成峰, 遠近高低各不同。

不識廬山眞面目, 只緣身在此山中。

여산의 뛰어난 명승을 두루 유람하면서 그 기이함과 수려함을 마음껏 감상하던 소동파는 그 천재적인 필력으로도 여산의 모습을 일괄해 낼 수 없었다. 남북으로 뻗은 여산은 멀리서 가로로 보면 산맥처럼 이어지는데, 가까이 다가가 곁에서 보면 높은 봉우리가 된다. 높은 데서 내려다보는 풍경과 낮은 데서 올려다보는 풍경이 각기 다르다. 웅雄, 웅장한 산세, 기奇, 기이한 봉우리, 험險, 험한 절벽, 수秀, 수려한 폭포, 각각의 절경이 만들어내는 무한한 감동이 사람을 극히 황홀하게 한다.

시인으로서 천재적인 재주를 자부하던 소동파가 이 무한한 변주의 감동적인 풍경을 만들어내는 여산 유람을 일괄할 수 있는 시구를 써 내고 싶어 했던 것은 당연한 일이었을 것이다. 원근고저, 멀리에서 가까이에서, 높은 데서 낮은 데서, 소동파는 자신의 뛰어난 감각과 표현력으로 여산의 진면목을 묘파하려고 무진 애를 썼을 것이다. 하지만 애를 쓰면 쓸수록 여산의 진면목은 숨어버리고 그의 필설의 형용에 걸려든 것은 그저 여산의 한 부분일 뿐이었다. 자신의 언어의 한계를 절감한 시인이 어느 한순간 깨닫는다.

"오호라! 여산의 진면목을 끝내 알 수가 없던 까닭이 바로 내가 이 여산 속에 있었기 때문이로구나! 내가 여산 곳곳에서 바라본 모든 풍경은 그저 여산의 한 조각이었을 뿐, 내가 여산 속에 머무르는 한 나는 끝내 여산의 전체 모습을 볼 수 없는 것이로구나!"

이러한 깨달음에서 이 시는 단순한 사경시寫景詩가 아닌 심오한 철리시哲理詩로 바뀐다. 여산의 진면목을 이해하기 위해서는 우선 그 여산으로부터 벗어나야만 한다는 것, 어떤 일이나 상황에 대해 객관적이고 전면적인 이해를 얻기 위해서는 그 일이나 상황에서 물러나서 거리를 유지해야 한다는 것이다. 이른바 '당국자미, 방관자청當局者迷, 旁觀者淸', 즉 "일에 마주한 당사자는 헤매는데, 오히려 옆에서 바라보는 방관자가 분명하다"라는 삶의 보편적인 이치다. 우리가 삶에서 경험하는 이러한 보편적인 이치를 소동파는 여산 유람을 노래한 이 짧은 시를 통해 아주 멋스럽게 전해준다. 그래서 사람들은 복잡한 문제를 만나 쩔쩔매고 있는 당사자들에게 이 시구를 빌려서 문제에 집착하지 말고 거리를 둘 것을, 흥분을 가라앉히고 객관적인 태도를 유지할 것을 주문하기도 한다.

"여보게, 여산 진면목을 보지 못하는 까닭은 그 자신이 여산 속에 있기 때문이라고 했네. 자네가 처해 있는 상황의 진실을 보려면 그 상황으로부터 일단 벗어나야 하지 않겠는가!"

한편 소동파의 파란만장한 삶을 들여다보면 어쩌면 이 시는 동파의 인생역정에 대한 깨달음을 표현한 것은 아닐까 하는 생각이 들기도 한다. 천재 시인이자 뛰어난 행정가로 젊어서부터 줄곧 황제와 백성들의 사랑과 존경을 받았던 그가 신법을 주창한 왕안석 일파에 의해 조성된 새로운 정치 질서 속에서 결국 음해를 입고 옥에 갇히고 유배에 처해지는 파란만장한 인생의 우여곡절을 겪었다. 고난의 여정은 지금도 한창 현재진행형이다. 유배지를 떠돌면서 동파는 자신의 삶에 대해

숱하게 많은 질문을 던졌을 것이다.

◈ 소동파

"내 인생이 무엇과 같을까? 내 인생은 산맥일까, 봉우리일까? 그것은 결국 어디서 어떻게 보느냐일 뿐이다. 원근고저 다 다른 결론이 나올 테니까. 누군가는 나를 산맥으로, 누군가는 나를 봉우리로 보겠지. 어떤 시절의 내 모습은 산맥처럼 웅대했고, 또 어떤 시절은 봉우리처럼 고고했겠지. 나와 먼 사람이 나를 보는 것, 나와 가까운 사람이 나를 평가하는 것, 높은 지위의 황제가 나를 보는 것, 낮은 신분의 백성들이 나를 평가하는 것, 모두가 각기 다를 것 아닌가. 그 어느 것이 진정한 나라고 할 수 있으랴. 모두가 나의 일면만을 드러내는 것일 뿐이다. 결국 내 인생도 이 여산과 같아서 내가 이 인생 밖으로 나서기 전까지는 그 진면목을 끝내 알 수 없으리라. 그러니 어느 한 시절 내게 주어진 부정적인 평가에 너무 애면글면 조바심할 것이 없는 것 아니냐. 내 인생의 진면목은 내 삶이 다한 후에야 비로소 진실하게 드러날 것이다!"

한참 세월이 흘러 65세의 노인이 된 소동파가 멀고 먼 해남도 귀양지에서 유배를 끝내고 가족의 품으로 돌아오는 귀로에서 있었던 일이다. 동파가 가족들이 있는 상주常州와 멀지 않은 진강鎭江에 도착했을 때 당시 유명한 화가가 늙고 병든 동파의 초상화를 그렸다. 자신의 그림을 바라보던 동파는 붓을 들어 그 그림 옆에 〈금산에서 그려준 내 초상화에 시를 쓰다 自題金山畵像〉라는 시를 적었다.

마음은 이미 재가 된 나무
몸은 매이지 않은 배
그대 평생 쌓은 공업이 무엇이뇨
황주, 혜주, 담주라네
心似已灰之木, 身如不系之舟。
問汝平生功業, 黃州惠州儋州。

생의 마지막 단계에서 지은 시다. 모든 욕망도, 회한도 사라진 평담한 마음으로 자신의 삶을 들여다보는 시인의 모습에서 이미 여산이라는 인생 밖으로 나와 있는 듯한 모습을 보게 된다. 그림 밖에 있는 늙고 병든 동파가 그림 속에 있는 동파를 향해 묻는다.

"참 늙기도 퍽 늙었구려. 어딜, 무얼 찾아 떠돌아 그리 폭삭 삭았소? 어디 한번 나한테 말해보시오. 그대 이제 곧 세상 밖으로 나갈 모양인데, 이제야 당신의 삶의 진면목이 보일 텐데, 어디 한번 말해보시오. 당신의 평생에 자랑할 만한 공업이 무엇이오?"

그러자 그림 속의 동파가 심드렁하게 답한다.

"공업은 무슨 공업이오? 평생 황주, 혜주, 담주 유배지를 떠돌았거늘."

그림 밖의 동파가 따뜻한 손을 내밀어 그림 속 동파의 쭈글쭈글한 손을 잡고 고개를 저으며 말한다.

"아니오. 그렇게 말할 게 아니오. 내 일생에서 황주, 혜주, 담주의 유배 시절이 없었다면 어떻게 동파의 시가, 동파의 글이, 동파의 그림이 나올 수 있었겠소? 유배 당시야 그것이 고통스러운 시절이었지만 이제 내 인생을 다 둘러보니 그 시절이야말로 나를 진정으로 키우고 완성시킨 보배로운 시절이었소."

그러자 그림 속 동파가 빙그레 웃으며 화답한다.

"그거야 그렇지. 그럼 나한테 다시 물어보시오."

"당신 평생의 자랑이 무엇이오?"

"내 평생의 공업, 내 일생의 자랑을 알고 싶거든 내가 절망의 땅 황주, 혜주, 담주 유배지에서 무엇을 했는지 보면 될 것이오!"

깊은 주름살이 펴지도록 환히 웃는 늙은 동파가 생의 마지막 단계에서 지은 이 시에서 비로소 동파 자신의 삶의 진면목이 드러난다. 그것은 그가 삶의 욕망과 회한에서 벗어날 수 있었으니 가능했던 것이다. 타버린 재와 같은 마음, 매이지 않은 몸은 바로 인생의 속박에서 벗어난 자유로운 삶을 말하는 것이니 말이다.

40대 중후반에 여산에 들러 자신의 삶의 진면목을 묻던 시인, 삶을 떠나기 전까지는 알 수 없다던 시인은 삶을 거의 떠날 즈음에 이르러 여산의 언저리, 삶의 경계에서 비로소 자신의 삶의 진면목을 어렴풋하게 들여다볼 수 있었던 것은 아니었을까? 여승에게 길을 물어 찾아간 서림사의 담벼락에서 동파의 이 제벽시를 감상하던 오래전 일이 떠오른다. 유서 깊은 고찰의 그 유명한 시벽詩壁을 마주하니 마치 동파를 직접 만난 듯 감동이 제법 깊어져서 오랫동안 그곳에 머물러 있었다. 저물녘, 절 뜨락 가득 울리는 예불 소리를 들으면서 시 한 수 써서 마음의 여운을 갈무리하였다.

들꽃을 따다가 서림사를 물었더니

여승은 합장하며 시벽을 가리키는구나

저물녘 절 뜰엔 독경 소리 가득한데

나 또한 벽을 향해 향불 하나 사르고 싶구나

探擷野花問西寺,　女僧合掌指題墻。

晚來廟院梵聲滿,　我亦欲燒向壁香。

– 김성곤, 〈과서림사過西林寺〉

2. 국화 따며 산노을 바라보는 시인의 마을
– 여산 도연명기념관(陶淵明紀念馆, 타오위엔밍지니엔관)

소동파가 특별하게 흠모하는 시인이 있었다. 이백도 두보도 아니다. 그가 오직 흠모했던 시인은 전원시인으로 유명한, 위진남북조시대 동진 사람 도연명이다. 도연명에 대해 소동파는 다음과 같이 말했다.

나는 시인들에 대하여 좋아하는 바가 없다. 오직 도연명의 시만을 좋아하는데, 그는 시 작품이 많지 않다. 도연명의 시는 조식曹植, 유정劉楨, 포조鮑照, 사령운謝靈運, 이백李白, 두보杜甫 등 여러 시인들 모두가 미치지 못한다. 내가 전후로 그의 시에 화운한 것이 모두 109편인데, 그 뜻을 터득한 점에 있어서 도연명에게 심히 부끄럽지는 않으리라 생각한다. 하지만 내가 도연명의 시문만을 좋아하겠는가? 그 사람 됨됨이의 경우에도 실로 느끼는 바가 많다.

– 소식, 〈추화도연명시인 追和陶淵明詩引〉

그를 얼마나 좋아했으면 도연명의 거의 모든 작품에 화운和韻(남이 지은 시의 운자를 써서 화답하는 시를 지음)을 했을까? 이 소동파가 유일하게 존경하며 흠모했던 시인 도연명의 고향이 바로 이 여산 자락에 있다. 여산은 도연명을 낳고 도연명의 시를 길러낸 어머니이다. 도연명의 아름다운 전원시에 종종 등장하는 '남산'은 바로 이 여산을 가리킨다. 도연명의 자전적인 글 〈오류선생전五柳先生傳〉을 보면 도연명의 모습이 어떠한가를 일별할 수 있다.

> 선생은 어디 사람인지 알 수 없고 그 이름도 자세하지 않다. 집 주변에 다섯 그루 버들이 있어서 그것을 따서 호를 삼았다. 조용하고 말이 없으며 부귀영화를 사모하지 않았다. 독서를 좋아하였으나 깊이 따지지 않았으며, 매번 깨우침이 있으면 식사를 잊을 정도로 기뻐하였다. 성품은 술을 좋아하였으나 집안이 가난하여 늘 얻을 수가 없었다. 친구들이 이를 알고 간혹 술자리를 마련하여 그를 부르면, 가서 마시는데 반드시 취할 때까지 진탕 마셨다. 취한 후에는 물러나는데 일찍이 가고 머무름에 미련을 두지 않았다. 누추한 집은 쓸쓸하기만 한데 바람과 햇빛을 가리지 못하였으며 짧은 베옷을 기워 입고, 밥그릇 국그릇은 늘 비었으나 편안하였다. 항상 글을 지어 즐기며 자못 자신의 뜻을 보여주었다. 득실을 잊고 이렇게 살다 삶을 마쳤다.

이 글에서 묘사된 오류 선생은 도연명 자신의 모습이다. 부귀영화를 사모하지 않고 안빈낙도의 삶을 살아낸 도연명, 그러한 삶으로 써낸 시를 한마디로 말하자면 '진실함眞'이다. 도연명의 일생은 진실함을 지켜내기 위한 싸움이었다. 누구나 꿈꾸는 벼슬길로 나아갔어도 그것이 진실한 삶을 위협하게 되면 언제나 관인을 내팽개치고 전원으로 돌아왔다. 전원은 비록 황무지처럼 거칠고 가난하고 불편한 곳이었지만 '수졸守拙(소박하고 진실된 본연의 모습을 지키다)'할 수 있는 공간, 하늘이 허락한 거짓되지 않은 참된 성정을 지켜낼 수 있는 공간이었던 것이다. 그는 이 공간에서 진실하고 소박한 삶을 시로 써냈다. 그 진실한 시들이 전하는 감동은 천육백 년 넘는 긴 세월을 지나서도 여전히 현재진행형이다.

도연명의 시를 읽을 때 오로지 그 참됨을 취할 뿐이다. 일이 참되고, 경치가 참되고, 감정이 참되고, 이치가 참되어 번거롭게 줄치고 깎지 않아도 저절로 들어맞는다.

– 방동수方東樹, 〈소매첨언昭昧詹言〉

사람들은 늙음을 탄식하고 비천함을 탄식하여 병도 없이 신음한다. 불평을 드러낸 많은 말이 대부분 실제 상황을 부풀린 것이니 가볍게 믿을 게 못 된다. 그러나 도연명은 믿지 않을 수 없으니 그는 가장 진실한 사람이었기 때문이다. 우리는 그의 전체 작품으로 이를 보증할 수 있다.

– 양계초梁啓超, 〈도연명의 문예와 그 품격陶淵明之文藝及其品格〉

이 멋진 시인 도연명을 빚어낸 여산, 성스러운 어머니와 같은 여산에 바치는 최고의 노래, 도연명의 작품 중에서 가장 이름 높은 시 〈음주〉 제5수를 보자.

사람들 사는 곳에 오두막집 엮었으나

수레와 말의 시끄러움이 없도다

묻노니 그대는 어떻게 그럴 수 있는가

마음이 멀어지니 땅은 절로 외지는 법

동쪽 울 아래에서 국화를 따다가

멀리 남산을 바라본다네

산 기운 저녁 되어 아름다운데

나는 새들 더불어 돌아간다네

이 가운데 참뜻이 있으려니

따져서 말하려다 이미 말을 잊었노라

結廬在人境 而無車馬喧。

問君何能爾 心遠地自偏。

採菊東籬下 悠然見南山。

山氣日夕佳 飛鳥相與還。

此中有眞意 欲辯已忘言。

이 시에는 음주와 관련된 내용이 없다. 그런데 왜 '음주'라는 제목을 붙였을까? 그 까닭을 이 시의 서문을 보면 알 수 있다.

　　나는 한가하여 별 기쁜 일이 없었는데, 거기다 가을밤이 이미 길어졌다. 우연히 좋은 술이 생겨 저녁이면 으레 그것을 마신다. 내 그림자를 돌아보며 혼자서 다 마셔버리면 어느 틈에 또 취한다. 취해버린 후에는 곧 몇 구절을 써서 혼자 좋아하고는 했다. 쓴 종이가 마침내 많아지고 글에 차례가 없어 잠시 그것들을 정리해서 친구들에게 주니 즐겁게 웃어볼 거리로 삼는 것일 따름이다.

음주 후 취하여 쓴 작품 시리즈인 것이다. 서문을 보면 마치 낙서처럼 두서없이 쓴 것 같지만, 이 음주 시들이야말로 도연명 시 중에서 최고의 작품으로 인정되고 있으니, 과연 명작은 '취여불취지간醉與不醉之間'에서 나온다고 하는 말이 도연명에게서도 실증되고 있는 것이다. 왕희지가 취여불취지간에서 써낸 것이 행서의 신품으로 일컬어지는 〈난정집서〉이며, 이백의 대표작인 〈장진주〉 역시 그의 몽롱한 취기가 빚어낸 신품 아니겠는가. 어쩌면 술은 도연명이 그토록 추구했던 진실한 삶으로 안내하는 또 하나의 빛이었으니, 도연명은 그 빛의 조명 속에서 순간적으로 명멸하는 삶의 진실을 발견한 것인지도 모른다.

이 작품의 전반 4구는 도연명의 삶의 모습을 단적으로 보여준다. 그는 세속에 살고 있지만 세속에서 지고한 가치로 여겨지는 부귀영화에 전혀 관심이 없다. '수레와 말'은 바로 부귀영화의 상징이다. 그런 그의 모습은 마치 세속을 떠나 깊은 산속에 살고 있는 세상을 등진 은자의 모습이다. 사람들이 묻는다. "그대는 세속에 살면서도 어떻게 세속의 가치를 부정하며 사는가? 혹시 그대의 삶은 위선이 아닌가? 군자연, 은자연하는 위선자의 모습은 아닌가? 혹시 위선은 아닐지라도 이렇게 살면 너무 고달프지는 않겠는가? 차라리 그럴 바에야 깊은 산중으로 들어가 은자의 세계에서 은자답게 사는 것이 낫지 않겠는가?" 세속의 질문에 도연명이 답한 것이 제4구다. "마음이 멀어지면 땅은 절로 외지는 법." 내가 비록 세속에 몸을 두고 있으나 마음이 부귀영화에서 이미 멀어져 있으니, 내가 사는 곳이 어디든, 그곳이 화려한 왕궁이든, 복잡한 저잣거리든, 그곳은 내게 저 깊은 산중과 다를 것이 없

◈ 도연명

다. 은자들이 깊은 산중 외진 곳을 찾는 것은 세속의 가치로부터 자신을 지키기 위함인데, 나는 이미 세속의 가치에서 마음이 멀어졌으니 구태여 깊은 산중을 찾을 필요가 없다는 말이다.

도연명의 이런 차원은 은거의 최고 경지이다. "작은 은자는 산림에 살고, 큰 은자는 저잣거리나 조정에 산다小隱在山林, 大隱於市朝"라는 말이 있지 않은가. 저자라면 재물의 욕망, 조정이라면 권력의 욕망이 득실대는 곳이다. 이런 곳에 살면서도 마음이 재물과 권력에 오염되지 않아 마치 심산유곡에 거하듯 고요하게 살아가는 자가 바로 '대은大隱'인 것이다. 이런 관념에서 "저자에서 숨어사는 은자"라는 뜻의 '시은市隱', "조정에서 숨어사는 은자"라는 뜻의 '조은朝隱'이란 말도 나왔다.

그럼 이제 대은 도연명의 살아가는 모습을 한번 들여다보자. 마침 가을 날, 도연명이 살고 있는 집 동쪽 울타리 안쪽에 국화가 가득 피었다(국화는 석양에 비칠 때 가장 아름다워서 집 마당에 심을 때는 석양이 잘 비치는 동쪽 울타리 밑에 심는다). 새로 얻은 술에 띄워 마실 요량으로 새로 핀 국화 두어 송이를 땄다. 삽상한 국화 향기를 맡으니 이 꽃을 술에 띄우면 또 술은 얼마나 향기로우랴. 마음이 벌써 취한 듯 훈훈해진다. 이런 삶이면 이미 족하지 않은가! 여유로운 마음으로 빙 둘러보는 시인의 시야에 어머니 같은 여산이 들어온다. 어머니는 고운 저녁놀을 배경으로 시인보다도 더 여유롭게 시인을 굽어보고 있다. 그리고 그 자애로운 어머니의 품으로 저녁 새들 쌍쌍이 돌아가고 있다. 국화 향기 그윽한 가을날 저녁, 아름답게 노을 지는 여산으로 새들이 돌아가는 모습을 하염없이 바라보던 시인, 시인 스스로 풍경이 되어 산이 되고 새가 되고 자연이 된 듯, 물아일체物我一體, 물아양망物我兩忘의 오묘한 경지에 들었던 것일까? 순간의 빛처럼 명멸하면서 사라진 인생의 참된 의미, 바로 이것이로구나! 내가 그토록 갈구했던 인생의 참된 의미 말이다! 이 인생의 심오한 비의를 어찌 누추한 말로 표현할 수 있으랴.

시인은 언어를 내려놓는다. 장자가 말한 대로 '대변불언大辨不言'이요, '득의망언得意忘言'이다. 참된 삶을 얻으려 거듭 돌아왔던 귀거래歸去來(관직을 그만두고 고향으로 돌아감)의 시인 도연명은 마침내 여산의 품속에서 언어로 형용 못할 삶의 참된 의미를 깨쳤으니, 무엇이 진정한 삶의 의미인 줄도 모른 채 그저 쉴 없이 달리고만 있는 우리네 삶보다야 얼마나 근사한 것인가! 도연명처럼 "아, 이 속에 참된 뜻이 있구나!"라는 깨달음이 번개처럼 찾아오는 시간과 공간을 우리는 언제 경험할 수 있으려나. 아마도 그런 값진 경험을 위해서는 도연명처럼 '귀거래'해야 하는 것은 아닐까? 우리가 돌아갈 곳은 어딜까? 그리고 우리가 돌아가기 위해 버려야 할 것은 무엇일까? 도연명의 〈음주〉를 읽으며 많은 생각이 든다.

도연명을 낳고 길렀던 여산의 서쪽 산기슭 구강현 사하가沙河街 동북쪽에 그를 기념하는 도연명기념관이 있다. 도연명의 사당 정절사靖節祠를 기념관으로 확장한 것이다. 명·청시대 사당 모습인 이 오래된 건물에 들어서면 2미터 남짓한 도연명의 입상이 여행객을 반긴다. 술을 거르던 두건을 쓴 채 늘 즐겨보던《산해경山海經》을 손에 들고 상념에 잠겨 있다. 아득한 상고 시절, 어진 임금 복희씨 시절의 천진무구한 삶을 살았던 사람이란 뜻의 '희황상인羲皇上人'이라는 글씨가 머리 위쪽으로 걸려 있다. 기념관 뒤쪽으로 '청풍고절淸風高節' 네 글자를 새긴 패방을 지나 몇 계단을 올라가면 도연명의 오래된 무덤이 있다. 벌써 1,600년이 흘렀으니 무덤이 무슨 의미가 있으랴! 그의 넋은 진즉 여산의 흙이 되고 나무가 되고 바위가 되어 있을 터인데. 나는 기념관을 나와 밭둑길을 서성이며 꽃을 따기도 하고 바람 냄새를 맡기도 하면서 그를 그리워했다. 문득 고개 들어 여산을 바라보니 그 옛날 도연명이 한가롭게 바라보던 그 여산이 나를 다정스레 굽어보고 있었다.

도연명의 옛 마을 절로 친근하여
홀로 밭둑길을 걷노라니 일흥이 높구나

들꽃을 따다가 세심히 들여다보는데

남산이 말없이 다정하게 나를 바라보네

淵明故里相親近, 獨步陌阡逸興高。

摘取野花詳細看, 南山無語有情瞧。

- 김성곤, 〈도연명의 무덤을 찾다訪陶潛墓〉

3. 비류직하삼천척
- 여산폭포廬山瀑布

도연명을 흠모했던 것은 소동파뿐만이 아니었다. 당나라의 최고의 시
인인 시성 두보, 시선 이백 역시 도연명을 높이 평가했다. 특히 이백은
도연명의 진솔한 삶의 모습을 너무나 사랑하여 자신의 시에 도연명의
평소 생활 모습을 그대로 새겨 넣기도 했다.

두 사람이 대작하니 산에 꽃이 피네

한 잔 한 잔 또 한 잔

나 취해 졸리니 그대 그만 가시게

내일 아침 생각 있거든 거문고 안고 오시게나

兩人對酌山花開, 一杯一杯復一杯。

我醉欲眠卿且去, 明朝有意抱琴來。

〈산중에서 은자와 술을 마시다山中與幽人對酌〉라는 이백의 시다. 이 멋
스러운 시의 제3구 "나 취해 졸리니 그대 그만 가시게"라는 구절은

도연명의 음주 후의 진솔한 모습을 그대로 옮겨 놓은 것이다. 도연명의 전기에 따르면 도연명은 누가 찾아오든 술을 차려 대접하였고 자신이 취한 후에는 "나 취해 자고 싶으니 그대 이제 가시게"라고 말했다고 한다. 도연명의 진솔함을 말할 때 흔히 인용하는 구절인데, 이백은 바로 자신의 시구에 도연명의 진솔한 모습을 통째로 빌려온 것이다. 물론 거기에 머물지 않고, 그다음 구절 "내일 아침 생각 있거든 거문고 안고 오시게나"라는 운치 있는 의경을 새로 더하고 있으니 역시 이백답다. 〈장난 삼아 정율양에게 드리다戲贈鄭溧陽〉에서는 도연명의 생애가 통째로 들어와 있다.

> 팽택령 도연명은 날마다 취하여
> 다섯 그루 버들에 봄이 왔음을 몰랐네
> 장식 없는 거문고엔 본디 줄이 없고
> 술을 거를 적엔 칡베 두건 사용했지
> 맑은 바람 불어오는 북창 아래에서
> 스스로 말했지, 복희씨 적 사람이라
> 언제라야 내가 율리로 가서
> 평생의 친구를 한번 보게 될까나
> 陶令日日醉,　不知五柳春。
> 素琴本無弦,　漉酒用葛巾。
> 清風北窗下,　自謂羲皇人。
> 何時到栗里,　一見平生親。

장식 없는 무현금을 타고, 머리에 두른 칡베 두건으로 술을 걸러 마시고, 한 여름날 북쪽 창가 아래 누워 스치는 맑은 바람 한줄기면 행복해했던 사람 도연명을 그리워한 시다. 이토록 그리워했으니 그가 도연명의 고향인 여산에 올라 천고에 남을 멋진 시를 남긴 것이야 당연할 듯하다. 여산의 폭포를 노래한 명시 〈망여산폭포望廬山瀑布〉는 여산을 세상에 더욱 멋진 곳으로 알린 수작이다.

해가 향로봉을 비추니 자색 연기가 이는데
멀리 폭포를 바라보니 앞 강물이 걸쳐진 듯
직하 삼천 척 날아 흘러 떨어지는 물
은하수가 구천에서 쏟아지는가
日照香爐生紫煙, 遙看瀑布掛前川。
飛流直下三千尺, 疑是銀河落九天。

이 시에서 노래한 폭포는 여산의 학명봉鶴鳴峰과 구배봉龜背峰 사이로 떨어지는 수봉폭포秀峰瀑布이다. 길게 날아 떨어지는 수봉폭포 아래에 이 시가 새겨져 있어서 이곳이 〈망여산폭포〉의 탄생지인 것을 알수 있다. 수봉폭포가 비록 장관이기는 하나 여산의 최고의 폭포는 아니다. 여산에는 장대하고 아름다운 폭포가 많다. 가장 이름이 높은 것은 세 번 겹친 상태로 흘러내린다는 뜻의 '삼첩천三疊泉'이다. 샘을 뜻하는 '천泉'을 썼는데, 폭포를 뜻하는 비천飛泉(날아 떨어지는 샘물)의 뜻으로 쓴 것이다. 대월산大月山 높은 봉우리로부터 흘러나온 계곡물이 오로봉五老峰의 계곡물과 만나 유량을 늘린 뒤에 오로봉 북쪽 절벽에서 첫 번째 커다란 바위 위로 한 번 쏟아지고, 또다시 날아서 두 번째 바위로 쏟아지고 다시 날아서 세 번째 바위 위로 쏟아진다. 그렇게 세

◈ 수봉폭포

번 겹친다고 해서 '삼첩천'이 된 것이다.

여산 제일경으로 꼽히는 이 장대한 폭포가 기세와 수량이 훨씬 못 미치는 수봉폭포에 밀려 여산 대표 폭포의 자리를 내준 것은 순전히 이백 때문이다. 이 폭포가 남송南宋에 이르러서야 사람들에게 알려진 까닭에 폭포수를 묘사한 최고의 명구인 이백의 '비류직하삼천척飛流直下三千尺'이라는 예찬을 차지할 수 없었다. 이 예찬은 고스란히 수봉폭포가 차지하고 〈망여산폭포〉라는 거창한 이름표를 달고 지금까지도 우쭐대고 있는 것이다.

이 시는 이백이 25세 되던 해, 청운의 큰 꿈을 안고 사천성 고향을 떠나 중원으로 향하는 시기에 지은 작품이다. 패기가 넘치고 상상력이 분방하던 젊은 이백이 그려낸 여산의 폭포는 웅장하기가 이를 데 없어 시만 읽어도 마치 거대한 폭포수가 바로 지척에서 떨어지는 듯한 강렬한 인상을 받게 된다(이 시의 제3구 '비류직하삼천척'은 이제 폭포수를 형용하는 일반적인 묘사로 항상 사용되고 있다). 그야말로 한 폭의 관폭도觀瀑圖를 보는 것 같다. 시인들이 폭포를 즐겨 묘사하고 화가들이 관폭도를 즐겨 그리는 것은 무슨 까닭일까? 폭포의 힘찬 기세가 시와 그림에 역동적인 힘을 부여하기 때문이다. 그리고 그 시와 그림에 스며든 폭포의 힘찬 기운이 작품을 감상하는 사람들에게 전해지기를 바랐기 때문이다. 그런데 명나라 때 화가로 유명한 당인唐寅은 폭포를 그리는 이유에 대해 다음과 같이 말했다. "은하수 한 줄기가 하늘에서 떨어지니, 귀뿌리에 들러붙은 세상 온갖 시끄러운 잡음을 다 씻어낼 수 있겠구나一派銀河傾碧落, 耳根於此洗塵囂." 힘차게 쏟아지는 폭포수의 거센 물살로 저 귓속 깊은 곳에 덕지덕지 달라붙어 있는 세상의 온갖 아귀다툼들, 저 마음속 깊은 뿌리에 달라붙어 떨어질 줄 모르는 욕망의 묵은 때를 다 씻어내겠다니, 다 벗겨내고 말겠다니, 이 얼마나 상쾌하고 즐거운 상상인가! 이런 일을 상상하는 것만으로도 벌써 마음이 가벼워지는 듯하다.

천하의 명산, 시의 산 여산으로 가자. 서림사에 들러 동파가 새긴 시를 읽고 삶을 바라보는 여유로운 시선을 배우자. 도연명의 옛 마을에 들러 그가 거닐며 남산을 바라보던 밭 언덕 길을 걸어보자. 이미 여산의 나무나 돌이 되었을 도연명이 그윽한 얼굴로 그대를 바라볼 것이다. 그의 그윽한 시선 아래서 순간적으로 명멸하는 삶의 진실한 의미를 느낄 수 있다면 얼마나 좋으랴. 은하수 떨어지는 여산폭포 아래서 젊은 이백의 힘찬 목소리로 한번 외쳐보자. "비류직하삼천척!" 폭포를 타고 하늘로부터, 은하로부터 내려오는 신령하고 힘찬 기운이 우리의 몸과 마음에 전류처럼 흘러들지도 모른다.

4. 학문의 향기가 감도는 강마을
– 상요(上饒, 상라오) 무원고진(婺源古鎭, 우웬구쩐)

여산을 내려온 우리 일행이 찾아간 곳은 강서성 상요上饒에 있는 무원고진婺源古鎭이다. 구강에서 북동진하는 장강과는 잠시 이별하고 약 2시간 반 정도 동남쪽으로 달리면 성리학의 완성자 주희 선생의 조상이 대대로 살았다고 해서 유명해진 무원의 옛 마을이 나온다. 역대로 수많은 문인 학자들이 나와서 강남의 곡부曲阜로 불리는 서향書鄕인 이 무원에는 빼어난 산수를 두르고 고풍스러운 옛 건축물들로 구성된 아름다운 마을이 많다. 다랑이논으로 유명한 강령江嶺의 여러 촌락들,

전 중국 국가주석을 지낸 강택민江澤民(장쩌민)의 조상들이 살아 풍수가 좋기로 유명한 강만江灣 마을, 흰색 담장과 검은색 기와의 휘파徽派 건축으로 유명한 이갱李坑 마을 등이 있다.

이 마을 중에서 우리가 찾아간 곳은 휘파 조각 예술의 보고로 알려진 유씨종사兪氏宗祠가 있는 왕구촌汪口村(왕커우춘)이다. 단신수段莘水가 U자 형태로 마을을 안고 흘러가는 강촌 마을 왕구촌은 명·청시대에 지어진 오래된 건축물이 빼곡하게 들어차 있고, 건물들 사이로 좁은 골목들이 정겹게 이어진다. 왕구촌에 도착한 그날은 아침부터 줄곧 부슬비가 내렸다. 골동품을 파는 상점 거리의 널찍한 흑청색 돌판이 비에 젖어 반짝반짝 윤이 흐른다. 큰길 옆 좁은 골목길로 접어들었더니 낮은 지붕을 첩첩 덮고 있는 오래된 기와 위의 푸른 이끼가 비에 젖어 곱고 싱그럽다. 우산을 들고 장화를 신은 아이들 둘이서 골목에 고인 빗물을 저벅거리면서 장난을 친다. 오래된 골목에서 노는 해맑은 아이들. 낡은 것과 새것의 대비가 이토록 선명하고 아름다울 수가 있을까? 깔깔거리는 웃음소리를 남기고 아이들이 골목 저편으로 사라지고 나면, 나는 또 무슨 볼거리가 있을까 싶어 다른 골목을 더듬기도 하고 강가로 나가 기웃거리기도 했는데, 부슬비가 내리는 골목에도 강가에도 사람 자취는 끊겼고, 맑은 강물만 고요히 마을을 안고 흐르고 있었다.

맑은 강물 한번 굽어 마을을 안고 흐르나니
긴 여름 강마을엔 일마다 한가롭구나
清江一曲抱村流, 長夏江村事事幽。

◈ 왕구촌 유씨종사

　두보가 성도 초당에 머물면서 썼던 시 〈강촌江村〉의 첫 두 구절이다. 계절도 다르고 지역도 다르지만 이 아름다운 강촌 마을을 표현하기엔 이 구절이 안성맞춤이다. 어머니의 품처럼 아늑한 강의 품에 안겨 평화로운 강마을이다. 눈길이 가닿는 곳마다, 발길이 머무는 곳마다 그윽하고 한가로운 정취가 넘친다. 송나라 때 유씨兪氏 일족이 이곳에 터를 잡고 명품 마을을 건설했다는데, 그 유씨 가문의 사당인 유씨종사가 이 마을의 동쪽에 자리하고 있다. 청나라 건륭 연간에 세워진 이 사당은 특히 향장목香樟木이라는 목재로 지은 목조 건물인 까닭에 온 사당 안에서 향내가 진동한다. 기둥과 서까래, 창틀이며 처마 곳곳에 나무로 새긴 화려하고 정교한 조각물들이 오랫동안 시선을 붙잡는다. 모란, 매화와 같은 아름다운 꽃들, 사슴이나 거북과 같은 상서로운 동물들, 길상을 상징하는 다양한 문양들이 즐비하다. 과연 이곳 왕구촌을 휘파 조각 예술의 보고라고 칭할 만하다. 매번 어두침침하고 음습

한 사당만 경험했던 터라 이 아름다운 사당 한복판에 서서 향내 섞인 빗소리를 듣던 그 시간의 느낌이 얼마나 새로웠는지 모른다.

향장목의 향기가 옷깃에 배어 걸음걸이도 향기로운 듯, 비오는 골목길을 흥청흥청 걸어 벼루를 파는 상점 골목으로 들어갔다. 이곳 무원은 예부터 이름난 벼루 산지이다. 흔히 문방사우를 거론할 때 종이로는 선성宣城에서 나온 선지宣紙를, 붓으로는 호주湖州에서 나는 호필湖筆을, 먹으로는 지금의 황산 부근 휘주徽州에서 나는 휘묵徽墨을, 벼루로는 흡현歙縣에서 나는 흡연歙硯을 최고로 쳐주는데, 바로 이곳 무원이 흡현에서 멀지 않은 까닭에 예부터 좋은 벼루가 많이 나왔다. 흡연을 흔히 용꼬리 벼루라는 뜻의 용미연龍尾硯이라 부르는데, 흡연이 모두 안휘성 흡현과 강서성 무원에 걸쳐 있는 용미산의 돌로 만들어지기 때문에 붙여진 이름이다. 이 흡연은 예로부터 '갑천하甲天下'의 찬사를 받아왔다. 표면이 매끄럽고 무늬가 아름다우며 맑은 소리가 나서 소동파는 "금의 소리와 옥의 덕성"이라는 뜻의 '금성옥덕金聲玉德'이란 말로 높이 평가하기도 하였다.

용미연이라는 깃발을 달고 있는 한 상점에 들어갔더니 머리가 훤히 벗겨진 주인 아저씨가 친절하게 자신의 작품을 자랑하며 보여준다. 각종 벼루가 진열되어 있는데 하나하나가 다 작품이다. 모양도 색깔도 가지가지인데 벼루 가장자리를 두른 조각이 특히 예술이다. 매화를 조각한 벼루를 쓴다면 먹물에 절로 매화 향기가 스밀 것이요, 쌍용을 새긴 벼루를 쓴다면 글씨가 절로 힘차게 될 것이다. 빼어난 산수를 새긴 벼루를 쓰다 보면 붓을 잡은 선비는 절로 자연 속에 노니는 흥취를 느끼게 될 것이니, 글씨에서 절로 속기가 사라질 것이다. 아무리 탐이 난들 가격도 비싸고 무겁기도 해서 그저 모서리에 과일을 새긴 작

116

은 벼루 하나를 사고, 대신 마음껏 구경할 수 있도록 배려해준 주인에게 감사의 마음으로 붓글씨 한 점을 선물했다. '갱상일층루更上一層樓', 즉 "다시 한층 더 오른다"라는 뜻으로, 당나라 시인 왕지환王之渙의 시 〈등관작루登鸛雀樓〉의 마지막 구절이다.

천 리 끝까지 바라보고 싶어서
다시 한 층 더 올라간다
欲窮千里目，更上一層樓。

사업도 한층 더 잘 되고, 건강도 자녀도 다 한층 더 잘 되라는 뜻이라 인사했더니 주인 아저씨가 싱글벙글 가게에 내내 걸어두고 자랑하겠으니 나중에 꼭 다시 들러 확인하란다. 아저씨와 기약 없는 인사를 나누고 벌써 어둑해지는 비 오는 거리로 나오니 일모日暮에 객수客愁가 새롭다.

다음 날 무원에 주희와 관련된 유적이 하나 있어서 찾아보기로 했다. 주희가 공부했다는 한천정사寒泉精舍가 있는 곳이다. 한천정사는 그의 조상들의 묘역이 있는 무원의 문공산文公山에 있다(무이산에 있는 한천정사와는 다른 곳이다). 문공산 입구부터 한천정사까지 이어지는 길 옆에는 주자학의 가르침에 해당하는 예의염치니 충효신의니 하는 구절을 적은 간판들이 끝도 없이 이어졌다. 늘 시주詩酒의 가르침에 따라 비양발호飛揚跋扈의 거침없는 삶에 익숙한 이 여행자로서는 엄격한 스승 주희의 추상같은 가르침에 다소 주눅이 든 탓에 산행 내내 의기소침 숙연한 자세일 수밖에 없었다. 이윽고 도달한 한천정사는 자그마한 독채 건물로, 퇴락한 느낌을 지울 수가 없었다. 찾는 사람도 없는

지 출입문도 굳게 닫혀 있어서 그저 일별하고 지날 수밖에 없었는데, 다행히 정사 앞쪽으로 주희가 심었다는 삼나무들이 하늘을 찌르며 곧게 솟아 있어서 각별한 느낌을 주었다. 주희가 조상들에 대한 자손의 효성스런 마음을 표현하기 위해 역사상 가장 유명한 효자 24명의 수에 맞춰 24그루의 삼나무를 심었다고 했다. 고사한 8그루를 제외하고 나머지 16그루의 삼나무들이 천 년 가까운 세월을 인내하며 굵은 몸통과 높은 키로 당당하게 자신의 존재를 힘껏 전하고 있다. 성리학자가 심은 이 나무들이 오랜 세월 동아시아의 지도 이념이었던 성리학의 무궁한 존재 가치를 역설하는 것인가. 이 오래된 나무들을 어루만지면서 고요한 숲속에 오래도록 머물렀더니 비가 그친 숲에 높은 나무들 위로 햇살이 계시처럼 내린다. '일촌광음불가경一寸光陰不可輕', "촌각의 시간도 가벼이 여기지 말라"는 주희의 음성이 어디선가 환청처럼 들려왔다.

소년은 쉬 늙고 학문은 이루기 어려우니
일촌광음을 가벼이 여기지 말아야 하느니
연못가 봄 풀의 꿈 깨기도 전에
섬돌 앞 오동잎은 벌써 가을이라네
少年易老學難成, 一寸光陰不可輕。
未覺池塘春草夢, 階前梧葉已秋聲。

6장 강소성1
─ 초한지

강서성 구강 호구에서 파양호의 물결을 받아 더욱 광활해진 장강은
힘차게 북동진하여 안휘성에 들어서 환강皖江이란 이름을 부여받는
다. 안휘성을 뜻하는 한자가 바로 '환皖'인 까닭이다. 환강은 이백이
백발삼천장白髮三千丈의 〈추포가秋浦歌〉를 썼던 시의 땅 지주池州, 장강
수운의 도시이자 염색업으로 유명한 무호蕪湖를 지나고, 다시 시선 이
백의 향기로운 뼈를 묻고 있는 당도當塗와 이백이 고래를 타고 하늘로
떠난 기경승천騎鯨昇天 설화의 고장 마안산馬鞍山을 지나 안휘성의 경계
를 마무리하고 강소성으로 들어간다.

이제부터 찾아갈 초한지 역사기행의 시작점은 환강의 마지막 구간
마안산 시의 건너편 장강 북안에 자리한 화현和縣 오강진烏江鎭(우장쩐)
이다. '천년고진, 서초오강千年古鎭, 西楚烏江'이라 표현되는 오래된 마을
오강은 유방과의 싸움에서 패한 초패왕 항우가 자결하여 4년의 초한
전쟁이 마무리된 역사의 현장으로 세간에 널리 알려지게 되었다. 오

강진 동남쪽 나지막한 봉황산 위에 초패왕 항우를 기리는 사당 패왕사霸王祠와 그의 의관총이 있다.

1. 오강 나루터에 울리는 영웅의 마지막 절규
- 오강진 패왕사霸王祠

기원전 202년 겨울, 유방의 대군에 겹겹이 포위된 해하성垓下城을 탈출한 항우가 남쪽으로 달리고 달려서 이른 곳이 이곳 오강이었다. 항우는 희망을 잃고 자결한 우미인을 자신의 오추마에 함께 태우고 800명의 정예 기병만을 데리고 탈출했다. 그러나 포위망을 뚫는 격렬한 싸움 중에 안타깝게도 우미인의 시신을 놓치고 말았다. 버려진 우미인을 내버려둔 채로 항우는 남으로 달려서 마침내 장강의 강물을 앞에 두고 있었다. 800명으로 출발했던 병사들은 죽거나 흩어지고 이제 남은 것은 고작 27명의 기병대. 뒤로는 수천 명의 유방의 군대가 추격해오고 있었다. 남은 군사들이 항우에게 권하였다.

"대왕께서 속히 강을 건너 강동으로 피신하십시오. 후에 다시 군대를 길러 유방에게서 천하를 쟁취하시기 바랍니다."

항우가 권고를 뿌리치며 괴롭게 말했다.

"그럴 수는 없다. 내가 4년 전에 8,000명의 젊은이를 이끌고 전쟁터로 나갔다가 이제 그들을 다 잃어버리고 말았다. 내가 무슨 면목으로 혼자 살아 돌아가서 그들의 부모형제를 보겠느냐!"

항우는 추격해오는 유방의 군대와 일전을 치르고 장렬하게 자결하고 만다. 이렇게 해서 진나라가 멸망한 후부터 시작된 천하 패권 초한

전쟁은 일단락되고 마침내 유방 한나라의 세상이 열리게 되었다. 그런데 전하는 바에 따르면, 항우는 자결 직전에 하늘을 향해 다음과 같은 말로 울분을 토하고 죽었다고 한다.

내가 줄곧 우위를 점하던 이 싸움에서 패해 내 손안에 있던 천하를 저 못난 유방에게 빼앗기게 된 것은 내 잘못 때문이 아니다. 나는 그와의 싸움에서 수없이 승리했다. 내가 운용한 병법이 우월했고, 나의 무공이 그를 압도했다. 그럼에도 불구하고 결국 천하가 그에게로 가게 된 것은 내 힘으로 어쩔 수 없는 하늘의 뜻 때문이다. 천하를 유방에게 주고자 하는 천명을 내가 바꿀 수는 없지 않겠느냐!

끝까지 자신의 잘못을 인정하지 않고 모든 것을 하늘의 탓으로 돌리며 그런 하늘을 원망하고 죽었다고 한다. 훗날의 역사가들과 시인들이 역사의 법정에 항우를 세우고 준엄하게 따져 물었다.
"그대는 왜 강력한 군대, 최고의 참모들을 가지고도 그만지 못한 유방에게 패해 천하를 빼앗기는 수모를 당했는가?"
한나라 때 양웅揚雄이라는 학자는 항우의 실패와 유방의 성공을《법언法言》이라는 책에서 다음과 같이 깔끔하게 정리하고 있다.

유방은 여러 사람의 책략을 잘 받아들였다. 많은 사람의 책략으로 유방 군대의 역량은 갈수록 증강되었다. 하지만 항우는 달랐다. 그는 남들의 의견을 받아들이지 않고 오직 자신의 용맹만을 믿고 어리석게 행동했다. 여러 사람의 책략이 모이면 승리할 것이요, 개인의 용맹만을 믿으면 실패할 것이다. 항우가 이렇게 된 것은 천명과는 아무런 관계가 없다. 그가 하늘을 원망한 것은 그릇된 것이다.

항우의 실패 원인을 그의 독단적인 리더십에서 찾고 있다. 그는 중요한 결정에서 남들의 의견을 듣는 법 없이 자신의 경험과 지혜에만 의존했다. 남들이야 동의하건 말건 앞장서 나가면서 자신을 따를 것을 강요했다. "나를 따르라!" 이른바 '독단독행獨斷獨行'이다. 독단독행은 한 번의 싸움에서 승리할 수는 있겠으나 초한전쟁처럼 긴 싸움에서는 전략적 한계가 있을 수밖에 없다. 유방은 여러 가지 조건에서 훨씬 불리했지만, 자신의 능력에만 의지하지 않고 여러 사람의 책략을 모으고 힘을 규합해서 집단의 힘을 극대화하는 리더였다. 이러한 유방의 리더십을 "여러 사람의 책략과 여러 사람의 힘"이라는 뜻의 '군책군력群策群力'이란 말로 표현한다. 현대식으로 풀이하자면 '집단적 리더십'이라 할 수 있는 이 용어는 리더와 구성원이 서로에게 힘이 되는 가장 이상적인 리더십을 뜻하는 말로 자주 활용된다.

오강진에 조성된 항우의 사당 패왕사에 들어서면 한 손으로는 큰 칼을 잡고 한 손은 주먹을 불끈 쥔 채로 눈을 부릅뜬 항우의 동상이 있다. 그 위로는 "한 시절을 풍미한 영웅"이라는 뜻의 '질타풍운叱咤風雲'이란 큰 글씨가 걸려 있다. 진실로 그는 한 시절 "힘은 산을 뽑고 기운이 세상을 덮었던" '역발산기개세力拔山氣蓋世'의 영웅이었다. 이 불세출의 영웅의 무덤이 사당 뒤쪽에 마련되어 있다. 물론 진짜 무덤이 아닌 의관총이다. 항우의 몸은 현상금을 얻으려는 유방의 병사들에 의해 조각나 사라졌기 때문이다. 패왕사 경내의 작은 연못가에 '말을 멈

◈ 주마하 비석

춘 강'이라는 뜻의 '주마하駐馬河'라는 글자가 새겨진 비석이 있다. 그리고 이 비석을 조금 더 지난 자리에 오강정烏江亭이라는 조그마한 정자 하나가 있다. 모두 항우의 비극적 죽음을 떠올리게 만드는 유적들이다.

항우가 도망쳐서 도달한 오강 나루터에는 뱃길을 관리하는 정자가 있었고 정장亭長이라 부르는 수졸 한 명이 그 정자를 지키고 있었다. 그 수졸이 항우에게 배를 내주며 속히 강을 건널 것을 권하였으나 항우는 거절하고 그 수졸에게 자신이 타던 오추마를 건네주었다. 항우

가 죽은 후에 수졸은 강가에서 오추마를 보살폈는데, 주인을 잃은 오추마는 한사코 먹이를 거부하더니 얼마 지나지 않아 항우의 뒤를 따르고 말았다. 그래서 후인들은 이 오강 나루터 부근의 강을 '말을 멈춘 강'이라는 뜻의 '주마하'로 부르게 된 것이다. 당나라 때 시인 두목이 이곳 오강의 정자에 〈제오강정題烏江亭〉이라는 시를 썼다.

이기고 지는 것은 병가의 상사
치욕을 참고 견뎌야 참 사내가 아닌가
강동의 젊은이들 모두들 걸출하느니
권토중래 못할 것 무에 있으랴
勝敗兵家事不期, 包羞忍恥是男兒。

江東子弟多才俊, 卷土重來未可知。

　항우가 부하들의 권고대로 강을 건넜더라면 다시 기회가 올 수도 있었을 것이라는 말이다. 자질도 조건도 자신보다 훨씬 열등한 유방에게 패해 다 잡은 천하를 빼앗겼다는 분노와 수치심을 이겨내고, 8천 명의 젊은이들을 다 죽게 만들고 혼자 살아 돌아왔다는 강동 부형들의 비난도 꿋꿋하게 견뎌내며 다시 군대를 기르고 때를 기다렸다면, 실패를 만회하고 꿈을 이룰 기회가 왔을 것이라는 이야기다. 이 당시 항우의 나이가 고작 30대 초반이었으니 실패를 딛고 일어서기에 충분한 시간이 있었다. 역사에 등장하는 수많은 영웅호걸들의 성공담은 "치욕을 견디며 무거운 책임을 진다"라는 뜻의 '인욕부중忍辱負重'의 실천으로 귀결된다. 견디기 힘든 치욕조차 참을 수 있었던 것은 자신이 져야 할 막중한 책임 때문이었다. 이런 정신으로 월왕 구천句踐은 오왕 부차夫差의 변을 맛보는 굴욕을 참아 마침내 월나라를 재건하고 오나라를 멸망시킬 기회를 얻을 수가 있었으며, 사마천은 거세형의 치욕을 참고 아버지 사마담司馬淡에게서 부여받은 필생의 대업인 《사기》를 완성시킬 수 있었다.

　항우가 끝내 강을 건너지 못한 것은 당면한 치욕을 넘어설 막중한 책임감이 없었던 탓이었을까? 하지만 또 어떤 사람들은 자기 한목숨 구하려 구차하게 강을 건너 도망하지 않고 당당히 죽음을 선택한 항우를 예찬하기도 한다.

　살아서는 사람의 영웅
　죽어서도 귀신의 영웅

왜 지금 항우를 그리워하는가
그는 강동으로 도망가려 하지 않았다네
生當作人傑, 死亦爲鬼雄。
至今思項羽, 不肯過江東。

송나라 여성시인 이청조李淸照의 〈하일절구夏日絕句〉라는 시다. 이 시는 고전시가 중에서 손꼽히는 명시로 대중에게 인기가 높다. 금나라 군대에 의해 북송이 멸망하고, 장강 이남 항주에서 다시 남송 정권이 시작되던 혼란한 시기를 배경으로 하고 있다. 또한 북쪽의 광활한 영토와 수많은 백성을 다 팽개치고 혼자 살아보겠다고 너도나도 남쪽으로 도망간 송나라 지배층 인사들에 대한 신랄한 비난이 담겨 있다. 이 혼란한 시기에 이청조의 남편 조명성趙明誠 또한 자신이 지켜야 할 성과 백성들을 팽개치고 남쪽으로 도망쳤다. 이청조는 남편을 따라가던 중에 항우가 자결한 오강을 지나게 되었고, 만감이 교차한 그녀는 이 시를 지어 자신의 남편을 포함한 북송의 지배층 인사들에 대해 신랄한 비난을 보낸 것이다. 후에 남편 조명성이 병을 얻어 죽었는데 이청조의 이 시를 보고 난 후의 충격 때문이었을 것이라는 이야기가 돌기도 했다.

2003년 늦가을, 찾는 사람 없이 고요한 오강의 패왕사에는 이끼 긴 비석들 사이로 흰 나비들이 환영처럼 날고 있었다. 옛사람의 흘러간 자취를 찾아 떠도는 것이 나비의 날개짓보다 더 가볍고 사소한 일인 양 느껴졌을까? 수척한 가을 햇살을 따라 아득한 현기증이 밀려왔다.

주마하 강변에 새 울음소리 슬픈데

쓸쓸한 무덤 길 옛 바람이 감도누나

산을 뽑고 세상을 덮던 기개는 강물 따라 가버리고

황폐한 동산 비석 사이로 몇 마리 나비만 배회하네

駐馬河邊今鳥哀, 寂廖墓道古風廻。

拔山蓋世隨流盡, 荒苑碑間幾蝶徊。

- 김성곤, 〈과오강패왕사過烏江覇王祠〉

2. 우희야 우희야, 내 너를 어찌하랴
- 영벽(靈璧, 링삐) 우미인 무덤

화현 오강에서 북쪽으로 약 250여 킬로미터 떨어진 안휘성 영벽의 동남쪽 넓은 들판에 초한전쟁의 마지막 전투가 있었던 해하성垓下城의 옛터가 있다. 끝도 없이 펼쳐지는 넓은 들판 한 모퉁이에는 이곳에서 그 유명한 전투가 있었음을 알리는 '해하유지'라고 쓴 넓적한 비문 하나가 덩그렇게 서 있다. 기원전 202년 겨울밤, 유방, 팽월彭越, 한신韓信의 60만 대군에 의해 물샐틈없이 포위된 해하성 전장에 난데없는 노랫소리가 울려 퍼진다. 항우의 군사들이 익히 듣던 고향 노래, 초나라 노래다. 항우의 병사들의 마음을 흔들려는 심산으로 유방의 군대가 성을 에워싸고 사방에서 초나라 노래를 부른 것이다. 이른바 '사면초가四面楚歌'. 고향을 떠나 전장을 전전한 지 4년이다. 부모님이 그립고 처자식이 보고 싶은데 돌아갈 희망은 점점 사라져간다. 날씨는 추워지고 군량은 떨어져 이미 사기가 바닥인데 돌연 들리는 고향의 노랫소리. 밤늦도록 이어지는 노랫소리에 그토록 용감무쌍했던 최고의 정

병들이 하나둘 탈영하기 시작하면서 항우의 군대는 급격하게 허물어져갔다. 군막 안에서 이 궁지를 벗어날 묘책을 궁리하던 항우 역시 이 노랫소리를 듣고는 자신의 최종적인 패배를 직감한다. 그러고는 비통한 심정을 이길 수 없어 우미인을 불러 함께 술을 마신다. 이 마지막 술자리에서 항우가 감정이 격해져 자리를 박차고 일어나 부른 노래가 그 유명한 〈해하가垓下歌〉다.

힘은 산을 뽑고 기운은 세상을 덮었건만
때가 불리해지니 오추마가 달리지 않는구나
오추마가 달리지 않으니 내 어찌하랴
우희야 우희야 너를 어찌란 말이냐
力拔山兮氣蓋世, 時不利兮騅不逝。
騅不逝兮可奈何, 虞兮虞兮奈若何。

비통한 심정으로 부르는 절절한 항우의 노랫소리가 장막을 울리고, 그 노랫소리를 듣는 초나라 병사마다 목놓아 울었다. 항우의 노래에 화답하여 우미인이 일어나 검무를 추며 노래를 부른다.

한나라 군대 벌써 쳐들어와
사방에 들리는 초나라 노랫소리
대왕께서 기운이 다하셨으니
소첩이 어찌 살아갈 수 있으랴
漢兵已略地, 四方楚歌聲。
大王意氣盡, 賤妾何聊生。

〈화해하가和垓下歌〉로 알려진 이 노래는 《사기》에는 실려 있지 않고 당나라 장수절張守節이 쓴 《사기정의史記正義》에 실려 있다. 노래를 끝낸 우미인은 검으로 자신의 목을 찔러 자결한다. 우리에게 익히 알려진 경극 〈패왕별희霸王別姬〉의 내용이다. 앞서 말한 대로 항우는 우미인의 시신을 자신의 오추마에 함께 태우고 정예 기병 800기와 탈출한다. 안타깝게도 그 과정에서 우미인의 시신을 놓치게 되니 그곳에 남은 초나라 병사들이 그녀의 시신을 수습하여 무덤에 안장했다. 그 오래된 무덤이 옛 해하성 부지에 있는 우희문화원虞姬文化園에 남아 있다. 문화원을 찾아가니 입구에서 나란히 말머리를 하고 다정스러운 눈길을 주고받는 항우와 우미인의 동상이 나그네를 반긴다.

항우가 그토록 사랑했던 아름다운 우미인, 그녀의 아름다움을 전하는 일화가 있다. 우미인의 아름다움에 반한 강동의 귀족 자제들이 앞다투어 그녀에게 청혼했다. 그런데 우미인은 높은 벼슬이나 많은 재

◆ 우미인 석상

물에도 아무런 관심을 보이지 않았다. 그녀는 자기 집 뜰에 커다란 청동 솥을 내놓고는 이 무거운 솥을 혼자 들어 올릴 수 있는 용력을 갖춘 사람이면 자신의 배필이 될 것이라 했다. 초나라 강동 지역의 귀족 자제들이 너도나도 달려들어 그 솥을 들어 올리려 안간힘을 써봤지만, 아무도 성공할 수 없었다. 마침내 항우가 나타나 그 무거운 청동 솥을 단숨에 드는 신공을 선보였다. 우미인은 당장에 그의 여인이 되었고 그 소식을 들은 강동의 젊은이들 8천 명이 항우를 찾아와 그의 부하가 되었다. 사단 규모의 군대가 탄생한 것이다. 하나같이 주먹

깨나 쓰고 싸움 잘하는 용사들이었다. 이들은 나중에 항우군의 주력 부대가 되어 천하를 휩쓸고 다니며 최정예 역할을 톡톡히 했다. 이 우미인의 일화에서 나온 사자성어가 바로 '일거양득一擧兩得'이라고 설명하는 사람도 있다. '거擧'가 '물건을 들다'라는 뜻이 있어서 생긴 이야기일 것이다. 솥단지 하나를 들어 천하절색 미인도 얻고 천하막강 군대도 얻었으니 일거양득의 대표적인 사례

◆ 우희문화원 우미인 무덤

라 할 것이다. 그렇게 해서 짝이 된 항우와 우미인은 마치 서로가 서로의 그림자가 된 것처럼 늘 함께했으니, 전장에서조차 군막에 함께 머물 정도였다.

그 아름다운 우미인이 잠들어 있는 우희문화원의 무덤은 생각보다 규모가 컸다. '서초패왕우희지묘西楚霸王虞姬之墓'라고 쓴 비문을 앞세우고 높은 나무들과 거친 풀들로 둘러싸여 있는 무덤 앞에는 슬픈 표정을 한 우미인의 아름다운 석상이 서 있다. 나는 그 석상과 무덤 사이에서 비탄과 격정에 사로잡혔던 항우를 떠올리며 그의 〈해하가〉를 불렀다. "리빠싼시치까이스力拔山兮氣蓋世~" 노래가 중반을 넘어설 무렵 바람이 우수수 무덤의 풀과 나무를 스치고 지나가며 아주 오래된 한

숨 소리 같은 것을 전해주었다.

3. 고향에 돌아와 승리의 찬가를 부르다
- 유방 〈대풍가〉

비탄과 절망의 노래 항우의 〈해하가〉와 쌍벽을 이루는 것이 환희와
자부심으로 가득한 유방의 〈대풍가大風歌〉이다. 항우와의 오랜 전쟁에
서 승리하여 한나라 천하를 만든 유방은 몇 년 후 회남왕淮南王 영포英
布의 반란을 평정하고 돌아가는 길에 잠시 고향 패현沛縣(페이시엔)에
들렀다(유방이 태어난 곳은 강소성 서주徐州 풍현豐縣이다. 패현은 풍현과 바
로 인접해 있어서 역시 한고조 유방의 고향이라고 일컫는다). 금의환향한 유
방은 고향 사람들을 초청하여 크게 잔치를 열고 자신의 영달을 마음
껏 자랑한다. 농사꾼의 아들로 태어나 생업에도 힘쓰지 않고 날건달
처럼 지내 마을 사람들의 빈축을 샀던 그가 이제 천하를 호령하는 황
제가 되어 돌아왔으니 그 자부심이 어떠했으랴. 몇 잔 축하주에 주흥
이 오른 유방이 축築을 치면서 노래를 부른다.

> 큰 바람이 일어나 구름을 날리누나
> 위엄을 천하에 떨치고 고향에 돌아왔노라
> 어찌하면 용맹한 병사를 얻어 사방을 지키랴
> 大風起兮雲飛揚。
> 威加海內兮歸故鄉。
> 安得猛士兮守四方。

◈ 가풍대 유방 동상

패현 한성공원漢城公園 경내에 이 〈대풍가〉를 기념하여 지은 가풍대
歌風臺가 있다. '화하제일대華夏第一臺', 중국의 제일가는 누대라는 뜻의
거창한 이름표를 달고 있는 이곳에 들어서면 한 손에 술잔을 들고 득

의양양 웃음 짓고 있는 한고조 유방의 동상이 있다. 해맑게 웃는 모습인 것으로 보아 아직 노래를 부르기 전인 듯하다. 기록에 따르면 그는 노래를 마친 뒤 감정이 격해져서 눈물을 흘렸다고 했으니 말이다. 동상 뒤로 자리한 요연당邀宴堂이라는 건물 안에 〈대풍가〉를 새긴 한나라 때의 비석이 있다. 후한의 학자 채옹蔡邕이 쓴 것으로 알려져 있는데, 아름다운 전서체의 글씨다. 높이는 1.7미터, 너비는 1.23미터이며, 중간이 갈라져서 철판으로 이어붙였고 아래 부분이 사라져서 글자 몇 개가 보이지 않는다. 2,000년 전의 오래된 비석에서 점점 희미하게 가물가물 사라져가는 글씨들에 힘찬 기개를 불어넣을 양으로 〈대풍가〉를 씩씩하게 읊어주고 가풍대를 떠났다.

4. 무례한 노인과 예의 바른 청년의 조우
- 고비(古邳, 구피) 이교(圯橋, 이치야오)

한고조 유방의 성공 비결은 무엇일까? 집단적 리더십 군책군력과 함께 지인선용知人善用이라는 그의 미덕을 성공의 요인으로 보기도 한다. 자신은 가지지 못한 재주와 능력을 갖춘 사람을 알아보고 그를 잘 활용해서 자신의 목적을 이루는 일에 능숙하다는 것이다. 중국 속담에 "울타리를 만들려면 최소한 세 개의 말뚝이 필요하다"라는 말이 있다. 말뚝을 뜻하는 중국어는 '봉棒'인데, 봉자의 발음인 [bang]과 돕는다는 뜻의 '방幫'자의 발음인 [bang]이 같다. 그래서 이 속담은 영웅이 자신의 원대한 뜻을 이루기 위해서는 자신을 돕는 유력한 조력자가 최소한 셋이 필요하다는 말이다. 이 속담 그대로 천하를 얻는 일에 유방의 말뚝이 되어준 세 명의 인재가 있었으니, 참모 장량張良, 장수 한신韓信, 재상 소하蕭何, 이른바 한나라 삼대 개국 공신이다. 이들 가운데 한신의 고향인 회안淮安을 찾아가기로 했다. 유방의 고향이 있는 서주에서 그리 멀지 않기 때문이다.

회안과 서주를 잇는 회서고속도로를 타고 달리면 약 두 시간이 걸린다. 서주를 출발하여 고속도로를 타고 한 시간 남짓 가다 보니 수녕睢寧이라는 어려운 글자를 쓴 지명이 나온다. 이 '수睢'자가 우리말 훈독에 '물이름 수'와 '흘겨볼 휴'가 있는데, 지명으로 쓸 경우는 '수'로 읽어야 한다. 이 수녕에 속해 있는 고비라는 동네에 초한지와 관련된 유명한 유적이 있다. 바로 또 다른 개국 공신인 참모 장량의 재미난 고사를 만들어낸 유명한 흙다리 이교圯橋이다. 어찌 그냥 지나칠 수 있겠는가? 한신은 잠시 제쳐두고 먼저 장량부터 만나기로 했다.

장량은 한나라의 귀족 출신으로 조부와 부친 모두 재상을 지냈을 정도로 명문 귀족이었다. 하지만 한나라가 진시황의 진나라에 멸망당하는 바람에 장량의 안온한 삶은 풍비박산이 되었다. 그는 모든 책임을 진시황에게 돌리고 그를 죽이기 위해 온 가산을 기울여 자객을 구한다. 하지만 어렵게 준비한 복수는 결국 실패로 끝나고 장량은 쫓기는 신세가 된다. 그가 하비下邳라는 곳에 숨어 살던 시절의 일이다. 장량이 저녁나절 산책을 나서 개울가 다리 쪽으로 지나가는데, 마침 그 다리 난간에 앉아 있던 어떤 노인 하나가 그가 다가오는 것을 보고는 자기 신발 한쪽을 벗어서 다리 아래로 떨어뜨렸다. 그러고는 다짜고짜 장량을 향해 이렇게 소리쳤다.

"애야, 내려가서 신발 좀 가져오너라!"

장량은 어디 이런 경우 없는 노인네가 있는가 하고 속에서 천불이 올라왔다. 욕설을 퍼붓고 한 대 패주고 싶은 생각마저 들었다. 하지만 한번 꾹 참고 다리 아래로 내려가 신발을 가져왔다. 그러자 이번에는 한술 더 떠서 노인은 그 신발을 신겨달라고 요구했다. 장량은 이왕 시작한 일이니 좋은 일 한번 하자는 마음으로 무릎을 꿇고 신발을 신겨주었다. 그러자 노인은 흡족한 표정을 짓고는 일어나서 이렇게 말했다.

"어린것이 가르칠 만하구나. 닷새 뒤 새벽에 이곳으로 나오너라. 네게 줄 것이 있다."

장량은 노인의 약속대로 닷새 후 새벽에 그곳으로 갔다. 그런데 노인이 먼저 와 있었고, 그에게 화를 내며 꾸짖었다.

"어린놈이 노인보다 늦게 오다니 이게 무슨 짓이냐! 다시 닷새 후에 오너라!"

닷새가 지나고 장량은 이른 새벽 닭이 울자마자 일어나 그곳으로 갔다. 하지만 여전히 그 노인이 먼저 와서 다시 야단야단하는 것이었다. 다시 닷새 후 장량은 아예 전날 밤 자정부터 가서 기다렸다. 새벽이 되자 노인이 나타나더니 먼저 와 있는 장량을 보고 웃으며 말했다.

"진즉 이렇게 할 것을."

그러고는 장량에게 책 한 권을 건넸다.

"이 책을 읽게 되면 너는 임금의 스승이 되어 십 년 후에는 크게 공을 이룰 것이다. 훗날 제수의 북쪽 곡성산 아래에서 황석黃石을 보게 되면 그게 나인 줄 알거라."

장량이 노인에게서 받은 책은 병법의 대가인 강태공이 썼다고 하는 《태공병법》이었다. 그 후로 장량은 이 책을 열심히 읽어 병법의 대가가 되었고 유방의 참모로서 혁혁한 공을 세우게 된다.

◈ 황석공과 장량 동상

이 이야기는 "흙다리 위에서 신발을 신겨드리다"라는 뜻의 고사성어 '이상경리圯上敬履'가 되어 지금에 전해지고 있다. 이 고사가 전하는 교훈은 무엇일까? 외부의 강력한 적을 이기기 위해서는 먼저 자신과의 싸움에서 이겨야 한다는 것이다. 분노를 참지 못하고 충동에 휩쓸려 욕설을 내뱉고 폭력을 행사한다면 자신과의 싸움에서 이미 진 것이다. 이런 사람이 외부의 강력한 적을 이길 수는 없다. 흙다리의 노인은 장량이 분노를 참고 자신과의 싸움에서 이긴 것을 보고 비로소 그에게서 진시황을 이길 가능성을 보았다. 그래서 "어린놈이 가르칠 만하구만"이라고 한 것이다. 먼저 자신을 이기는 법을 배운 장량은 훗날 외부의 강력한 적인 진시황을 넘어서 진나라까지 멸망시킬 수 있었다. 소동파는 이 장량을 논하는 글에서 이렇게 말한다.

보통 사람들은 욕을 먹으면 즉각 칼을 뽑아들고 일어서서는 몸을 곧추세워 싸움을 하는데, 이것은 용기라고 칠 수도 없다. 천하에 큰 용기를 가진 자가 있으니, 이런 자는 돌발적인 상황을 만나도 놀라지 않으며 이유 없이 수모를 당하여도 화를 내지 않는다. 이는 그의 가슴이 심히 넓으며 그 목표가 원대하기 때문이다.

장량이 노인의 무례함에 화를 내지 않고 끝까지 공손하게 대할 수 있었던 것은 그가 가슴에 원대한 뜻을 품은 '대용大勇'을 가진 자였기 때문이라고 본 것이다. 자신을 무시했다고, 모욕을 주었다고 곧바로 분노를 터트리고 싸우자 달려든다면, 이는 용기도, 원대한 목표도, 넓은 흉회도 없는 찌질한 필부라는 확실한 증거가 되는 것이다.

고비 경내 동남쪽에 이교가 있다. 아래로는 작은 개울이 흐르는데 아마도 옛날 성을 둘러 흐르던 호성하護城河의 일부분인 듯했다. 본래 이교의 '이圯'자는 흙으로 만든 다리라는 뜻인데, 지금은 흙이 아닌 시멘트로 만들어져 있다. 다리 중간 난간에 선명하게 새겨진 '이교' 두 글자가 아니라면 그 유명한 역사 이야기와는 아무런 상관이 없을 듯한 평범하기 그지없는 다리다. 이교에서 멀지 않은 곳에 장량전張良殿으로도 불리는 이원圯園이 있다. 장량을 기리는 사당이 있는 곳이다.

◈ 이교

사당 안에는 장량의 동상이 서 있고 그의 사적을 설명하는 그림이 걸려 있다. 늦은 가을날 찾아간 장량전은 건물이 퇴락하고 마당에 잡초가 수북이 자라 마치 폐허 같았다. 인적마저 드물어 괴기하기까지 했다. 서둘러 사당을 들여다보고 사진을 찍는데 건물 한쪽에서 검은 물체 하나가 부스스 몸을 일으켜 우리 일행을 바라본다. 깜짝 놀라 바라보니 나이를 가늠하기 어려울 정도로 늙어 보이는 초라한 행색의 노인이다. 고요한 사당의 가을 햇살을 받으며 포근하게 낮잠을 주무셨던 모양이다. 잠시 인사를 나누고자 했으나 소통이 어려워 일행에게 담배 두 개비를 얻어 공손히 드리고 작별했다. 마치 이교에서 장량이 황석공에게 공손하게 굴었던 것처럼 말이다.

5. 밥 한 끼를 천금으로 되갚은 영웅의 고향
- 회안(淮安, 화이안) 한신고리(韓信故里, 한신꾸리)

사마천은 항우의 실패를 논하는 글에서 '투현질능妬賢嫉能'이라는 용어를 제시한다. "현명하고 능력 있는 사람을 질투한다"라는 뜻이다. 실패의 이유를 항우가 자신보다 뛰어난 부하들을 질투하여 배제함으로써 그 능력을 활용하지 못한 때문으로 본 것이다. 유방의 군책군력 리더십과 딱 대척점에 있다. 항우가 질투했던 대표적인 인물이 바로 한신이다. 병법의 신선이란 뜻의 병선兵仙으로 불리는 전략의 귀재 한신이 초한전쟁 초기에는 항우 휘하에 있었다. 한신은 수차례 항우에게 유방을 격파할 전략을 제시했으나, 항우는 듣지 않았다. 항우는 자신이 생각지 못한 전략을 제시하는 한신을 질투해서 어린애처럼 굴었다.

"내가 그대보다 훨씬 많은 병법서를 읽었소. 전투 경험도 훨씬 많소. 그러니 이쯤에서 입을 다무시오!"

거듭된 거절에 한신은 결국 마음을 닫고 항우 곁을 떠나 유방에게 간다. 유방도 처음에는 한신의 능력에 의심을 보였으나 소하蕭何의 강력한 추천을 믿고 그에게 대장군의 직책을 맡긴다. 초한전쟁의 판도는 이때부터 달라졌다고 할 것이다.

서주에서 약 2시간 거리에 있는 회안淮安의 회음구淮陰區 경내에 한신고리가 있다. 한신과 관련 있는 유적들 몇 군데를 돌아보기로 했다. 첫 번째로 들른 곳은 표모漂母의 사당과 무덤이다. 표모는 전문적으로 남의 집 옷을 빨아주는 아낙네를 가리킨다. 한신이 아직 뜻을 얻지 못했을 때의 일이다. 이곳저곳 떠돌며 눈칫밥을 먹으며 늘 굶주리던 그가 어느 날 강가에서 낚시를 했다. 물고기라도 잡아 허기를 채우려는 것인데, 그 모습이 하도 애처롭고 불쌍했는지 강가에서 빨래하던 여러 표모들 중 한 사람이 자신이 싸온 음식을 반을 나눠 한신에게 주었다. 이런 적선은 그 표모가 빨래를 마칠 때까지 수십 일 계속되었다. 감동한 한신이 표모에게 말했다. "내가 훗날 부귀하게 되면 후하게 사례하겠습니다." 그러자 표모가 한심하다는 듯이 꾸짖었다. "네놈이 하도 불쌍해서 음식을 나눠준 것이다. 네깟 놈에게 무슨 보답을 바라고 했겠느냐!" 후에 한신이 유방을 도와 천하에 이름을 떨치고 제왕齊王으로 봉해진 뒤 금의환향하여 표모를 찾아 보답하고자 했으나, 표모는 이미 세상을 떠난 뒤였다. 한신은 천금을 내어 표모의 무덤을 높고 크게 수축하여 그녀의 선량한 마음을 기렸다.

이 이야기에서 나온 성어가 "밥 한 그릇을 천금으로 되갚다"라는 뜻의 '일반천금一飯千金'이다. 사당 중앙에 앉아 있는 표모의 모습이 후덕하고 인자하다. 표모의 좌우에는 '인간 세상 어찌 참된 남자가 없으랴人間豈少眞男子', '천고에 이런 부인 같은 사람 없다네千古無如此婦人'라는 대련이 걸려 있다. 그 옆으로는 낚싯대를 든 젊은 한신과 바구니를 든 표모가 나란히 마주보는 입상이 있다. 한신이 참된 남자임을 알아본 탓에 그에게 밥을 나누어 준 것인지, 하도 불쌍하고 가엾어서 그런 것인지야 확실치 않지만 어쨌든 수십 일을 그렇게 했다니 예사 사람은 아닌 것이 분명하다. 사당 뒤쪽으로 길이 50미터, 높이 20미터나 되는 거대한 봉분이 서 있으니 바로 한신이 천금을 들여 수축한 표모의 무덤이다. 왕릉처럼 거대한 무덤의 크기는 바로 어려운 시절 자신을 돌봐준 표모에 대한 한신의 고마운 마음의 크기일 것이다.

그런데 한신이 표모에게 늘 얻어먹기만 한 것은 아니다. 이곳 한신고리의 사람들이 전하는 이야기이다. 어느 날 강가 빨래터에 표모가

◆ 표모 사당

나오지 않았다. 한신이 동료 아주머니들에게 물어보니 앓아누워 있다
는 것이다. 늙은 몸으로 고된 노동을 하자니 몸살이 난 것이다. 한신
이 즉각 친구를 찾아가 급전을 청해 양고기 두어 근을 사고 자신이 강
가에서 잡은 물고기를 함께 넣어 진한 국물이 될 때까지 잔불로 오래
도록 고았다. 양고기와 물고기의 유별난 조합인데 아마도 한신이 독
자적으로 개발한 레시피였던 듯하다. 이 별난 보양식을 먹고 표모가
건강해져서 강가로 나가 빨래 일을 계속하게 되었는지, 그래서 한신
이 다시 그녀의 밥을 함께 먹을 수 있었는지는 확실치 않으나 이후로
한신이 개발했다는 양고기와 물고기의 조합은 '어양선魚羊鮮'이란 이
름으로 불리며 지금까지 전해지고 있다. '선鮮'이라는 글자가 '물고기

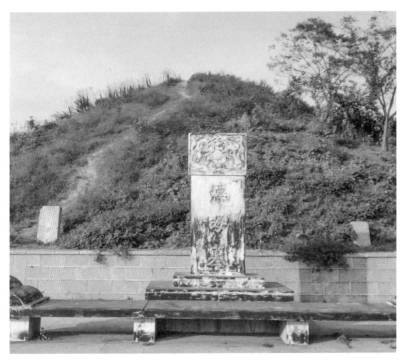

◈ 표모 무덤

어魚'와 '양 양¥'으로 구성되어서 이 요리의 이름으로는 안성맞춤인 셈이다. 중국 요리에서 물고기와 양고기는 모두 귀한 음식 재료이다. 이 귀한 재료들이 합쳐진 요리이니 좋을 수밖에! 어양선 요리의 내력에 대해서는 천하를 주유하던 공자가 먹을 것이 없는 처지에서 개발한 요리라는 설도 있으나, 한신의 고향 마을에서는 한신의 레시피로 전해지니 그러려니 하고 맛을 보지 않을 수 없었다. 출출해지는 저녁, 한신고리 안내원이 적어준 쪽지를 가지고 찾아간 허름한 식당에서 진한 국물의 어양선 한 그릇 시켜 긴 여행의 피로를 풀었다.

이튿날 아침, 한신고리에 마련된 한후공원韓侯公園을 찾았다. 한신을 주제로 하여 만들어진 공원이다. 이 공원에 특별한 명칭의 다리 하나가 있다. 사타구니 밑 다리라는 뜻의 '과하교胯下橋'다. 이 괴상한 명칭의 다리는 한신 굴욕의 역사 현장이다. 《사기·회음후열전淮陰侯列傳》에 나오는 이야기이다. 한신이 고향에서 천덕꾸러기가 되어 뭇 사람들의 따가운 시선을 받으며 건달처럼 떠돌던 시절, 마을에서 백정 일을 하던 사내 하나가 길을 가는 한신을 막아서며 조롱하며 말했다.

"네놈이 장대한 체구로 늘 큰 칼을 차고 다니는데, 겉모습이야 제법 그럴싸하지만 내가 보기에는 실상 천하에 둘도 없는 겁쟁이다. 칼은 폼 잡으라고 갖고 다니는 것이 아니다. 이 길을 가려거든 그 칼로 나를 찌르고 갈 것이요, 찌를 용기가 없다면 너는 허접한 겁쟁이가 분명하니 내 사타구니 밑으로 기어가야만 할 것이다."

마을 사람들 모두가 비웃음을 흘리며 한신의 모습을 지켜보고 있었다. 이쯤 되면 아무리 못난 사내여도 칼을 뽑아야 하는 것 아닌가. 그런데 한신은 자신을 바라보고 있는 마을 사람들을 한번 휙 돌아보더니 바로 고개를 숙이고 기어서 그 사내의 사타구니 밑으로 지나갔다. 백정 사내와 마을 사람들의 조롱 섞인 웃음소리를 뒤로하고 한신은 옷자락을 툴툴 털고 아무렇지 않은 듯 가던 길을 갔다. '과하지욕胯下之辱'이라는 성어가 만들어진 배경이다. 훗날 큰 공을 이루고 금의환향한 한신은 자신을 욕보인 그 사내를 불러 벼슬까지 내려서 대인배의 풍모를 유감없이 보여주었다. 사람들은 그 일을 기념하여 다리 하나를 세우고 '과하교'라고 이름하였다는데, 굳이 다리로 지정한 것은 아마도 다른 길로 피할 곳이 없는 다리라야 이야기가 실감이 나서였을 것이다. 이 굴욕의 고사는 앞서 소개한 장량이 황석공을 만난 이야기와 동일한 교훈을 전한다. 이른바 '대용大勇'이다. 한신고리에 있는 한후공원 한쪽에 마련된 과하교 앞에는 한신이 사타구니 밑 수모를 당한

곳이라는 뜻의 '한신과하수욕처 韓信胯下受辱處'라는 글씨가 쓰인 커다란
비석이 서 있다. 과하교를 건너면서 다시 소동파의 글을 떠올린다.

　　보통 사람들은 욕을 먹으면 즉각 칼을 뽑아들고 일어서서는 몸
　　을 곧추세워 싸움을 하는데, 이것은 용기라고 칠 수도 없다. 천하

에 큰 용기를 가진 자가 있으니, 이런 자는 돌발적인 상황을 만나도 놀라지 않으며 이유 없이 수모를 당하여도 화를 내지 않는다. 이는 그의 가슴이 심히 넓으며 그 목표가 원대하기 때문이다.

7장
강소성 2
— 양자강

장강이 안휘성을 지나 강소성으로 접어들면 바다에 이르러 생을 다할 때까지의 최후의 구간이 시작된다. 이 구간을 이르는 말이 우리가 흔히 장강의 대용으로 부르는 양자강揚子江(양쯔장)이다. 강소성 중부의 양주揚州는 남북을 잇는 경항대운하京杭大運河가 동서로 이어지는 장강과 만나는 교통의 요지로, 예부터 엄청난 재화가 집산하는 거대한 물류의 도시였다. 그래서 양주는 이 강소성 지역을 대표하는 도시가 되었고, 사람들은 자연스럽게 강소성을 흘러가는 장강을 양주의 강이란 뜻인 '양자강'으로 불렀다. 그리고 서양의 선교사들이 바다에서 장강으로 들어오면서 그 지역 사람들처럼 장강을 양자강으로 불렀는데, 이것이 장강 전체를 가리키는 말로 전용된 것이다. 이제 강소성을 흐르는 양자강을 따라 남경, 양주 등의 옛 도시를 여행하며 유구한 세월 장강이 실어 나른 흙과 모래로 이루어진 거대한 섬 숭명도崇明島까지 가서 장강을 이별할 것이다.

1. 용이 서리고 호랑이가 웅크린 제왕의 도시
— 남경(南京, 난징)

강소성의 성도인 남경은 중국의 오랜 고도로, 춘추시대에는 오吳나라에 속하였고, 전국시대 초반에는 월越나라에, 후반에는 초楚나라에 속하였다. 월나라 재상 범려范蠡가 이곳에 성을 쌓은 이래로 2,400년의 역사가 흘렀다. 범려가 성을 쌓았을 당시 남경을 범려성이라고 불렀는데, 기원전 333년 초나라가 월나라를 멸하고는 이곳을 금릉읍金陵邑이라고 칭한 이래로 남경은 흔히 금릉으로 불렸다. 삼국시대 오나라 손권은 이곳에 수도를 세우고 건업建業이라 불렀다. "공을 세워建功 창업을 하다立業"라는 뜻이다. 전하는 말에 따르면, 제갈량이 손권에게 "이곳 종산鍾山은 용이 서려 있고 석두산石頭山은 호랑이가 웅크리고 있는 기세이니 제왕의 자리로 수도를 세우기에 적당하다"라고 권하였다고 한다. 이것이 바로 남경을 용반호거龍蟠虎踞(용이 서리고 호랑이가 웅크리다)라고 칭하게 된 내력이다.

동진東晉 이래로 이른바 남조南朝에 속하는 송宋, 제齊, 양梁, 진陳의 네 왕조가 모두 이곳을 수도로 삼았다. 손권의 오나라부터 진까지 여섯 왕조가 남경을 도읍으로 삼은 셈이다. 명 태조太祖 주원장朱元璋이 전국을 통일하고 개봉開封을 북경北京으로, 이곳을 남경南京으로 삼았다. 남경이란 명칭은 여기서 비롯된 것이다. 1378년 주원장은 북경 개봉을 취소하고 남경을 유일한 수도로 삼았다. 그리고 21년의 장구한 시간을 들여서 이곳에 67리에 달하는 장대한 성벽을 쌓았는데, 600년이 지난 지금까지도 건재하다. 남경은 현재 강소성의 성도로, 수많은 명승과 유적을 갖춘 유람의 승지勝地이다. 당나라 두목杜牧의 〈강남춘

◈ 남경 진회하

절구(江南春絶句)에 그려진 남경은 가히 몽환적이다.

천 리에 꾀꼬리 우는 붉고 푸른 강남

강마을 산마을 술집 깃발 펄럭이고

남조 시절 세운 사백팔십 절들

수많은 누대가 안개와 빗속에 잠겨 있어라

千里鶯啼綠映紅, 水村山郭酒旗風。

南朝四百八十寺, 多少樓臺烟雨中。

당나라 말기에 활동한 시인 두목이 남조의 고도인 남경을 방문해서 그 수려한 봄 풍경을 그려낸 그림 같은 시다. 꽃 붉게 피는 푸른 강남 땅 천 리에 꾀꼬리가 운다. 어촌, 산촌 가는 곳마다 주막 깃발이 바람에 펄럭인다. 얼마나 아름답고 정겨운가. 어느 곳을 바라봐도 아름답고, 어느 곳을 들어서도 반가이 맞아줄 것 같다. 혹여 봄날에 강소성을 여행할 일이 있거든 이 시의 두 구절은 반드시 외우고 갈 일이다. "치엔리 잉티 뤼잉홍, 쉐이춘 산궈 쥬치펑千里鶯啼綠映紅, 水村山郭酒旗風"(술을 좋아하는 사람이라면 둘째 구는 반드시 외워야 한다. 가는 곳마다 술집이 있다는 뜻이다). 혹시 봄비라도 자욱하게 내리게 되면 술 한잔 먹고 그윽하게 취하여 마지막 두 구절도 흥얼거려볼 일이다. 지금에야 절 대신 마천루가 빼곡하게 들어차 있겠지만 술 몇 잔 흥건해지면 그 건물들이 모두 남조 사백팔십 절로 보일 수도 있을 테니까.

안개는 차가운 강물을 덮고 달빛은 백사장을 덮고
진회하에 밤배를 대니 술집이 가깝구나
가녀歌女는 망국의 한도 모르는가
강 건너 여전히 후정화 노래를 부르고 있구나
烟籠寒水月籠沙, 夜泊秦淮近酒家。
商女不知亡國恨, 隔江猶唱後庭花。

두목이 쓴 〈진회하에 정박하다泊秦淮〉라는 시다. 진회하秦淮河(친화이허)는 강소성 율수현溧水縣 동북쪽에서 나와 서쪽 남경시로 들어와 시내를 관통하여 장강으로 흘러들어가는 강이다. 전하는 말에 따르면, 진나라 때 만든 운하라고 해서 진회하라고 불렀다고 한다. 진회하는

육조시대부터 이곳 남경에서 가장 번화한 곳이었다. 이 운하를 통해
막대한 물자가 수송되었으므로 이 운하 양안으로 상가와 기루가 즐비
했다. 세월이 흘러 운하도 좁아져 청대 중기 이후로는 배가 다니기도
어렵게 되어 번화한 풍경이 사라졌다. 그러나 근래에는 이곳을 도시
민의 휴식공간으로 깨끗하고 운치 있게 정비해서 부근의 공자를 모시
는 부자묘夫子廟와 함께 남경의 빼어난 승경勝景이 되었다.

　이 시는 시인이 밤에 진회하에 배를 대고 주막을 찾아 술잔을 기울
이며 객수를 달래고 있을 때, 건너편 주막에서 들려오는 가녀의 노랫
소리를 듣고 감회에 젖는 장면이다. 그 가녀가 부르는 '후정화後庭花'
의 원래 명칭은 '옥수후정화玉樹後庭花'로, 남조의 마지막 왕조 진나라
의 최후 황제인 후주後主 진숙보陳叔寶가 지은 노래다. 당시 진 후주는
이곳 금릉에서 성색에 침윤되어 정사는 돌보지 않고 종일토록 후궁
비빈들과 더불어 술을 마시고 시를 지으며 가무를 즐겼다. 결국 나라
는 망하게 되었고 이 진 후주가 지은 옥수후정화는 '망국지음亡國之音
(나라를 망하게 만드는 노래)'으로 불렸다. "진이 장차 망하려 하니 옥수
후정화 노래가 만들어졌다"라는 말이 있을 정도였다. 당 왕조가 힘을
잃고 내리막길로 치닫고 있는 암울한 시절, 타향 술집에서 듣는 망국
의 노래는 시인으로 얼마나 비감에 젖게 하였으랴! 남경을 여행하면
부자묘를 관광하게 되는데, 지나는 길에 잠시 진회하의 운치 있는 풍
경을 보게 될 것이다. 대부분 한낮에 관광을 하게 되니 진회하의 고즈
넉한 풍경을 감상하기는 어렵다. 강물이 보이는 다리에서 사진 한 장
찍고 서둘러 자리를 옮기는 것이 상례인데, 이렇게 되면 이 시를 음미
할 방도가 없다. 될 수 있는 대로 일정을 마치고 나서 밤에 벗들과 약속
해서 진회하를 다시 찾아가 보기를 바란다. 거기 강가 술집에 앉아 "진

◆ 저물녘 진회하

회하에 밤배를 대니 술집이 가깝구나夜泊秦淮近酒家"라고 흥얼거리다
보면 건너편 술집 어디선가 들리는 노랫소리가 그 옛날 어여쁜 여인
이 부르던 노래인 양, 달빛처럼 안개처럼 몽롱하게 가슴을 적실지도
모른다. 여행은 공간의 여행에서 시간의 여행으로 바뀌게 될 것이다.

　이제 진회하의 남쪽 강안에 자리한 오의항烏衣巷(우이샹)으로 가보
자. 남경 여행에서 뺄 수 없는 여행지가 이곳 오의항이다. 풍경이 특
별하게 멋이 있어서가 아니다. 유명한 당나라 시인 유우석劉禹錫의 시
〈오의항〉이 있기 때문이다. '항'이라고 해서 '항구 항港'으로 착각해서
는 안 된다. 항구가 아니라 거리, 골목이라는 뜻의 '항巷'이다. 삼국시
대 오나라에서 이곳에 군부대를 두었다. 검은 군복을 입은 병사들이

상주했으므로 '검을 오烏'와 '옷 의衣'를 써서 오의항이라고 한 것이다. 후에 동진東晉 때에는 왕씨王氏와 사씨謝氏 등 권문세족들이 사는 부유한 동네가 되었다. 근래에는 이곳을 다시 손질하여 왕사고거王謝古居 (왕씨와 사씨 세족들이 살던 옛집)를 재현하고 여행객들을 받고 있다. 이곳을 중당中唐 시기에 시인 유우석이 찾았다. 당대의 시인의 눈에 비친 오의항의 모습은 어떠했을까?

주작교 언저리 들풀은 꽃이 피고
오의항 골목에 석양이 기운다
옛날 왕씨 사씨 고대광실 앞을 날던 제비
이젠 평범한 백성들 집을 날아들고 있구나
朱雀橋邊野草花, 烏衣巷口夕陽斜。
舊時王謝堂前燕, 飛入尋常百姓家。

동진시대 최고의 부촌이었던 오의항은 그 이후로 쇠락했고 당唐대에 이르렀을 때는 왕년의 왕씨, 사씨들의 집들은 다 훼파되고 일반 백성들의 가난한 초가집들이 자리하고 있었다. 주작교는 오의항 주변에 있던 아름다운 다리인데, 그 주변에는 잡풀만 무성히 자라고 있다. 황폐해진 옛 거리를 석양이 비춘다. 아, 이곳이 그 옛날 동진을 주름잡던 왕씨, 사씨들이 혁혁한 권세와 부귀를 자랑하던 오의항이란 말인가. 세월의 무상함이, 인생의 덧없음이 절절하게 느껴진다. 이 시가 사람들 사이에 회자되면서 수많은 여행객이 찾아드니 오의항은 다시 생기를 얻게 되었다. 지금 이곳은 남경시에서 새로 정비해서 관광지로서의 면모를 갖추었는데, 여행객들이 넘치고 장사치들이 북새통이어서 유우석 〈오의항〉의 쓸쓸한 분위기를 맛보기는 어렵다. 골목 입구에 서 있는 모택동 특유의 휘갈기는 필체로 멋들어지게 쓴 〈오의항〉 시 전문을 찾아 사진 한번 찍고 돌아오면 될 것이다.

이 시의 '제비 연燕'을 다른 글자로 바꾸어 활용하는 경우도 있다. '연燕'을 '전錢'으로 바꾸어 "이전에 왕씨, 사씨 권문세족이 장악했던 경제력이 이제는 보통 백성들에게 공평하게 나뉘게 되었다"라고 쓰기도 하고, '연'을 '력力'으로 바꾸어 "이전에 귀족에게 집중되었던 권력이 이젠 모든 인민에게 나뉘어 평등한 세상이 되었다"라고 활용하기도 한다. 이백은 젊은 시절 이곳에서 주로 놀았는데, 그의 시 〈금릉 주사유별金陵酒肆留別〉이라는 시에는 당시의 풍류 넘치는 남경의 모습이 생생하다.

버들꽃 바람에 날려 향기 가득한 주막
오희는 술을 걸러 맛보라 권하네
금릉의 친구들 찾아와 전송하는데
떠나려는 자, 머무는 자 모두 술이 거나하네
그대여 동으로 흐르는 강물에 물어보게나
이별하는 이 마음 누가 더 길고 긴지
風吹柳花滿店香, 吳姬壓酒勸客嘗。
金陵子弟來相送, 欲行不行各盡觴。
請君試問東流水, 別意與之誰短長。

젊은 시절 이백이 금릉金陵(지금의 남경)에서 놀다가 양주揚州로 떠나면서 자신을 전송하는 금릉의 친구들에게 남긴 유별시留別詩(떠나는 사람이 남아 있는 사람들에게 주는 시, 이별할 때 떠나는 사람에게 주는 시는 송별시이다)이다. '주사酒肆'는 술집이란 뜻이다. 시는 자유로운 고체시인데, 짧은 편폭에 호방하고 멋스러운 사내들의 이별 잔치의 풍경을 잘 그려 넣었다. 2구의 '압주壓酒'는 술을 걸러 짜내는 것을 의미한다. 버들 솜 날리는 봄날 타지로 떠나기 앞서 그동안 정들었던 친구들과 이별의 술잔을 기울인다. 아쉬운 마음에 술잔이 거듭 기울고 떠나는 자나 남은 자나 모두 그윽하게 취했다. 술기운에 한껏 고양되어 격정에 사로잡힌 이백이 소리 높여 외친다. "그대여, 동으로 흐르는 강물에 물어보게나, 강물이 아무리 길어도 이별하는 내 마음보다 길까?"

자신의 마음의 깊이를 강물에 비교하는 식의 표현은 이백의 증별시贈別詩(이별할 때 주는 송별시나 유별시)에 흔히 등장하는 표현이다. 혹시 남경에 갔다가 중국인 친구라도 사귀게 된다면, 그와 이별할 때 술 한 잔 기울이며 이 시를 읊어봐도 좋을 것이다. 함께했던 시간들을 감사하며 서로의 앞길을 축복하는 송별연의 끝자리에서 이 시를 함께 읊어 아쉬운 마음을 전한다면 멋진 추억이 될 것이다. 그 옛날 시선 이백이 친구들과 함께 마시던 금릉의 술집은 이미 사라져 흔적도 없어졌지만 이 멋진 시가 남아서 이백의 멋진 풍류와 운치를 지금 남경의 모든 술집으로 보내고 있으니 어느 곳인들 버들꽃 향기 가득하지 않으랴, 어느 곳인들 오희의 권주가가 없으랴, 어느 곳인들 서로의 이별을 아쉬워하는 사람들의 진한 우정이 없으랴! 이제 이별시를 던지고 술에 취해 건들건들 나루터로 가는 이백의 뒤를 따라 양주로 가보자.

2. 젓대 소리 그윽한 달빛 도시
- 양주(揚州, 양저우)

강소성의 중심부에 위치한 양주는 대운하와 장강이 만나는 지점에 있어서 예부터 교통의 요지 중의 요지였다. 당나라 때 안녹산의 난으로 인해 장안과 낙양을 중심으로 한 북방의 경제력이 쇠퇴하고, 장강과 운하의 수로를 이용한 남방의 경제력이 성장하면서 양주는 사천의 성도成都와 더불어 최고의 상업도시가 되었다. '양일익이揚一益二(양주가 첫째, 익주益州(성도의 옛 명칭)가 둘째)'라는 표현은 그렇게 생긴 말이다. 양주는 본래 고대 중국의 지리 용어인 구주九州 중의 한 주로, 지금의 강소성, 절강성, 복건성, 강서성, 광동성 등을 포괄하는 거대한 행정구역을 가리키는 말이었는데, 이 개념과 지금의 도시 양주를 혼동하면 안 된다. 당, 송을 거쳐 크게 발전한 양주는 그 경제력에 걸맞게 화려한 문화예술의 도시로 거듭났고 이를 즐기려는 천하의 부상들과 풍류객들이 모여들었다.

어느 날, 네 명의 친구가 모여서 자신의 꿈을 말했단다. 한 친구는 돈 많은 상인이 되고 싶어 했고, 다른 한 친구는 권세 있는 높은 관리, 특히 양주의 관리가 되고 싶다 했다. 또 다른 한 친구는 돈 많고 권세가 있어도 일찍 죽어버리면 무슨 소용이냐면서 자신은 장수하는 신선이 되고 싶다 했다. 마지막 친구가 골똘히 생각했다. 재물, 권세, 장수, 이 세 가지 외에 다른 무엇이 남아 있는가? 어차피 꿈을 이야기하는 것이니 좀 황당하면 어떠랴. "나는 허리에 만금을 두르고 신선이 타는 학을 타고 양주로 가서 관리로 부임하겠소이다! 하하하!" 이 이야기에서 비롯된 전고가 '양주학揚州鶴'이다. 조금도 부족함이 없는 가장

◈ 양주 수서호

이상적인 상태를 가리키기도 하고, 이루어질 수 없는 헛된 망상을 뜻하기도 한다. 이 고사에서 알 수 있듯이 양주는 모든 사람이 선망하는 도시였다. 이백이 호북성 황학루에서 양주로 가는 친구 맹호연에게 "꽃이 흐드러지게 피는 삼월, 연화삼월에 그대는 양주로 가는구려"라면서 한없이 부러워했던 곳이다.

양주의 옛 모습이 잘 남아 있는 곳이 바로 양주 북쪽에 자리한 수서호瘦西湖다. 수서호는 본래 양주 성 밖을 흐르는 넓은 강물이었는데, 이곳 강변에 부호들의 아름답고 호화로운 별장이 우후죽순 들어서면서 사람들의 주목을 받게 된 곳이다. 청나라 건륭 연간에 항주杭州 출신의 왕항汪沆이란 시인이 이곳의 풍경을 보고 감탄하면서 "한 솥의 금을 녹여 날씬한 서호를 불러냈구나也是銷金一鍋子, 故應喚作瘦西湖"라고 시를 쓰면서부터 이곳은 날씬한 서호라는 뜻의 수서호가 되었다. 항주의 서호처럼 아름답지만 강물을 따라 조성되었기 때문에 호수의 형태가 좁고 길어 '마를 수瘦'자를 붙여 표현한 것이다. 수서호는 청대 중기에 최전성기를 맞았지만 이후 육상교통이 발전하면서 쇠퇴한 운하와 명운을 같이해 쇠락을 거듭했다. 그러나 1949년 신중국이 성립된 이후로 꾸준히 옛 건물들을 복구하여 지금에 이르러서는 고풍스런 멋이 가득한 양주 최고의 명승이 되었다.

호수 주변과 호심의 섬에 조성된 옛 건축물들은 하나같이 영롱한데, 이 중에 가장 유명한 건축은 강물을 가로질러 세운 '오정교五亭橋'라는 다리다. 정자 다섯 개가 다리 위에 서 있어서 붙여진 이름이다. 청 건륭 연간에 지어져서 200년의 역사를 지니고 있는 이 다리는 연화교蓮花橋라는 별칭이 있을 정도로 중국에서 가장 아름다운 다리로 꼽힌다. 처마가 날렵한 두 겹의 지붕을 얹은 정자가 중앙에 조금 높게 서 있고 사방에 네 개의 정자가 있는데, 모두 황색 유리 기와를 얹고 꼭대기에는 녹색 유리 보정寶頂을 세워서 영롱하게 아름답다. 교각은 중간에 아치형인 통로 세 곳을 만들어 배가 통행할 수 있게 만들었고, 네 개의 정자를 받치고 있는 교각마다 세 곳의 작은 교공橋孔을 만들어 총 15개의 교공을 갖춘, 직선과 곡선의 조화가 아름다운 다리로 만들었다. 이 다리는 양주의 표지 건축으로도 유명한데, 음력 팔월 보름달이 뜰 때 이 다리 밑으로 배를 저어가면 이 다리의 둥근 교공마다 15개의 달이 떠올라 하늘에 있는 달까지 총 16개의 달이 뜬 것을 볼 수 있다고 한다.

양주는 달이 특별히 아름다워 달의 도시 '월량성月亮城'으로도 불린다. 당나라 시인 서응徐凝이 양주를 추억하며 쓴 〈억양주憶揚州〉에 "천하의 달빛이 셋이라 한다면, 그중에 둘은 양주 차지라네天下三分明月夜, 二分無賴是揚州"라고 쓴 이래로 양주는 달빛이 가장 아름다운 도시가 되었다. 달빛이야 어디든 다를 것이 있겠는가. 달빛이 빚어내는 정서를 가장 아름답게 구현하는 도시라는 뜻이다. 달빛과 어울리는 자연과 건물이 있고, 달빛을 노래하는 시인이 있고, 달빛 아래 춤을 추는 미인이 있다는 뜻이다. 수서호 중간에 소금산小金山이라 부르는 섬이 하나 있다. 이곳에 빼곡히 들어선 아름다운 건물들 중에 월관月觀이라는 특별한 건물이 있는데, 이곳에서는 양주에서 가장 아름다운 달을 볼 수 있다. 건물은 서쪽에 기대어 달이 떠오르는 동쪽 호수를 향하고 있다. 밝은 달이 떠오를 때, 난간에 기대어 바라보면 천상의 달과 호수의 달이 서로를 비추어 온 천지가 휘황한 달빛으로 빛난다. 월관 기둥에는 청나라 화가 정판교鄭板橋가 쓴 "달이 뜨면 온 땅엔 은빛 물결, 구름이 일면 온 하늘엔 산봉우리月來滿地水, 雲起一天山"라는 멋진 주련이 새겨 있다. 달빛의 도시 양주를 더욱 유명하게 만든 작품은 당나라 두목이 양주 판관으로 있는 벗에게 보낸 〈기양주한작판관寄揚州韓綽判官〉이다.

청산은 어둑하고 물길 아득한 강남 땅
가을 다해도 풀 아직 시들지 않았겠지
이십사교에 달빛 밝은 밤
옥같이 아름다운 사람 어디서 통소를 가르치시나
靑山隱隱水迢迢, 秋盡江南草未凋。

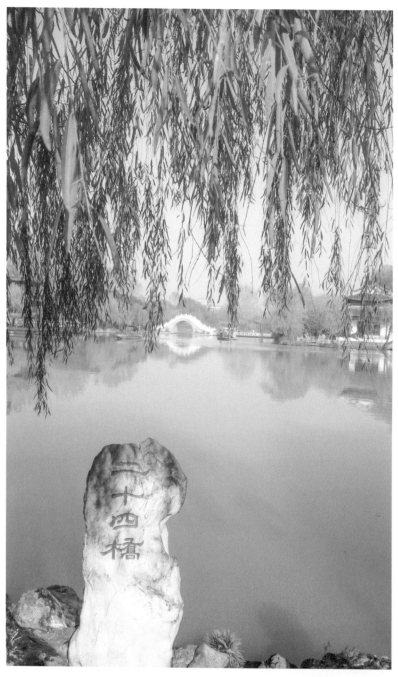

◈ 수서호 이십사교

二十四橋明月夜, 玉人何處教吹簫。

이 시에 나오는 '이십사교'는 양주에 있는 스물네 곳의 다리를 말한다는 설도 있고, 스물네 명의 아름다운 여인들이 달밤에 함께 모여 퉁소를 불었다는 오가교吳家橋를 특정하여 말한다는 설도 있다. 어찌되었든 두목의 이 시로 인해 달빛 아래 퉁소 소리 은은한 이십사교는 양주에서는 물론이고, 한시의 영토에서 가장 운치 있고 설레는 공간이 되었다. 수서호 오정교 옆에 이 다리를 무지개처럼 예쁘장하게 만들어놓았는데, 다리 이름에 걸맞게 난간을 따라 24개의 작은 기둥을 세웠다. 생각해보니 달을 노래한 가장 유명한 시, 이백의 〈정야사靜夜思〉역시 이곳 양주에서 창작된 것이다. "고갤 들어 밝은 달을 보고, 고갤 숙여 고향을 생각하네擧頭望明月, 低頭思故鄕." 이 천고의 명구는 양주의 달빛이 아니었다면 천하의 이백도 만들기 어려웠을지 모른다.

수서호를 나와 옛 운하의 모습도 찾아가보고 양주 볶음밥도 맛보면서 양주의 일정을 마무리했다. 이제 장강의 마지막 종착지 숭명도로 간다. 양주에서 숭명도까지는 330킬로미터가 넘는 먼 길이다. 일찍 잠자리에 들었건만 잠은 오지 않는다. 낡은 수첩 속에 적힌 오래된 시를 꺼내어 읊조렸다. 2002년 봄날, 처음 양주를 노닐며 지은 시다. 어눌하고 진부하지만 양주의 옛 자취를 더듬는 회고의 정회가 긴 세월을 넘어 다가온다.

양주 여관 홀로 기울이는 술잔
명월은 어느 하늘에서 밝게 빛나고 있을까
시인 없는 서령탑栖靈塔 텅 비어 높고

주인 없는 평산당平山堂 풀꽃 속에 잠자네

옥 같은 사람 어디에서 퉁소를 가르칠까

수양제 행궁은 채마밭이 되었는데,

창 밖 봄바람 또 십 리를 불어가니

옷 걸치고 나아가 바람 앞에 설까나

揚州旅館獨傾酒,　明月何天格外圓。

靈塔空高無騷客,　山堂失主草花眠。

玉人何處敎吹簫,　煬帝行宮變菜田。

窓外春風還十里,　披衣出路站風前。

— 김성곤, 〈양주잡영揚州雜詠〉

3. 바다로 가는 장강을 전송하다
— 숭명도崇明島 장강구長江口

숭명도는 장강 삼각주에 있는 거대한 섬이다. 유구한 세월 장강이 실어온 모래가 쌓여 형성된 사주沙洲인데, 얼마나 큰지 중국에서 대만, 해남도에 이어 세 번째로 큰 섬이다. 1,200제곱킬로미터가 넘는 광활한 대지는 삶을 마치기 전 마지막 남은 모든 사랑을 쏟아부은 장강 덕에 토양이 비옥하기 그지없어 수목이 무성하고 물산이 풍부하여 '어미지향魚米之鄕'으로 이름이 높다. 숭명도가 모습을 갖추기 시작한 것은 1,300년 전 당나라 때부터다. 그전까지는 바다가 내륙 깊숙이 들어와서 장강이 바다로 빠지는 하구河口가 양주와 진강 일대에 있었다. 현재 숭명도는 대부분의 지역이 상해에 속해 있는데, 교통의 편

의를 위해 섬 동남쪽과 상해 동북쪽을 잇는 거대한 다리 상해장강대
교上海長江大橋가 2009년에 건설되었다. 총 길이는 16.5킬로미터로, 아
래로 큰 배들이 통과할 수 있도록 730미터의 높이에 인入자 형상으
로 건설되었다. 숭명도는 동서의 길이는 76킬로미터, 남북의 길이가
13~18킬로미터여서 마치 길게 누워 있는 듯한 누에 형상이다. 장강
은 이 누에의 서쪽 머리끝에서 남북으로 갈라져서 두 줄기로 바다로
들어간다. 남쪽을 흘러가는 장강 물줄기는 상해를 거쳐온 마지막 장
강의 지류인 황포강黃浦江을 만나 함께 어깨동무하고 바다로 간다.

　숭명도 특산인 노백주老白酒(라오바이지우)에 또 다른 특산인 털게를
안주로 하여 여러 잔 기울이고는, 바다인지 강인지 구분하기 힘든 드

넓은 장강구에 나가 장강과 이별하였다. 사천성 의빈을 출발하여 이곳 숭명도의 강하구에 이르기까지 장강을 따라 떠돈 짧지 않은 세월 탓에 바다로 향하는 장강과의 마지막 인사가 퍽이나 유정하였다. 여행길 내내 벗이 되어준 소동파의 〈염노교念奴嬌〉를 불러 송별의 인사를 대신하였다.

장강은 동으로 흘러가며
천고의 풍류인물을 휩쓸어 가버렸구나
사람들 말하기를
옛 보루堡壘 서쪽에 주유의 적벽이 있다 하네
어지러운 봉우리 하늘을 뚫고
놀란 파도는 강기슭을 때리며
천 무더기 눈 더미를 말아 올리고 있네
강산은 그림 같은데
한 시절 영웅호걸 얼마나 많았던가
멀리 한창나이의 주유를 생각하니
아름다운 소교가 갓 시집왔을 때
그이는 얼마나 씩씩하여 멋졌을까
두건을 두르고 깃 부채를 손에 쥐고
담소하는 사이에 적의 배들은 재가 되어 사라졌지
고향으로 가는 마음이여
다정한 그대 나를 보고 웃겠지
벌써 머리 희어졌다고
삶은 한바탕 꿈과 같은 것

한 잔 술을 강에 비친 달에 따른다네

大江東去, 浪淘盡, 千古風流人物。

故壘西邊, 人道是, 三國周郎赤壁。

亂石穿空, 驚濤拍岸, 捲起千堆雪。

江山如畫, 一時多少豪傑。

遙想公瑾當年, 小喬初嫁了, 雄姿英發。

羽扇綸巾, 談笑間, 檣櫓灰飛煙滅。

故國神遊, 多情應笑我, 早生華髮。

人生如夢, 一尊還酹江月。

2부

황하

그대 보지 못하는가,

황하의 물이 하늘로부터 흘러내리는 것을!

君不見, 黃河之水天上來!

_이백, 〈장진주〉 중

이 광대하고 장엄한 풍경에 압도되지 않을 사람
이 있을까? 넋을 놓고 바라보고 있는 동안 햇빛
이 이울고 바람은 높이 불면서 구름을 몰아오고
있었다. 그리고 그 구름과 햇빛을 따라 비천飛天
의 댕기처럼 황홀한 구곡황하의 물줄기는 은빛
으로 빛나다가, 금빛으로 물들다가 하면서 시시
각각 색다른 자태를 뽑아내고 있었다. 과연 이
황하를 따라 거슬러 올라가면 은하수까지 도달
할 것 같은 신비로운 느낌이 일었다.

황하원

황하는 청장고원에서 발원해서 아홉 개의 성 청해, 사천, 감숙, 영하, 내몽고, 섬서, 산서, 하남, 산동까지 5,464킬로미터를 흘러 발해만으로 흘러드는 중국에서 두 번째로 긴 강이다. 중국인에게 황하는 어머니 의 강, 모친하母親河로 불린다. 황하 중하류 지역의 비옥한 땅에서 중국 문명이 시작되었기 때문이다. 황하는 산지 위주의 상류, 황토고원 위 주의 중류, 평원과 구릉 위주의 하류로 구분되는데, 중류의 황토고원 지대를 지나면서 대량의 황토를 함유하여 누런색의 탁한 강물이 된 다. 대략 매년 16억 톤의 황토가 강물에 실려서 바다로 가는데, 12억 톤이 바다로 유입되고 나머지 4억 톤이 황하의 하류지역에 쌓이면서 비옥한 충적토의 평원 지대를 길러내는 것이다. 황하를 따라가는 여 행은 상류, 중류, 하류의 구간을 세 차례로 나누어 탐사하는 것으로 계 획했다.

황하 상류는 황하원 발원지에서 부터 내몽고까지 길이 3471.6킬로미터에 이르는 긴 구간이다. 청해성 청장고원의 황하원 샘물에서 시작된 강물은 여러 호수와 물줄기들을 만나 몸집을 불리면서 동쪽으로 흘러가다가 사천성과 감숙성이 교차하는 지점에서 다시 북쪽으로 방향을 틀어 S자로 청해성 동남 지역을 훑고, 다시 동진하여 감숙성 중부로 들어온다. 감숙성에 들어온 뒤로 강물은 45도 각도로 북동쪽으로 흘러서 감숙성 난주蘭州와 영하회족자치구 은천銀川을 지나 내몽고의 경내로 진입한다. 내몽고 중심부까지 올라온 황하는 내몽고 제2의 도시 바오터우包頭를 거쳐서 성도 후허하오터呼和浩特 남쪽 퉈커퉈托克托까지 동쪽으로 흐르다가 다시 방향을 바꿔 섬서성과 산서성의 경계를 이루는 진섬대협곡晉陝大峽谷으로 남진하면서 중류로 진입한다.

1. 은하수 흘러내리는 초원
- 구곡황하제일만九曲黃河第一灣

황하원 발원지까지 가려면 청해성 서녕西寧으로 들어가는 것이 수월하겠지만, 우리 일행은 사천성 성도로 들어가 여행을 시작했다. 황하의 최고의 경치 중 하나인 구곡황하제일만이 청해성, 감숙성과 인접한 사천성 북부의 루얼까이 대초원에 있기 때문이다. 먼저 구곡황하를 본 후에 청해 남부 고원 지대를 횡단하여 황하원이 있는 마둬까지 가면 될 것이다. 길이 멀고 험하겠지만, 청장고원 산악 지대의 이색적인 풍광을 즐길 수 있을 것이라는 기대가 있었다.

성도에서 루얼까이까지는 470킬로미터로, 대략 8시간이 소요된다. 사천성의 녹보석으로 불리는 루얼까이 대초원은 중국의 3대 습지 중

하나로, 사천성, 감숙성, 청해성에 걸쳐 있다. 청장고원의 동쪽 끝에 자리해서 해발 고도가 3,000미터를 훌쩍 넘는 고원지대 초원이다. 동쪽의 민산岷山, 남쪽의 공래산邛崍山, 서쪽의 과낙산果洛山, 북쪽의 진령산맥秦嶺山脈 등에 둘러싸여 총면적 5.3만 제곱킬로미터에 달하는 거대한 분지를 이룬다. 주변 산에서 흘러내리는 수많은 하천이 지나면서 형성된 광대한 푸른 초장은 야크와 양을 기르기에 최적인 환경이다. 루얼까이는 이 지역을 다스렸던 티베트 관리의 이름에서 비롯되었다고 하는데, 그 본래의 뜻은 '야크가 좋아한다'라는 뜻이다.

루얼까이 현성에서 서쪽으로 약 60킬로미터를 가면 탕커쩐唐克鎭 마을에 이르고, 거기서 북쪽으로 약 10킬로미터 정도 더 가면 구곡황하제일만에 도착한다. 고원 지대의 대초원 한복판을 유려한 곡선을 이루며 흘러가는 황하의 제1경, 구곡황하제일만이다(여기서 만灣은 바다가 육지 속으로 파고든 곳을 말하는 게 아니고, 강물이 굽어지어 흐르는 곳을 뜻한다). 이 황홀한 풍경을 제대로 볼 수 있도록 풍경구 앞쪽 높은 산언덕에 전망대가 갖추어져 있다. 산 아래에서 잠깐 바라본 경치에도 이미 마음을 빼앗긴 터라, 속히 전망대에 올라 이 천하의 절경을 감상하고 싶은 마음이 간절해진다. 전망대가 있는 산봉우리는 그리 높지 않지만 평지가 이미 해발 3,500미터를 넘기 때문에 계단을 오르기가 여간 힘든 게 아니다. 마음은 조급한데 숨이 가쁘고 발걸음은 느려진다. 산중턱에 이르러서 결국 참지 못하고 고개를 돌려 구곡황하제일만을 바라본다. 끝없이 너른 초원과 낮게 드리운 하늘이 맞닿은 아득한 곳으로부터 하얀 비단 띠 같은 황하가 거대한 S자형으로 춤을 추듯 초원을 가르며 흘러온다. 절로 이백의 시구가 터져 나온다. "군불견, 황하지수천상래!君不見, 黃河之水天上來", "그대 보지 못하는가, 황하의

물이 하늘로부터 흘러내리는 것을!" 천상의 물이 인간 세상으로 내려
오는 현장을 보고 있는 것이다. 이 광대하고 장엄한 풍경에 압도되지
않을 사람이 있을까? 넋을 놓고 바라보고 있는 동안 햇빛이 이울고
바람은 높이 불면서 구름을 몰아오고 있었다. 그리고 그 구름과 햇빛
을 따라 비천飛天의 댕기처럼 황홀한 구곡황하의 물줄기는 은빛으로
빛나다가 금빛으로 물들다가 하면서 시시각각 색다른 자태를 뽑아내
고 있었다. 과연 이 황하를 따라 거슬러 올라가면 은하수까지 도달할
것 같은 신비로운 느낌이 일었다.

　한나라 때 비단길을 개척한 것으로 유명한 장건張騫이 한 무제의 명

을 받아 황하의 발원지를 탐사한 적이 있었다. 민간에 전해지는 전설에 의하면 장건은 우여곡절 끝에 마침내 발원지까지 도착했는데, 그곳에서 베를 짜고 있는 아름다운 여인과 소를 끌어 강물에서 물을 먹이고 있는 건장한 사내를 만나게 된다. 돌아가는 장건에게 여인은 자신이 쓰던 베틀을 고정하는 커다란 돌 지기석支機石을 선물한다. 후에 장건이 촉蜀 지방에 사는 신비로운 학자 엄군평嚴君平에게 돌을 보여주었더니 엄군평은 그 돌이 바로 직녀가 쓰던 돌이라고 설명한다. 그제야 장건은 자신이 은하수까지 갔음을 알게 되었다.《형초세시기荊楚歲時記》라는 책에 실린 이야기이다. 황하가 은하수와 연결되어 있다는 이 낭만적인 전설은 이야기꾼들의 입담에 기대어 여러 형태로 각색되기도 하고 여러 시인의 붓끝에서 멋진 시로 읊어지기도 했다.

구곡황하가 펼치는 무한 감동의 파노라마에 넋을 놓고 앉아 있다가 해가 저물 때가 되어서야 부랴부랴 강가로 가서 강물과 인사를 나누었다. 이제부터 본격적으로 황하를 따라 여행을 할 판이니 앞으로 계속될 긴 여정에서 벗처럼 즐겁게 동행하자며 친근하게 인사했다. 손 내밀어 황하의 물결을 어루만졌더니 그이도 잔잔한 웃음으로 포근하게 화답하였다. 이미 어둑해져가는 강가를 거닐며 당나라 시인 유우석의 〈낭도사浪淘沙〉를 멋스럽게 불러 황하를 거슬러 올라가는 이 여행의 설렘을 만끽했다.

만 리 황하 굽이굽이 모래를 안고 흘러
물결을 출렁이며 하늘 끝에서 오는구나
이 강물 따라가면 은하수까지 갈 수 있으려니
우리 함께 견우와 직녀의 집까지 가보세나

九曲黃河萬里沙, 浪淘風簸自天涯。

如今直上銀河去, 同到牽牛織女家。

저만치 사천성 북부를 흐르는 백하_{白河}의 맑은 강물과 나란히 어깨동무한 채 황하가 너울너울 어둠 너머로 흘러가고 있었다.

루얼까이 대초원에는 장족_{藏族}이 산다. 야크와 양을 기르는 목축이 주업인 이들은 여름에는 가축들을 데리고 좋은 풀이 자라는 목초지로 이동해 여름 내내 그곳에서 생활한다. 광활한 대초원 곳곳에 야크와 양 떼를 풀어놓고 말이나 오토바이를 타고 다니면서 가축들을 관리한다. 야크는 중국어로는 '마오니우_{牦牛}'라고 하는데, '소 우_牛'자에다가 '털 모_毛'자를 붙여 만든 글자에서 알 수 있듯이 털이 길게 자라는 소이다. 한랭한 고원 지대에 적응하도록 진화한 것이다. 야크는 장족들에게 없어서는 안 될 가축이다. 장족들은 야크의 젖을 마시고 야크의 고기를 먹으며 야크의 똥으로 불을 지펴 생활한다. 야크의 털과 가죽으로 옷과 장막을 만들고 야크를 이용해 밭을 갈고 짐을 실어 나른다. 그야말로 '전능'의 가축인 셈이다. 전 세계 야크 중 95퍼센트가 중국의 청장고원에 살고 있다.

길을 가다가 야크 젖을 짜고 있는 장족 가족을 만났다. 넓은 목장 이곳저곳 흩어져 있는 야크들을 불러서 젖을 짜려면 이 녀석들을 유인해야 하는데, 그때 필요한 것이 소금이다. 야생에서 스스로 소금을 구하기는 어려운 터라 야크들은 소금을 내미는 주인의 손길을 뿌리칠 수가 없다. 그렇게 주인의 손에 이끌려 와서 젖을 내준다. 장족 아주머니의 능숙한 손놀림으로 야크 젖이 힘차게 뿜어져 나온다. 호기심에

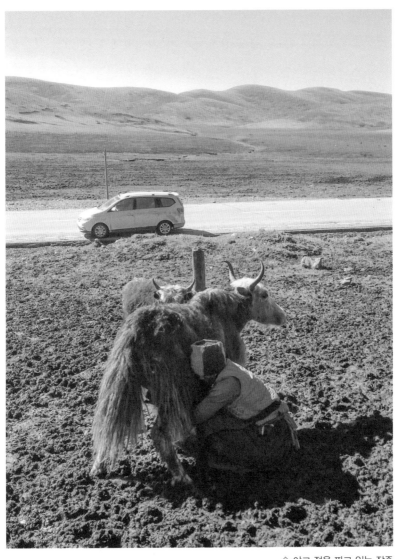

◈ 야크 젖을 짜고 있는 장족

아주머니의 허락을 받고 젖을 짜보려고 나섰는데 생각대로 젖이 나오
지 않았다. 내 어설픈 손놀림에 급기야 짜증이 난 야크가 뒷발질을 해
대며 거부 의사를 분명하게 하는 바람에 멋쩍게 물러설 수밖에 없었

다. 젖을 다 짠 아주머니를 따라 그들이 거처하는 여름 장막으로 가서 가족들과 인사했다. 젊은 아들 부부가 친절하게 차를 대접한다. 찻잎에 소금을 넣어 끓인 후에 야크 젖으로 만든 버터를 넣어 만든 수유차酥油茶다. 한랭한 고원 지대에서 지내는 장족들에게 어한용 음료로는 더할 나위 없이 좋다. 이 수유차와 함께 짬바糌粑를 만들어 주식으로 먹는데, 짬바는 고원에서 자라는 칭커靑稞를 수확하여 만든 미숫가루 분말에 수유차와 설탕 등을 넣어 반죽으로 만든 것이다. 젊은 아들이 직접 나서 만든 짬바를 어린아이들과 함께 나누어 먹으면서, 며느리가 거듭 따라주는 따뜻한 수유차를 마시면서 여행길의 피로를 풀었다.

2. 아기 황하의 말간 얼굴을 찾아서

- 마둬 황하원黃河源

루얼까이 대초원을 떠나 황하원이 있는 마둬로 향했다. 아바장족자치주로부터 마둬까지는 767.5킬로미터, 쉬지 않고 달려도 11시간 넘게 걸리는 장거리다. 중간쯤에 위치한 다르達日시에서 하루 쉬어 갔다. 고도 4,000미터를 넘는 산악 지대를 굽이굽이 지나 가파른 고갯길에 오르면 어김없이 룽다隆達의 신성한 깃발들이 세찬 바람에 펄럭이고 있었다. 룽다는 불교 경전의 구절을 인쇄한 수많은 작은 깃발들을 마치 만국기처럼 긴 줄에 연결해서 높은 장대에 매달아놓은 장족의 종교 양식이다. 중국어로는 경전 깃발이란 뜻의 '경번經幡'으로 부르기도 하고 룽다의 본래 뜻을 따라 바람 말의 깃발이란 뜻의 '풍마기風馬旗'로 부르기도 한다. 부처님의 가르침이 만 리를 달려가는 바람에 실려

◈ 장족의 종교 양식, 룽다 깃발

서 만방에 퍼지고, 그 가르침으로 만민이 구원을 얻고 행복에 이르기
를 바라는 것이다. 룽다의 깃발 뒤로는 뾰족한 바위산들이 장엄하게
솟아 있고 솜털처럼 하얀 구름이 눈부시도록 푸른 하늘을 수놓고 있
었다. 고갯마루에 차를 세우고 신성한 땅에 내리는 투명한 햇살을 만
끽하며 오랫동안 산봉우리와 구름을 감상했다.

초산에도 진산에도 흰 구름

흰 구름 어디서나 늘 그대를 따른다네

그대 초산으로 들어가면

구름도 그대를 따라 상수를 건너간다네

맑은 상수 강가에서

덩굴 풀 옷 입고 지내는 그대여

흰 구름 누워 지낼 만하니

어서 빨리 돌아가시게나

楚山秦山皆白雲，白雲處處長隨君。

長隨君，君入楚山裏，雲亦隨君渡湘水。

湘水上，女蘿衣，白雲堪臥君早歸。

이백이 지은 송별시 〈백운가송유십육귀산白雲歌送劉十六歸山〉이다. 장안에서 호남으로 돌아가는 유씨 성의 은자隱者를 전송하는 시인데, 흰 구름의 자유롭고 순결한 이미지를 빌려서 물욕의 세계를 벗어나 무욕의 땅으로 가는 은자에 대한 각별한 심사를 표현했다. 흰 구름은 종종 세상을 피해 깊은 산으로 숨어든 은자를 비유하는 말로 쓰인다. 세상의 억압으로부터 자유로운 것이 흰 구름의 자유로움과 닮아 있고, 온갖 물욕으로부터 한걸음 벗어나 있는 것이 흰 구름의 순결한 이미지와 맞아떨어지기 때문이다.

위진남북조시대 남제南齊의 도홍경陶弘景이라는 은자는 높은 학식과 지혜를 갖춰 황제로부터 존중을 받았다. 나라에 일이 생기면 황제는 사신을 보내 산중에 거하는 도홍경에게 자문을 구하곤 했으므로 사람들은 그를 '산중재상山中宰相'이라 부르며 존경을 표했다. 황제는 그에게 거듭 출사를 요구했으나 도홍경은 끝내 거절했다. 황제가 사신을 보내 물었다. "도대체 산중에 무엇이 있다고 그러시오?" 그러자 도홍경은 시 한 수를 지어 황제에게 보냈다.

산중에 무엇이 있느냐 하셨지요
봉우리마다 흰 구름이 많답니다
그저 스스로 즐길 수 있을 뿐이니
임금께는 보내드릴 수 없답니다
山中何所有, 岭上多白雲。
只可自怡悅, 不堪持 贈君。

구름처럼 유유자적하고 있는 자신은 임금의 권세로부터도, 임금이 보장하는 부귀영화로부터도 훨훨 자유로운 존재임을 설명하고 있는 것이다. 임금에게는 흰 구름을 전해드릴 수가 없다는 말에서 이런 고상한 가치를 임금과는 공유할 수 없다는 대단히 불경한(?) 자부심이 드러난다. 이 시로부터 흰 구름과 은자는 떼려야 뗄 수 없는 불가분의 관계가 되었다. 흰 구름이 은자요, 은자가 곧 흰 구름인 것이다. '퇴고推敲'라는 말로 유명한 당나라 시인 가도賈島의 시 〈심은자불우尋隱者不遇〉에도 은자와 구름이 등장한다. 산중에 있는 은자를 찾아갔으나 끝내 만나지 못해서 쓴 시이다.

소나무 아래서 동자에게 물으니
스승께서는 약초 캐러 가셨다 하네
이 산중에 계신 것만 알 뿐

구름이 깊어 어딘지 알 수 없다 하네

松下問童子，言師採藥去。

只在此山中，雲深不知處。

험한 산길을 걸어 은자를 찾아갔으나 은자는 약초를 캐러 깊은 산 중으로 떠난 뒤였다. 마냥 기다릴 수는 없는 노릇이어서 직접 찾아볼 요량으로 어디쯤 계시는지 동자에게 물었더니 소나무 아래서 솔방울을 줍던 동자가 대답한다. "이 앞산으로 가신 것만 알 뿐입니다. 구름이 깊어 지금 어디에 계신지는 알 수 없습니다." 동자의 말이야 산이 깊다는 표현을 한 것이었겠지만 시인의 귀에는 이 표현이 예사롭지 않았을 터. 구름 깊어 있는 곳을 알 수 없다는 말은 헤아릴 수 없는 은자의 높은 경지를 이르는 말이 아닌가? 내가 더듬어 찾아갈 수 없는 심오한 경지를 말한 것이 아닌가? 시인은 돌아오는 길 내내 고개를 돌려 흰 구름 피어나는 산봉우리를 바라보고 또 바라보았을 것이다.

청장고원의 하늘을 수놓는 순결한 흰 구름을 마음껏 감상하면서, 그 구름을 닮은 듯 자유롭고 순결한 사람들을 생각하면서 오랜 시간을 달려 마침내 황하원의 도시 마둬에 도착했다. 마둬는 황하의 발원지라는 뜻의 티베트어이다. 현성에서 황하원까지는 150킬로미터, 차로 4시간 정도 걸리는데 비포장도로의 험한 길이라 일반 자가용으로는 통행이 불가능해서 사륜구동 차량을 빌렸다. 왕복 8시간이니 하루에 일정을 다 마치려면 새벽부터 서둘러 가야 했다. 2시간쯤 어둠을 뚫고 새벽길을 달려서 동이 틀 무렵, 어린 황하의 물줄기를 받아 큰 강물로 길러내는 황하의 어머니 호수인 어링후鄂陵湖, 자링후扎陵湖 자매 호수에 도착했다. 이 자매 호수는 빠엔랑마산巴顏朗馬山을 사이에 두

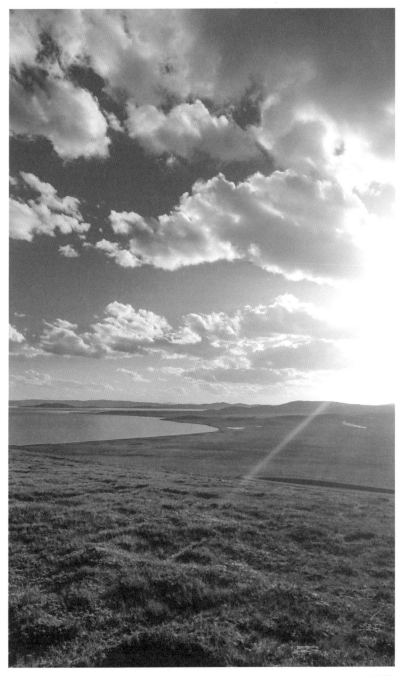

◆ 자링후

고 약 15킬로미터 떨어져 있으며, 황하 발원지에서 보자면 자링후가 먼저 황하의 물을 받아들였다가 다시 어링후로 보낸다. 백색의 긴 호수라는 뜻의 자링후는 동서로 길고 남북이 좁은 데 비해, 남색의 긴 호수라는 뜻의 어링후는 동서가 좁고 남북이 길다. 면적은 자링후가 526제곱킬로미터, 어링후는 628제곱킬로미터로 황하 상류 구간에서 가장 넓은 호수이다. 장족들에게 신성한 호수로 여겨지는 이 두 호수는 당나라 때 토번으로 시집간 문성공주文成公主를 토번의 왕 송짠깐뿌松贊干布가 맞이한 곳이다. 지금도 구름이 몰려오고 바람이 불어 물결이 높이 이는 어둑한 날에는 화려한 천막들과 붉은 깃발들이 수면 위로 명멸하고 말들의 울음소리와 사람들의 웅성거리는 소리가 환청처럼 들린다고 한다.

호수를 떠나 다시 황하원으로 가다 보니 '황하제일교黃河第一橋'라는 거창한 이름표를 단 길지 않은 다리 하나가 지나가는 나그네를 붙잡는다. 여기서 '제일'은 최고라는 뜻이 아니라 처음이란 뜻이니, 이 다리는 황하가 발원해서 처음 만나게 된 다리인 셈이다. 어린 황하의 물결들이 처음으로 다리라는 희한한 구조물을 만나면서 고개가 뻣뻣해지도록 쳐다보며 흘러갔을 것이다. 다리 밑 맑은 황하의 물결 속에는 어른 팔뚝만 한 큼지막한 물고기들이 떼를 지어 놀고 있는데, 가까이 가서 구경해도 흩어지지 않는 것으로 보아 사람들을 두려워하지 않는 듯했다. 장족의 문화에 물속에 장례를 지내는 수장의 풍속이 있어서 물고기들을 먹지 않는 금기가 있다고 했는데, 아마도 그런 금기 때문에 물고기들이 사람들의 포획에서 자유로웠던 모양이다.

비포장도로로 들어서면서 차가 파도를 만난 배처럼 요동을 쳐댔다. 물길도 건너고 진흙탕 길에 빠지기도 하면서 마침내 황하의 발원지

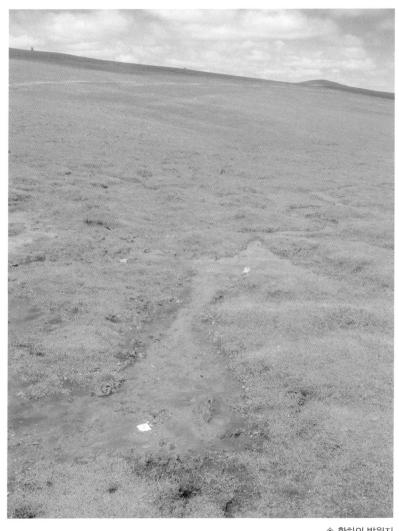

◈ 황하의 발원지

카르취 황하원에 도착했다. 행정구역으로는 위수玉樹 취마라이현曲麻萊縣에 속한다. 현재 중국 정부와 지리학계가 공인하는 황하의 발원지로 고도 4,830미터의 거쯔거야산各姿各雅山의 북쪽 기슭이다. 넓은 구릉 같은 산기슭 위로는 광활한 하늘만 보일 뿐이다. 황하의 발원지임을 알리는 '황하원' 비석이 붉은 글씨로 쓰여 높게 서 있는데, 바로 중국 전 국가주석 강택민이 쓴 글씨이다. 그곳에서 멀지 않은 아래쪽에 발원지 샘물이 있다. 다섯 개의 샘구멍에서 발원하는 맑은 물이 모여들어 작은 물웅덩이를 이루고 있는데, 이곳이 바로 문명과 역사의 강황하가 시작되는 곳이다. 맑은 샘물을 한 움큼 떠서 마시며 마침내 도달한 황하의 뿌리를 만난 감격을 되새기고 있는데, 멀리서 전통 복장을 한 채 말을 타고 샘물 쪽으로 달려오는 적지 않은 수의 장족이 보였다. 황하원을 성스럽게 여기는 장족 순례객들이다. 샘물에 도착한 장족은 너 나 할 것 없이 모두 샘물로 다가들어 손가락으로 물을 찍어머리 위쪽으로 세 차례씩 뿌리고 물을 마셨다. 샘물에 경의를 표하고 하늘의 신께 복을 비는 인사인 듯했다. 순례객들이 황하원 비석을 배경으로 사진을 찍고 기념행사를 하는 동안 타고 온 말들도 샘물을 마셨다.

작은 물웅덩이를 나와 졸졸 흘러가기 시작한 아기 황하를 따라 걸으며 나는 황하의 발원지를 찾던 장건 이야기를 일행에게 들려주었다. 그리고 이야기 끝에 장건이 만난 견우와 직녀가 황하와 은하수가 이어지는 이 근처 어딘가에서 살았을 것이니 이 부근에 살고 있는 지금의 장족들은 어쩌면 견우와 직녀의 후손들일지 모른다는 즐거운 추론을 덧붙였다. 황하원 근처에서 만난 대부분의 장족의 경우 남자들은 건장하며 씩씩했고 여자들은 늘씬하며 아름다웠으니, 이러한 추론이 아주 근거가 없지는 않은 듯하다. 돌아가는 길에 장족들의 초원 축제에서 우연히 한 모임에 동석하게 되었는데, 이 이야기를 들은 장족들이 너도나도 손을 내밀어 악수를 청하고 맥주를 건네주기도 했다. 황하원을 만난 감격을 가슴에 오롯이 담고 왔던 길을 돌아오는 중 자

◈ 황하원에서 만난 장족 순례객

링후와 어링후 자매 호수에 닿았을 때는 벌써 일몰이 시작되고 있었다. 어린 황하를 장성하도록 기른 후에 만 리 세상으로 보낸 이 신성한 호수에 모자를 벗고 오랫동안 고개를 숙여 경의를 표하였다. 마둬현성에 도착하니 벌써 어둑한 밤이 되었다. 늦은 저녁을 독한 백주와 함께 먹고 황하원을 만난 감격스런 하루를 마무리했다.

청해성 2장

1. 여름 도시와 막 튀겨낸 산자
- 서녕(西寧, 시닝)

황하원의 도시 마둬를 떠나 청해성의 성도인 서녕西寧으로 향했다. 서녕의 서쪽 가까이에 있는 중국 최대의 호수인 청해호를 보기 위해서다. 황하원에서 우리와 잠시 헤어진 황하는 동남쪽으로 사천 북부 루얼까이 초원까지 흘러가서 구곡황하제일만의 비경을 만들고 다시 북서진해서 청해호와 가까운 곳까지 올라올 것이니, 그때 다시 만나 여행을 하면 될 터이다. 원래 청해호는 황하와 연결되어 있었는데 지각변동이 일어나 황하와 단절되는 바람에 폐색호閉塞湖가 되었다. 서녕은 마둬에서 470킬로미터 정도 떨어져 있지만 고속도로가 깔려 있어서 수월하게 갈 수 있다. 구간별로 아직 건설 중인 곳이 제법 많아서 때로는 국도를 달리기도 했는데, 서녕까지는 국도와 고속도로가 나란히 가기 때문에 큰 어려움은 없었다. 다만 예상보다는 시간이 훨씬 많이 걸려서 아침에 느긋하게 출발했더니 저녁 무렵에야 도착할 수 있었다.

서녕은 청해성의 중심 도시지만 중앙이 아닌 동부 끝쪽에 치우쳐 있어서 감숙성과 가깝다. 서녕은 서쪽이 편안하다는 뜻이니, 이 도시의 명칭으로 보아 이곳이 이민족의 빈번한 침입으로 편안하기 어려운 땅임을 짐작할 수 있다. 서역을 본격적으로 개척한 한무제 때 흉노匈奴와의 전쟁에서 이름을 떨친 곽거병霍去病 장군이 이곳에 군사 시설인 서평정西平亭(시핑팅)을 설치한 것이 서녕 건설의 출발이었다. 줄곧 '시핑'으로 불리다가 북송 때에 '서녕西寧', 중국어로는 '시닝'이라 불리게 된 것이다. '평안할 평平'이 '평안할 녕寧'으로 바뀌었을 뿐이다. 청장고원에 속해 있어 평균 고도가 2,261미터나 되며, 여름 평균 기온이 18도 안팎으로 서늘해서 여름 도시, '하도夏都'로 불린다. 서녕은 전형적인 이민 도시로, 전체 240만 정도의 인구 중에서 100만이 넘는 인구가 이주해 들어온 한족이다. 나머지는 다양한 소수민족으로 구성되어 있는데, 회족이 가장 많고 장족이 그 뒤를 잇는다. 회족의 사원인 모스크와 장족의 불교 사원이 도시 곳곳에 있는데, 모스크로 가장 이름난 곳은 서녕 동관대가東關大街 남쪽에 있는 동관청진대사東關淸眞大寺(뚱관칭쩐따스)이고, 불교 사원으로 가장 유명한 곳은 서녕 서남쪽 황중현湟中縣에 있는 타얼스塔爾寺다.

청해호로 가기 전, 서녕 시내를 한번 둘러보았다. 동관대가에 있는 미식 거리에 들러서 다양한 음식도 먹어보고, 야시장에 들러서 제법 큼지막한 양고기를 꿴 양꼬치에 맥주도 한잔 마시며 여흥을 즐기기도 했다. 청해호로 떠나는 아침나절엔 잠깐 회족이 모여 사는 회민가回民

街(후이민제)에 가서 전통 과자 산자饊子를 만드는 장면을 구경했다. 밀가루를 실처럼 길게 뽑아서 기름에 튀겨서 먹는 간식으로 우리가 먹는 꽈배기와 비슷하다. 젊은 부부가 함께 운영하는 가게에 들어갔더니 막 밀가루 반죽을 끝낸 남편이 반죽을 손으로 눌러 비벼서 동아줄처럼 굵고 길게 만들었다. 부인은 그 굵은 밀가루 동아줄을 유려한 손놀림으로 죽죽 늘여서 얇은 면발로 만드는데 금방 실타래 하나가 완성되었다. 그 실타래를 남편이 다시 받아서 한 번 비틀어 기름에 노란 황금색으로 튀겨낸다. 막 튀겨낸 산자를 한 꼭지 얻어먹었는데 맛이 고소해서 먹을 만했다. 이 산자를 오래전에는 '한구寒具'라고 불렀다. 불을 피울 수 없는 한식절에 음식을 대신해서 미리 갖추어 놓고 먹는 음식이라고 해서 '찰 한寒'에 '갖출 구具'자를 써서 이름한 것이다. 산자는 춘추전국시대에 시작되었다는 유서 깊은 간식으로, 굴원이 쓴 초사에 등장할 정도이다. 북송의 시인 소동파는 음식에 대해 관심이 유별했는데, 〈한구寒具〉에 이 산자에 대한 기록을 남기기도 했다.

섬섬옥수로 하얀 옥 줄기를 말아서
푸른 기름으로 튀겨내니 노란 황금색이로구나
봄잠에서 아직 덜 깨어 경중이 없는지
납작하게 눌러서 여인 팔에 두른 황금 팔찌처럼 되었네
纖手搓成玉數尋, 碧油煎出嫩黃深。
夜來春睡無輕重, 壓褊佳人纏臂金。

2. 푸른 바다의 이름표를 붙인 호수

- 청해호(青海湖, 칭하이후)

서녕에서 출발해서 서쪽으로 2시간 달려 청해호에 도착했다. 청해호는 청장고원 동북부에 위치한 중국 최대의 내륙호內陸湖이다. 북쪽의 대통산大通山, 동쪽의 일월산日月山, 남쪽의 청해남산青海南山, 서쪽의 상피산橡皮山 사이의 단층 구간이 함몰되면서 형성된 호수인데, 이 네 곳은 모두 해발 3,600~5,000미터의 높은 산들이다. 청해호의 면적은 4,456제곱킬로미터로, 서울 면적의 7배가 넘으니 '바다 해海'자를 쓴 이유를 충분히 알 만하다. 장족 사람들은 청해호를 '취원뿌措溫布'라고 불렀는데, 푸른색의 바다라는 뜻이다. 이 바다와 같이 광활하기 그지없는 청해호는 바다처럼 물이 짠 염호鹽湖다. 200만 년 전, 단층이 함몰되었을 당시에는 호수의 물이 동남쪽으로 흘러가는 도창하倒淌河를 통해 황하로 유입되어서 담수를 유지할 수 있었다. 그러나 13만 년 전에 새로 지각변동이 일어나면서 호수 동쪽에 일월산과 야우산野牛山이 불쑥 솟아올라 황하로 흐르던 도창하의 물길을 막아 거꾸로 돌려 청해호로 흘러가게 만들어버렸다. 결국 청해호는 물을 내보낼 유출구가 없는 폐색호가 되었고, 외부에서 들어오는 물보다 증발하는 물의 양이 많아지면서 염도가 점차 증가하게 되어 지금의 염호가 된 것이다. 일망무제로 광활한 데다 물맛까지 짜다 보니 이곳은 영락없는 바다다. 내륙 깊숙이 살아서 평생 바다를 구경하기 힘든 사람들에게 이곳 청해호는 바다에 대한 갈망을 채워주기에 충분해 보인다.

　풍경구로 조성된 이랑검경구二郞劍景區나 사도경구沙島景區에는 바다를 구경하러 모인 중국인들로 넘쳐난다. 특히 호수 동북쪽에 자리한

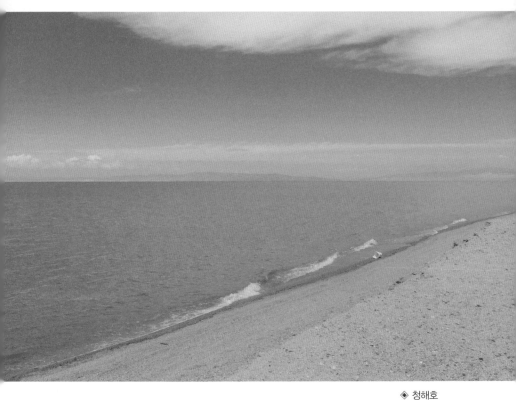

◆ 청해호

사도경구에는 드넓은 백사장이 잘 갖춰져 있어서 해수욕장으로도 손색이 없다. 사도는 모래섬이라는 뜻인데, 이 풍경구 뒤쪽으로 제법 큰 규모의 사막이 이어져 있어서 청해호의 관광 가치를 높여준다. 사람들은 사막의 높은 사구로 올라가서 모래썰매를 타며 놀기도 하고 오토바이, 말, 낙타 따위를 타고 사막 사이를 오가며 이색 체험을 하기도 한다. 높은 사구까지 올라가 멀리 이어지는 사막을 바라보니 풍경이 제법 근사하다.

쪽빛 하늘 아래로 흰 구름을 머리에 인 푸른 산들이 둘러 있고 그 밑으로 누런 사막이 이어지고 다시 옥빛 청해호가 거울처럼 펼쳐진

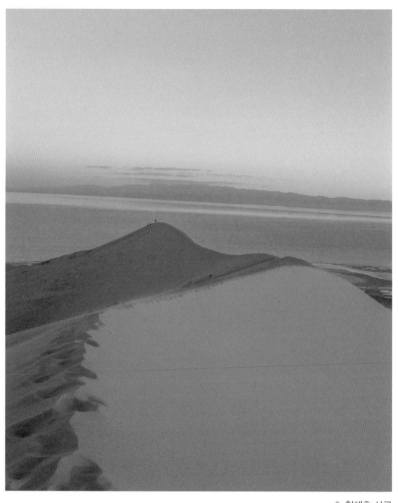

◈ 청해호 사구

다. 이 풍경에 일몰까지 더해지니 청해호는 한 폭의 장엄하고 숭고한 화폭으로 바뀌었다. 거대한 화폭에 감싸여 스스로 풍경이 되어 얼마를 머물렀을까? 호수에서 불어오는 저녁 바람이 차갑게 모래를 뿌려대며 귀로를 재촉한다. 조심조심 어둑해진 미끄러운 사구를 내려가려는데, 동쪽 하늘에 어느새 둥근 보름달이 둥실 떠올라 청해호의 검은 물결 위로 전설처럼 신화처럼 달빛을 흘리고 있었다. 이 신비로운 달빛을 따라 내 입술에서 이백의 〈관산월關山月〉 곡조가 힘차게 흘러나왔다.

밝은 달이 천산에 떠올라
구름 바다 사이에서 아득하구나
장풍은 만 리를 불어
옥문관을 넘어가는데
한나라 군대 백등산의 길로 내려가고
오랑캐는 청해호의 물굽이를 엿보았었지
예로부터 전쟁의 땅
돌아오는 병사 보이지 않는구나
변방을 지키는 병사들
고향을 생각하는 괴로운 얼굴들
이 밤 고향 집 높은 누각에서는
탄식 소리 끝도 없으리라
明月出天山，蒼茫雲海間。
長風幾萬裏，吹度玉門關。
漢下白登道，胡窺靑海灣。
由來征戰地，不見有人還。
戍客望邊色，思歸多苦顏。
高樓當此夜，嘆息未應閒。

이 작품은 서쪽 변방을 지키는 병사들의 괴로움을 노래한 것이다.

고향을 떠나 멀고 먼 서쪽 변경에서 수자리하는 병사들의 가족에 대한 그리움을 주제로 전쟁이 초래하는 광범위한 사회적 고통을 드러냈다. 제1구의 '천산'은 청해호 북쪽의 기련산祁連山이고, 바람이 불어가는 '옥문관'은 서역으로 나가는 요충지에 설치된 관문이다. 한나라 군대가 내려간 백등산이나 오랑캐가 엿보았던 청해호는 모두 민족 간의 피비린내 나는 오랜 전쟁터였다. 아득한 시절부터 이 전쟁터에서 살아남아 고향으로 돌아간 병사는 없었다. 이런 사실을 알고 있는 병사들은 달빛 아래 돌아갈 수 없는 고향과 다시 볼 수 없는 그리운 가족들을 생각한다. 그 괴로움과 그리움은 고향 집 높은 누각에 올라 달빛을 바라보며 자신을 생각하고 있는 사랑하는 가족들의 모습에 대한 상상 속에서 극대화된다.

달빛 부서지는 아름다운 청해호, 지금은 관광 명소로 널리 알려져 있지만 예로부터 이곳은 전쟁의 땅이었다. 이곳에서 서쪽의 유목민족과 동쪽의 농경민족이 오랜 세월 끊임없이 다투고 피를 흘렸다. 흉노와 한나라가, 토번과 당나라가 다투었다. 중국에 강대한 통일 제국이 들어서면 이곳을 차지하기 위해 제국의 군대를 보냈고, 중국이 분열하여 제국이 약해지면 다시 흉노나 토번 같은 이민족이 이곳으로 쳐들어왔다. 그리고 그때마다 수많은 젊은이들이 이곳에서 꽃 같은 목숨을 버려야 했다. 시성 두보의 〈병거행兵車行〉이란 시도 이 청해에서 죽은 병사들의 원혼을 말하고 있다.

수레는 덜컹덜컹, 말은 히히힝
출정하는 사람들 활과 화살을 각자 허리에 찼네
아비와 어미, 아내와 자식들 달려가며 전송하느라

먼지가 자욱하여 함양의 다리가 뵈지 않네

옷을 당기고 발을 구르며 길을 막고 통곡하니

곡성이 치솟아 하늘까지 닿는구나

(중략)

아들을 낳으면 흉한 일

딸을 낳아야 외려 길한 일이라네

딸은 이웃에 시집이라도 갈 수 있지만

아들은 죽어 잡초에 묻힐 뿐이라네

그대는 보지 못했는가

청해의 언저리에는

예로부터 백골을 거두는 이 없어

새 귀신은 원통해하고 옛 귀신은 곡하나니

흐리고 비 오는 축축한 날에는 훌쩍훌쩍 우는 소리 들린다네

車轔轔, 馬蕭蕭, 行人弓箭各在腰。

耶孃妻子走相送, 塵埃不見咸陽橋。

牽衣頓足攔道哭, 哭聲直上干雲霄。

(中略)

信知生男惡, 反是生女好。

生女猶得嫁比鄰, 生男埋沒隨百草。

君不見, 青海頭, 古來白骨無人收。

新鬼煩冤舊鬼哭, 天陰雨濕聲啾啾。

부모, 처자와 작별하고 서쪽 변방의 전쟁터로 끌려온 병사들은 결국 전사하여 무덤에 묻히지도 못한 채 백골이 되도록 청해호 언저리

의 잡초 더미 위에 흩어져 있다. 비 오는 어둑한 날에는 돌아가지 못한 원혼들의 흐느끼는 곡소리가 추적추적 내리는 빗소리 속에 섞여 들려온다. 당나라 현종玄宗의 무모한 영토 확장 전쟁에 내몰린 백성들의 피맺힌 원한을 적은 것이다. 이백이 〈관산월〉에서 "예로부터 이곳은 전쟁의 땅, 살아 돌아온 사람 하나 없었다"라고 노래하고, 두보가 〈병거행〉에서 "새 귀신 원통해하고 옛 귀신 곡한다"라고 한 것에서 알 수 있듯이 한족과 이민족 간의 전쟁은 시대가 바뀌고 왕조가 바뀌어도 변함없이 반복되었다. 그런데 이 전쟁의 땅을 잠시 평화의 땅으로 만든 사람이 있다. 바로 당 태종 시절, 토번의 왕에게 시집갔던 문성공주다. 이곳 청해호는 문성공주가 토번으로 시집가던 시절 지나갔던 길이다. 청해호에서 멀지 않은 곳에 당나라와 토번을 잇던 옛길, 당번고도唐蕃古道의 흔적이 남아 있다.

3. 평화의 치맛자락으로 닦은 길
─ 일월산日月山 당번고도唐蕃古道

당 태종이 다스리던 정관 시절에 토번의 왕 송짠깐뿌松贊干布가 화친을 청하며 당 황실의 공주와 혼인하게 해줄 것을 요구하였다. 사위가 장인에게 하듯 토번도 당에게 예를 갖추겠다는 뜻이다. 처음에는 거절했던 당 태종도 거듭된 요구에 결국 혼사를 허락했는데, 자신의 친생 공주를 보내기는 싫었던지 황실의 먼 친척 중에서 마땅한 규수 하나를 양녀로 받아들여 공주로 삼아서 토번으로 보냈다. 이 규수가 바로 문성공주다. 역사서에는 그저 '종실의 여식'이란 뜻의 '종실녀宗室女'라고만 기록되어 있고 이름조차 없다. 그녀의 원적이 산동성 임성任城이고 토번까지 데려다준 사람이 강하군왕江夏郡王 이도종李道宗이어서 아마도 그의 여식일 것으로 추측할 뿐이다. 이도종은 당나라 고조 이연의 조카이다. 친생 공주가 아닌 종실의 딸이어도 문제가 되지 않았던 모양이다. 토번 왕 역시 그러한 사실을 알고 있음에도 전혀 문제 삼지 않고 극진히 예우했다고 한다.

문성공주는 토번과 당나라의 평화에 크게 기여했다. 두 나라의 사신과 상인들이 빈번히 왕래하면서 문화·경제적으로 활발한 교류가 이루어졌다. 토번의 명마들이 당나라로 팔려갔고 당나라의 비단과 차가 토번으로 유입되었다. 당나라의 문화에 관심이 많았던 송짠깐뿌는 자신의 아들들을 당나라 장안으로 유학을 보내기도 했다.

문성공주가 지나간 옛길을 찾아서 청해호 동쪽에 솟아 있는 일월산으로 갔다. 일월산은 기련산맥의 지맥支脈으로 서북쪽에서 동남쪽으로 90킬로미터에 걸쳐 이어져 있다. 일월산은 지리적으로 매우 의미가 깊은 곳이다. 이 산을 분계선으로 서쪽은 청장고원이고, 동쪽은 황토고원이다. 목축업 위주의 유목문화와 농사 위주의 농업문화가 만나는 지점이다. 평화로운 시기에는 초원에서 생산된 명마와 중국 각지에서 생산되는 명차가 교역 거래되는 차마시장茶馬市場이었지만, 전쟁 시기에는 헤아릴 수 없는 무고한 젊은이들의 피로 얼룩진 죽음의 땅이었다. 토번을 가는 당나라 사신들은 이곳에 이르러 자신의 말을 버리고 토번의 말로 갈아타야 했다. 당나라로 가는 토번의 사신 역시 마찬가지였다. 그래서 이곳을 말을 바꾸는 붉은 산이란 뜻에서 '교마적령交馬赤嶺'이라고 부르기도 했다. '적령'은 일월산 정상 부근의 바위 색이 붉은색이어서 생긴 이름이다.

평균 해발 4,000미터 안팎의 일월산 봉우리 사이로 3,520미터 높이의 고갯길이 있고, 이곳으로 청장공로靑藏公路가 지나간다. 바로 이 길이 문성공주가 지나간, 당나라와 토번을 잇는 당번고도唐蕃古道다. 바람이 지나는 길목이라 깃발이 요동치는 고갯마루 양옆 봉우리에는 해와 달을 뜻하는 일정日亭과 월정月亭 두 정자가 높이 솟아 이곳이 일월산임을 알린다. 고개를 넘어가면 무수한 룽다의 깃발들이 바람을 타고 달리며 역사의 미담을 만방으로 보내고 있는데, 아직 고갯길에 오르지 못한 문성공주가 가슴에 둥근 거울 하나를 안은 채 하염없이 동쪽을 바라보고 서 있다. 하얀 백옥석으로 조각한 9미터 높이의 문성공주의 석상이다. 시선의 방향으로 보자면 자신이 떠나온 동쪽 고향이 분명한데 그녀의 표정은 슬픈 표정이 아니다. 눈을 또렷하게 뜨고 입을 앙다물고 있는 것이 무언가를 결심한 듯 단호하다. 석상을 만든 작가가 표현하고자 한 것이 무엇일까? 그녀의 가슴에 안겨 있는 둥근 거울에 답이 있는 듯하다.

전해지는 이야기에 따르면, 문성공주는 토번으로 가기 전에 당 태종으로부터 신비로운 거울 일월보경日月寶鏡을 선물받았다고 한다. 보고 싶은 곳이면 아무리 멀리 떨어져 있어도 다 볼 수 있게 비춰준다는 마법의 거울이었다. 멀고 먼 토번에 가서 고향을 그리다가 병이라도 날까 걱정하여 수시로 꺼내 고향을 볼 수 있도록 마련해준 것이다. 이 거울을 지닌 채 토번과 당나라의 경계인 일월산에 도달한 공주가 거울을 꺼내 그리운 고향을 불러냈다. 순식간에 거울 표면에 당나라 장안의 모습이 비쳤다. 한참을 그립고 서러운 마음으로 거울을 어루만지던 공주의 얼굴이 순간 결연한 표정으로 바뀌었다. 토번과 당 두 나라의 평화를 위해 가는 길이 아닌가. 고향과 부모를 그리워하며 눈물

이나 흘리면서 세월을 보낼 수는 없는 노릇 아닌가. 그녀는 아예 고향
도 부모도 잊기로 하며 가슴에 품고 있던 보물 거울을 힘껏 멀리 내던
져버렸다. 석상의 결연한 표정은 바로 그런 결심을 굳힌 순간의 모습
일 것이다. 전설은 계속 확장된다. 그녀가 던진 일월보경은 두 쪽으로
갈라지면서 하나는 일산日山이, 하나는 월산月山이 되어 마침내 일월
산이 솟아오르게 되었다느니, 거울이 떨어져 거울처럼 영롱한 청해호
가 되었다느니 하는 전설이 마구 생겨나게 된 것이다.

13만 년 전, 청해호 동쪽에 일월산이 솟아오르는 바람에 동쪽으로
흐르는 물길이 막혀 다시 서쪽으로 흘러 청해호로 유입된 거꾸로 흐
르는 강 도창하倒淌河 역시 전설에 편입되었다. 동쪽 장안으로 향하는
마음을 접고 서쪽 토번의 세계에 온전히 편입하려는 문성공주의 마음
에 감화된 강물의 자발적인 역류로 각색된 것이다. 토번에 도착한 문
성공주는 이후 30여 년 동안 당과 토번의 우호를 위해 헌신적인 노력
을 기울여 왕과 백성들의 큰 사랑을 받았다. 공주가 가져간 각종 기물
과 다양한 분야의 서적들은 토번의 문명 발전에 적지 않은 기여를 했
다. 토번 왕이 공주를 맞이하기 위해 세운 라사拉薩의 포달라궁布達拉宮
에는 아직도 문성공주를 기리는 그림과 조각들이 많이 남아 있어서
그녀의 영향력이 어떠했는지를 보여준다.

유구한 세월 끝없이 반복된 전쟁, 땅에 묻히지도 못한 채 잡초 속에
해골로 뒹굴며 빗속에 흐느껴 울던 원혼들. 이 저주의 땅을 사랑과 용
서, 온유와 위로의 긴 치맛자락으로 쓸고 씻으면서 문성공주는 오늘
도 이 당번고도 일월산의 고갯길을 지난다. 고갯길 양옆으로 세워진
룽다의 깃발들이 지나는 바람을 붙들고 그녀가 전하는 평화의 메시지
를 전하려 온몸을 떨며 혼신의 힘을 다하고 있는 모습이 보였다.

◆ 칸쁘라

청해호를 이별하고 다시 황하를 만나러 칸뿌라坎布拉 국가삼림공원
으로 향했다. 칸뿌라는 서녕에서 남쪽으로 130킬로미터 떨어진 황남
장족자치주黃南藏族自治州 젠자현尖扎縣 경내에 있다. 장족들의 낙원이
란 뜻의 칸뿌라는 청장고원과 황토고원이 교차되는 지역으로, 단하지
모丹霞地貌, 즉 노을처럼 붉은 색을 띤 암석으로 이루어진 기암기봉들
이 장관을 이룬다. 이 칸뿌라 북쪽으로 황하가 흘러가는데, 부근에 이
가협李家峽 댐이 건설되면서 강물이 호수처럼 넓게 퍼져서 붉은 산과
푸른 물이 절묘하게 조화를 이룬 거대한 산수화 한 폭이 완성되었다.
공원에서 운영하는 버스를 타고 산봉우리의 전망대까지 가서 호수 쪽
을 내려보면 칸뿌라 최고의 절경이 펼쳐진다. 호수를 둘러싼 붉은 절
벽들이 푸른 물과 강렬한 대비를 이루는데, 그 위쪽으로는 먼 바위산
의 푸른색이 원경으로 둘러싸고 그 위를 다시 눈부신 흰 구름이 띠를
이루고 있고 다시 그 위로 벽옥 같은 푸른 하늘이 펼쳐진다. 이 광활
하고 장엄한 풍경에 압도되어 시간이 흐르는 것을 잊었더니 구름이
흐르고 햇살이 이울면서 칸뿌라는 계속 새로운 빛깔의 황홀경을 선사
한다. 이 풍경 중에 특별하게 시선을 끄는 것이 하나 있다. 붉고 푸른
색으로 얼룩진 거대한 자라 한 마리가 바짝 엎드려 호수로 들어가는
기이하기 이를 데 없는 형상이다. 댐이 건설되면서 호수의 물과 바위
절벽이 만들어낸 멋진 작품이다. 동해 용왕에게서 황하의 근원을 찾
으라는 명을 받아 강물을 거슬러 먼 길을 온 신령한 자라가 이곳까지
이르렀다가 기진하여 바위가 되었다는 신화가 만들어질 만하다.

전망대를 내려와 기이한 봉우리들 사이로 난 길을 달려 선착장에
도착해서 배를 타고 황하의 물과 인사를 나누었다. 청장고원이 끝나
는 이 지점까지 황하는 아직 황하가 아닌 청하淸河다. 꽤 오래 전, 이곳

칸뿌라를 처음 구경할 당시 맑은 강물을 보고는 일행에게 황하가 아닌 다른 강물이라고 우겼던 일이 생각나 웃음이 났다. 황토고원이 본격적으로 시작되는 감숙성을 코앞에 두고 있으니 곧 광활한 황토 지대를 흘러오는 지류들로부터 엄청난 양의 토사를 선물받으면서 황하다운 면모를 갖추게 될 것이다. 이제 그 이름에 걸맞은 황하를 찾아서 감숙성으로 떠난다.

감숙성

3 장

1. 구름 깊은 적석산에 피는 부처님 미소를 찾아

— 병령사(炳靈寺, 삥링스)

황하는 감숙성 임하회족자치주臨夏回族自治州의 유가협劉家峽 부근을 지
나면서부터 이전과는 완연하게 다른 황톳빛 강물로 바뀐다. 이는 황
하의 거대한 지류 중의 하나인 조하洮河(타오허)가 유입되기 때문이다.
감숙성 남부의 황토고원 지대 670킬로미터 구간을 굽이굽이 흘러오
면서 엄청난 양의 토사를 함유한 조하가 바로 이 유가협으로 흘러들
어 황하 본류와 섞이면서 황하가 본격적으로 그 이름값을 하게 한다.
그야말로 "한 그릇 황하의 강물, 그중 반 그릇은 황하 모래一碗黃河水, 半
碗黃河沙"라고 할 정도로 탁한 흙탕물이 되어 흘러간다. 두 물줄기가 만
나는 유가협의 합류점은 푸른색과 누런색이 뚜렷하게 대비가 되어 기
이한 느낌을 준다. 유가협을 흐르는 황하의 강물을 막아 대형 댐을 건

◈ 유가협 부근의 황하

설하면서 상류지역에 거대한 호수가 형성되었는데, 이 호수 서쪽 가
장자리에 유명한 석굴사원 병령사炳靈寺가 있다.

　병령사 석굴은 유가협 적석산積石山 대사구大寺溝 절벽에 조성되어
있다. 서기 3세기의 서진西晉 초기부터 이곳 황하 북쪽 기슭 절벽에 석
굴이 만들어지기 시작했다. '병령炳靈'은 천불千佛이라는 뜻으로, 수많
은 불상이 모여 있다는 말이다. 183개의 감실에 694존의 석조불상과
82존의 니조불상이 있고 900제곱킬로미터에 달하는 벽화가 남아 있
다. 병령사로 가려면 댐 가까운 곳에 있는 선착장에서 배를 타야 한다.
큰 배도 있지만 시간이 많이 걸려서 쾌속정으로 가는 편이 빠르고 편
리하다. 다만 호수가 워낙 넓다 보니 때로 파도가 높이 일어서 쾌속정

이 중단되기도 하므로 기후조건을 잘 살펴야 한다. 가는 중간에 기암기봉으로 이루어진 석림石林이 있어 배에서 내려 잠시 걸어 올라가 구경하기도 한다. 무진 세월 비바람에 깎인 뾰족한 봉우리들이 묵언 수행하는 오백나한五百羅漢같기도 하고, 곧 잠 깨어날 것만 같은 전설 속의 거인족 같기도 하다. 희한한 모습의 봉우리들 사이로 난 작은 길들을 따라 시간을 잊고 놀아도 좋을 판인데, 쾌속정의 기사와 약속한 시간이 촉박하다. 다시 돌아가 호수 위를 달리면 금방 병령사의 그림 같은 병풍 앞에 도착한다. 어떻게 저런 그림이 가능할까 싶어 눈을 비비며 다시 바라볼 정도의 비경이 두루마리처럼 펼쳐진다. 누런 황하의 탁한 강물과 똑같은 색으로 하늘로 솟아오른 봉우리들은 제각기 개성적인 모습을 증명이라도 하려는 듯 옥빛 하늘을 향해 최선을 다해 뾰족하게 솟아오르고 있다. 병령사 선착장에 내려서도 석굴 안 부처님은 뒷전, 저 솟아오른 봉우리에게서 눈을 떼기가 힘들다. 부처님에게로 가는 길을 막아서는 색계色界의 마지막 유혹인가!

천좌의 부처님을 뵈러 가는 길, 마음을 모으고 걸음을 단정하게 하여 감실 하나하나에 자리한 부처님의 가르침에 귀를 기울인다. 긴 세월 정성과 기원을 다하여 조각한 부처님의 모습 속에서, 까마득한 시절 이곳 비단길을 지나 먼 서역으로 길 떠난 여행자들의 절절한 마음이 느껴진다. 그리고 그들의 염려와 불안을 안아주고 위로해주던 부처님의 따사로운 미소를 생생하게 체험한다. 입장료 외에 별도의 비용을 지불해야 보여주는 특별 감실에서는 푸른색 안료가 생생한 벽화를 감상하기도 했다. 당나라 때 조성된, 높이 15미터 크기의 어마어마한 대불의 발등상을 만져보기도 하면서 오래된 고요 속에 깊이 잠긴 병령사의 뜨락을 배회했다. 흰 구름은 붉은 봉우리 위로 떠 가고 누런

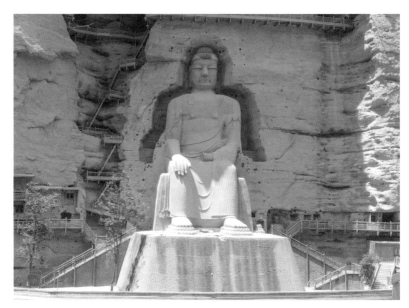

◈ 병령사 대불

황톳빛 강물은 세월처럼 흘러가는데 스님들의 예배도, 여행자들의 기원도 없는 퇴락한 사원은 적막 속에 부처님의 깊은 가르침을 전하는 듯했다. 짧은 시 하나 지어 세월 너머 병령사가 전하는 마음을 적었다.

> 황하는 흘러가 돌아오지 않고
> 적석산에는 흰 구름만 깊구나
> 만물은 이곳에서 고요 속에 잠겼느니
> 산사의 종소리가 무에 필요하겠느냐
> 黃河流不返, 積石白雲深。
> 萬籟此都寂, 何須鍾磬音。

― 김성곤, 〈병령사炳靈寺〉

2. 황하가 가슴 한복판을 흐르는 도시

— 난주(蘭州, 란저우)

누런 황톳빛 물결을 타고 감숙성의 성도 난주에 들어왔다. 난주는 옛날 비단길 교역으로 성장한 도시이다. 서한 시절에 이곳에 현을 설치하고 철옹성이란 뜻의 '금성金城'이라 불렸다. 중원 문화와 서역 문화가 교차하는 곳으로, 중국 내륙에서 생산된 비단과 서역에서 길러낸 명마가 이 도시를 거쳐서 오고 갔다. 남북이 모두 높은 산악 지대여서 도시가 남북으로 뻗지 못하고 강을 따라서 동서로 길게 이어진다. 난주는 황하의 강물이 도심 한복판을 흘러가는 유일한 도시이다. 약 45킬로미터의 시내 구간을 진한 황톳빛 강물이 흘러간다. 도심의 중앙, 황하 북안에 있는 백탑산白塔山에 올라가면 황하를 제대로 감상할 수 있다. 산에는 하얀 칠을 한 백탑이 높이 솟아 있는데, 이것은 원나라 때 세운 칠층의 팔각 고탑이다. 백탑 부근에서 내려다본 황하는 누렇다 못해 붉은 느낌이 들 정도인데, 꼭 감물로 염색한 거대한 천 자락이 걸쳐져 있는 것 같다. 도심 한복판을 강렬한 색깔로 흘러가는 황하를 보자니 가슴 한복판으로 강물이 흘러들어온다고 썼던 이백의 시구가 떠오른다.

황하의 강물이 하늘에서 떨어져 동해로 달려가나니
만 리를 흘러 가슴속으로 쏟아져 들어오누나
黃河落天走東海, 萬里寫入胸懷間。

황하를 노래한 수많은 명구들 가운데 자주 인용되는 〈증배십사贈裴

十四)라는 시의 한 구절이다. 배씨 성을 가진 친구를 전송하면서 지은
시인데, 배씨가 만 리 황하를 다 담을 정도로 큰 흉회를 지닌 사람이
라고 예찬한 것이다. 도대체 어떤 인물이기에 이토록 거창한 수식으
로 예찬한 것일까? 전문을 보면 다음과 같다.

아침에 배숙칙을 보니

환한 모습이 마치 옥산을 지나는 듯

황하가 하늘에서 떨어져 동해로 달려가나니

만 리를 흘러 그대의 가슴속으로 쏟아져 들어가네

이 몸은 흰 자라를 타도 감히 건널 수 없고

황금의 높이가 남산 같아야 그대의 돌아봄을 살 수 있네

온 세상을 돌아다녀도 알아주는 사람이 없으니

뜬구름처럼 흩날리며 또 서쪽으로 가네

朝見裴叔則, 朗如行玉山。

黃河落天走東海, 萬裏寫入胸懷間。

身騎白黿不敢度, 金高南山買君顧。

徘徊六合無相知, 飄若浮雲且西去。

배숙칙은 용모가 준수해서 옥인玉人으로 불렸던 미남자다. 모습이 얼마나 환하고 광채가 났는지 마치 옥산玉山을 지나는 것 같다고 말할 정도였다고 한다. 그런데 배씨는 외모만 준수한 게 아니었다. 그는 만 리의 황하가 쏟아져 들어갈 정도로 광대한 흥회를 갖추고 있다. 이런 배씨의 흥회를 제대로 헤아릴 사람도 없으며, 그의 재주를 살 만한 높은 수준의 군왕도 없다. 결국 온 천지에 알아주는 이 없어 구름처럼 떠돌 뿐이다. 배씨를 말했지만, 사실 이는 이백 자신에 대한 이야기다. 늘 회재불우懷才不遇의 장탄식長歎息을 안고 살아가는 이백이 자신의 가치를 몰라주는 세상에 대한 원망을 적은 것이다. 배씨의 가슴, 아니 이백의 가슴을 거칠게 흘러들어가는 강물이 하필 황하였을까? 아마 탁한 물결로 거칠게 흘러가는 황하가 시인의 가슴속에서 거칠게 솟구쳐 오르는 시대와 세상을 향한 분노와 원망을 표현하기에 적합했기 때문일 것이다. 이백의 많은 작품 중에서 회재불우의 격한 감정을 토로한 작품 속에는 황하가 자주 등장한다. 소와 양을 잡아 삼백 잔을 마셔서 만고의 근심을 씻어버리겠다고 울부짖던 〈장진주將進酒〉에도, 칼을 빼어 들고 자신을 몰라주는 세상을 향해 악다구니를 쓰던 〈행로난行路難〉에도 황하는 어김없이 작품 한복판을 흘러간다. 어쩌면 이백의 행운유수行雲流水, 만마분등萬馬奔騰의 거침없는 필세는 황하의 강물이 그

◈ 난주 수차박람원

의 울적한 가슴을 관통하여 흘러가며 만들어낸 것인지도 모른다.

난주 황하 강변에는 다른 지역에서 보기 힘든 특별한 풍경이 있다. 강물을 끌어올려 전답으로 보내는 관개용의 거대한 수차水車다. 황하 남쪽 강안에는 직경 16미터가 넘는 거대한 수차 두 대가 있다. 수차는 명나라 때 단속段續이라는 난주 사람이 처음 만들어 관개용으로 보급했다. 명·청시대를 거쳐 근대에 이르기까지 수많은 수차가 강변에 세워졌고 부근의 광활한 전답을 옥답으로 만들었다. 기록에 따르면, 1952년 난주에는 자그마치 252대의 수차가 강을 따라 남북으로 빽빽하게 세워져서 장관을 이루었다고 한다. 그래서 한때 난주를 수차의 도시, '수차지도水車之都'라고 불렀다. 지금은 난주시에서 조성한 수차박람원水車博覽園에 세워진 두 대의 수차가 관광객들을 상대로 황하의 물을 퍼서 나르는 재주를 선보이며 500년의 역사를 증언하고 있다.

이 수차박람원 서쪽 멀지 않은 곳에 유명한 황하모친상黃河母親象이 있다. 중국인들은 황하를 어머니의 강이란 뜻의 '모친하母親河'라고 부른다. 자신들을 황하가 길러낸 자식들이라 여기는 것이다. 그래서 황하를 따라 여행하다 보면 곳곳에 황하모친상이 세워져 있는데, 이 중에서 도심 한복판에 세워진 난주의 모친상이 특히 아름답다. 포동포동한 남자아이를 배 위에 올려놓고 은은한 미소로 바라보고 있는, 황하의 누런 강물 색을 닮은 화강암으로 조각된 자애롭고 아름다운 여인의 모습이다. 작가 허어何鄂가 만든 길이 6미터, 너비 2.2미터, 높이 2.6미터, 중량 40톤의 조각상이다. 물결처럼 흘러내리는 긴 머리카락과 치맛자락 때문인지, 파도와 물고기 문양의 받침돌 때문인지 마치 강물 위에 떠 있는 듯한 느낌을 준다. 엄마의 배 위에 엎어져서 볼록한 엉덩이를 드러내며 행복한 웃음을 짓고 있는 남자아이는 황하가 길러낸 중국 인민들인 셈이다. 이 조각상 앞에서 사진을 찍는 중국 사람들 표정이 하나같이 행복하니 훌륭한 작품이라는 생각이 절로 든다.

난주를 떠나기 전에 꼭 먹어봐야 할 음식이 있다. 바로 중국 10대 면 요리 중 하나인 '란쩌우라멘蘭州拉面'이다. 난주 사람들은 그냥 '니우러우멘牛肉面'으로 부르는데, 국물은 아주 맑아 깔끔하고 고기는 푹 삶아 부드럽고 면발은 아주 가늘다. 사람들은 이 란쩌우라멘을 '일청이백삼홍사록오황一淸二白三紅四綠五黃'이라는 말로 선전하는데, 첫째 '청'은 맑은 탕을, 둘째 '백'은 하얀색 무를, 셋째 '홍'은 붉은색 고추기름을, 넷째 '녹'은 푸른색의 고수와 마늘종을, 다섯째 '황'은 노란색 면발을 가리킨다. 청나라 가경嘉慶 연간 진유정陳維精이라는 국자감國子監 태학생太學生에 의해 처음 만들어진 이 면은 난주에서 본격적으로 대중에게 알려졌고 지금은 곳곳으로 퍼져나가 중화제일면中華第一面의 호

평을 누리고 있다. 일행과 함께 찾아들어간 시내의 한 면집은 점심시
간이 한참 지났음에도 사람들로 붐비고 있었다. 면을 손으로 당겨서
가늘게 뽑아내는 요리사의 신공도 구경하면서 북적이는 사람들 틈에
앉아 한 그릇 주문해서 맛을 보았다. 면 위에 얹힌 소고기 편육은 부
드럽고 고소해서 맛있었는데 좀 덜 삶은 듯한 면발은 입맛에 맞지 않
았다. 또 국물이 맑긴 했어도 간이 너무 세서 좀 느끼하다 싶었는데,
과연 일행 중에 두어 사람은 배탈이 나서 고생을 했다. 그래도 난주에
와서 중화제일면 란쩌우라멘을 먹어봤다는 자랑은 할 수 있게 되었으
니 그만하면 됐다고 스스로 위로했다.

3. 황하를 따라가며 만난 첫 번째 고촌

- 청성고진(青城古鎮, 칭청구쩐)

난주 시내 구경을 마치고 다시 황하를 따라 길을 나섰다. 이번 목적지
는 난주 시내로부터 약 100킬로미터 떨어져 있는 황하제일고진黃河第
一古鎮 청성고진靑城古鎮이다. 난주의 도심을 통과한 후 황하는 북동쪽으
로 방향을 틀어 흘러가다가 난주와 이웃한 백은시白銀市의 경계로 들
어가는데, 난주를 벗어나기 직전에 난주시 소속 유중현楡中縣의 북쪽
끝자락에 자리한 오래된 마을 청성을 만나 잠시 흐름을 늦추며 감돌
아 흐른다. 청성은 황하로부터 농사에 필요한 용수를 충족하게 공급
받은 까닭에 예로부터 농사가 잘돼 부유한 마을이었다. 마을에는 청
나라 때 지어진 고건축물들이 적지 않게 남아 있는데, 규모가 크고 화
려한 저택들도 있어 마을의 번성을 짐작하게 한다. '풍아청성風雅青城'
이라고 쓴 패방을 지나 마을 입구로 들어서니 옛 정취가 물씬 배어나
는 한적하고 깨끗한 골목들에서 어린아이들이 웃으며 개들과 뛰놀고
있다.

나씨 집안의 큰 저택 나가대원羅家大院을 찾았다. 출입문 위쪽으로
탐스럽게 새겨진 모란꽃이 화사한 얼굴로 나그네를 맞는다. 모란꽃
은 부귀를 상징해서 중국인들이 특히 좋아하는 꽃이다. 그림과 건축
에도 자주 등장하는데, 출입문에 이렇게 탐스러운 모란꽃을 새겨놓
은 것을 보니 출입하는 모든 사람들이 부해지고 귀해질 것을 축복한
다는 각별한 뜻으로 헤아려진다. 집안 곳곳에 길상吉祥을 뜻하는 다양
한 문양들이 장식되어 있어 이것들을 감상하고 음미하는 재미가 쏠
쏠하다. 처마 밑에 새겨져 있는 석류는 자손의 번창을 상징하니, 씨앗

이 많은 까닭이다. 벽에 새겨진 연꽃은 집안의 화목을 의미하니, 연꽃을 뜻하는 '하荷'가 화목을 뜻하는 '화和'와 발음이 같기 때문이다. 창틀에 새겨진 다섯 마리 박쥐는 장수, 부귀, 건강, 호덕好德(덕을 베풀기를 좋아하는 것), 선종善終(천수를 다하는 것)의 오복을 상징한다. 박쥐를 뜻하는 '박쥐 복蝠'자가 '복 복福'자와 발음이 같기 때문이다. 특별히 박쥐 다섯 마리를 창틀에 새기는 것은 오복이 문에 임한다는 뜻의 '오복임문五福臨門'의 상징적 의미를 살리려는 것이다. 대문 밖 양옆으로 앉아 있는 두 마리의 돌사자도 단순히 그 위용만을 취하려는 게 아니다. '사자 사獅'가 '일 사事'와 발음이 같아서 두 마리 돌사자는 '사사여의事事如意', 즉 "하는 일마다 뜻대로 잘 풀려간다"라는 의미를 갖게 된다. 이 모두가 글자는 다르더라도 발음이 유사하면 뜻을 공유하는 해음문화가 만들어낸 길상의 상징부호이다.

시간 가는 줄도 모르고 오래된 이 저택의 여러 길상 장식들을 세심하게 살피며 해독하고 감상했다. 길상의 부호가 많아질수록, 그 기호에 담긴 상징이 절실할수록 험난하고 불안한 시대를 살아가야 했던 이곳 사람들의 절절한 마음이 더욱 다가왔다. 출출해진 오후, 양탕羊湯 집을 찾았다. 주인은 삶은 고기들을 다 발라낸 양머리 해골들이 잔뜩 담긴 바구니를 보여준다. 그러고는 양머리를 푹 고아 만든 육수에 잘게 찢은 양고기를 잔뜩 얹은 양러우탕羊肉湯 한 그릇을 밀가루 빵 만터우와 함께 내놓는다. 진한 국물에서 양고기 누린내가 진동해서 선뜻 손이 가지 않는데, 일행들은 벌써 코를 박고 맛있게 먹고 있다. 만터우를 잘게 찢어 국물에 적셔 먹으면서 마냥 행복한 얼굴이다. 음식점 벽면에는 양러우탕을 무척 좋아했던 소동파의 사詞 작품 〈적벽회고赤壁懷古〉가 유려한 글씨로 쓰여 있어서 허름한 음식점의 격조를 높이고 있었다. 식사를 마치고는 마을 골목을 산책했다. 대문에 붙은 춘련春聯도 읽고 마당으로 들어가 주인이 따주는 덜 익은 풋배를 맛보기도 했다. 나그네의 객수가 더해지는 저물녘에 황하 강변으로 나갔다. 저녁 햇살 속에 붉은색을 띠고 하염없이 동으로 흘러가는 강물을 보고 있자니 마음에 스산한 바람이 불어간다. 나라를 잃은 남당南唐 망국의 군주 이욱李煜의 노래 〈우미인虞美人〉이 저녁 강가에 울려 퍼진다.

봄꽃 가을 달은 언제나 끝나려나
지나간 날은 도대체 얼마런가?
작은 누각에 어젯밤 또 봄바람이 불어왔는데
달 밝은 밤 차마 고개 돌려 바라볼 수 없는 고향이여
아름다운 난간과 옥으로 만든 계단은 그대로 있을 터
그저 내 붉은 얼굴만 시들어 바뀌었구나
묻노니 그대여 수심이 얼마나 되오?
끝없이 동으로 흘러가는 봄 강물과 흡사하다네.

春花秋月何時了, 往事知多少?
小樓昨夜又東風, 故國不堪回首月明中。
雕欄玉砌應猶在, 只是朱顏改。
問君能有幾多愁? 恰似一江春水向東流。

4. 세상 밖 세상에서 만나는 거대한 청록산수도
– 황하석림黃河石林

난주의 경계를 벗어나 백은시白銀市 경계로 들어온 황하는 기막힌 비경을 선물한다. 바로 백은시 경태현景泰縣 용만촌龍灣村 부근 10만제곱킬로미터에 달하는 광대한 지역에 형성된 황하석림이다. 거대한 붉은 사력암砂礫巖 봉우리들이 오랜 세월 풍화와 침식을 통해 천태만상의 기암기봉으로 깎이고 다듬어져서 신비로운 바위 숲을 이루는데, 그 바위 색과 닮은 황하가 한복판을 흘러가면서 천혜의 비경을 만들었다. 황하의 물길은 S자 형태로 굽이져 흘러간다. 그런데 바위 봉우리들이 황하의 거친 기세에 겁을 먹었던지 한참을 뒤로 물러나는 바람에 너른 평지가 생기게 되었고 거기에 용만촌 마을이 들어서게 되었다. 황하는 그 평지를 비옥한 전답으로 만들어 마을을 풍요롭게 하였다.

황하석림 풍경구 입구에는 이 마을을 한눈에 굽어볼 수 있는 전망대가 조성되어 있다. 오래전 처음 이 전망대에서 바라본 풍경은 감동 그 자체였다. 1,600년 전, 도연명이 상상했던 세상 밖의 도화원이 바로 여기가 아닐까 하는 생각이 절로 들었다. 강물을 따라 조성된 푸른 전답과 그 전답 사이에 올망졸망 모여 있는 마을 집들을 거대한 수직 절벽들이 병풍처럼 두르고 세상으로 나가는 모든 길을 차단하고 있었다. 세상에 대한 풍문은 오직 황하의 물길을 타고 오거나 지나는 바람에 의존해야만 할 것 같은 세상 밖의 세상인 듯했다.

풍경구 입구에서 버스를 타고 구절양장 절벽 길을 내려가서 마을에 도착했다. 가장 먼저 눈에 띄는 것은 강물 위에 떠서 흘러가는 양가죽으로 만든 뗏목, 양피파즈羊皮筏子다. 양가죽을 통째로 벗겨서 만든 부

구浮具 여러 개를 한데 엮은 다음 그 위에 대나무를 얼기설기 덧대어 만든 뗏목으로, 난주 일대 황하에서 사람과 물건을 실어 나르던 단거리 교통수단이다. 마을 선착장에서 이 뗏목을 타고 거친 황하 물결과 함께 흘러가면서 강 옆으로 펼쳐지는 석림의 파노라마를 감상하다 보면 문득 세상 밖에 와 있다는 느낌과 함께 여행의 진수를 경험하게 된다. 짧은 항해를 마치고 도달한 곳은 황하석림의 속살을 살필 수 있는 음마구대협곡飮馬溝大峽谷이다. 물이 흐르지 않는 메마른 협곡이어서 이 협곡을 따라가면서 석림의 비경을 감상할 수 있다. 협곡 입구에는 마을 주민들이 끌고 나온 나귀 수레가 관광객들을 기다리고 있다. 이 수레에 올라타 천천히 가면서 양옆으로 펼쳐지는 80미터에서 100미터에 달하는 거대한 기암기봉들을 구경하면 된다.

　나귀를 끌고 가는 마을 주민의 해설이 이어진다. 사자가 우뚝 서서 길을 막고 있는 듯한 봉우리는 '웅사당관雄獅當關', 매가 고개를 돌리고 있는 듯한 봉우리는 '엽응회수獵鷹回首', 코끼리가 물을 마시는 형상의 봉우리는 '대상흡수大象吸水'다. 달빛 아래 나란히 서 있는 연인을 닮은 봉우리도 있고, 불경을 얻으려 서역으로 가는 스님 모습을 상상하게 하는 봉우리도 있다. 수레가 협곡 중간쯤에 있는 넓은 공터에 이르렀을 때의 일이다. 그 중앙에 거대한 고사목 한 그루가 서 있는 것이 정말 신비로웠다. 협곡 주변은 나무 하나 자라지 않는 불모의 땅인데, 유독 이 나무만 홀로 중앙에 우뚝 서 있는 것이 마치 협곡을 호령하는 제왕인 듯 위풍당당해 보였다. 나무에게 다가가 이미 돌처럼 변해버린 가지와 뿌리를 어루만지면서 죽어서도 시들지 않은 늠름하고 의연한 기개를 칭송했다. 나무를 배경으로 사진을 찍고 있는 우리 일행의 모습이 이상했던지 수레를 끌던 마을 주민이 대뜸 말한다. "나스지아더那是假的!" 가짜라고? 무슨 말이냐 물으니 영화 제작을 위해 소품으로 심어놓은 것이라고 한다. 그러고 보니 이곳은 역사 이야기를 소재로 한 수많은 영화의 촬영지로 유명한 곳이 아닌가. 그런 단순한 소품을 보고 협곡의 제왕이니, 그 기개가 어떻고 그 늠름함이 어떻고 떠들어댔으니 얼마나 유난스럽고 우스운 꼴이겠는가. 멋쩍은 웃음 몇 줄기 흘리면서 수레로 돌아와 다시 목이 뻣뻣해지도록 봉우리들을 구경하면서 흔들흔들 협곡 길 끝까지 갔다.

　대협곡이 끝나는 지점에 산봉우리로 이어지는 케이블카가 있어서 높은 곳까지 올라가 황하석림 전경을 구경했다. 멀리 보랏빛으로 아련하게 둘러선 바위산에서 흘러와 한번 흐름을 늦추어 초록빛 마을

을 안아 달래고 다시 먼 바위산으로 표연히 떠나가는 황하의 감동적인 풍경이 그림처럼 펼쳐진다. 더욱 감동적이었던 것은 마을을 두르고 있는 절벽 너머로 끝도 없이 이어지는 석림의 파노라마였다. 암갈색 사력암의 크고 작은 봉우리들이 세월의 풍화와 침식을 따라 각기 다른 형상과 높낮이로 거폭의 무진강산도無盡江山圖를 그리고 있었다. 바위 사이에 자라고 있는 푸른 풀들 때문에 이 산수화는 영락없는 석청石靑을 써서 그린 청록산수靑綠山水다. 이 봉우리 저 봉우리로 옮겨 다니면서 계속 보아도 질리지 않는 이 대단한 그림을 마음껏 감상했다.

어느덧 일몰의 시각, 붉은 해가 절벽과 강물을 더욱 붉게 만들어 가슴까지 붉어져 오는데, 아득히 먼 시절에서 불어온 듯 눅눅한 바람이 아주 오래된 곡조를 들려주고 있었다.

나를 위해 출새곡出塞曲을 한 곡 불러다오
그 잊혀진 오래전 언어로 불러다오
아름답게 떨리는 목소리로 가볍게 불러주오
내 가슴속 위대한 강산을
오직 만리장성 밖에만 머무는 맑은 향기를
뉘 말하는가 출새곡의 곡조가 처량하다고
그대 이 노래가 싫다면
그건 그대 가슴속에 갈망이 없기 때문이지
하지만 우린 부르고 또 부른다네
초원 천 리에 반짝이는 금빛
모래바람이 포효하는 광활한 사막
황하의 강변과 음산의 산기슭

말을 탄 영웅의 씩씩한 모습이여

말을 타고 영광스럽게 고향으로 간다네

請爲我唱一首出塞曲

用那遺忘了的古老言語

請用美麗的顫音輕輕呼喚

我心中的大好河山

那只有長城外才有的清香

誰說出塞歌的調子太悲涼

如果你不愛聽

那是因爲歌中沒有你的渴望

而我們總是要一唱再唱

想着草原千里閃着金光

想着風沙呼嘯過大漠

想着黃河岸啊陰山旁

英雄騎馬壯

騎馬榮歸故鄉

- 시무룽席慕容 작시, 차이친蔡琴 노래 〈출새곡出塞曲〉

4장
영하회족자치구

영하회족자치구는 동쪽으로 섬서성, 서북쪽으로 내몽고, 남쪽으로 감숙성과 인접해 있는 행정구역으로, 서남쪽에서 동북쪽으로 기울어진 지형적 특색을 보인다. 감숙성으로부터 진입한 황하는 지대가 낮은 북쪽의 도시인 중위中衛 오충吳忠, 은천銀川을 통과해 내몽고의 경계로 들어간다. 남부의 산악 지대나 중부의 메마르고 건조한 지역에 비해 북부 도시들은 황하가 주는 혜택을 크게 누렸다. 천하황하부영하天下黃河富寧夏(천하를 흘러가는 황하가 영하를 부요하게 만든다)라는 말이 생길 정도로 영하회족자치구의 경제를 견인한 것이 황하라고 해도 과언이 아니다. 영하회족자치구에서 가장 경제 규모가 큰 다섯 도시 중에서 네 곳이 모두 황하가 흐르는 북쪽에 자리하고 있다. 영하회족자치구에 진입한 황하가 제일 먼저 만든 비경은 중위 서남쪽에 자리한 사파두沙坡頭 사막이다.

1. 사막에 흐르는 강

– 사파두(沙坡頭, 사포터우)

사파두는 내몽고의 거대한 사막인 텅거리勝格里 사막의 동남쪽 가장자리에 위치해 있다. 5킬로미터 정도의 폭으로 약 38킬로미터 이어지는데, 이 사막 남쪽을 황하가 흘러간다. 그래서 이곳은 사막과 강을 함께 볼 수 있는 아주 매력적인 지역이다. 바람이 빚은 유려한 곡선의 멋을 한껏 뽐내고 있는 모래 봉우리들을 조금 사이에 두고, 먼 바위산으로부터 달려온 황하가 둥글게 굽어지며 유유히 흘러간다. 웅건하고 기이한 중국 서북쪽의 풍광과 수려하고 아름다운 중국 강남의 경치가 함께 어울려 있다고 그럴싸하게 표현하기도 한다. 풍경구가 시작되는 모래 언덕에 황하를 바라보며 동상이 하나 서 있는데, 바로 당나라 시인 왕유王維다. 붓을 들고 시상에 잠겨 있는 그의 모습 옆에 이 사파두를 선전하는 유명한 시구가 쓰여 있다.

광대한 사막에 외론 연기 곧게 오르고
유장한 황하에 지는 해가 둥글다
大漠孤烟直，長河落日圓。

왕유가 조정의 사신이 되어 변새 지역에 갔을 때 지은 〈사신으로 변방에 가다使至塞上〉에 나오는 구절이다. 광대한 사막과 유장한 황하, 곧게 오르는 연기와 둥글게 지는 해가 각각 대를 이루어 변새의 광대하고 장엄한 화폭을 구성한다. 사막과 황하를 함께 묘사한 최고의 명구로 자주 인용되는 구절이다. 1,300년 전, 왕유가 이 사파두에 서서 일

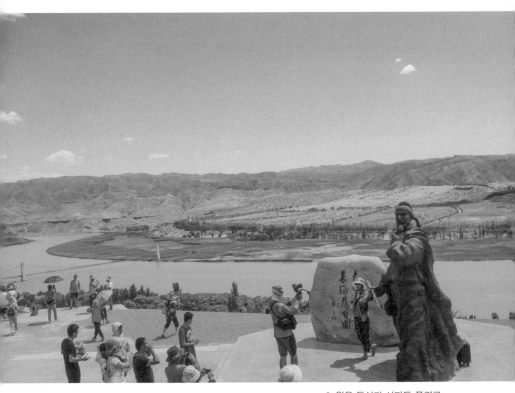

◈ 왕유 동상과 사파두 풍경구

몰을 바라보며 지은 것은 아니겠지만, 이곳도 당나라 시절에는 변새
였으니 이 구절을 써서 선전하는 것이 전혀 근거가 없는 것은 아니다.

사막과 황하가 함께 만든 이 독특한 풍경을 보기 위해 여행객들이
몰려들면서 이곳은 거대한 놀이동산으로 바뀌었다. 리프트로 사구 높
은 곳에 올라 모래썰매를 타기도 하고, 집라인이나 행글라이더를 타
고 황하를 가로질러 날기도 한다. 낙타를 타고 고요히 사막 길을 가기
도 하고, 지프차를 타고 모래 언덕 사이의 가파른 길을 질주하기도 한
다. 황하를 따라가는 여행이니 황하를 날아서 건너는 이색 체험을 해
보기로 했다. 커다란 종이비행기처럼 생긴 행글라이더가 황하 위에

설치된 줄을 따라 미끌어져 내려가면서 강을 건너는 것이니 날아서 건넌다고 하긴 어렵고 그냥 줄에 매달려 건너는 셈이다. 양손으로 지 지대를 잡고 엎드린 자세로 황하를 굽어보며 날아가는데, 진한 황톳 물이 지척에서 몸을 뒤척이며 꿈틀꿈틀 흘러간다. 황하 상류에서 한 걸음에 훌쩍 건넜던 황하를 이번에는 순간에 날아서 건너가니, 번번 이 자신의 꿈을 막아서는 세상을 향해 "황하를 건너려고만 하면 얼음 이 강물을 막아버렸다欲渡黃河氷塞川"라고 탄식하던 이백의 〈행로난行路 難〉의 시구가 무색하다.

강폭이 넓지 않은 것이 한스러울 정도로 황하 비행 도하는 순식간 에 끝나버렸으므로 다른 놀거리를 찾아 사막 깊숙이 들어갔다. 먼저 사막을 건너는 배, 사막의 영혼으로 불리는 낙타를 타고 줄지어 사막 길을 걸었다. 모래바람이 얼굴을 훑고 낙타가 풍기는 지린내가 곤욕 스럽기는 하지만, 눈을 들어 멀리 바라보면 유려한 곡선으로 주름진 사구의 능선을 걸어가는 다른 여행자들의 낙타 행렬이 마치 옛날 비 단길을 가던 대상들의 모습처럼 아름답고 쓸쓸하다. 이 고풍스러운 화폭에 일몰의 장엄함까지 보태진다면 그 감동이야 더할 나위 없을 것인데 아직은 햇볕이 쩽쩽한 한낮이다.

이번에는 지프차를 타고 햇빛 쏟아지는 사막을 질주하기로 했다. 사방으로 어지럽게 솟아 있는 사구들 사이로 난 가파른 길을 운전기 사는 거침없이 달렸다. 급한 경사로와 굽어진 커브길에서도 속도를 줄이지 않고 달리는 이 지프차에서 재미를 느끼는 사람은 운전기사 를 빼놓고는 아무도 없는 것 같았다. 더위와 모래바람에 지쳐서 그늘 을 찾아 시원한 음료나 마시면서 해가 지기를 기다렸다. 이윽고 사막 너머로 붉은 해가 걸리고 강물에 붉은 기운이 가득한 저녁, 사람들 다

빠져나간 사막을 천천히 거닐며 달콤한 고독을 즐겼다. 사막에는 비로소 외로운 시인의 긴 그림자가 드리워졌다.

말 달려 가도 가도 끝없는 서쪽 하늘
집 떠나 달은 벌써 두 번이나 둥글어졌는데
오늘 밤 어디에서 잠을 잘까
만 리 사막에 인가의 연기 끊겼으니
走馬西來欲到天, 辭家見月兩回圓。
今夜不知何處宿, 平沙萬里絶人煙。

– 잠삼^{岑參}, 〈사막에서 쓰다^{磧中作}〉

2. 사라진 문명 서하 왕조의 아름답고 쓸쓸한 도시
– 은천(銀川, 인촨)

사파두를 지난 황하는 중위, 오충을 지나 영하회족자치구의 성회省會인 은천 앞을 흘러서 내몽고로 간다. 황하가 지나는 강변에는 풍요로운 논밭이 펼쳐지는데, 가장 많이 심겨진 작물은 구기자이다. 비타민이 풍부해서 체력증가와 피로회복에 좋다는 구기자는 인삼, 하수오와 함께 3대 한약재로 꼽힌다. 특히 이곳 중위시에 속해 있는 중녕中寧(쭝닝)의 구기자가 유명해서 중녕구기갑천하中寧枸杞甲天下(중녕의 구기자가 천하에 으뜸이다)라고 말할 정도이다. 우리가 중녕을 지나가던 7월 말은 구기자 수확이 한창인 때여서 구기자 밭에 들어가 선홍색으로 주렁주렁 탐스럽게 열린 열매를 구경하기도 하고 바쁜 농부들의 일손을

거들기도 했다. 농부들이 나눠주는 들밥을 먹기도 하고 건조 구기자
를 헐한 가격으로 한 보따리씩 사기도 했다.

　다시 길을 떠나 영하회족자치구의 중심도시 은천에 왔다. 황하가
도시의 동쪽을 흘러가면서 비옥하고 너른 평야를 선물로 주면서 은천
은 부요한 도시가 되었다. 평야 지대를 흐르는 황하의 물줄기가 자주
흐름을 바꾸면서 도시 곳곳에 습지와 호수들이 생겨나서 변방의 호수
도시, '새상호성塞上湖城'으로 불리기도 한다. 거울같이 맑은 호수들은
도시의 미관을 한층 격조 있게 만들어준다. '밝고 아름다운 은천'을
뜻하는 '명미은천明媚銀川'이라는 말을 많이 쓰는데, 이 '명미明媚(밍메
이)'라는 중국어는 일반적으로 아름다운 여성을 수식하는 말이다. 변

방의 도시 은천을 여인처럼 아름답게 만든 것은 바로 이 호수들이다.

　은천에 도착하는 날, 황하 강변으로 나갔더니 금어기禁漁期가 끝나서 많은 강태공이 낚시를 하고 있었다(통상적으로 황하는 4월부터 6월까지가 금어기다). 군복 차림의 중년 남자가 다리 밑 강변에서 투망을 하고 있어서 다리 위쪽에서 말을 걸었더니 친근하게 호의를 보인다. 마침 강물 얕은 곳에 그물을 쳐둔 것이 있으니 같이 가보자 부른다. 문제는 그곳까지 가려면 제법 깊은 물을 지나가야 하는데, 수영을 못하고 겁이 많은 나로서는 망설이지 않을 수가 없었다. 황하의 누런 강물은 수심을 헤아릴 수 없어 더욱 겁이 났는데, 그물에 걸려 있을 황하잉어를 보고 싶은 욕심에 용기를 냈다. 허벅지까지 깊어진 물을 더듬더듬 건너서 그물을 쳐둔 곳으로 갔더니 사내가 그물을 거두는데 제법 씨알이 굵은 잉어 두 마리가 걸려서 파닥거리고 있다. 불그레한 꼬리지느러미를 마구 흔드는 잉어를 사내에게서 건네받아 황하 한복판에서 그 유명한 황하잉어와 인사를 나누었다. 영하회족자치구를 흘러가는 황하 구간에서 질 좋은 잉어가 나와서 이 지역은 오래전부터 잉어양식이 발달했다고 한다. 사내는 양식이 아닌 자연산 잉어임을 거듭 강조하면서 한중 양국의 우호를 위해 선물하겠다고 한다. 여행길이지만 식당에 가져가서 요리를 부탁하면 될 테니 문제가 없을 듯하여 고맙다 인사하고 받았다.

　우리 음식문화와는 다르게 중국에서 잉어는 다양한 요리로 만들어져서 대중들에게 친숙하다. 쪄서 먹기도 하고 튀겨 먹기도 하고 탕으로 먹기도 하는데 다양한 소스가 곁들여지니 제법 맛있는 요리가 된다. 특히 황하잉어로 만든 요리는 옛날부터 유명해서 《시경》에 등장하기도 한다. 은자가 안빈낙도의 삶을 노래한 〈오막살이衡門〉란 작품이다.

오막살이집일망정 다리 뻗고 살 수 있다네

샘물이 넘쳐흐르니 굶주림을 면할 수 있다네

어찌 물고기를 먹는데 꼭 황하의 방어라야만 할까

어찌 장가를 드는데 꼭 제나라 강씨네 딸이어야 할까

어찌 물고기를 먹는데 꼭 황하의 잉어라야만 할까

어찌 장가를 드는데 꼭 송나라 자씨네 딸이어야만 할까

衡門之下, 可以棲遲。

泌之洋洋, 可以樂飢。

豈其食魚, 必河之魴。

豈其取妻, 必齊之姜。

豈其食魚, 必河之鯉。

豈其取妻, 必宋之子。

초라한 초막에서 맑은 샘물로 배를 채우며 즐겁게 살아가는 은자의 안빈낙도의 삶을 노래한 것이다. 황하의 방어나 잉어로 만든 맛 좋은 음식을 먹어야만 행복한 인생도 아니고, 제나라 강씨 집안이나 송나라 자씨 집안의 미녀를 처로 두고 살아야만 즐거운 인생은 아니라는 것이다. 주제와는 상관없이 이 작품으로부터 황하의 잉어가 아주 옛날부터 맛 좋은 요리로 인정되어왔음을 알 수 있다. 황하에서 얻은 잉어 두 마리는 한 음식점에서 맛 좋은 일급 요리로 바뀌어 우리 일행의 식탁에 올라왔다. 잉어를 손질해서 양념을 골고루 바른 다음에 기름에 먼저 튀기고, 갖은 양념으로 만든 국물에 넣어 걸쭉해질 때까지 졸여서 만든 요리다. 양념 맛이 골고루 밴 탓에 비린내는 전혀 없는 쫀득한 육질의 잉어요리로 늦은 점심을 맛나게 즐겼다.

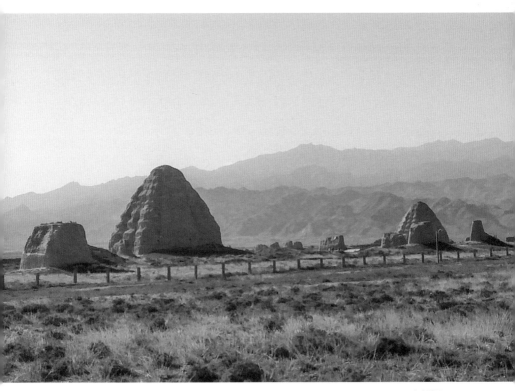

◈ 서하왕릉

   늦은 오후에 은천의 유명한 관광지 서하왕릉西夏王陵(시샤왕링)으로 갔다. 서하西夏는 탕구트족이 세운 나라로 1038년부터 189년 동안 중국의 서북쪽인 지금의 감숙성, 영하회족자치구와 청해성의 동북부, 섬서성과 내몽고 일부 지역을 통치했다. 전기에는 송나라, 요나라와 후기에는 송나라, 금나라와 삼국정립三國鼎立의 국면을 형성했다가 1227년 몽고 제국에 멸망당했다. 은천에서 서쪽으로 27킬로미터인 하란산賀蘭山을 병풍처럼 두르고 서하 왕조의 왕릉들이 동쪽으로 광활한 은천평원銀川平原을 마주해 있다. 약 21제곱킬로미터 묘역 안에 9곳의 제왕의 능과 250여 곳의 왕족과 공신들의 배장묘陪葬墓들이 일정한 간격으로 질서 있게 포진하고 있다. 흙을 탑처럼 높다랗게 쌓아 올려서 만든 왕릉의 겉모습은 이집트의 피라미드와 비슷해서 이곳 서하 왕릉을 동방의 피라미드라고 부르기도 한다. 불쑥 솟은 왕릉 주위로는 허물어진 부속 건물들의 잔해가 흩어져 있어서 더욱 쓸쓸한 느낌을 준다.

늦은 오후, 기울어가는 햇살 속에 고요한 옛 왕국의 능원을 거닐며 서하 제국 흥망의 역사를 떠올렸다. 주변 강국의 압박 속에서도 꿋꿋하게 독립 왕국의 자존을 지키고, 권력 다툼의 내란 속에서도 다시 중흥의 꿈을 키우던 서하 제국은 막강한 몽골 제국의 말발굽을 견디지 못하고 결국 멸망하여 나라도 민족도 역사 속으로 사라지고 말았다. 오직 몇 곳의 무덤으로만 남아서 그 옛날의 영화를 희미하게 전해줄 뿐이다. 말없이 제국의 흥망을 바라봤을 하란산이 보내는 묵직한 바람을 맞으면서 나는 오래된 폐허를 찾아 옛 왕조의 몰락을 슬피 노래한 옛 시인의 노래 〈시경·서리黍離〉를 불렀다.

기장이 무성하게 자라 있고
피도 싹이 자라 있네
걸음걸이 맥없이 풀리고
마음속 한없이 흔들리네
나를 아는 이는 내 마음에 시름 있다 하지만
나를 모르는 이는 내게 무얼 하고 있느냐 말하네
아득한 하늘이시여!
이것은 누구 때문입니까?
彼黍離離, 彼稷之苗。

行邁靡靡，中心搖搖。

知我者，謂我心憂。

不知我者，謂我何求。

悠悠蒼天，此何人哉？

내몽고자치구

5장

1. 홀로 푸른 무덤으로 남아 황혼 속에 있네

– 후허하오터呼和浩特 왕소군 무덤

황하의 물길을 따라 시를 따라 떠도는 길, 이번에 찾아가는 여행지는 내몽고자치구의 성회 후허하오터呼和浩特다. 영하회족자치구의 북단을 빠져나온 황하는 줄곧 북진하다가 내몽고 서쪽 도시 바옌나오얼巴彦淖爾에 이르러 동쪽으로 흘러 후허하오터의 남쪽 퉈커퉈托克托까지 가고, 직각으로 꺾어 남진하기 시작한다. 퉈커퉈 현성에서 후허하오터까지는 약 100킬로미터 떨어져 있다. 후허하오터를 찾은 이유는 중국의 4대 미녀 중 한 사람인 왕소군王昭君의 자취 때문이다. 왕소군의 무덤 청총青塚이 도시 중심에서 멀지 않은 곳에 있다. 왕소군을 찾아온 것은 그녀가 중국의 4대 미녀이기 때문만은 아니다. 한시 속에 그녀가 자주 등장하기 때문이다. 시인들은 아름답고도 슬픈, 그리고 극적이

기까지 한 그녀의 생애를 시적 소재로 자주 활용했다. 이백이 쓴 〈왕소군〉이라는 시이다.

한나라 시절 진 땅에 달이 떠올라
흐르는 달빛이 왕소군을 전송하네
한 번 옥문관의 길에 올라
하늘 끝으로 가서 돌아오지 못하였음이여
한나라 달은 여전히 동쪽 바다에서 떠오르건만
왕소군은 서쪽으로 시집가 돌아올 기약이 없었네
연지산은 늘상 추워 눈으로 꽃을 삼더니
곱던 눈썹 초췌해져 오랑캐 땅에 묻혔네
살아서는 누런 황금이 없어 잘못 그려지더니
죽어서는 푸른 무덤을 남겨서 사람들을 탄식하게 하네

漢家秦地月, 流影送明妃。
一上玉關道, 天涯去不歸。
漢月還從東方出, 明妃西嫁無來自。
胭脂長寒雪作花, 媚眉憔悴沒胡沙。
生乏黃金枉圖畫, 死留青冢使人嗟。

왕소군은 원래 한나라 원제元帝의 후궁이었다. 당시 원제에게는 후궁이 많았기 때문에 궁중화가 모연수毛延壽에게 후궁들의 얼굴을 그리게 하여 그 초상을 보고 여인을 선택했다. 황제의 총애를 얻기 위해 후궁들은 너도나도 모연수에게 뇌물을 주며 미색이 돋보이도록 그려줄 것을 요청했는데, 오직 왕소군만은 뇌물을 주지 않았다. 미색이 뛰어난 왕소군이었지만 결국 화가의 농단에 눈 밑에 큼지막한 점이 그려지면서 황제의 관심에서 멀어져버렸다. 그렇게 5년의 세월이 흐른 어느 해, 북방의 근심거리였던 흉노족의 왕 선우單于가 화친을 청해오면서 공주를 요구했다. 공주를 아내로 맞아 한나라에 사위의 도리를 다하겠다는 것이니 한나라로서도 마다할 이유가 없었다. 하지만 친생 공주를 보낼 수는 없으니 후궁 중에서 한 명을 골라 보내기로 한 것이 바로 왕소군이었다. 아마도 추하게 그려진 초상화를 보고 아깝지 않다 여긴 까닭이었을 것이다. 이러저러한 절차를 마치고 왕소군이 한나라 궁궐을 떠나는 마지막 날, 황제는 환송자리에서 그녀의 빛난 얼굴을 처음으로 마주하게 된다. 이게 도대체 어찌된 일인가! 이런 대단한 미녀가 내 구중궁궐에 숨어 있었다니! 여봐라, 당장 화첩을 가져오너라! 그림을 들고 왕소군의 얼굴과 대조하던 황제는 분노에 치를 떨며 당장 궁중화가 모연수를 참할 것을 명령했다. 그림 작업을 돕던 보조화가들도 화를 면할 수 없었다. 중국 최고의 미녀를 오랑캐 나라로 보낼 수 없다며 고집을 부리는 황제를 대신들이 간신히 만류하여 결국 왕소군은 궁궐을 떠나게 되었다.

왕소군 일행이 한나라 변경을 지나 흉노의 땅으로 들어갈 무렵, 왕소군은 한번 떠나 다시 돌아올 수 없는 길을 가는 자신의 신세가 서러워 말을 멈추고 슬픈 곡조의 비파를 탔다. 그 모습이 얼마나 처연하고 아름다웠는지, 마침 계절이 깊어 북에서 남으로 날아가던 기러기들이 그 모습을 보다가 날갯짓을 잊는 바람에 하나둘 땅으로 떨어졌다고 한다. 그래서 생긴 왕소군의 별명이 기러기가 떨어진다는 뜻의 '낙안落雁'이다. 결국 흉노족의 왕비가 된 왕소군은 후한예呼韓邪 선우와 3년을 살며 아들 하나를 낳았다. 후한예가 죽은 뒤에는 흉노의 습속

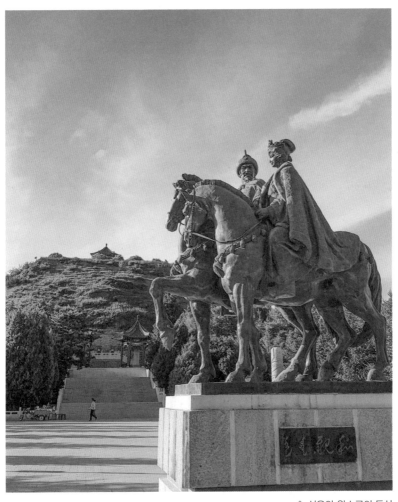

◈ 선우와 왕소군의 동상

을 따라 새로 왕이 된 후한예의 장자 푸주레이複株累 선우와 11년을 살
면서 딸 둘을 낳았다. 왕소군이 흉노의 왕비로 있는 동안 한나라와 흉
노 사이에는 평화가 지속되었으므로 왕소군은 백만 대군으로도 얻지
못한 평화를 홀몸으로 일궈낸 역사적 인물이 되었다. 푸주레이 선우
가 세상을 뜬 뒤에도 한나라로 돌아올 수 없었던 왕소군은 마침내 마

음의 병이 깊어져 세상을 떠났다. 그녀가 죽었다는 소식이 들리자 왕소군을 사랑했던 흉노의 백성들이 너도나도 자신들이 살고 있는 곳의 흙을 담아 와서 거대한 봉분을 만들었다. 가을이 깊어 온 초원에 풀들이 누렇게 시들어도 이곳 무덤 풀만은 내내 푸르렀다. 사람들은 고향으로 돌아가지 못한 왕소군의 한 때문이라고 생각하여 이 무덤 이름을 '청총靑塚'이라 불렀다.

이 이야기는 대체적으로 진晉나라 때 지어진《서경잡기西京雜記》라는 책에 수록된 내용을 근거로 한 것이다.《한서漢書·원제기元帝紀》같은 정사에 보이는 왕소군 이야기는 아주 단순하다. 기원전 33년, 한 원제가 후한예 선우에게 왕장王嬙이라는 이름의 궁녀를 하사했으며, 왕장은 흉노의 왕비가 되어 아들 둘을 낳았고 후한예가 죽자 한 성제成帝의 명을 따라 다음 선우의 왕비가 되었다는 게 전부다. 이 내용이 항간의 이야기꾼들에 의해 다양한 모습으로 각색되어 전해지고, 그것이《서경잡기》같은 필기소설류의 책에 수록되었던 것이다. 그렇게 각색된 왕소군의 삶은 다시 시인과 예술가의 손을 거쳐 동서남북 천하에 가득 차고 연년세세 전해진 것이다.

후허하오터 남쪽 대흑하大黑河 남안에 자리한 왕소군의 무덤은 그 봉분의 높이가 33미터에 달하며, 청총이란 호칭에 걸맞게 풀과 나무가 무성히 자라서 한껏 푸르다. 무덤 앞에는 말고삐를 나란히 잡은 흉노의 왕 선우와 왕소군의 동상이 있다. 왕소군을 바라보고 있는 선우의 흐뭇한 얼굴과 그런 시선이 싫지 않은 듯 잔잔한 미소를 띤 채로 정면을 바라보는 왕소군의 모습은 한나라와 흉노의 화친을 상징하는 듯하다. 사실 다양한 민족들과 함께 살아가야 하는 중국 한족들 입장에서 왕소군은 희생과 사랑으로 민족 간 갈등을 협력으로 이끈 고마운 역사적 인물이다. 그래서 당국에서는 왕소군 무덤 경내에 소군박물원昭君博物院을 세워 민족 간의 단결을 위한 교육의 기지로 활용하고 있다.

2018년 여름, 일행과 함께 이곳을 방문했을 때도 수많은 어린이와 과 청소년이 단체로 찾아와 왕소군을 주제로 한 활동에 참여하고 있었다. 왕소군 무덤 위에는 누각 하나가 우뚝 서 있다. 누각 안에 '대덕大德'이라고 새긴 큰 비석이 있는데, 한나라와 흉노의 화친을 위해 큰 공덕을 세웠다는 뜻이다. 하지만 옛 시인들이 왕소군의 이야기를 즐겨 활용한 이유는 이런 공덕에 뜻이 있는 것이 아니다. 돌아오지 못한 왕소군의 슬픈 한도 역시 부차적인 것일 뿐이다. 그 이유는 바로 중국 시문학의 영원한 주제인 '회재불우懷才不遇(재주를 품고 있지만 때를 만나지 못함)'를 담아내기에 매우 적절하기 때문이다. 재색이 뛰어난 왕소군은 덕망과 재능이 출중한 충신과 인재요, 그 왕소군을 추하게 그린 모연수 화공은 충신과 인재의 길을 막는 조정의 간신들이고, 그림만을 믿고 미인을 방치한 황제는 조정 간신배들의 참언을 믿고 충신과 인재를 멀리하는 어리석은 혼군昏君이라 할 수 있다.

궁궐에서는 은총이 끊기고
교하의 사신들 점점 드물어가네
애간장 끊으며 한나라 궁전을 이별하고
외론 그림자 이끌고 변방의 금미산金微山으로 향했었지
한나라 땅에는 풀이 응당 푸르를 터
오랑캐 뜰에는 모래바람이 한창 날리고 있다네
그저 원하기는 가을 기러기를 따라

해마다 한 번만이라도 돌아갈 수 있기를

合殿恩中絶, 交河使漸稀。

肝腸辭玉輦, 形影向金微。

漢地草應綠, 胡庭沙正飛。

願逐三秋雁, 年年一度歸。

당나라 시인 노조린盧照鄰의 〈왕소군의 원망昭君怨〉이라는 작품이다. 한나라 대문장가인 사마상여司馬相如와 비교될 정도로 뛰어난 실력을 갖춘 그는 당시 실세였던 무삼사武三思에게 득죄하는 바람에 옥에 갇혀 중병을 얻었고, 마침내 강물에 투신했다. 이런 그가 절망과 고독 속에서 왕소군을 빌려 전하는 그 마음이 얼마나 절절했겠는가!

왕소군을 소재로 한 작품으로 가장 유명한 것은 송나라 왕안석의 〈명비곡明妃曲〉이다. '명비'는 왕소군의 다른 호칭이다. 진晉 문제文帝 사마소司馬昭의 '소昭'자를 피휘避諱(임금의 이름자를 피해서 다른 글자로 바꿔 쓰는 것)해서 '왕명군王明君'으로 바꾸어 불렀기 때문에 생긴 이름이다.

왕소군이 처음 한나라 궁전을 떠날 적

봄바람 같은 얼굴에 눈물이 흘렀네

고개를 숙여 그림자를 돌아보며 슬퍼하니

임금은 어쩔 줄 몰라 애를 태우네

돌아와 부질없이 화공만을 탓하니

이런 미인을 평생에 몇이나 보았던가

본시 아름다운 자태는 그려낼 수 없는 것

부질없이 모연수 화공만 죽였다네

明妃初出漢宮時, 淚溼春風鬢腳垂。

低徊顧影無顏色, 尚得君王不自持。

歸來卻怪丹青手, 入眼平生幾曾有。

意態由來畫不成, 當時枉殺毛延壽。

분풀이로 모연수를 죽인 황제를 비웃는 내용인데, 이 왕안석의 작품을 보고 구양수歐陽修가 화답한 시는 더 직설적으로 황제를 비난하기에 이른다.

한나라 궁궐에 미인이 있었거늘
천자는 당초 알지 못했더라
하루아침에 사신을 따라나서
멀리 선우의 나라로 시집을 갔다네
천하에 둘도 없을 절색
한 번 잃고 나니 다시 얻기 어렵구나
화공을 죽였지만 무슨 도움이 되랴
가까이 보고 듣는 일조차 이와 같으니
만 리 떨어진 오랑캐를 어찌 제압할 수 있었으랴
漢宮有佳人, 天子初未識。

一朝隨漢使, 遠嫁單于國。

絕色天下無, 一失難再得。

雖能殺畫工, 於事竟何益。

耳目所及尚如此, 萬里安能制夷狄。

때로는 돌아가지 못한 미인의 한에 초점을 맞추기도 하고, 때로는 황제의 무능에 초점을 맞추기도 하고, 때로는 엉터리 그림을 그린 화가에게 초점을 맞추기도 하면서 왕소군의 삶은 다양한 형태와 색깔로 작품화되어 문학사와 예술사 한복판을 흘러간다. 그리고 그 물줄기를 따라 나는 지금 그녀의 푸른 무덤 위에 와 있다.

늦여름 뜨거운 해가 도시 서쪽으로 기울면서 왕소군의 청총에 황혼이 찾아온다. "홀로 푸른 무덤으로 남아 황혼을 향하는구나獨留靑塚向黃昏." 왕소군을 노래한 두보의 유명한 〈영회고적咏懷古蹟〉 제5수에 나오는 구절이다. 안녹산 반란군이 천지를 휩쓸던 시절, 가족들을 데리고 전란의 땅을 피해 감숙성과 사천성 곳곳을 헤매고 다니던 두보가 왕소군의 고향이 있는 호북성 자귀현秭歸縣을 지나면서 지은 시이다. 왕조의 멸망이 가까운 위난의 시절 행재소行在所에 들어가 충성을 다하던 자신을 몰라주며 내쳐버린 숙종 황제에 대한 서운한 마음이 일생의 한이 되어서였을 것이다. 절세미녀의 한이 서린 오래된 무덤 위에 서서 그 한에 기대어 필생의 억울함을 호소하는 시인의 마음을 깊이 헤아리면서 두보의 〈영회고적〉을 절절하게 노래했다.

온 산과 골짜기 형문으로 달리느니
왕소군이 자란 마을 아직 있구나
한 번 궁궐을 떠나 사막으로 갔더니
홀로 푸른 무덤으로 남아 황혼을 향하누나
그림으로 어찌 봄바람 같은 얼굴 알까
옥패소리 짤랑거리며 돌아오는 달밤의 혼이여
천년 세월 비파로 전해지는 오랑캐 노래

노래 속에 또렷한 원한이여 원한이여

羣山萬壑赴荊門, 生長明妃尚有村。

一去紫臺連朔漠, 獨留靑塚向黃昏。

畫圖省識春風面, 環珮空歸夜月魂。

千載琵琶作胡語, 分明怨恨曲中論。

2. 변방의 옛 거리에서 술잔을 던지다

- 새상노가(塞上老街, 사이상라오제)

왕소군의 도시 후허하오터를 떠나기 전날 밤, 아쉬운 마음에 '새상노
가塞上老街'라는 패방을 세운 옛 거리를 찾았다. 변방의 오래된 거리라
는 뜻이다. 오래되었으니 왕소군과 관련된 무슨 볼거리나 먹거리가
있을 수 있다는 막연한 기대를 안고 있었다. 하지만 이름만 노가였지
실제로는 시정부에서 관광객 유치를 위해 명·청시대의 건축양식을
빌려 최근에야 조성한 관광특구였다. 그래도 마유주馬乳酒 같은 내몽
고 토산품을 주로 팔고 있어서 중원과는 다른 초원 문화를 잠시 맛볼
수는 있었다. 인두로 가죽을 지져서 그리는 탕화漫畵 같은 것은 독특
해서 볼 만했는데, 가죽을 태우는 냄새가 역겨워 오래 구경하기는 쉽
지 않았다. 그림의 주된 소재는 몽골인들의 우상 칭기즈칸과 이곳 흉
노의 땅으로 시집온 절세미인 왕소군이다. 가죽 위에 밑그림을 그리
고 그 선을 따라 인두로 가죽을 지지면 갈색의 아름답고 질감이 독특
한 그림이 완성되는데, 경우에 따라서 그 위에 다양한 색깔의 물감을
덧칠하기도 한다.

그림도 구경하고 가죽 술병에 담긴 마유주도 홀짝거리며 거리를 걷다 보니 어디선가 경쾌한 음악 소리와 사람들의 흥겨운 목소리가 웅성웅성 들려온다. 음악 소리를 따라갔더니 엄청난 수의 사람들이 좁은 거리에 가득 차 있다. 온갖 다양한 길거리 음식을 파는 골목이다. 붉은 홍등이 하늘을 가득 가리고 좌판마다 불빛을 환히 밝혀서 오가는 사람들의 얼굴이 다 붉게 빛나고 있었다. 빠른 박자의 음악을 크게 틀어놓고 땀이 범벅인 채로 음악에 맞춰 춤을 추며 오징어 꼬치를 굽고 있는 젊은 사내도 보였다. 그가 보여주는 불꽃 쇼가 제법 현란해서인지 사람들이 몰려들어 불맛 오징어 꼬치를 기다리고 있었다. 나도 한참을 기다린 끝에 겨우 맛을 볼 수 있었는데 특별히 맛있다는 느낌은 없고 매콤한 양념 맛에 입이 얼얼했다.

한 곳에서는 질그릇 술잔의 술을 한입에 털어 넣은 다음 앞쪽에 있는 벽을 향해 힘껏 내던지는 퍼포먼스가 한창이다. 그릇이 벽에 부딪혀 산산조각이 나는데, 구경하는 사람조차 마음이 통쾌하다. 마음에 맺힌 일들을 술잔에 함께 따라 한입에 털어 마셔 없애버리고, 그 기억을 담았던 술잔조차 박살내버리니 이 얼마나 개운한 일인가! 다들 복잡한 세상 살면서 눌린 일들이 많은 탓인지 술잔이 벽에 부딪혀 박살나는 소리가 돌아오는 길 내내 울려 퍼졌다.

3. 황하가 장성과 만나는 상서로운 땅
— 노우만(老牛灣, 라오니우완)

후허하오터 남쪽 퉈커퉈에서 남진을 시작한 황하는 내몽고의 경계를

◈ 노우만 풍경구

벗어나 섬서성과 산서성 사이의 진섬대협곡晉陝大峽谷으로 접어들면서
중류 구간을 시작한다. 작별을 아쉬워하는 내몽고 사람들에게 황하가
아주 수려한 풍경 하나를 선물하고 떠나니 바로 노우만老牛灣 풍경구
다. 노우만은 길이가 726킬로미터에 달하는 진섬대협곡의 초입 부분
으로, 내몽고와 산서성의 교계에 있다. 조물주가 거대한 삽으로 파고
도끼로 찍어내어 물길을 낸 듯, 반듯하게 끝없이 이어지는 수직 절벽
사이로 황하가 유려한 곡선을 이루며 흘러간다. 둥글게 굽어지는 곡
선 구간이 많아 강물의 유속이 느려져 황토가 침전된 이유에서인지
물색도 약간 푸른빛으로 맑아진 느낌이다.

　노우만 풍경구가 특히 유명해진 것은 황하가 만리장성과 만나는 지

점이기 때문이다. 명나라 때 쌓은 만리장성의 흔적이 많이 남아 있고 부속 건물인 망하루望河樓가 강물이 지나는 절벽 끝에 높이 솟아 있다. 장성과 황하가 만나 악수하는 곳이라고 표현하기도 하고, 두 마리 용이 함께 만나는 상서로운 길지로 선전하기도 한다. 지금이야 장성의 흔적은 희미해져서 퇴락한 망루 건물만이 마치 오래전 용이 남기고 간 비늘 한 조각처럼 고적하게 남아 있을 뿐이다. 망하루가 있는 절벽 아래로 육지가 둥글넓적하게 퍼져서 강물과 접하고 있는데, 이 지형을 멀리서 바라보면 거대한 쟁기 날 같은 모습이다. 거대한 조개의 모습으로 보인다는 사람도 있고 말발굽 혹은 둥글넓적한 입을 가진 파충류처럼 보인다는 사람도 있지만 쟁기가 맞다. 왜냐하면 이곳의 지명이 '노우만', 즉 '늙은 소의 만'이기 때문이다. 거대한 쟁기를 끌고 황하의 물길을 내던 신령한 소가 무언가에 놀라 날뛰는 바람에 쟁기가 떨어졌고, 이곳의 쟁기를 닮은 독특한 지형으로 변했다는 전설에서 비롯된 지명이 바로 노우만인 것이다. 어쩌면 절벽의 바위와 흙을 걷어내면 거대한 쟁기가 본래의 모습을 드러낼지도 모른다.

황하를 치수하던 대우大禹가 놀란 소를 어떻게 진정시켜서 계속 물길을 파게 했는지, 쟁기는 또 어디서 어떻게 구했는지 알 수 없지만 700킬로미터가 넘는 진섬대협곡 구간의 고난도 공사를 성공적으로 마쳐서 지금도 황하의 물줄기가 협곡을 따라 잘 흘러가고 있다. 망하루가 있는 절벽 끝에서 굽어져 천천히 흘러가고 있는 황하를 보고 있자니 장성과 황하의 각별한 만남이 주는 의미가 새롭다. 시 한 수 지어서 장성과 황하가 악수하는 곳 노우만을 깊이 기억에 새겼다.

뉘 황하를 불러 쉬어가라 하는가

노우만 장성이 손짓하며 부르는구나
굽어지지 않으면 온전하지 못함을 그대 모르는가
무어 그리 급히 서둘러 스스로 아름다움을 해치실까

誰喊黃河息浪閑。
長城招手老牛灣。
不曲不全君曉否。
何須急促自傷嫻。

－ 김성곤, 〈노우만老牛灣〉

장성의 노래에 황하가 알았다는 듯이 흐름을 늦추며 굽이굽이 돌아
아름답게 흘러간다. 멀리 강변을 따라 지어진 고풍스러운 돌집들도
노우만의 황하가 부르는 낮은 노래 가락 속에 포근히 잠들어 있다.

산서성

6장

황하의 아름다운 협곡 노우만의 비경을 마음껏 누린 우리 일행은 이제 본격적으로 진섬대협곡을 따라 황하가 빚어놓은 최고의 걸작들을 만나기 위해 행복한 길을 떠났다. 황하가 산서성과 섬서성의 경계를 흘러가기 때문에 양쪽을 오가며 이름난 명승지를 찾기로 했다. 첫 번째 목적지는 산서성 중서부 도시 여량呂梁(뤼량)에 속한 '적구진磧口鎭(치커우쩐)'이다. 황하 강변에 자리해서 한때 황하를 이용한 수운으로 크게 번성했던 마을이다. 아직도 고풍스러운 건축과 아름다운 골목이 남아 있어서 '구곡황하제일진九曲黃河第一鎭'이라는 미칭美稱을 갖고 있다.

노우만의 비경에 한껏 들뜬 우리 일행이 저녁 식사를 마치고 길을 떠날 때는 여름 해가 기울고 있는 시각이었다. 적구진까지는 300킬로미터가 넘는 먼 길이어서 중간 지점에 있는 현급 도시에서 묵어가기로 했다. 비가 조금씩 내리긴 해도 청해성이나 내몽고와 같은 변방 지역도 아니니 밤길 운행도 크게 염려할 것은 없다고 생각했다. 그러나

오산이었다. 길은 구절양장으로 끝도 없이 이어졌고, 최근에 연이어 내린 비에 곳곳이 끊겨 돌아가야만 했다. 날은 이미 어두워지고 빗줄기는 점점 굵어지는데 차는 미로를 헤매더니 급기야 어느 비탈길에서 진흙탕에 처박히고 말았다. 일행이 힘을 모아 차를 겨우 빼냈을 때는 이미 칠흑 같은 어둠에 지척도 분간이 어려운 지경이었다. 사방으로 흩어져서 길을 탐색하던 사람들이 돌아와 아래로는 길이 없으니 되돌아갈 수밖에 없다고 하여 다시 힘을 모아 차를 돌려 힘껏 밀어봤지만, 차는 제자리만을 겉돌 뿐 한 걸음도 나가지 못했다. 결국 중국인 기사가 일행 한 명을 대동해서 먼 불빛을 향해 도움을 청하러 떠났다. 꼼짝없이 비 오는 산중에서 밤을 새워야 할 판이었다. 그러다 사람들이 다시 돌아오는 게 보이고 연이어 길이 있다고 외치는 소리가 들렸다. 어두워서 길이 끊긴 것처럼 보였던 곳에 내려가는 길이 있다는 것이다. 다시 몇 번의 고비를 벗어나서 겨우 안도의 한숨을 내쉴 무렵, 기사가 기름이 떨어져가고 있음을 알렸다. 문제는 이미 야심한 시각이니 주유소를 찾기 어렵다는 것이다. 내비게이션이 알려주는 몇 군데 주유소를 찾아봤지만, 이미 폐업했거나 영업이 끝나서 또 한참을 찾아 헤매다 결국 고속도로 입구에서 가까스로 주유소를 만났다. 잠이 든 직원을 불러서 겨우 주유를 하고 예약된 호텔이 있는 현성으로 가는데, 아니 이번에는 산서성의 좁은 국도를 석탄을 실은 대형 트럭들이 끝도 없이 덮칠 듯 오고 있는 게 아닌가! 일행은 모두 바짝 긴장하여 잠든 사람이 아무도 없을 정도였다. 호텔에 도착하니 새벽 2시를 넘겨 문은 닫히고 종업원은 잠들어서, 부르고 깨우고 하는 소동을 겪은 후에야 겨우 투숙하여 하루를 마무리할 수 있었다.

참으로 길고 신산한 하루의 여정이었으니, 이 모든 것이 중국을 너무 쉽게 본 탓이었다는 자책이 들었다. 비단길을 탐사했을 때나 황하 상류 지역을 여행했을 때에는 길이 험하고 여건이 불비함을 감안하여 매번 신중하게 진퇴를 결정했었다. 밤에는 되도록 길을 나서지 않았고 기름은 미리 충분하게 준비했었다. 그런데 황하 중류 지역을 탐사하는 이번 여행은 다를 것이라고 생각한 게 잘못이었다. 도로 사정이 좋아 어디든 빠르고 쉽게 도착할 수 있을 것이라고 일행에게 호언장담한 게 화근이었다. 진섬대협곡이 이어지는 산서 서북부 지역은 여전히 변방 지역이었음을 미처 몰랐던 것이다. 일본 드라마 〈심야식당〉의 "인생 너무 쉽게 보는 거 아냐?"라는 명대사가 떠올라서 일행을 향해 사죄했다. "제가 중국을 너무 쉽게 본 탓입니다."

1. 호랑이가 포효하고 용이 우는 포구 마을
— 적구진(磧口鎭, 치커우쩐)

산서성 임현臨縣(린시엔)의 적구진은 황하 강변에 자리한 포구 마을이다. 호랑이의 정기를 안고 있는 와호산臥虎山이 북쪽으로 이어지고 흑룡을 모신 용왕묘가 황하 동쪽에 우뚝 솟아 있다. 그래서 "호랑이가 포효하는 황하, 용이 우는 적구진"이란 뜻의 '호소황하, 용음적구虎嘯黃河, 龍吟磧口'라는 거창한 표현으로 이곳이 풍수가 뛰어난 길지임을 선전해왔다. '적磧'은 모래나 자갈로 이루어진 강가의 모래톱을 가리키는 말이다. 적구진 동쪽으로부터 추수湫水가 흘러와서 마을 앞쪽에서 황하와 합류하는데, 이 추수가 싣고 온 대량의 흙과 모래 때문에 강폭이 좁아지며 강물이 거세진다. 그래서 중국 서북쪽에서 황하를 이용해

짐을 싣고 온 배들이 이곳에 이르러서는 더 이상 항해를 할 수 없게 되어 상인들은 짐을 나귀나 낙타에 실어 육로로 이동한다. 이러한 지리적 조건 때문에 적구진이 물류의 집산지로 크게 번성한 것이다. 마을 포구에는 매일 150척 이상의 배들이 정박했고, 전당포, 표호票號(환업무를 하던 상업 금융 기관), 객잔 등 상인과 여행객들을 상대로 한 점포가 300곳에 달하며, 짐을 실어 나르는 낙타가 500마리를 넘겼다고 한다. 마을 입구에 들어서니 과연 낙타 두 마리가 한가하게 되새김질을 하며 옛날의 영화를 전해준다.

견고하게 세워진 돌집들 사이로 아름다운 골목길을 걸어 마을 꼭대기에 올라가면 흑룡을 모신 용왕묘가 있다. 험한 뱃길을 지나온 상인들이 이곳에 들러서 순항할 수 있도록 지켜주신 용왕께 감사를 드리는 곳이다. 바람의 신인 풍백風伯과 황하의 신인 하백河伯을 지휘하는 상관이 용왕인 까닭에 용왕에게 잘 보여야 뱃길이 편안한 것이다. 마을과 황하가 한눈에 들어오는 이 용왕묘 한쪽에는 고풍스러운 무대가 마련되어 있다. 마을에 축제가 있을 때마다 연희패들이 와서 공연하는 곳이다. 가족들로 보이는 여행객 몇이 그곳에 올라서 경극 배우 흉내를 내면서 즐거워한다. 내가 무대에 올라 항우와 우미인의 이야기를 다룬 경극 〈패왕별희〉에 나오는 항우의 〈해하가〉 한 소절을 불렀더니 반응이 시원찮다. 알고 보니 일행 중에 경극에 취미가 깊은 고수가 한 명 있었던 것이다. 그가 가족들의 강권에 밀려 무대에 올라 잠시 들려준 노랫가락은 아주 인상적이었다. 금속성으로 울리는 높고 강한 음색과 터질 것 같은 얼굴 표정, 우아하고 절제된 손동작은 거의 전문가 수준이었다. 서둘러서 손을 모아 경의를 표하며 통성명을 하였더니 강소성江蘇省 소주蘇州에서 여행 온 의사란다. 이런저런 유쾌한

잡담을 나누고, "위에 천당이 있다면 아래에는 소주와 항주가 있다"라는 뜻의 '상유천당, 하유소항上有天堂, 下有蘇杭'의 오래된 구호를 함께 외치고 헤어졌다.

무대 위쪽에는 '어룡출청魚龍出聽'이라는 큼지막한 글씨를 새긴 현판이 걸려 있다. 물고기와 용이 나와서 음악을 듣는다는 뜻으로, 음악이 완미한 경지에 이른 것을 예찬하는 표현이다. 용왕묘의 무대에서 울려 퍼지는 그 절묘한 노랫가락에 거센 물결을 헤치며 올라가던 황하잉어들도 잠시 숨을 고르며 쉬어갔을 것이다. 적구진의 하루가 기울어 강변에 자리한 오래된 객잔을 찾았다. 홍등이 환히 불 밝힌 처마 밑 의자에 앉아 고요한 황하의 노래를 듣다 보니 마음에 평화가 밀려온다. 저물녘 객수를 노래한 당나라 시인 맹호연의 〈건덕강에서 묵다宿建德江〉가 흥얼흥얼 흘러나온다.

배를 저어 안개 낀 물가에 정박했더니
해는 저물어 객수가 새롭구나
들은 비어 하늘이 나무에 낮게 걸리고
강은 맑아 달이 사람에 가깝구나
移舟泊烟渚, 日暮客愁新。
野曠天低樹, 江清月近人。

252

2. 둥긂의 미학
- 천하황하제일만天下黃河第一灣

적구진으로부터 160킬로미터의 길을 약 4시간 달려 천하황하제일만天下黃河第一灣에 도착했다. 산서성 석루현石樓縣에 속한 천하황하제일만은 북쪽에서 남쪽으로 흘러오던 황하가 돌연 동쪽으로 방향을 바꿔 거대한 둥근 원을 이루며 생긴 독특한 지형이다. 강물이 8킬로미터를 둥글게 돌아가면서 만을 만들고 다시 남쪽으로 흘러간다. 만이 시작되고 끝나는 지점의 육지 폭은 700미터인 데 비해 가장 넓은 곳은 1,700미터나 된다. 그래서 위쪽에서 조감하면 강물이 감싸고 도는 육지가 마치 목이 잘록하고 배가 불룩한 호로병 같은 모습이다. 그런데 동쪽에서 바라보면 강물에 둘러싸인 육지는 작은 산봉우리처럼 솟아 있어서 뒤쪽이 보이지 않아 강물에 포위된 둥근 섬 같다. 누런색의 황톳빛 강물은 육지에 심긴 대추나무의 푸른색과 강렬한 대비를 이루며 거의 360도 원을 이루며 웅장하고 아름답게 흘러간다. 이 절경이 2005년 4월의 어느 날, 한 사진작가에 의해 비로소 대중에 알려져 황하의 구백구십구곡 중에서 '제일만'의 이름을 얻게 되었으니, 그야말로 "십년한창무인문十年寒窗無人問, 일거성명천하지一擧成名天下知(십년 동안 안부를 묻는 이 하나 없더니, 한 번 이름을 이루니 천하가 알더라)"라 할 만하다. 황하가 무진 세월 흘러서 이룬 이 둥근 세상을 마주하고 서니 내 마음조차 같이 둥글어지는 듯하다.

천하황하제일만 때문에 세상에 알려진 곳이 바로 이 만을 가장 잘 감상할 수 있는 지점인 마가반馬家畔이라는 마을이다. 대추 농사를 위주로 살아가는 궁벽한 시골 마을인데, 주거 형태는 대부분 요동窯洞(야

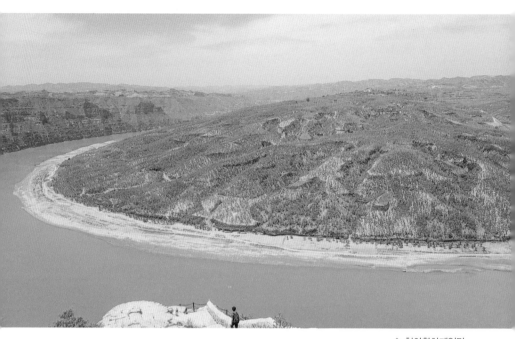

오똥)이라 부르는 토굴집이다. 우리 일행이 이 마을을 방문했을 때 마침 주민들 몇이서 새로 토굴집을 파고 있어서 건축 현장을 구경할 수 있었다. 둥근 천장의 토굴 굴착은 이미 다 끝내고 흙벽에 벽돌을 쌓아 붙이는 작업을 하고 있었다. 굴착은 곡괭이 하나로 한 보름 정도 걸린다고 하는데, 흙벽을 만져보니 단단하긴 해도 곡괭이질에 쉽게 파여서 작업이 어렵지는 않아 보였다. 집을 짓는 전문가 한 명을 불러 일을 맡기고, 도시에서 직장생활을 하는 아들이 주말마다 돌아와서 아버지와 함께 일손을 거들고 있었다. 토굴집은 현대적인 양옥에 비해 집 짓는 비용이 훨씬 저렴하단다. 게다가 여름에는 시원하고 겨울에는 따뜻해서 별도의 냉난방 비용이 들지 않으니 훨씬 경제적이란다. 산서성 황토고원 지대의 혹서와 혹한의 기후 조건에 잘 맞는 주거 형태인 셈이다.

현재 생활하고 있는 토굴집에 들어갔더니 널찍한 온돌이 바닥으로부터 조금 높게 놓여 있고 옆으로 간단한 화덕이 마련되어 있다. 조촐한 살림살이지만 정갈하고 소박한 모습에 절로 정겨워진다. 이 온돌이 따뜻해지고 화덕에 불이 피워지면 북풍한설 황토고원의 겨울도 포근하고 평화로운 안식처로 바뀔 것이다. 토굴집을 나와 길을 떠나려다 아쉬운 마음에 다시 강가에 서서 천하황하제일만의 아름다운 자태를 감상하는데, 바람에 실려 온 대추꽃 향기가 달콤하다. 이 황홀한 절경을 마주하고 어찌 시가 없을 수 있냐는 일행의 독촉에 급히 한 수 지어 읊었다.

황하가 한 번 굽어 백 가지 경치 이어지더니
이곳에 이르러 원을 이루어 진미를 다하누나
대추꽃 바람에 날리는 마가촌
사람도 둥글고 집도 둥글고 웃음마저 둥글구나
黃河一曲百景連,　至此成圓盡美專。
花棗飄香馬家畔,　人圓屋圓笑亦圓。

칠언절구로 지었으나 결구에서 평측의 율격에서 벗어나 버렸다. 하지만 주제가 '둥글 원圓'이니 내용을 위해 형식을 버릴 수밖에 없었다고 일행에게 양해를 구하였다. 둥글게 살자면서 무슨 평측을 따지고 시비를 가리느냐며 오히려 타박하는 일행의 얼굴에는 저 황하가 일군 천하제일만의 둥근 미소가 흐르고 있었다.

3. 빗속에 찾아가는 살구꽃 마을

— 분양(汾陽, 펀양) 행화촌(杏花村, 싱화춘)

산서성에서 황하로 흘러드는 지류 중에서 가장 큰 지류인 분하汾河를
따라서 주요한 고도 몇 곳을 여행하기로 했다. 산서성 중앙을 흘러가
는 이 강을 따라가면 산서성의 성회인 태원太原, 역사문화 명성 평요
고성平遙古城, 한식절의 인물 개자추介子推가 숨어든 면산綿山, 요임금의
수도 임분臨汾 등지를 차례로 볼 수 있다. 천하황하제일만에서 태원까
지는 306킬로미터 정도 떨어져 있어 6시간 가까운 장거리를 달려야
한다. 여량산맥呂梁山脈을 넘어 동쪽으로 가는 길이라서 길도 험하고
시간도 오래 걸린다. 여정의 중간에는 중국의 명주 중 하나인 분주汾
酒를 생산하는 곳으로 유명한 분양의 행화촌이 있다. 당나라 시인 두
목杜牧이 지은 〈청명淸明〉이라는 시에 나오는 '살구꽃 핀 마을', 행화촌
을 따서 지은 지명이다.

청명 시절에 비가 분분히 날려
길가는 나그네 애간장 끊어진다
묻노니 술집은 어디 있느뇨
목동은 멀리 살구꽃 핀 마을을 가리킨다
清明時節雨紛紛,　路上行人欲斷魂。
借問酒家何處有,　牧童遙指杏花村。

이 시가 워낙 유명하다 보니 중국 곳곳에서 마지막 구절에서 나오
는 행화촌이 서로 자기네 지역을 가리키는 것이라고 우기기 시작했

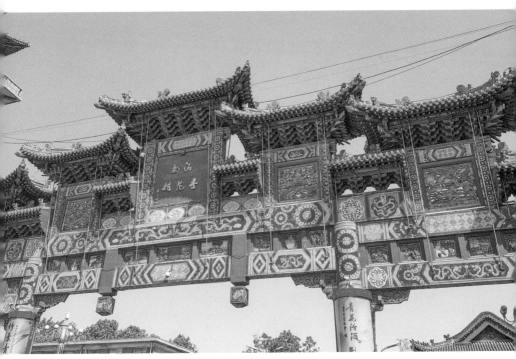

◈ 분양 행화촌

다. 대표적으로 서로 다투고 있는 곳이 안휘성 지주池州의 행화촌과
이곳 산서성 분양의 행화촌이다. 두목이 지주에서 관리 생활을 한 적
이 있어서 지주 행화촌이 유리한 면이 있는데, 분양 행화촌에서는 청
명이라는 계절 특성을 근거로 지주 창작설을 부정한다. 남방에 속한
지주는 청명절 즈음이면 살구꽃이 이미 다 지고 없다는 것이다. 분양
은 청명절에 살구꽃이 피는 것은 물론이고, 분양에서 나는 명주 분주
는 옛날부터 양조 과정에서 살구씨를 썼기 때문에 일찍부터 대규모로
살구나무숲을 조성했다는 것이다. 두목이 지주에서 평생 벼슬한 것도
아니고 이곳저곳 여행을 즐기는 시인들의 일반적인 습성을 감안하자
면, 두목이 여행 중에 분양 행화촌에 들러서 술 한잔 걸치고 시 한 수

남겼다는 것이 무리라 할 수 없다.

　우리 일행의 여행은 청명절을 한참 넘겼지만 오랫동안 길 위를 떠돌아 여독이 제법 쌓였으니 시인처럼 행화촌에 들러 쉬어감이 마땅하다는 중론이 있어서 일정을 하루 미루고 분양 행화촌을 찾아 쉬었다. 산서분주행화촌분주집단山西汾酒杏花村汾酒集團이라는 엄청 긴 이름의 회사에서 세운 분주박물관에 들러 분주를 만드는 과정도 보고 여러 도수의 다양한 분주를 시음도 했다. 박물관 뜰에 조성된 넓은 살구나무 숲에는 푸른 살구가 실하게 살쪄가고 있었다. 그날 저녁 4천 년이 넘는 오랜 전통을 자랑하는 청향형淸香型의 맑은 행화촌 분주연汾酒宴은 분분히 날리는 창밖 봄비 때문에 서로 주거니 받거니 수작酬酌이 분주한 분주연奔走宴이 되어버렸다.

4. 강태공 딸이 모셔진 오래된 사당
　– 태원(太原, 타이위엔) 진사(晉祠, 찐츠)

행화촌이 있는 분양에서 태원까지는 약 100여 킬로미터로, 차로 1시간 반 정도 걸린다. 우리가 찾아간 곳은 태원 남쪽에 있는 오래된 사당 진사晉祠다. 산서성은 춘추전국시대 진국晉國의 영토였으므로 지금까지 '진晉'이라는 간칭으로 이 지역을 표시하고 있다. 주나라 초기 성왕成王이 자신의 친동생 우虞를 이 지역의 제후로 임명했는데, 그가 바로 당숙우唐叔虞이다. 이곳 진사는 바로 이 당숙우와 그의 모친인 읍강邑姜을 모시는 사당으로, 현존하는 가장 오래된 황가의 원림이며 진나라의 종묘이다. 사당 곳곳에 있는 고건축물과 고목들이 이곳의 유

◈ 태원 진사

구한 역사를 보여준다. 진사에는 이른바 '진사삼절晉祠三絕'로 칭해지
는 보물 세 가지가 있다.

첫 번째 보물은 주나라 때 심은 측백나무와 당나라 때 심은 회화나
무 주백당괴周柏唐槐다. 주나라는 기원전 1046년에서 기원전 256년까
지고, 당나라는 618년에서 907년까지이니 아무리 짧게 잡아도 주백
은 2,000년을 넘겼고 당괴는 1,000년을 넘긴 고목이다. 주백은 읍강
을 모신 성모전聖母殿 좌측에, 당괴는 건축 조각이 아름다운 수경대水鏡
臺 앞쪽에 각각 서서 여전히 푸르게 잎을 피우고 있다.

두 번째 보물은 읍강을 모신 성모전의 여러 소상塑像들이다. 중앙에
자리한 읍강의 소상과 좌우에 시립하고 있는 40여 명 시종들의 소상
은 대부분 송나라 초기의 원형을 그대로 유지하고 있어서 귀중한 사
료가 된다. 성모 읍강은 머리에 봉관鳳冠을 쓰고 자애로운 표정으로

손을 모으고 단정하게 앉아 있는데, 이분이 바로 그 유명한 강태공의 딸이자 은나라 폭군 주紂를 타도하고 주나라 천하를 만든 무왕武王의 아내다. 무왕이 일찍 세상을 뜬 후에 그녀는 어린 성왕이 바르게 자랄 수 있도록 진력을 다했다. 그래서 온 백성으로부터 거룩한 어머니, 성모로 칭송받은 것이다. 이 성모의 좌우에는 실물 크기의 시녀들과 환관들이 시립해 있는데, 각기 신분과 직분에 따라 다른 복식과 자세, 표정으로 제작되어서 생동감이 넘친다. 성모 앞쪽에 서 있는 두 환관은 성모의 명을 전하는 것이 주된 임무여서 몸을 성모 쪽으로 약간 기울이고 있고, 두 눈동자 역시 옆으로 돌아가 있다. 성모의 말씀을 한마디라도 놓치지 않겠다는 자세다. 이 걸출한 예술 작품들은 모두 북송 원우元祐 연간(1086~1094년)에 제작된 것이라 한다. 이 시기는 소동파, 왕안석 같은 대단한 시인들이 활약하던 시기가 아닌가. 북송 신종 황제가 죽은 뒤 어린 황제 철종을 대리섭정하며 소동파를 각별히 신임했던 신종 태후의 모습이 혹시 성모의 모습과 같지는 않았을까 하는 생각이 갑자기 들어서 오랫동안 어둑한 성모전을 바라보았다.

성모전을 나와 오른쪽으로 계단을 내려오면 물이 졸졸 흘러가는 소리가 들린다. 진사의 세 번째 보물 난로천難老泉이다. 샘물을 마시면 늙지 않는다는 불로의 샘이다. 팔각정으로 지붕을 씌운 이 오래된 우물 아래에서는 아직도 맑은 샘물이 힘차게 솟아오르고 있다. 언제부터 물이 솟아올랐는지는 정확하게 알 수 없지만 선진시기先秦時期에 지어진 《산해경》에도 언급이 될 정도이니 최소 2,000년 전부터다. 1,300년 전, 이백도 이곳을 들러 "진사의 흐르는 물은 벽옥 같다晉祠流水如碧玉"라는 표현의 시구를 남겼다. 이곳은 산서성의 중심 하천인 분하의 지류인 진수晉水의 발원지이다. 샘물은 우물을 흘러나와 아래쪽으로 떨어지는데, 이 불로의 샘물을 받아 마시고 손을 씻으려는 사람들이 줄을 선다. 성모전 옆에서 무진 세월 동안 끊임없이 솟아나는 난로천은 모정이 그리운 세상의 고아들에게로 보내는 성모의 자애로운 선물은 아닐까 하는 생각이 들었다. 차례를 기다려 손과 얼굴을 찬찬히 씻고 물을 한 모금 받아 마셨다. 성모의 은혜가 깃든 샘물이라서인지, 난로천의 이름 때문인지 마음이 편안해지고 몸이 가벼워지는 듯했다. 햇빛 받아 반짝이며 흘러가는 난로천의 물길을 한참이나 바라보았다.

> 샘이 있어 예부터 늙기 어렵다 하였거늘
> 만세의 참된 근원에서 새 물이 솟는구나
> 맑고 얕게 찰랑찰랑 이로부터 흘러가니
> 오늘 아침 천하는 한번 회춘하겠네
> 有泉自古名難老, 萬世眞源出水新。
> 淸淺潺湲從此去, 今朝天下一回春。
>
> — 김성곤, 〈진사난로천晉祠難老泉〉

5. 천하를 휘저었던 진상의 요람
— 평요고성(平遙古城, 핑야오구청)

진사를 떠나 산서성의 이름난 관광지 평요고성을 찾았다. 진사에서 평요고성까지는 한 시간이 채 걸리지 않는다. 주나라 선왕(기원전 827~782년) 때, 대장 윤길보尹吉甫가 이곳에 처음 성을 쌓았다고 하니

2,700년의 역사가 있는 고성이다. 명나라 홍무洪武 3년에 지금의 규모로 확장했고, 청나라 강희제가 성벽 사면에 성루를 높이 세우면서 면모가 더욱 웅장해졌다. 높이 12미터, 총길이 6,163미터의 성벽이 약 2.25제곱킬로미터의 현성을 두르고 있다. 평요고성은 명·청시대에 축조되었는데 비교적 완전한 형태로 남아 있어서 운남 여강고성麗江古城, 안휘 흡현고성歙縣古城, 사천 낭중고성閬中古城과 함께 중국을 대표하는 4대고성으로, 국가가 인정하는 5A급 관광지이다. 태원 분지 서남쪽 너른 땅에 축조되어 정사각형의 형태로 반듯하다.

고성의 높은 성루에 올라 바라보면 동서남북으로 길이 반듯하게 나 있고 그 길을 따라 벽돌집들이 정연하게 빼곡히 들어차 있다. 성문은 남북으로 하나씩, 동서로 둘씩, 총 여섯 개가 세워졌는데, 이 여섯 개의 성문 때문에 고성을 위에서 조감하면 마치 한 마리 거북이처럼 보인다고 한다. 남문은 머리, 북문은 꼬리, 동문과 서문은 네 다리에 해당하는데, 옛날에는 남문 밖으로 강물이 흘러서 마치 물을 찾아가는 거북이의 형상이라고 한다. 그래서 평요고성을 '거북 귀龜'자를 써서 '귀성龜城'으로 불렀으니, 강인함과 장수의 상징을 지닌 거북이를 통해 도성이 오랫동안 잘 다스려지기를 바란 것으로 볼 수 있다. 고성은 4개의 큰 거리, 8개의 작은 거리, 72개의 골목길이 종횡으로 교착한다. 큰 거리를 따라 고성의 번성을 이끌었던 각종 오래된 상점 '노자호老字號(라오즈하오)'들이 이어진다. 이 중에 가장 유명한 곳이 일승창日昇昌이라는 중국의 첫 번째 은행이다.

청나라 도광 3년(1823년)에 세워진 일승창은 이곳 평요의 부상인 이대전李大全이 출자하여 세운 표호(은행)이다. 일승창은 '회통천하匯通天下', "돈이 천하에 통한다"라는 신조로 전국 30여 도시에 분점을 세워서 청나라 경제 동맥의 역할을 톡톡히 했다. 일승창의 등장으로 호위무사들을 대동하여 대량의 현금을 운반하던 낙후된 금융시장이 끝나게 되었으니, 상인들은 일승창에서 발행한 전표만 있으면 전국 곳곳에 세워진 일승창의 분점에서 돈으로 바꾸어 편리하게 장사를 할 수 있게 되었다. 500년 동안 산서 지역에서 활동한 상인들을 진상晉商이라고 하는데, 이 진상 중에서 천하를 휘어잡는 최고의 상인들이 많이 나온 데는 일승창의 덕이 컸다.

일승창의 옛 건물은 지금은 박물관으로 바뀌어서 관광객들을 맞고 있다. 낡은 건물과 집기들 속에 돈을 세고 전표를 적는 직원들 모습이 밀랍으로 만들어져 있다. 건물 곳곳에는 "충의를 먼저 앞세워야

◆ 평요고성 사합원

한다忠義當先"라느니 "공적인 일에 급히 나서고 의로운 일을 즐겨해야
한다急公好義"라는 글귀들이 걸려 있는데, 자기들이 그저 영리만 밝히
는 저급한 장사치와는 다름을 강조하는 듯했다. 어느 방문 앞을 지나
가다 걸린 문패를 보니 '대장궤방大掌櫃房', 일승창 최고 책임자의 방이
다. '장궤掌櫃'는 돈궤를 관리하는 사람이란 뜻이니 대장궤는 총책임
자, 지금으로 보면 은행장인 셈이다. 이 '장궤'가 바로 우리가 중국인
들을 낮추어 부를 때 사용하는 '짱깨'라는 말의 출처이다.

일승창을 나오니 점심시간이다. 산서성은 면 요리가 특히 발달한
지역이어서 대표적인 면 요리 도삭면刀削面(따오샤오몐)을 먹기로 했다.
큼직한 밀가루 반죽 덩어리를 한 손으로 잡고 얇은 판으로 된 둥근 도

삭면 채칼로 비스듬하게 깎아서 끓는 물에 떨구는 방식으로 만든다. 일반 면보다는 길이가 짧은데 중간은 두툼하고 끝이 얇아서 버들잎 같다고 표현하기도 한다. 면의 길이와 두께가 일정해야 하고 빨리 깎을 수 있어야 도삭면의 고수라는 평을 받는다. 도삭면을 소개하는 어떤 자료에는 고수가 능숙하고 민첩한 동작으로 면을 깎는 모습을 다음과 같이 시적으로 표현하고 있다.

한 잎이 솥에 떨어지면 한 잎은 공중을 날고 있고
한 잎이 반죽을 떠나자마자 칼이 또 깎아내는구나
하얀 물고기 물에 잠겨 흰 물결 출렁이고
버들잎 바람 타고 나무 끝에서 떨어지누나
一葉落鍋一葉飄, 一葉離麵又出刀。
銀魚落水翻白浪, 柳葉乘風下樹梢。

평요고성의 식당마다 주방이 아닌 식당 입구에서 능숙한 손놀림으로 도삭면을 깎는 모습을 보여주면서 호객하고 있었다. 그래서 다른 면과는 달리 도삭면은 입으로 먹는 구복口福과 눈으로 보는 안복眼福을 같이 누린다고 말하기도 한다. 날아 떨어진 버들잎이 끓는 물에 떨어져 은어로 사라지는 모습이 신기하고 재미있어 계속 바라보고 있는데, 내가 주문한 면이 벌써 식탁에 올라왔다. 식초를 조금 떨궈서 휘휘저어 맛나게 먹었다. 면이 굵고 짧아서 국수보다는 수제비를 먹는 느낌이었다.

식사를 마치고 이곳저곳 기웃거리며 인터넷에 소개된 간식거리를 맛보기도 하고 옛날 관아에서 죄인을 심리하는 모습을 재현한 공연을 구경하기도 했다. 날이 저물어 미리 예약해둔 사합원四合院 객잔으로 가는 길에 평요고성의 명물인 평요우육平遙牛肉과 산서성의 명물인 오래된 식초를 함께 샀다. 평요우육은 염지한 소고기를 찌고 말리는 일련의 과정을 통해 만든 소고기 편육인데, 육포처럼 질기지 않아서 부드럽고 구수한 소고기 맛을 제대로 즐길 수 있다. 산서성의 오래된 식초인 산서노진초山西老陳醋는 3,000년의 역사를 갖고 있는 식초로 풍미가 뛰어나 '천하제일초天下第一醋'로 불린다.

한 손에는 소고기 꾸러미를, 한 손에는 식초병을 들고 긴 골목길을 걸어서 사합원 숙소로 갔다. 물론 배낭 속에는 행화촌에서 산 천하의 명주 분주가 남아 있었으니 천하의 명주와 천하의 안주가 곧 함께 만나게 될 것이다. 발걸음이 얼마나 즐거운지 콧노래가 절로 나왔다. 객잔에 어둠이 찾아오자 붉은 홍등이 처마마다 불을 밝힌다. 객실 조그만 탁자를 주안상 삼아 우육과 진초를 벌여놓고 분주를 따르려는데, 일행 중 하나가 밖에서 들어오면서 달이 떴다 이른다. 고성에 달이라니! 어찌 이를 심상하게 여겨 그냥 지나칠 수 있으랴! 주안상을 마당으로 옮겨 놓고 달빛 아래 앉아서 그윽하게 한잔했다. 분주, 우육, 진초, 명물들의 환상적인 궁합에다 옛집 처마에 내리는 달빛까지 더하였으니 더 이상 무엇을 바라랴. 술 석 잔에 이백의 시〈객중행客中行〉이 절로 흘러나왔다.

난릉의 좋은 술 울금의 향기
옥잔에 담겨 호박빛이라네
주인이 객을 취하게 할 수 있다면야
어디가 타향인지 알 게 무엇이랴

蘭陵美酒郁金香, 玉碗盛來琥珀光。

但使主人能醉客, 不知何處是他鄉。

6. 한식절 풍습의 기원을 찾아서
— 면산(綿山, 미엔산)

평요고성 사합원 객잔 식당에서 만터우와 좁쌀죽으로 아침을 간단히 해결한 우리 일행은 다음 여행지 면산으로 향했다. 평요에서 면산까지는 60킬로미터가 안 되어서 한 시간이면 도착한다. 면산은 산서성 중부 200킬로미터 구간을 남북으로 가르는 태악산맥太岳山脈의 지맥으로, 해발 고도가 2,560미터에 달하는 험준한 산이다. 개휴시介休市, 영석현靈石縣, 심원현沁源縣의 세 지역에 걸쳐 면면히 이어지므로 '이어질 면綿' 자를 써서 이름한 것이다.

면산은 불을 피우지 않는 한식절 풍습의 발원지로 유명하다. 때는 바야흐로 열국이 각축을 벌이던 춘추시대, 산서성을 차지하고 있던 대국 진나라에 권력 투쟁의 피바람이 불었다. 진 헌공獻公의 총애를 받은 여희驪姬가 자신의 소생을 후계자로 만들기 위해 태자 신생申生을 살해하는 일이 발생한 것이다. 위험을 느낀 공자 중이重耳는 도망쳐 망명길에 오르는데, 이때 적지 않은 신하들이 중이를 따라나섰다. 중이의 망명 생활은 장장 19년이나 계속되니 그가 열국을 다니며 겪은 고생과 고초는 말로 다할 수가 없었다. 한번은 깊은 산중에서 식량을 도둑맞는 바람에 중이 일행은 극도의 굶주림에 처하게 되었다. 먹을 것을 구하지 못해 혼절해가는 중이를 위해 넓적다리 살을 잘라서 고깃국을 끓여낸 신하가 있었으니, 그가 바로 한식절 고사의 주인공인 개자추介子推다. 개자추의 충심에 감동한 중이가 훗날 반드시 보답할 것을 굳게 약속했음은 물론이다.

마침내 19년의 망명 생활이 끝나고 중이는 진나라로 귀국하여 왕에 오르니, 그가 바로 춘추오패 중의 하나인 진문공晉文公이다. 그를 수행했던 많은 신하는 논공행상을 따라 모두 큰 보상을 받았는데 무슨 이유에서인지 개자추는 제외되었다. 임금에 대한 섭섭함 때문인지 자신이 부귀영화를 좇는 세상 무리와는 다름을 보여주려는 것인지 개자추는 미련 없이 노모와 함께 면산 깊숙한 곳으로 숨어들었다. 나중에야 이 일을 알게 된 진문공은 급히 면산으로 가서 개자추를 찾았으나 산이 높고 골이 깊어 끝내 찾을 수 없었다. 그러자 어떤 신하가 산에 불을 놓자는 제안을 했다. 불과 연기를 견디지 못해 결국 개자추가 산에서 나올 거라는 것이다. 마음이 조급해진 진문공은 성급하게 그 제안에 따라 산에 불을 놓았고 불과 연기가 삼일 밤낮 산을 뒤덮었다. 하지만 끝내 개자추는 나타나지 않았고 한참 후에야 노모와 함께 불에 타 죽은 채로 발견되었다. 슬픔을 이기지 못한 진문공은 개자추가 불에 타 죽은 날을 애도하는 날로 정하고, 모든 백성들에게 이날에는 일절 불을 피우지 말 것을 명하니 이것이 바로 '한식절'의 시작이다. 그날은 불을 피울 수 없게 된 백성들이 미리 해둔 차가운 음식을 먹을 수밖에 없어 '차갑게 먹는다'는 뜻의 '한식寒食'이 된 것이다.

이 절기는 본시 개자추를 추념하는 날로 지켜졌으나 후에는 한식 전후의 청명절과 합쳐지면서 조상을 추모하는 절기로 바뀌었다. 면산의 이름은 개자추를 추모하여 '개산介山'으로 바뀌었고 이 산이 속한 고을 이름도 개자추가 쉰다는 뜻의 '개휴介休'로 바뀌었으니, 지금의

◈ 면산 절벽에 위치한 사원

개휴시이다. 개자추는 청정무구淸淨無垢와 담박명리淡泊名利를 추구하는
도가사상의 선구가 되었고 마침내 한나라 때 유향劉向이 쓴 《열선전列
仙傳》에 신선의 모습으로 자리잡게 되었다. 지금 면산에 도교 사원이
유독 많은 까닭이기도 하다. 사원은 면산의 까마득한 절벽을 따라 아
슬아슬하게 건축되어 있어서 구경하다 난간에 기대어 서면 아찔한 현
기증이 몰려온다. 높이 110미터에 달하는 13층짜리 사원 대라궁大羅宮
은 라싸의 포탈라궁에 비교가 될 정도로 웅장하다. 하늘 다리라는 뜻
의 천교天橋는 폭 1미터 남짓한 잔도가 절벽으로 300미터를 길게 이
어지는데, 아래 바닥에서부터는 약 300미터, 위 봉우리로부터는 약
80미터 떨어져 있다. 비가 와서 안개구름이 덮일 때 이곳을 거닐면 영
락없는 선계에 든 느낌이 들 것이다.

◆ 대리궁

사원 구경을 마친 우리 일행은 이 산의 주인공 개자추의 자취를 찾아 산 깊은 곳으로 들어갔다. 서현곡 栖賢谷은 개자추가 노모를 업고 산속 깊이 은거할 곳을 찾아갈 때 지났던 계곡이다. 좁고 깊은 계곡이 오르락내리락 구절양장으로 이어지는데, 계곡물만 자유롭게 흐를 뿐 사람이 다닐 길이 없어 쇠줄에 사다리를 엮어 길을 내거나 바위에 잔도를 설치해서 사람이 겨우 통할 수 있다. 사다리는 출렁거리며 흔들

❖ 개자추 모자 동상

리고 쇠말뚝으로 만든 잔도는 난간도 없어 아슬아슬하다. 하늘을 가릴 듯 서 있는 바위 틈새로 난 가파른 길은 거의 수직에 가깝다. 그 옛날, 사다리도 잔도도 없었을 이곳을 개자추는 어떻게 노모를 업고 지나갔을까 하는 생각이 들다가도, 넓적다리 살을 베어낼 정도로 독한 사람이었으니 가능하였으리라 생각도 하면서, 어쩌면 다시는 돌아가지 않겠다는 생각으로 스스로 길을 끊으며 가는 길이었겠거니 생각도 하면서 오래 걸어 계곡 길을 벗어났다.

계곡을 나와 산길을 몇 번 굽이돌아 마침내 도착한 곳은 개공령 介公

◈ 개공령 개자추 무덤

嶺이다. 이곳은 개자추가 노모와 함께 은거하던 땅이며, 불에 타 숨져 묻힌 무덤이 있는 곳이다. 길고 가파른 계단을 올라가서 산마루에 조성된 개자추의 무덤을 뵈었다. 무덤길 양옆으로 늘어선 비석과 석물들은 단출한데, 정면을 벽돌로 조성한 개자추의 무덤에는 나무와 풀들이 자라서 작은 산봉우리가 되어 있다. 장면은 다시 수천 년의 세월을 거슬러 올라가 개자추 모자의 불탄 시신을 발견한 진문공이 오열하고 있을 때로 바뀐다. 개자추 모자는 버드나무를 등지고 서로 끌어안은 채 불에 타 죽어 있었다. 시신을 수습하던 사람들이 버드나무 둥치의 파인 자리에서 피로 얼룩진 천 조각을 발견해 임금에게 가져왔다. 살펴보니 죽음이 임박한 개자추가 자신의 옷을 찢어 피로 쓴 시였다. 그 시를 읽은 진문공이 애절하게 통곡하고는 타다 남은 버드나무 둥치를 가져다가 나막신으로 만들었다. 그 나막신을 신을 때마다 임금은 슬픈 목소리로 중얼거렸다고 한다. "슬프구나, 발아래 있는 그대여悲哉足下." 같은 또래끼리 상대방을 존중하여 부르는 '족하足下'라는 존칭어는 바로 이 이야기에서 기원한다고 한다. 개자추의 무덤 앞에서 그가 진문공에게 피로 전했던 시를 읊었다.

살을 베어 임금을 섬겨 단심丹心을 다한 것은
오직 주공께서 항상 청명하기만을 바란 것
버들 아래 귀신 되어 끝내 뵙지 못할 터
이렇게라도 임금께 간언하는 신하가 되리
혹여 주공의 마음에 내가 있다 하시면
나를 생각할 때마다 스스로를 돌아보옵소서
신은 구천에 있어도 마음 부끄러울 것 없으리니
정무에 근실하여 청명하고 또 청명하옵소서
割肉奉君盡丹心, 但願主公常淸明。
柳下作鬼終不見, 強似伴君作諫臣。
倘若主公心有我, 憶我之時常自省。
臣在九泉心無愧, 勤政淸明復淸明。

늦봄의 나른한 공기를 뚫고 울려오는 산새 소리에 산은 더욱 적막해가는데, 개공령 산봉우리 너머로 무구한 흰 구름이 유유히 지나고 있었다.

7. 임금의 힘이 내게 무슨 상관있으랴
- 임분(臨汾,린펀) 요도(堯都, 야오뚜)

면산에서 다시 분하를 따라 남으로 12킬로미터를 달려 도착한 곳은
분하에 임해 있다는 뜻의 임분臨汾이다. 이곳은 전설적인 성군으로 알
려진 요임금이 수도로 삼았던 곳이어서 흔히 중국의 첫 번째 수도라
는 뜻의 화하제일도華夏第一都로 불린다. 4,500년 전, 황하문명이 시작
된 곳으로 요임금 때는 평양平陽으로 불렸다. 임분 남쪽에 자리한 요
임금의 사당 요묘堯廟를 찾았다. 사당의 맨 앞쪽에서 '문명시조文明始
祖'라고 쓴 커다란 패방이 내방객을 반긴다. 요임금이 황하문명의 발
상지인 황하 중류 지역에 기반을 둔 부락 연맹의 수령이었기 때문에
생긴 호칭이다. 본전인 광운전廣運殿에는 2.8미터에 달하는 거대한 요
임금이 황금색 도포를 걸치고 보좌에 위엄 있게 앉아 있다.

하지만 이런 거창한 모습은 실제 요의 모습과는 거리가 멀다.《한비
자》에 의하면 요는 초가집에서 살았고 조미되지 않은 나물 뿌리 요리
를 먹었고 질그릇으로 물을 마셨다. 여름에는 거친 베옷으로 겨우 몸
만 가렸고 겨울에는 사슴 가죽을 걸쳐서 추위를 막았다. 실제로 요가
태어났다고 하는 요묘 남쪽 마을 이촌伊村에는 "요임금의 초가집과 흙
으로 쌓은 계단"이란 뜻의 '요제모자토계堯帝茅茨土階'라고 새긴 비석이
세워져 있다. 이름만 임금이었지 일반 백성들의 살아가는 모습과 별
반 다를 바 없었던 것이다. 웅장한 건물 속 거창한 요의 동상은 권력
으로 백성에게 군림하는 후대 제왕의 모습으로 요임금을 채색한 것일
뿐이다.

요묘를 방문하면서 꼭 보고 싶은 것 두 개가 있었다. 첫 번째는 '천

◈ 중국 최초의 용 도안 요묘 천하제일용

하제일용'으로 불리는 중국 최초의 용 도안이다. 1978년 산서성 양분현襄汾縣 도사촌陶寺村에서 기원전 2300년에서 1900년 사이의 것으로 추정되는 대규모 유물이 출토되었는데, 이 유물들 속에 용 도안이 그려진 채색 토기가 있었다. 이 도사촌은 요임금이 일찍이 수도로 정했던 곳이다. 입에 이삭을 문 채로 둥근 접시를 따라 똬리를 틀고 있는 용은 그 모습이 밋밋하고 단순해서 용이라기보다는 얼룩무늬 뱀에 가깝다. 날카로운 발톱이나 늘어진 수염도 없고 멋진 뿔도 없다. 이런 소박한 용에서 문명의 진전을 따라 매의 발톱, 사슴의 뿔 등이 추가되면서 지금의 현란한 용 모습을 갖추게 된 것이다. 요묘에 설치된 천하제일용은 실물 크기를 확대해서 돌에 새겨놓은 것이다. 흔히 용은 황제의 지존과 위엄을 상징하는데, 이 천하제일용은 위엄은커녕 귀엽기만

해서 백성에게 군림하지 않는 겸손하고 소박한 제왕의 모습을 상징하는 것처럼 보인다.

두 번째로 보고자 했던 것은 광운전 계단 양옆에 높이 세워둔 비방목誹謗木이다. '비방'은 남을 헐뜯는다는 뜻도 있지만 원망한다는 뜻과 간언諫言을 올린다는 뜻도 있다. 억울한 일이 있거나 나라 정책에 반대하는 백성은 이 비방목에 기록하여 자신의 뜻을 알리면 된다. 만일 글자를 모르는 백성이라면 비방목을 두드려서 뜻을 알린다. 신문고나 대자보 같은 성격이다. 이 비방목은 백성의 삶을 더욱 세세하게 들여다보고 백성의 뜻을 더욱 바르게 이해하려는 요임금의 정치적 노력을 상징적으로 보여준다. 이런 정신으로 70년을 다스렸으니 태평성세가 오지 않을 수 있었겠는가. 그런데 재미있는 것은 이 비방목도 천하제일용처럼 문명과 시대의 진전을 따라 화려하게 변신한다는 점이다. 웅장한 황제의 궁궐 앞에 우뚝 서 있는 화려한 기둥 화표華表가 바로 비방목의 후예다. 하얀 옥석으로 만든 화표에는 이미 진화할 대로 진화한 현란한 용이 기둥을 감아 승천하고 있고, 각종 상서로운 문양이 여백을 가득 채운다. 화표는 더 이상 백성들의 사정을 전하는 비방목이 아니다. 지존한 황제가 거하는 궁궐임을 선포하는 권력의 상징일 뿐이다. 요묘에서 얼마 떨어지지 않은 광장에 화려하게 장식한 화표가 하늘을 찌를 듯 높이 솟아 있어 씁쓸한 느낌을 지우기 어렵다.

요임금을 뵙고 돌아오는 길에 요임금 시절에 불렀다고 전해지는 〈격양가擊壤歌〉를 새긴 비석이 보였다. '격양'은 돌멩이를 던져서 맞추는 놀이다. 요임금이 어느 날 민정 시찰을 나갔는데, 마침 골목에서 나이가 꽤나 들어 보이는 노인들이 흥얼흥얼 노래를 부르며 격양 놀이를 하고 있었다. 어린아이처럼 즐겁게 놀이에 몰두하고 있는 노인들을 바라보며 요임금은 이처럼 태평한 세상을 만든 자신이 은근히 뿌듯했다. 그런데 노인들이 흥얼거리는 노랫소리를 듣던 요임금의 표정이 순간 묘해졌다가는 다시 온화한 얼굴로 바뀌며 미소가 흘러넘쳤다. 요묘를 나오며 4,000년 전 태평성세의 골목에서 노인들이 불렀던 〈격양가〉를 한번 흥겹게 불러 어진 임금 요와 작별했다.

해 뜨면 일어나고
해 지면 쉰다네
우물 파서 물 마시고
밭 갈아 밥을 먹나니
임금의 힘이 내게 무슨 상관있으랴
日出而作，日入而息。
鑿井而飮，耕田而食。
帝力於我何有哉。

8. 관우가 굽어보는 소금 호수에서 부르는 남풍가
― 운성(運城, 윈청)

임분 요묘에 들러 요임금 시절의 태평가인 〈격양가〉를 불렀으니 다음은 순임금 차례다. 순임금 시절에 불린 노래 〈남풍가南風歌〉가 지어진 곳이 임분에서 150킬로미터 떨어진 유서 깊은 도시 운성運城에 있다. 산서성 서남부 끝자락에 위치한 운성은 옛날에는 황하의 동쪽이란 뜻의 '하동'으로 불렸으며, 역사 명인들을 많이 배출했다. 삼국지 명장

◈ 운성 염호

관우, 당나라 시인 유종원, 송나라 역사학자 사마광 등 걸출한 인물들
이 모두 이곳 출신이다. 운성에 속한 문희현聞喜縣의 배씨裵氏 가문에서
는 59명의 재상과 59명의 대장군이 나오기도 했으니, 땅이 신령하면
걸출한 인물이 나온다는 '지령인걸地靈人傑'의 길지가 분명한 것 같다.
이러다 보니 운성은 중점 관광지로 지정된 곳이 매우 많은데, 국가에
서 관리하는 관광지만 무려 90곳에 달한다. 이 중에서 우리가 찾아갈
세 곳을 정했다. 순임금의 창작의 현장인 소금 호수 '염호鹽湖', 운성이
낳은 최고의 영웅 관우의 고향 '해주解州,' 당나라 시인 왕지환의 〈등
관작루登鶴雀樓〉 시가 있는 영제永濟 '관작루鸛雀樓'다.
　먼저 운성 염호는 내륙에 자리한 소금 호수로, 그 염분 함량이 중동
의 사해死海와 비슷하다. 부표 없이도 둥둥 떠다닐 수 있어서 '중국의

사해'로 불린다. 남북의 폭은 약 3~5킬로미터, 동서의 길이는 30킬로미터, 총면적 132제곱킬로미터에 달하는 엄청난 크기의 호수다. 기록에 따르면, 이 호수에서 식용 소금을 채취하기 시작한 때가 5,000년 전이라고 하니 황하 문명의 시작과 궤를 같이한다고 해도 과언이 아니다. 이 염호의 소금은 염상鹽商들에 의해 내륙 곳곳으로 퍼져나가면서 문명을 새로운 단계로 나아가게 했다. 이 과정에서 부유한 염상들이 생겨나게 되었으니《사기·화식열전》에 나오는 의돈猗頓이 대표적인 예이다.

본시 가난한 서생이었던 의돈은 처음에는 목축업에 종사하였으나 후에 염업에 투자하여 크게 성공한 인물이다. 나귀와 말을 통해 운송된 그의 소금은 동으로는 산동성, 서로는 서역에까지 이르렀으며, 10년 만에 큰 부를 이루어 제후와 부를 다툴 정도였다고 한다. 명·청 시대 500년 동안 천하를 누비던 진상들을 키운 것도 바로 이 염호였다. 천리마 감별사 백락伯樂이 소금 수레를 싣고 가던 비루먹은 천리마를 발견한 것도 바로 이 염호의 소금을 운반하던 중이었다. 초나라 왕에게서 천리마를 구해줄 것을 요청받은 백락은 천하를 다니다가 소금 수레를 끌고 비탈길을 힘겹게 올라오고 있는 비루먹은 말을 발견한다. 비쩍 말랐지만 툭툭 불거진 골상을 보고는 범상치 않은 말임을 간파한 백락이 말에게 다가가자 말은 마치 자신이 천리마임을 알리려는 듯 히히힝 큰소리로 울었다. 그 우렁찬 소리에 자신의 직감이 틀림없음을 확신한 백락은 소금 장수에게 거금을 건네고 말을 샀다. 백락이 마침내 천리마를 구했다는 소식이 초나라 궁궐에 먼저 닿았으므로 왕이 크게 기뻐하며 교외까지 나와서 백락 일행을 기다렸다. 하지만 기대와는 다르게 저 멀리 보이는 것은 백락의 손에 이끌려 절뚝거리며 힘겹게 걸어오는 비루먹은 말 한 마리였다. 실망한 왕이 꾸짖자 백락이 말했다.

"이 말은 천리마가 틀림없습니다. 소금 장수가 천리마인 줄 모르고 보통 말처럼 먹였기 때문에 이처럼 비쩍 마른 것입니다. 6개월만 잘 돌봐주면 본래의 모습으로 돌아올 것입니다."

반년이 지나 백락의 말처럼 소금 수레를 끌던 비루먹은 말은 몸이 탄탄하고 날렵하며, 귀가 대나무를 깎은 듯 오뚝하고 발굽에 바람이 이는 천리마로 거듭났다. 이 천리마는 초나라 왕과 함께 전장을 누비고 다니며, 큰 공을 세웠다고 한다. '백락이 말을 감별하다'라는 뜻의 사자성어 '백락상마伯樂相馬'의 이야기다. 숨은 인재를 발굴하는 것이 군주의 임무라는 비유의 뜻으로 자주 인용되는데, 바로 이 고사에 등장하는 말이 싣고 가던 소금이 이 염호에서 생산된 소금이었다고 한다.

요임금으로부터 임금 자리를 선양받은 순임금은 이곳 염호에 도착해서 소금을 생산하고 유통하는 노동 현장을 살폈다. 한여름의 소금 호수에는 강렬한 햇살이 쏟아지고 있었고 그 열기에 역부들은 땀을 비 오듯 흘리며 힘겹게 노동을 이어가고 있었다. 인자한 순임금은 소금 호수가 내려다보이는 와운강臥雲崗 언덕에 올라 다섯 줄 오현금을 펼쳤다. 맑은 오현금 가락을 타고 부드러운 음성이 구성지게 흘러나왔다.

남풍이여 향기롭게 불어오소서
우리 백성들의 고초를 씻어줄 수 있으리니
남풍이여 때맞춰 불어오소서
우리 백성들의 재물을 늘려줄 수 있으리니
南風之薰兮, 可以解吾民之慍兮。

◈ 염호에서의 일몰

南風之時兮，可以阜吾民之財兮。

　요순시절에는 정남풍正南風이 불었다고 한다. 그냥 남쪽이 아니고 정남에서 불어오는 바람이다. 이 바람이 불어오면 오곡백과가 잘 여물어 풍년이 들고 병든 사람도 병이 나아 건강해졌다고 한다. 오직 요순의 태평 시절에만 불어온 이 바람은 바로 순임금이 염호에서 창작한 〈남풍가〉가 불러온 바람일 것이다.

　이 유서 깊은 염호에 도착한 시각은 일몰이 시작되는 시간이었다. 입장권을 파는 창구 직원도 이미 퇴근해서 우리는 자유롭게 염호 풍경구로 들어가 구경할 수 있었다. 소금발이 하얗게 쌓인 호수는 사이

사이 작은 둑길로 나뉘어 끝없이 이어지고 있었다. 사람 자취는 끊겼고, 새들만이 낯선 침입자에 놀라 날카롭게 울어댔다. 저녁 바람이 시원하게 불어와 잔물결이 아롱지는 둑길을 〈남풍가〉를 부르며 한참을 걸었다. 붉은 해가 호수에 떨어져 호수 속 붉은 노을에 새들이 빠르게 날아가고 있었다.

다음 목적지 해주로 향했다. 관우의 고향 해주는 염호에서 멀지 않은 남쪽에 있다. 해주는 중국어로 발음할 때 '지에쩌우[jiězhōu]'가 아니라 '하이쩌우[hàizhōu]'라고 해야 한다. '해解'자는 지명이나 성씨로 쓰인 경우에는 '하이[hài]'로 읽어야 하기 때문이다. 중국 최대 규모의 관우 사당 해주 관제묘關帝廟는 염호에 기대어 중조산中條山을 바라보고 있다. 수나라 개황開皇 9년(589년)에 창건되었고 송나라와 명나라 때 관우를 숭배하는 사회적인 분위기에 따라 큰 규모로 확장되었다.

중국인들의 마음속에서 관우가 차지하는 비중은 공자에 버금간다. 공자를 문화의 성인 '문성文聖'으로 부르듯이 관우를 무인으로서 성인의 경지에 이르렀다는 뜻의 '무성武聖'으로 부른다. 충성과 절의의 대명사인 관우를 좋아하는 황제들 때문에 관우의 신분은 계속 높아졌다. 송나라 때 처음 충혜공忠惠公으로 시작한 관우는 숭녕진군崇寧眞君을 거쳐 무안왕武安王으로 봉해진다. 명나라 때는 협천대제協天大帝로 봉해져 하늘을 도와 백성을 보호하는 위대한 황제가 되더니, 청나라 때는 성인과 황제를 겸하는 관성대제關聖大帝로 봉해져 지존의 지위에 오른다.

해주 관제묘에는 "사람으로서 이를 수 있는 최고의 경지에 도달했다"라는 뜻의 '만세인극萬世人極'이니, "충의가 천지에 빛난다"라는 뜻

◆ 관우 사당 해주 관제묘

의 '의병건곤義炳乾坤'이니 하는 거창한 글씨가 넘치는데, 모두 관우의 숭배자인 황제들이 써서 붙인 것이다. 민간신앙에서 관우는 재물을 보호하는 재신財神의 역할을 하는데, 이렇게 된 데는 산서 지역 출신 진상들의 역할이 컸다. 전국 각지로 상업 활동을 하는 진상이 자신들을 지켜줄 보호신으로 자기 지역 출신의 관우를 지목한 것이다. 용맹한 관우가 낯선 험지를 가는 자신의 재물을 지켜줄 것을 기대함과 동시에 장사에서 가장 중시하는 신의를 표방하기에는 관우만 한 인물이 없었던 까닭이다.

그렇게 진상의 관우 숭배는 그들의 상업 활동을 따라 전국으로 퍼

◈ 피단떠우푸

져나가게 되어 광범위한 민간신앙으로 자리잡게 되었다. 관제묘 숭녕
전崇寧殿에 좌정하고 있는 거구의 관공을 뵈옵고, 300근이 넘는다는
청룡언월도 자루도 문질러보고, 사람 없는 밤에 관공이 가끔씩 나와
서 거닐다가 남겼다고 하는 황색의 기이한 발자국에 내 발을 맞춰보
기도 하면서 아득히 먼 시절 영웅이었다가 지금은 신이 된 사내를 추
념하였다.

관제묘 구경을 마친 우리 일행은 관제묘 부근의 작은 음식점에서
관우가 처음 만들었다고 하는 요리 하나를 맛보았다. 연두부와 삭힌
오리알로 만든 피단떠우푸皮蛋豆腐다. 연두부 위에 피단을 올리고 간장
소스를 부어 만든 간단한 요리로 시원하게 먹는 양채凉菜다. 연두부의
부드럽고 고소한 맛과 피단의 야들야들한 식감이 짭조름하고 시큼한
간장소스와 어울리면서 입맛을 확 돋운다. 관우가 호북성 형주荊州에
서 병사를 훈련하던 때의 일이다. 뜨거운 여름날에 계속된 훈련에 병

사들이 체력이 급격하게 떨어지면서 병이 나기 시작했다. 허약해진 병사들의 체력을 보충할 방책을 고심하던 관우가 그간의 요리 경험과 의학 지식을 동원하여 급히 만든 것이 바로 피단떠우푸였다. 연두부는 열을 내리는 효과가 있고, 피단은 소화기관을 자극해 식욕을 증진하는 기능이 있어서 여름날 더위에 지친 사람들에게는 더할 나위 없이 좋은 조합인 것이다. 관우의 예상대로 이 음식을 먹은 병사들이 차츰 회복되었고 훈련은 차질 없이 진행되었다. 이렇게 해서 피단떠우푸가 여름철 입맛을 회복시키는 좋은 요리로 자리 잡게 된 것이다.

피단떠우푸 덕에 확 돋우어진 입맛을 탓하면서 이것저것 요리를 과하게 시켜 긴 점심시간을 즐겼다. 점심 후에 우리 일행이 찾아간 곳은 세계에서 가장 큰 관우의 동상이 서 있는 '상평촌常平村'이다. 관우의 고향 마을로 알려진 상평촌의 뒤쪽 산비탈에는 80미터에 달하는 거대한 관우의 동상이 산봉우리처럼 서서 마을을 굽어보고 있다. 동상의 기저 부분은 19미터, 높이는 61미터인데, 이는 관우가 사고를 치고 고향 마을을 떠난 19세의 나이와 비극적으로 생을 마감한 향년 61세를 각각 반영한 것이다.

왼손으로는 흘러내린 수염 끝을 잡고 오른손으로는 긴 청룡언월도를 내려 잡고 요지부동으로 서 있는 관우의 시선을 따라가면 은빛으로 빛나는 염호가 눈에 들어온다. 전하는 이야기에 따르면 젊은 날 그가 고향을 떠난 것은 염호에서 폭리를 취하던 악질 상인을 죽인 일 때문이라고 한다. 그런 그가 죽어서는 염호의 소금을 실어 나르는 염상들의 수호자가 되었으니 그와 염호와의 인연은 참으로 두터운 듯하다. 관우가 내려 주는 시원한 그늘에 서서 은빛으로 빛나는 염호를 눈이 시리도록 바라보았다.

◈ 관우 동상

　이제 운성의 마지막 여행지 영제永濟 관작루鸛雀樓로 떠날 차례다. 운성에서 관작루까지는 약 70킬로미터로, 고속도로로 수월하게 갈 수 있다. 영제는 순임금이 도읍으로 삼았던 도시지만, 정작 순임금 관련 유적이나 관광지는 눈에 띄지 않는다. 서생 장생張生과 재상의 딸 최앵앵崔鶯鶯의 사랑을 그린 원元 잡극 〈서상기西廂記〉의 배경으로 대중에게 친숙한 보구사普救寺, 상고 시절 제왕에게 가르침을 주던 지혜로운 다섯 노인이 살았다는 오로봉五老峰, 그리고 우리가 찾아갈 관작루 정도가 유명한 관광지로 꼽힌다. 관작루가 황하의 동쪽 기슭에 처음 세워진 것은 북주北周(557~580년) 때다. 그 뒤로 수, 당, 송, 금까지 약 700여 년의 풍상을 겪다가 원나라 초기 칭기즈칸의 군대가 중원을 진공할 당시에 불타 사라졌다. 옛 부지만 남은 채로 700년의 세월이 다시 흐른 뒤 2002년 10월, 당나라 건축 양식으로 웅장하게 복원되었다.

관작루는 호북의 황학루, 호남의 악양루, 강서의 등왕각滕王閣과 함께 4대 명루로 꼽힌다. 관작루의 '관작鸛雀'은 황새를 가리킨다. 처음 지어질 당시 황새가 이 누각 위에 둥지를 틀어서 생긴 이름이라고 한다. 병풍처럼 이어지는 중조산中條山을 등지고 굽이쳐 흘러가는 황하를 굽어보고 있는 이 명루는 예부터 시인들의 수많은 시작을 이끌어낸 창작의 산실이다. 이 중에서 가장 유명한 작품이 당나라 때 왕지환이 쓴 〈등관작루登鸛雀樓〉라는 시다. 짧은 오언절구 형식의 이 시는 1,300년이 지난 지금에도 대중에게 가장 친숙한 시로 손꼽히고 있다. 이 인기에 힘입어 관작루는 700년의 세월이 흐른 뒤에 다시 찬란하게 부활할 수 있었던 것이다.

밝은 해 산에 기대어 기울고
황하는 바다를 향해 흘러간다
천 리 멀리 끝까지 바라보고 싶어
다시 한층 더 오른다
白日依山塵, 黃河入海流。
欲窮千里目, 更上一層樓。

때는 바야흐로 당 제국이 최고의 절정기를 보내고 있던 개원開元 연간, 일찌감치 과거에 합격하여 관도에 들었으나 주변의 무고로 벼슬을 그만둔 젊은 시인 왕지환王之渙이 천하를 주유할 당시의 일이다. 성격이 호방하고 문사文思가 거침없던 그는 당시 이름을 떨치던 고적高適, 왕창령王昌齡과 함께 대중에게 사랑받는 시인이었으니, 그의 시가

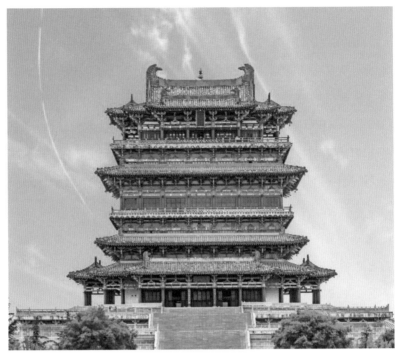

◆ 관작루

노래로 만들어져 민간에 유행할 정도였다.

　미련 없이 벼슬을 던지고 천하의 명승을 찾아 떠돌던 왕지환이 벗들과 함께 이곳 유서 깊은 관작루에 이르렀을 때는 이미 해가 기우는 저물녘이었다. 병풍처럼 둘러선 중조산에 해가 기울고, 누각 앞쪽을 지나 동쪽 바다를 향해 굽이쳐 흐르는 황하에 일몰의 햇살이 쏟아지고 있었다. 장엄한 풍경에 매료된 채 난간에 기대어 시간 가는 줄 몰랐더니 벌써 해는 기울어 땅거미가 몰려온다. 일행은 벌써 반이나 누각을 내려가고 있었다. 난간에 기대 있던 시인이 돌연 몸을 돌려 누각 위층으로 계단을 오르니 벗 하나가 의아해하며 묻는다.

　"날 저물어 어두운데 무엇 하러 위로 오르려는가?"

왕지환이 씩 웃으면서 대답한다.

"천 리 끝까지 바라봐야겠소."

벗이 코웃음을 치면서 말했다.

"어두워 아무것도 보이지 않을 것이니 헛수고할 것 없이 내려갑시다. 멋진 풍경이라면 여태 실컷 보지 않았소? 어서 돌아가서 목이나 축입시다."

하지만 시인은 벌써 위쪽으로 사라진 뒤였다. 시는 이렇게 끝났다. 시인이 누각 꼭대기 층까지 올라가 무엇을 봤는지, 무슨 감회가 있었는지 일언반구도 없다. 시를 이렇게 짧게 끝낸 것은 독자에게 나머지 후반부의 창작을 맡긴 것이다. 꼭대기에 오른 시인 앞에 어떤 풍경이 펼쳐졌을까? 벗들이 만류한 대로 해가 져서 아무것도 보이지 않았을까? 시인이 독자들에게 기대한 것은 그런 빈약한 내용은 아닐 것이다.

해는 비록 졌지만 마침 보름이어서 동쪽으로 밝은 보름달이 둥실 떠오른다. 달빛에 잠겨 나직이 노래하며 천 리 멀리 바다로 흘러가는 황하의 황홀한 모습이 펼쳐진다. 달 없는 밤이라면 어떨까? 보석처럼 빛나는 별들이 먼 하늘에서 찾아와 천 리 관중 평야에 빛나는 왕관을 씌워준다. 또 이건 어떨까? 아래층에서 봤을 때는 앞 산봉우리에 가려서 다 진 줄 알았던 저녁 해가 누각 꼭대기에 오르니 산 뒤편으로 아직 한참이나 남아서 더 찬연한 저녁노을을 천 리 평야에 물들이고 있는 그런 상상 말이다. 이 모든 황홀한 풍경은 오직 천 리 너머의 경계를 욕망하고 탐색하는 자에게, 그 꿈을 가지고 한층 한층 오른 자에게만 허락된 경계일 것이다. 이 시는 기존의 성과에 안주하지 않고 낯선 세계를 향해 용감히 나아가는 진취적인 사람들에게 바쳐진 깃발 같은 시이다. 저무는 해조차도 이러한 욕망과 도전을 멈추지 못한다.

관작루 6층 꼭대기 난간에 서니 서늘한 바람이 거세게 불어간다. 멀리 중조산은 의구한데 바다를 향해 흘러가던 황하는 자취조차 없다. 천년 흐르는 세월에 황하의 물길이 바뀐 탓이다. 난간에 동상으로 서 있는 왕지환은 아직도 퇴고가 끝나지 않은 듯 붓을 들고 골똘히 생각에 잠겨 있다. 시 한 수 지어서 천고의 명시를 남겨준 시인에게 경의를 표하였다.

중조산 수려하고 황하가 아름다운 곳
좋은 기운 무성하여 누각을 세웠네
왕지환이 난간에 기대어 절창을 남겼나니
높디높은 향기로운 시운이 고금을 흘러라

中條山秀黃河麗, 佳氣氤氳立此樓。
之渙憑軒留絶唱, 巍巍芳韻古今流。

– 김성곤, 〈등관작루登鸛雀樓〉

섬서성 1
— 한성

황하를 따라 시를 따라 떠도는 여행길, 진섬대협곡을 흘러가는 황하를 따라 구곡황하제일진 적구진에 이르러, 배에서 내린 화물들을 싣고 내륙 곳곳으로 떠났던 낙타들처럼 우리 일행도 산서성 중남부 내륙으로 들어가 곳곳에 자리한 옛 자취를 찾았다. 황하의 제2대 지류인 분하를 따라 태원의 진사, 평요고성, 개자추의 면산, 임분의 요묘, 영제의 관작루까지 두루 답파했다. 길이 726킬로미터의 진섭대협곡 구간을 북에서 남으로 흘러온 황하는 이제 조금 더 남진해서 화산을 만나 동으로 방향을 틀어 하남성과 산동성 쪽으로 흘러간다.

황하를 따라 내려가기 전에 들러야 할 곳이 있다. 산서성 내륙으로 방향을 틀면서 지나친 곳인데, 바로 황하의 제일경 호구폭포壺口瀑布다. 규모상으로는 중국에서 두 번째로 큰 폭포요, 황색 폭포 중에서는 세계에서 가장 큰 규모라는 이 대단한 폭포의 장관을 놓칠 수는 없지 않겠는가. 또 호구폭포 지척에 《사기》의 저자 사마천의 고향 한성韓城

이 있고, 또 한성에서 그리 멀지 않은 곳에 서악 화산華山이 있으니 모두 이번 여행에서 빼놓을 수 없는 곳이다.

1. 황하와 함께 부른 격정의 노래, 〈장진주〉

- 호구폭포(壺口瀑布, 후커우푸뿌)

영제에서 호구폭포까지는 240킬로미터나 떨어져 있어서 4시간 반 정도가 소요된다. 폭포는 서쪽으로는 섬서성 연안에, 동쪽으로는 산서성 임분에 속해 있어서 두 성에서 풍경구를 각각 독자적으로 운영하고 있다. 하지만 산서성 임분 쪽이 폭포를 감상하기가 좋아 관광객들이 훨씬 많이 찾는다. 상류 구간에서 400미터 정도의 폭을 유지하던 협곡이 이 호구폭포 부근에 이르게 되면 협곡 바닥에 폭 30~50미터, 깊이 30미터의 좁고 깊은 홈이 생기는데 이 홈은 5킬로미터 하류의 맹문孟門까지 이어진다. 협곡의 폭을 가득 채우면서 흘러오던 황하의 강물이 이곳에 이르러 이 좁고 깊은 홈으로 떨어지면서 생긴 폭포가 바로 호구폭포이다. 마치 강물이 거대한 병의 좁은 주둥이로 빨려 들어가는 듯하다 해서 병 주둥이란 뜻의 '호구'를 붙인 것이다. "천 리를 달려온 황하의 강물을 병 하나에 거둔다"라는 뜻의 '천리황하일호수千里黃河一壺收'라는 구절은 바로 이런 모습에서 나온 말이다.

굽이굽이 유유하게 흘러오던 황하가 이곳에 이르러서는 일순간 표변하여 완전히 다른 모습이 된다. 좁고 깊은 협곡으로 앞을 다투어 쏟아져 들어가는 물줄기들이 저마다 내지르는 함성으로 귀가 먹먹할 지경이다. 만 마리의 준마가 천둥 같은 발굽 소리를 내며 질풍처럼 달려

◆ 호구폭포

가는 듯도 하고, 분노에 가득 찬 군중이 함성을 내지르며 독재자의 궁
전으로 달려가는 듯도 하다. 깊은 계곡에서 피어오르는 물보라는 저
물줄기들이 달리며 일으키는 뽀얀 먼지 구름인 셈이다. 이것은 모두
폭포의 황색이 주는 유별한 느낌에서 기인한 것이다.

　마음을 시원하게 씻어주는 느낌의 백색 폭포와는 달리 황색 폭포는
마음속 깊이 응어리져 있던 분노가 마침내 터져 나오는 듯한 강렬한
느낌을 준다. 더 이상 황하는 자식을 품에 안고 잔잔한 자장가를 불러
주는 자애로운 어머니가 아니다. 평소 볼 수 없었던 어머니의 분노 앞
에 자식들은 당황하여 어쩔 줄 몰라 한다. 분노한 어머니의 거친 음성
이 자식들의 비겁함과 나약함을 꾸짖고 더 용감히 적과의 싸움을 향
해 나아갈 것을 명령한다. 예로부터 황하를 묘사한 시구로 가장 유명

한 것이 이백의 〈장진주〉 첫 구절이다.

　그대 보지 못했는가
　황하의 물이 하늘로부터 내려와
　내달리듯 흘러 바다에 이르면 다시 돌아오지 못하는 것을
　君不見,
　黃河之水天上來,
　奔流到海不復回。

　내달리듯 흘러가는 황하의 거센 물결, '분류奔流'를 제대로 감상할
수 있는 곳이 바로 이 호구폭포다. 그래서 호구폭포를 선전하는 곳에
는 이백의 이 시구가 늘 등장한다. 사실 술을 권하는 노래 〈장진주〉는
자신을 몰라주는 세상에 대한 이백의 격한 울분이 만들어낸 작품이
다. 그래서 거칠고 급하게 흘러가는 황하, 응어리진 분노가 폭발하는
듯 폭포를 이루며 흘러가는 황하를 인용해 작품을 연 것은 아주 적절
해 보인다. 나도 거칠게 내닫는 폭포의 물줄기들 앞에서 〈장진주〉를
격정적으로 힘껏 불렀다.

　그대 보지 못했는가
　높은 집 밝은 거울 속 흰 백발을
　아침에는 푸른 실 같더니 저녁엔 눈이 되었다네
　인생이 득의하면 기쁨을 진탕 누려야 하는 법
　금 술잔이 빈 채로 달빛을 받게 해서야 되겠는가
　하늘이 내게 재주를 주었으니 반드시 쓸 데가 있을 것

천금을 다 뿌려 쓰면 다시 돌아온다네

君不見,

高堂明鏡悲白髮, 朝如靑絲暮成雪。

人生得意須盡歡, 莫使金樽空對月。

天生我才必有用, 千金散盡還復來。

2. 용문을 넘어 용이 된 황하의 잉어들
― 용문(龍門, 룽먼)

호구폭포를 떠나 황하를 따라가는 연황관광로沿黃觀光路를 타고 한 시
간 남짓 남쪽으로 달려 유서 깊은 황하용문黃河龍門에 도착했다. 황하
의 인후咽喉로 불리는 이곳은 황하협곡 구간이 끝나는 지점으로, 양옆
으로 산이 마주해 있어서 강폭이 40미터에 불과하다. 황하는 이곳을
나서면 넓은 강폭으로 유유히 흘러가는데, 이곳의 또 다른 이름이 우
문구禹門口(위먼커우)다. 황하의 물길을 정비하던 치수 영웅 대우大禹가
강물을 막고 있던 용문산을 뚫고 물길을 내어 강물이 원활하게 흘러
가도록 해서 붙여진 이름이다. 지금은 이 협곡 위로 산서성 하진시河津
市와 섬서성 한성시韓城市를 잇는 교량이 건설되어 있다. 아래 강안 절
벽에는 아직도 대우가 휘두른 신령한 도끼 자국이 남아 있는 듯하다.
　이곳을 찾은 이유는 바로 이곳이 우리에게 익숙한 '등용문登龍門'
의 현장이기 때문이다. 옛날부터 전해오는 이야기다. 매년 3월, 얼음
이 풀리고 눈이 녹을 때가 되면 황하의 수천 마리 잉어들이 물줄기 곳
곳에서 이곳 용문 밑으로 모여들어 앞다투어 협곡의 거센 물줄기 위

◈ 용문 우문구

로 솟구쳐 오른다. 잉어가 높이 솟구쳐 용문의 거센 물줄기를 넘게 되
면 순간 하늘에서 불이 내려와 꼬리를 살라버리고 그 잉어는 용이 되
어 날아간다. 협곡을 오르지 못한 잉어들은 이마에 점이 생기고 뺨이
그을리게 된다. 용문을 넘어 용이 된 잉어들은 일 년에 72마리뿐이었
다고 한다. 그래서 용문을 오른다는 뜻의 '등용문'이란 말이 생겨나고,
명망 높은 사람의 인정을 받거나 권세가 혁혁한 사람의 도움을 입어
몸값이 크게 오른 경우를 비유하기도 하고, 하늘의 별 따기와 같이 어
려운 과거시험 합격을 비유하는 말로 쓰이게 되었다.

　한나라 때 이응李膺이란 명망 높은 청백리가 있었다. 그가 얼마나
청렴하고 엄정했는지, 그가 상관으로 부임한다는 소리만 들어도 부패
한 하속 관리들은 스스로 사표를 내고 도망갈 정도였다. 많은 사람이
이렇게 명망 높은 이응을 흠모하여 교제하고자 했지만 이응은 함부로
사람을 받지 않았다. 순상荀爽이란 사람은 이응을 예방했다가 이응이

296

◈ 용문 부근 풍경

탄 말의 고삐를 잡게 되었는데 집으로 돌아가 "내가 마침내 이응 대
감을 위해 말고삐를 잡게 되었다!"라면서 내내 감격했다고 한다. 당시
조정은 부패한 환관의 전횡으로 날로 어지러워지고 기강이 무너져가
고 있었는데, 오직 이응만은 강직하여 권세에 아부하지 않으니 그 명
성이 갈수록 높아졌다. 천하의 선비들 가운데 이응의 초대를 받은 자
들은 등용문, 즉 용문에 올랐다고 칭송을 받았다.

　우문구 언저리에서 일행에게 등용문 고사를 설명했더니 한 사람이
말한다. "까마득한 옛날부터 매년 72마리의 잉어들이 용이 되었다면
지금은 그 수가 헤아릴 수 없이 많겠습니다. 중국이 용의 나라라고 하
는 까닭을 비로소 알겠습니다." 이런 재미난 우스갯소리도 하면서 우
문구 앞 강변을 산책하다가 나는 일행에게 말했다. "진짜로 용이 된
황하의 잉어를 만나러 갑시다. 여기서 멀지 않은 곳에 용이 되어 역사
의 하늘을 날아다니며 불멸의 삶을 누리고 있는 등용문의 주인공이

◈ 사마천사

있습니다." 이 주인공은 불멸의 역사서 《사기》의 저자 사마천이다. 사마천의 고향이 한성이고, 이 한성의 옛 이름이 바로 용문이다.

사마천을 기리는 사당 사마천사司馬遷祠(쓰마첸스)는 한성시에서 남쪽으로 10킬로미터 떨어진 지천진芝川鎭 동남쪽 산언덕 위에 자리하고 있다. 서쪽으로 양산梁山을 등지고 동쪽으로 황하를 굽어보고 있는 배산임수의 명당자리이다. 서진西晉 영가永嘉 4년(310년)에 처음 지어졌는데, 언덕의 절벽을 따라 돌길과 계단이 조성되어 있고, 맨 꼭대기에 사당과 무덤이 있다. 사당의 규모는 소박하여 그리 크지 않지만 언덕 꼭대기에 우뚝 솟아 있어서 위풍당당한 느낌을 준다. '사성천추史聖千秋'라 쓴 편액을 달고 있는 사당 앞에서 향불 하나를 살라 위대한 역사가 사마천에게 경의를 표하였다. 사당 뒤로 사마천의 무덤이 있는데, 이는 실제 무덤은 아니고 의관총이다. 사마천의 죽음은 아직도 비밀에 싸여 언제 죽었는지도 어디에 묻혔는지도 알 수가 없다.

사마천에 대한 역사적 평가가 후해서 지금은 역사의 성인, '사성史聖'으로 불리고 있지만 당대에는 그러지 못했다. 사마천은 흉노에 투항한 장수 이릉李陵을 변호하다가 한 무제武帝의 분노를 사서 거세형에 처해졌다. 비록 중서령中書令직을 수행하면서 황제의 측근에 머물렀지만 황제와는 줄곧 잘 지내지 못했던 것 같다.《사기집해史記集解》를 쓴 동한의 학자 위굉衛宏은 사마천이 황제에 대한 원망의 말을 해서 옥에 갇혀 죽었다고 했다. 학자들은 이 원망의 말이 사마천이 친구 임안에게 보낸 편지,〈보임안서報任安書〉를 뜻하는 것으로 보고 있다. 이 편지는 거세형을 당한 일에 대한 평생의 원통한 마음을 피력한 것이다. 권력에 대해 비판적인 사마천이 눈엣가시였던 황제가 이 편지글을 보고는 분노에 차 그를 죽였을 가능성이 크다는 것이다.

여러 가지 반론도 있어서 사마천의 죽음에 대해서는 아직도 정설이 없는 상황이다. 하지만《사기》가 완성된 뒤에도 바로 공개되지 못하고 두 세대를 지나 외손자에 의해 세간에 알려지게 된 것이나, 사마천의 두 아들이 각각 '풍馮'씨와 '동同'씨로 성을 바꾼 것만 봐도 당시 상황이 꽤나 심각했음을 짐작게 한다. 무덤은 둥글게 벽돌로 쌓여 있는데 위쪽으로는 측백나무 세 그루가 용처럼 똬리를 틀며 하늘을 향해 뻗어 있다. 무덤을 한 바퀴 돌면서 나는 일행에게《사기》와 같은 대단한 저작이 가능했던 이유가 사마천의 독서와 여행에 있었음을 말해주었다. 독만권서讀萬卷書, 만 권의 책을 읽고, 행만리로行萬里路, 만 리 길을 여행한다. 10세 때 그는 이미 그 어려운《상서尙書》,《좌전左傳》,《국어國語》등을 다 독파했다고 하니 그 독서의 정도가 얼마나 광박廣博했는지 충분히 짐작할 수 있다. 20세 약관의 나이를 지나서는 고향 한성

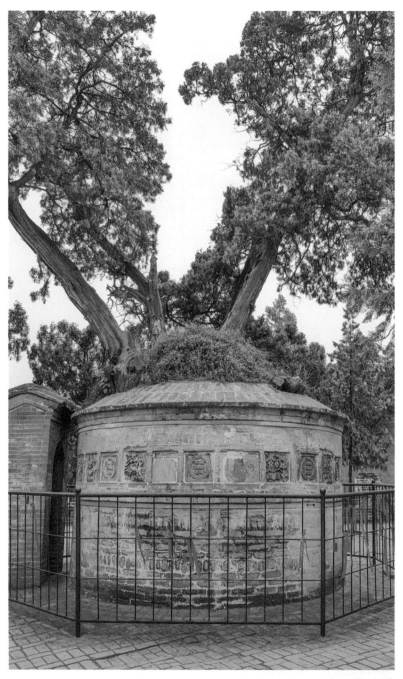

◈ 사마천 의관총

을 떠나 천하의 명산과 대천을 두루 여행하며 견문을 넓혔으니 그의 족적이 이르지 않은 곳이 없을 정도였다. 이러한 독서와 여행이 불후의 명저《사기》를 만들어낸 것이다.

사당 문을 나서니 멀리 황하가 은빛으로 빛나며 흘러가는 것이 보인다. 이곳으로부터 멀지 않은 상류에 용문이 있다. 거센 물줄기를 뚫고 용문을 날아올라 마침내 용이 된 잉어. 거세형이라는 말할 수 없는 치욕의 거센 물줄기를 견디어내며 오르고 올라 마침내 사성史聖이 된 사마천이야말로 용문이 낳은 최고의 잉어요, 용일 것이다. 중국 현대 시인 곽말약郭沫若의 시 〈제사마천묘題司馬遷墓〉를 힘껏 읊어 사마천을 기리며 가파른 언덕길을 천천히 내려왔다.

용문은 신령하고 수려한 땅
사람 중에 용 한 마리 길러냈구나
학식은 전무후무하고
문장은 희대의 영웅이라
뛰어난 재주에 외려 궁형을 받았으나
기운을 토해내어 찬란한 무지개를 이루었다네
공업은 공자를 따르나니
천추의 위대한 태사공이여!
龍門有靈秀, 鍾毓人中龍。
學識空前富, 文章曠代雄。
憐才膺斧鉞, 吐氣作霓虹。
功業追尼父, 千秋太史公。

3. 막힌 곳을 찾아 13년, 소통의 달인 '우' 이야기
- 대우묘(大禹廟, 따위먀오)

한성시 소동향蘇東鄉 주원촌周原村 북쪽에 자리한 대우묘大禹廟를 찾았다. 황하의 물길을 정비한 우임금을 모신 사당이다. 원나라 대덕大德 5년(1301년)에 처음 건설되고 명나라 만력萬曆 7년(1579년)에 중건된 이 사당에는 면류관을 쓰고 황색 도포를 걸친 2.5미터 높이의 우임금의 좌상이 모셔져 있다. 우임금은 상고 시절 중국의 대하천을 정비한 치수治水 영웅이어서 황하나 장강을 따라가는 여행길에서는 그를 기리는 사당이나 동상을 자주 만날 수 있다. 우임금 치수의 흔적이 선명히 남아 있는 우문구에서 멀지 않은 이곳 한성에 세워진 대우묘에서 나는 일행에게 요순시절의 치수 이야기를 들려주었다.

전설적인 임금인 요와 순이 다스리던 태평성세에 가장 시급하게 해결해야 할 일이 하나 있었으니 바로 치수 문제였다. 황하의 중류 지역, 지금의 산서성 중남부 지역을 중심으로 부락 연맹을 이끌었던 요임금은 이 황하의 잦은 범람으로 큰 위기를 맞이한다. 요임금은 여러 사람의 추천을 받아 곤鯀이라는 치수 전문가 한 명을 발탁하여 황하의 범람을 해결하게 한다. 곤은 연구 끝에 강물을 막는 제방 축조 기술을 완성하고 그것으로 강물을 막아 백성들의 삶의 터전을 지켜주니 치수는 성공하는 듯했다. 하지만 요임금 이후 순임금이 다스리던 시기에 전례 없는 큰 규모의 홍수가 일어난다. 물이 범람하여 수많은 백성들이 막대한 피해를 입으니 순임금은 치수 실패의 책임을 물어 곤을 우산羽山으로 귀양 보내어 죽게 한다. 그리고 그의 아들 우禹를 다시 치수 책임자로 임명한다. 우는 아버지 곤의 치수 실패의 원인을 분

석한 끝에 결론을 내린다. 치수는 제방을 쌓아서 막는 방식인 도법堵法
보다는 물이 흘러갈 수 있도록 물길을 터주는 방식인 소법疏法이 더욱
긴요하다는 것이다. 그리고 이 소법으로 13년에 걸쳐 중국 전역의 대
하천을 정비한다. 이 13년 동안 우는 한 번도 집에 돌아가지 않을 정
도로 치수 사업에만 전념했다. 세 번씩이나 집 앞을 지나가면서도 문
을 들어서지 않았다는 그의 일화에서 나온 사자성어가 '과문불입過門
不入'이다. 공무를 위해 개인적인 사정을 돌보지 않는 공직자의 근실한
모습을 칭송할 때 쓰는 말이다. 결국 우의 치수는 성공을 거두고 그는
순임금으로부터 천하를 물려받으니 그가 바로 하夏나라의 시조 우임
금이다.

이 곤과 우의 치수 이야기는 사회의 각 분야에서 구성원 간의 소통의 중요성을 강조하는 비유적인 의미로 활용되어왔다. 특히 비판적 언론을 통제하려는 권력에 대한 경고로 활용되는 경우가 많다. 《국어國語》의 "백성의 입을 막는 것은 강물을 막는 것보다 더 위험하다"라는 뜻의 '방민지구, 심어방천防民之口, 甚於防川'이란 말도 우임금의 이야기를 활용한 것이다. 강물의 범람을 염려하여 단지 높은 둑을 쌓아 강물을 막는 것으로 그치면 결국 흘러갈 곳을 얻지 못한 강물은 더욱 강력한 기세로 둑을 무너뜨리고 훨씬 많은 피해를 입히게 될 것이다. 그러니 강물이 잘 흘러갈 수 있도록 막혔던 돌을 치우고, 좁은 골짜기를 크게 여는 일이 훨씬 중요한 일인 것이다. 언론에 대한 통제 역시 마찬가지다. 권력에 비판적이 언론이 나라를 혼란에 이르게 하니 통제해야 한다며 언론에 재갈을 물리게 되면 그러한 통제가 초래할 결과는 강물의 범람 정도가 아니라 권력 자체를 쓸어갈 수 있는 위험천만한 일이란 말이다. 그러니 백성들이 자신의 불만과 의견을 표시할 수 있도록 언로言路를 넓게 열어야 한다는 것이다.

이야기를 마치고 대우묘를 나오는데 일행 중 하나가 다가와 말한다. "우임금의 과문불입 성어는 이제는 용도폐기된 듯하네요. 그랬다가는 바로 이혼 사유가 될 테니까요." 귀 밝은 우임금이 혹시나 듣고 속상하실까? 세월이 무진 흘러 세상이 달라졌으니 이해해주시리라 믿고 그렇겠다고 맞장구쳐주었다.

4. 글자를 태우는 마을

— 당가촌(黨家村, 당자춘)

한성시 도심에서 동북 방향으로 9킬로미터 떨어진 곳에 자리한 700년의 역사를 자랑하는 오래된 마을 당가촌을 찾았다. 당黨, 가賈 두 성씨가 이룬 집성촌으로, 320가구에 1,400여 명의 주민이 살고 있다. 이 마을은 사합원, 사당, 희대戲臺, 문성각文星閣, 절효비節孝碑 등 잘 보전된 고건축물이 많아서 건축 전문가들에게 특별한 주목을 받고 있다. 마을 입구에 아주 특이한 명칭을 단 조그만 구조물이 하나 있어 눈길을 끈다. 글자를 아끼는 건물이란 뜻의 석자루惜字樓다. 속은 비어 있고 중간에는 구멍이 뚫려 있으며 지붕이 덮여 있는데 마치 무슨 굴뚝 같다. 안내해주는 사람에게 물으니 글자가 쓰인 종이를 태우는 곳이란다. 글자가 쓰인 종이를 함부로 버리지 않고 이곳에 가져와 태워서 없앤다는 것이다. 성인이 창제한 글자와 그 글자가 담고 있는 뜻을 소중히 여겨야 함을 아이들에게 가르치는 것이다. '충성 충忠'자가 적혀 있는 종이를 발로 짓밟는 것은 충성의 가치를 부인하는 것이요, '믿을 신信'자가 적힌 종이를 함부로 찢어버리는 것은 스스로 신의를 중시하지 않음을 보여주는 일이 될 것이다.

글자를 아낀다는 것은 그 글자의 힘을 존중한다는 것이니 이것이 바로 옛사람들의 빛나는 정신이겠구나 하는 생각이 들었다. 이 조그만 석자루 앞에서 느낀 감동이 자못 깊었다. 글자를 이토록 소중히 여기다 보니 마을 골목 곳곳에 길상을 뜻하는 글자나 생각을 이끄는 명구들이 가득하다. 글자를 감상하고 명구를 음미하는 재미가 제법 쏠쏠하다. 한 곳에는 이런 명구가 새겨져 있었다.

心欲小(심욕소) － 욕심은 작게

志欲大(지욕대) － 뜻은 크게

智欲圓(지욕원) － 지혜는 둥글

行欲方(행욕방) － 행동은 반듯

能欲多(능욕다) － 능력은 많게

事欲鮮(사욕선) － 일은 적게

이 짧은 구절이 전해주는 울림이 결코 적지 않다. 실제의 우리 생활은 정반대의 경우가 많으니까 말이다. 욕심만 많지 무슨 원대한 뜻도 없다. 모난 생각을 지혜롭다 여기고 행동은 융통하며 원칙 없이 제멋대로다. 능력은 없으면서 일만 많이 벌이고 있다.

대문, 처마, 담장 곳곳에 새겨진 화려한 조각들도 감상하면서, 낡고 오래된 대문을 여전히 위풍당당 지키고 있는 돌사자를 쓰다듬기도 하면서, 문자의 힘을 숭배하는 이들이 다닌 골목길을 오래 배회하였다.

섬서성 2

8장

— 화산

사마천의 고향 한성을 떠나 다시 황하를 따라 여행을 시작했다. 산서성과 섬서성을 곁에 두고 북에서 남으로 흐르던 황하는 산서성 서남부 끝에 이르면 갑자기 90도로 꺾어져 동으로 흐르기 시작하는데, 그렇게 흐름을 바꾸어놓은 것이 바로 서악西嶽 화산華山이다. 화산에 막혀 남으로 더 이상 흐르지 못하고 동으로 방향을 바꾼 것이다.

황하는 이제 산서성과 하남성 사이로 동쪽으로 넓게 흘러간다. 황하를 따라가면서 산서성 남부와 하남성 북부 곳곳에 자리한 명승과 고적을 두루 살펴볼 것이다. 섬서성 동부까지 왔으니 본격적인 황하 탐사에 앞서 서악 화산을 구경하지 않을 수 없다. 험산으로 유명한 이 화산은 그 험한 산세가 만든 빼어난 절경이 일품이다.

1. 종시 알 수 없는 글자로 만든 국수 - 뺭뺭몐

한성에서 화산까지는 200킬로미터 남짓, 2시간 반 정도의 시간이 소요된다. 우리 일행이 화산 밑에 도착한 것이 정오를 조금 넘긴 때여서 간단히 요기를 하고 본격적인 등산을 하기로 했다. 점심 메뉴는 섬서성의 유명한 면 요리 뺭뺭몐으로 정했다. 발음도 희한한 이 요리는 그 발음을 표기한 글자가 더 기이해서 도대체 이런 글자가 있을까 싶을 정도이다. '구명 혈穴', '실 사絲', '길 장長', '말씀 언言', '말 마馬', '달 월月', '칼 도刂', '마음 심心', '책받침 착辶', 이렇게 도합 9개의 글자로 구성된 이상한 글자이다. 사絲자와 장長자는 두 개씩 쓰였다. 어느 옥편에도 없는 이 희한한 글자는 도대체 어디서 온 것일까?

본시 이 '뺭뺭'은 이 면을 뽑는 과정에서 나는 소리였다고 한다. 그저 소리를 따라 붙인 이름인데 이를 표시할 수 있는 한자가 없어서 메뉴에 표기할 수 없었다. 전하는 말에 따르면 과거시험을 보러 가던 가난한 서생이 굶주림을 견디다 못해 무일푼으로 뺭뺭몐 한 그릇을 시켜 먹고는 난감한 상황이 되었는데, '뺭'에 해당하는 글자를 만들어 식비를 대신하기로 주인과 타협하고는 과거 준비 십 년의 공력을 동원하여 마침내 만들어낸 것이 바로 이 희한한 글자라는 것이다. 한 면 집에 들어가 뺭뺭몐을 한 그릇 시켰더니 금방 엄청 넓고 긴 면발의 비빔국수가 나왔다. 뺭뺭몐을 쿠따이몐褌帶麵이라고도 하는데, '쿠따이'는 허리띠라는 뜻으로, 뺭뺭몐의 면이 허리띠처럼 넓적하고 길기 때문이다. 면과 양념을 비비면서, 면발을 들춰가면서, 맛을 봐가면서 이 희한한 글자와의 연관성을 찾으려 해도 도무지 알 수 없다. 주인에게 물어봐도 모르겠다며 손사래를 치며 돌아간다.

'사絲'나 '장長'이야 면발이 길다는 것과 관련이 있는 것 같긴 한데, 그럼 '언言'은 맛있다고 말한다는 것인가? '월月'은 고기를 뜻하기도 하니 고기처럼 맛있다는 것인가? '도刂'는 면을 칼로 썰어 냈을 테니까? 그런데 칼을 쓰지 않는 면도 있나? '심心'은 먹고 난 후에 마

◆ '빵' 글자

음이 흡족하다는 건가? 아니면 주인이 마음을 다해 음식을 만든다는 건가? 가장 알 수 없는 것은 글자 중앙에 위치한 '마馬'자다. 혹시 그 서생이 무전취식한 식당의 주인이 마씨였을까? '착辶'은 달려간다는 뜻이니 이 면 요리가 사방팔방으로 퍼져갈 것이라는 말일까? 아니면 주인이 글자가 마음에 안 든다면서 멱살을 잡기 전에 빨리 도망쳐야겠다는 속내를 드러낸 건가?

옆자리에 앉은 중국인이 빵빵멘을 먹을 때는 섬서성 사람들처럼 접시를 손에 들고 바닥에 쭈그려 앉아 먹어야 제맛이 난다며 시범을 보여준다. 그를 따라서 쭈그려 먹다 보니 맛이 좀 나아진 듯도 하다. 말잘 듣는 학생을 만나 신이 난 이 양반은 이번엔 생마늘 한 쪽을 가져와서는 마늘을 함께 먹어야 맛있다면서 직접 까서 면 그릇에 던져준다. 그들이 하는 대로 마늘 한 쪽을 통째로 먹었다가 얼마나 매웠는지 눈물이 쏙 빠졌을 정도였다. 주인이 가져다준 면탕을 한 사발 마셔서 겨우 진정할 수 있었다. 이런 어설픈 내 모습에 다들 가가대소하며 조그만 면집에 활기가 가득 넘쳤다.

2. 연꽃이 피는 봉우리에서 듣는 기러기 울음소리
- 서봉, 남봉

화산은 동봉, 서봉, 남봉, 북봉, 그리고 중앙에 중봉, 이렇게 다섯 좌의 주봉主峰으로 구성되어 있다. 이 봉우리 가운데 북봉과 서봉에 각각 케이블카가 설치되어 있다. 제일 이상적인 것은 서봉으로 가는 케이블카를 타고 올라가서 남봉, 동봉을 두루 돌아보고 다시 북봉에서 케이블카를 타고 내려오는 코스다. 케이블카로 오르고 내려오면 봉우리들이 멀리 떨어져 있지 않아서 다 둘러본다고 해도 하루면 충분하다. 안내소 유객중심遊客中心에서 서봉 케이블카까지는 셔틀버스로 약 40분 걸린다. 케이블카가 약 20분 정도 높은 봉우리 사이를 뚫고 지나가는데, 덮칠 듯 다가오는 웅장한 화산 봉우리들이 압권이다. 케이블카 종착점은 높은 봉우리 절벽을 뚫어 만든 터널 안에 있다. 편리하고 기이하긴 하지만 과도한 실용 정신에 자연이 너무 쉽게 훼손되는 것은 아닐까 염려도 되었다.

　케이블카에서 내려 서봉으로 올라가는 길에 일행에게 화산에 대한 다양한 이야기를 들려주었다. 화산의 '화華'는 꽃이란 뜻으로 '꽃 화花'와 통한다. 꽃같이 아름다운 산이란 말이다. 옛날 지리서인《수경주水經注》는 화산에 대해 "멀리서 바라보면 모습이 꽃과 같다遠而望之, 又若花狀"라고 기록했다. 화산이 오악 중에서 서악으로 명명된 것에 대해서도 의아해하는 사람들이 있다. 오악은 수도를 중심으로 오방五方을 따져서 명명한 것인데, 많은 사람이 옛 중국의 수도를 주, 한, 수, 당나라가 수도로 정한 장안長安, 지금의 서안西安으로 생각하는 데서 오는 혼란이다. 서안에서 보자면 화산은 서쪽이 아니라 동쪽에 있기 때문이다.

주나라 평왕平王(기원전 770~720년) 때 당초 장안이었던 수도를 낙양으로 옮겼는데, 화산은 낙양에서 보자면 서쪽에 있어서, 그때부터 '서악'이란 이름으로 부르게 된 것이다. 그런데 진나라, 한나라가 수도를 장안에 정하면서 화산을 서악으로 부르지 않았다가 동한 때 다시 낙양을 수도로 정하면서부터 서악 화산의 명칭이 복원되었다. 이렇게 장안과 낙양의 정치적 명운에 따라 서악 화산의 명칭도 오락가락하며 지금에 이른 것이다. 중국인들은 화산에 특별한 의미를 부여한다. 화산은 황하와 함께 중화민족을 잉태한 성스러운 땅으로 여겨진다. 학자들은 고대의 중국 문명, 즉 화하문명華夏文明을 화산을 중심으로 사방 500킬로미터 범위 내에서 생성된 문명으로 보고 있다. 또 중화민족의 '중화中華'가 바로 이 화산에서 비롯되었다고 주장하기도 한다. 화산은 중국의 중앙부에 자리하고 있어서 '중화산中華山'으로도 불렸으며, 이 산 주변에 살던 민족을 중화산 민족으로 칭하였다. 손문이 청 왕조를 타도하고 새로운 나라를 세우면서 국호로 정한 중화민국中華民國은 바로 화산의 별칭인 중화산에서 따온 것이라고 한다.

서봉은 해발 고도 2082.6미터로, 봉우리가 하나의 거대한 암석으로 이루어져 있다. 서북쪽 절벽은 천 길 낭떠러지로 절벽 면이 마치 거대한 칼이나 톱으로 잘라놓은 듯 매끈하게 솟아 있어서 양강한 기운이 넘친다. 봉우리 꼭대기에 걸쳐 있는 거대한 돌이 마치 연꽃잎과 같다 해서 연화봉蓮花峰, 부용봉芙蓉峰으로 불린다. 이백이 〈서악운대가西嶽雲臺歌〉에서 "돌은 연꽃이 되었고 구름은 누대가 되었다石作蓮花雲作臺"라고 한 것이 이 때문이다. 서봉 정상에서 눈길 닿는 데까지 멀리 바라보면 크고 작은 산봉우리들이 일어나고 엎드리면서 아득하게 멀어지는데, 그 풍경이 얼마나 황홀한지 내가 지금 어디에 있는지 잊을 정

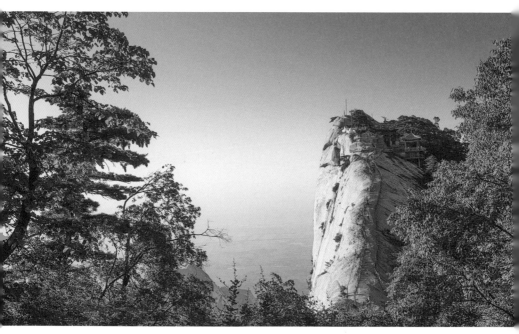

◈ 화산 서봉

도였다. 서봉 정상 아래쪽에 취운궁翠雲宮이라는 도관道觀이 있는데 그
서쪽에 삼단으로 갈라진, 길이 10미터 정도의 커다란 돌이 있다. 그
갈라진 틈이 마치 도끼로 내리친 것 같다고 해서 '부벽석斧劈石'이라고
하는데, 이 독특한 모양의 돌 때문에 재미있는 전설이 만들어졌다. 바
로 "침향이 산을 갈라 어머니를 구하다"라는 뜻의 '침향벽산구모沈香
劈山救母' 이야기다.

한나라 때 유향劉向이라는 선비(일설에는 유새劉璽)가 경사로 과거시
험을 보러 가는 길에 잠시 화산의 신묘神廟에 들렀다가 신녀 삼성모三
聖母와 사랑에 빠져 부부가 되었다. 3일 후 다시 길을 떠날 때, 유향은
침향 한 꾸러미를 이별의 선물로 건네주면서 후에 아이를 낳으면 이
로써 이름을 지을 것을 부탁했다. 얼마 후 과연 신녀가 아이를 잉태했

는데 오라버니 이랑신二郞神이 그 일을 알고는 대노하여 화산 서봉을 들어 올리고 신녀를 바위 속에 가두어버렸다. 신녀는 그 속에서 아들을 낳아 이름을 침향이라 하고는 다른 이의 도움을 받아 아이를 아비에게 보내었다. 아이가 자라 성년이 된 후 어머니를 찾아 화산으로 왔다가 신선을 만나 도술을 익히고 마침내 강력한 힘을 가진 도끼, 선화신부宣花神斧까지 얻었다. 자신을 막아서는 이랑신과 일전을 치른 후에 마침내 서봉을 신령한 도끼로 내리쳐 어머니 삼성모를 구출하게 된다. 이 전설은 2005년 중국 중앙방송국 CCTV에서 〈보련등寶蓮燈〉이란 제목의 35부작 드라마로 제작되어 높은 시청률을 기록하기도 했다.

부벽석의 갈라진 틈 아래쪽에 신령한 도끼 선화신부 모조품 한 자루가 벽에 기대어 이곳에서 있었던 옛이야기를 전하고 있다. 서봉과 남봉은 길이 약 300미터 정도의 산등성이로 이어져 있다. 길이 마치 잔뜩 웅크리고 있는 거대한 용과 같다고 해서 '굴령屈岭'이라고 하기도 하는데 화산의 유명한 험로 중 하나이다. 비록 험로이긴 해도 주변의 풍광이 수려해서 피곤한 줄도 모르고 화산 최고봉인 남봉으로 향했다.

남봉은 해발 고도 2154.9미터로, 화산 최고봉인 동시에 오악 가운데서도 가장 높은 봉우리이다. 남봉은 동쪽에 송회봉松檜峰, 서쪽에 효자봉孝子峰, 가운데 낙안봉落雁峰, 이렇게 세 개의 봉우리로 구성되어 있어서 마치 북쪽을 향해 앉아 있는 거인의 모습 같다. 명나라 원굉도袁宏道 시인이 〈화산기華山記〉라는 글에서 이 남봉을 "거인이 두 무릎을 끌어당기며 곧게 앉아 있는 듯하다如人危坐而引雙膝"라고 한 것도 이러한 구조 때문이다. 가장 높은 최고봉 낙안봉은 남쪽에서 북쪽으로 돌아가는 기러기들이 이곳에서 잠시 쉬어가기 때문에 생긴 이름이라고 한다. 송나라 명재상으로 유명한 구준寇准이 이곳에 올라 인구에 회자하는 멋진 시 〈영화산詠華山〉을 지었다.

오직 하늘만이 위에 있을 뿐
어떤 산도 나란한 곳이 없구나
고개 드니 붉은 해 가깝고
고개 돌리니 흰 구름이 낮구나
只有天在上, 更無山與齊。
擧頭紅日近, 回首白雲低。

남봉 남쪽은 천길 절벽이 깎은 듯 직립하고 있어서 칼날처럼 뾰족하게 솟아 있는 삼공산三公山과 삼봉산三鳳山을 사이로 깊은 계곡을 형성하고 있다. 이 까마득한 낭떠러지 허리에 화산에서 가장 아찔한 험로가 나 있다. 이름하여 긴 허공을 가르는 잔도라는 뜻의 '장공잔도長空棧道'다. 천 길 절벽 허리 중간에 홈을 파 돌못을 박고 널빤지를 대서 만들었는데, 잔도 위아래는 까마득한 절벽이어서 그야말로 허공에 걸쳐 있는 느낌이다. 잔도 널빤지의 폭은 겨우 30센티미터 정도로 좁아서 배를 절벽에 바짝 붙인 상태로 위쪽 바위에 연결된 쇠줄을 붙잡고 지나가야 한다. 워낙 험해서 안전 장비 없이는 갈 수 없는 길이다. 입구에서 안전띠 하나를 주는데 여기에는 고리가 달린 두 개의 굵은 줄이 연결돼 있다. 안전띠를 조끼처럼 몸에 걸치고 고리를 절벽 위에 설치된 줄에 하나씩 차례로 옮겨가면서 한발 한발 나가는 것이다. 길의 전체 길이는 약 100미터 정도지만 느낌으로는 그 열 배 이상이다.

아래를 내다볼 엄두도 내지 못하고 벽만 바짝 끌어안은 채 한 걸음

씩 겨우 옮겨 잔도 끝에 이르렀더니 거기에 700년 된 동굴 암자가 하나 있다. 원나라 때 도사 하지진賀志眞이 수도했던 곳이다. 하지진은 속세의 망념을 끊고 수도에 전념하기 위해 이런 다닐 수 없는 길, 길 아닌 길을 만들었던 것일까? 암자 옆 절벽에는 "험한 곳을 평지처럼 밟고 다닌다"라는 뜻의 '이험여이履險如夷'라는 큰 글씨가 새겨져 있다. 이 험하기 이를 데 없는 절벽 길을 평지를 지나듯 태평하게 왕래했을 도사들의 모습이 상상되기도 하고, 험한 인생길을 가는 동안에도 마치 평지를 걷는 듯 마음을 지킬 것을 강조한 교훈으로도 읽혔다.

　암자는 신상 하나를 모셔놓은 작은 동굴로 특별할 것은 없는 듯한데, 암자 밖 풍경이 가히 압권이었다. 2,000미터가 넘는 삼공산과 삼봉산의 봉우리들이 하늘을 찌르는 듯한 근경과 첩첩 봉우리들이 아득히 멀어지는 원경이 절묘하게 조화된, 웅장하기 이를 데 없는 화폭이다. 어쩌면 암자에 들어 수도하겠다는 것은 명목일 뿐 도사님들께서는 암자 밖 이곳에서 저 절묘한 그림을 홀로 독차지하며 대부분의 시간을 보냈을지도 모른다. 산과 구름이 빚어내는 그 깊은 오의를 깨친다면 면벽 수도 끝에 도달한 지혜에 어찌 못 미치랴. 이런저런 즐거운 생각도 잠시, 다시 그 험한 길에 매달려 돌아갈 일에 암자도 풍경도 순간 빛을 잃고 말았다.

3. 세상에서 가장 아름다운 기원
　– 동봉 하기정(下棋亭, 시아치팅)

화산 일출을 보기 위해 동봉에 마련된 숙소에서 하루를 잤다. 숙소는 좁고 시설도 불편하고 숙박비가 꽤 비싼 편인데도 일출을 보려는 사람들로 방을 구하기도 쉽지 않았다. 일부 젊은이들은 두꺼운 옷을 입고 옹기종기 구석진 곳에 모여 비박하기도 했다. 동봉 정상은 숙소에서 멀지 않은 꼭대기 널찍한 곳에 일출을 감상하기 좋은 조양대朝陽臺가 있다. 오밤중 별을 찍는 일행을 따라 어두운 산길을 더듬다가 새벽에야 얼핏 잠들었다. 사람들의 웅성거리는 소리를 듣고 화들짝 놀라서 나가봤더니 조양대에는 일출을 기다리는 사람들로 가득하다. 날이 차서 숙소에서 제공하는 두툼한 군복 외투를 입고 사람들 틈에 끼어 화산의 일출을 감상했다. 일출을 감상하는 사람들 대부분이 젊은이들이어서 저들이 욱일승천하는 태양의 기상처럼 씩씩하게 꿈을 향해 도

◆ 화산 동봉

전하기를, 또 아침 햇살에 찬란히 피어나는 화산의 봉우리들처럼 인생길에 찬란한 성공의 꽃이 피어나길 기원하고 축복했다.

　아침을 먹은 우리 일행이 다음으로 도전한 곳은 동봉의 최고의 경치 하기정下棋亭으로 가는 절벽 길이다. 동봉에서 약간 남쪽으로 치우쳐 솟은 봉우리가 있는데, 동봉에 붙어 있는 박대博臺다. '대臺'는 높고 평평한 땅을 가리킬 때 쓰는 말이고, '박博'은 장기나 바둑을 포함한 여러 가지 놀이를 가리킨다. 널찍하고 평평한 산 정상에는 돌로 된 작은 정자가 있고 그 아래에도 역시 돌판으로 만든 장기판이 조성되어 있다. 도사들이 이곳에서 장기, 바둑 등 여러 가지 놀이를 하며 즐겼다고 하는데 동봉 숙소 옆에서 내려다보이는 박대의 풍경은 얼마나 아

하기정

름답고 신비로운지 가히 신선들이 노는 곳이라 할 만했다. 그런데 문제는 그곳으로 가는 길이 절벽을 타고 내려가는 길밖에 없다는 것이다. 이 길 이름이 '요자번신鷂子翻身', 매가 몸을 뒤집어 난다는 뜻이다. 매가 공중을 한 바퀴 돌아 나는 것처럼 중간에 좌우로 자세를 한 번 뒤집어야 비로소 내려갈 수 있다고 해서 붙은 이름이다.

남봉의 장공잔도가 화산제일험로華山第一險路의 명함을 갖고 있지만, 동봉의 요자번신 역시 결코 그에 뒤지지 않는다. 장공잔도가 절벽을 횡단하는 데 비해 요자번신은 절벽을 수직으로 내려가는데, 문제는 그 절벽이 안쪽으로 굽어져서 발을 놓을 곳을 확보하기가 어렵다는 것이다. 절벽 중간에 대롱대롱 매달려서 발끝으로 한참을 디딜 곳을 찾아야 하니 그 아찔함은 장공잔도를 넘어선다. 역시 안전띠를 조끼처럼 차고 고리 달린 줄을 차례로 연결하면서 내려간다. 안전띠를 갖추었다고 하지만 발 디딜 곳을 찾지 못해 내 짧은 다리가 허공을 허둥대면 이마에 식은땀이 흐른다. 이 무모한 길을 가자고 제안한 일행을 원망하기도 하고, 제발 험한 곳은 피해 다니라고 신신당부하던 집안 누님의 걱정스런 얼굴도 떠올리며 가까스로 험로를 벗어나 박대 하기정에 도착했다. 하기정의 풍경은 그 험로의 수고를 단박에 씻어주었으니 이런 풍경이 세상에 있을까 싶었다.

깊은 계곡을 사이에 두고 동봉을 비롯한 주변의 수려한 산봉우리들이 무슨 보물인 양 빙 둘러 박대를 옹위하고 있다. 그 봉우리 하기정 돌의자에 턱하니 앉아 사방을 둘러보는데 이 대단한 풍경의 주인이 바로 나 자신이라도 되는 듯 의기양양 가슴이 뜨거워진다. 벅찬 가슴을 이기지 못해 일어나 멀리 동쪽을 바라보니 실같이 가는 띠를 이루며 동으로 방향을 틀어 흘러가는 황하가 보인다. 이백의 시 〈서악운대가西嶽雲臺歌)가 격정적으로 뿜어져 나왔다.

서악의 높은 봉우리들 얼마나 장엄한가
은실 같은 황하가 하늘 끝에서 오는구나
西嶽崢嶸何壯哉, 黃河如絲天際來。

4. 화산, 사랑의 성지가 되다
– 소사 蕭史와 농옥 弄玉의 옥녀봉(玉女峰, 위뉘펑)

이제 북봉 쪽으로 내려가서 케이블카를 타고 하산하기로 했다. 내려
가는 길 내내 화산의 그림 같은 풍경이 따라온다. 그림에 취해 자꾸만
느려지는 발길을 재촉해서 이른 곳은 예로부터 화산에 오르는 유일
한 길을 막고 있는 관문 금쇄관 金鎖關이다. 관문 양옆으로는 천 길 낭
떠러지의 깊은 계곡이어서 이 문을 닫아걸면 화산의 주봉으로 가는
다른 길이 없다. 그래서 '자물쇠 쇄鎖'자를 써서 금쇄관이라 이름한 것
이다.

금쇄관 주변의 계단과 길가에 세워진 난간 쇠줄에는 엄청난 수의
자물쇠들이 촘촘하게 매달려 있다. 연인들의 사랑의 자물쇠, 정려쇄情
侶鎖다. 이 정려쇄에 달린 붉은 천들이 바람에 나부끼며 또 다른 화산
의 풍경을 만들어낸다. 금쇄관의 '쇄'자가 만든 자연스러운 결과다. 이
정려쇄를 쇠줄에 잠그고 열쇠는 멀리 깊은 계곡 쪽으로 던져버린다
고 하니, 유치하지만 사랑스럽다. 그런데 이 화산이 사랑이 꽃 피어나
는 애정의 산인 것을 아는가? 이 화산에 오르면 연인의 사랑은 열매

를 맺고 갈등하던 부부는 화목하게 된단다. 그럴 만한 이유가 있다. 화산 중봉을 옥녀봉玉女峰이라고 하는데, 이 옥녀봉에 아주 아름다운 사랑의 전설이 서려 있다.

중국 춘추시대 진秦나라 목공穆公에게는 농옥弄玉이라 불리는 아름답고 총명한 딸이 있었다. 농옥은 특히 음률에 뛰어나 봉황의 울음소리와 같다는 악기 생황을 즐겨 불었다. 어느 날 농옥이 꿈을 꾸었는데, 한 미남자가 자신을 화산의 주인으로 소개하면서 자신과 혼인해 줄 것을 청하였다. 그러고는 옥으로 만든 생황으로 〈화산음〉이라는 아름다운 곡을 불어주었다. 잠에서 깨어난 농옥이 사정을 아뢰자 진목공이 화산으로 사람을 보내어 수소문한 끝에 생황을 잘 부는 소사蕭史라는 젊은이를 만나게 되었다. 궁중에 도착한 소사가 진목공의 청에 응해 생황을 불자 첫 곡에 청풍이 습습히 불어오고 둘째 곡에 오색구름이 사방에서 피어올랐으며 셋째 곡에 아름다운 새들이 모여들어 화답했다. 마침내 소사와 농옥은 부부가 되어 늘 생황을 불며 화목하게 지냈다. 소사가 아내에게 봉황을 부르는 노래를 줄곧 가르쳤더니, 어느 날 밤 부부가 부는 생황 소리에 이끌려 붉은 용과 자색 봉황이 날아오더니 소사와 농옥을 각각 태우고 선계로 떠났다. 그날 밤, 사람들은 화산 언저리에서 나는 봉황의 그윽한 울음소리를 들었다고 한다. 진목공이 떠나버린 딸을 찾아 화산에 이르렀으나 끝내 찾지 못하고 대신 농옥을 기리는 사당을 세웠으니 중봉에 있는 옥녀사玉女祠가 바로 그곳이다.

서봉 아래에는 석굴이 하나 있는데 이곳이 바로 소사와 농옥이 혼인하여 첫날밤을 보낸 곳이라는 전설이 전해진다. 이름하여 천하제일동방天下第一洞房. 동방洞房은 신혼부부가 첫날밤을 보내는 침실을 가리킨다. 이 소사와 농옥의 사랑 이야기 때문에 화산은 애정의 산이 돼 수많은 청춘남녀가 험한 길도 마다하지 않고 손을 맞잡고 오르는 것이다. 근래에는 화산관리위원회에서 화산을 혼인의 증인으로 삼아 단체 결혼식을 추진하여 백여 쌍의 신혼부부가 함께 예식을 거행하는 진풍경이 벌어지기도 했다고 한다.

5. 푸른 용의 등줄기를 오르다
- 창룡령(蒼龍嶺, 창롱링)

금쇄관을 지나 북봉으로 가다 보면 창룡령이라는 가파른 고갯길이 나온다. 길이 푸른 용의 등줄기와 같다고 해서 붙여진 이름인데, 바위를 파서 만든 조그만 계단 길 양옆은 모두 까마득한 절벽이다. 예부터 화산은 험하기로 유명해서 당나라 이전에는 화산에 오르는 길이 없었다. 서악 화산에 제를 올리는 의식도 모두 산 아래에서 거행되었다. 당나라 때부터 도교의 흥성을 따라 비로소 화산에 오르는 길이 개척되었는데, 이 창룡령으로 가는 길이 유일한 길이었다. 하지만 창룡령에 계단길을 조성한 것도 명·청시대 이후의 일이어서 당나라 때 비록 길이 나 있었다고는 하지만 여전히 위험했던 모양이다.

당나라 문호 한유韓愈가 글을 써서 구조를 청했다고 하는, 이 고갯길 끝에 있는 한퇴지투서처韓退之投書處가 당시 창룡령 길이 얼마나 험준했는지를 알려준다. 공격적이고 논리적인 글을 써서 유명한 대문호 한유가 이곳 화산에 올랐다. 올라올 때는 그래도 어떻게 올라왔는데 내려가는 길이 어찌나 무서웠던지 창룡령 위쪽에 퍼질러 앉아, 나는 이제 죽게 되었다고 대성통곡을 하고는 가지고 있던 지필묵으로 구조를 요청하는 편지를 써서 아래로 던졌단다. 구조대가 올라와 한유를 부축하여 내려가자 했는데, 극한 두려움에 빠진 한유가 당최 내려갈 생각을 못하는 바람에 아예 술 몇 잔을 주어 긴장을 풀어주었다고 한다. 황제와도 맞짱을 뜨는 당당한 기백의 한유가 어린애처럼 무서워 벌벌 떨었다는 것이 제법 재미있었던 듯 이곳 바위에 '한퇴지투서처'라고 크게 써서 천년 세월 이야깃거리로 삼고 있다.

창룡령은 일방통행으로 오르는 길만 있어서 내려갈 때는 다른 길로 가야 한다. 금쇄관에서 내려온 우리 일행은 창룡령의 험준함을 체험하기 위해서 다시 그 가파른 길을 올라가야만 했다. 한유가 구조를 요청했다는 곳에 이르러 창룡의 등줄기를 바라보며 쉬었다. 오이를 나눠 먹으며 쉬고 있는 일행에게 말을 던졌다. "창룡령이 진짜 용의 등줄기였다는 이야기 들었어요? 청나라 때 한 관리가 이 창룡령을 파서 계단을 만들었는데, 그로부터 3일 밤낮 장안에 핏빛 비가 내렸대요. 알고 보니 원래 이 창룡령이 진짜 살아 있는 용이었는데 계단을 파는 바람에 죽게 된 거래요. 그 뒤로 이쪽 지역에서는 큰 인물이 나오지 않게 되었대요. 용맥龍脈이 끊긴 거죠." 다들 믿거나 말거나 하는 얼굴인데 고개 돌려 바라보니 얼핏 창룡령 한 자락이 꿈틀대는 게 보였다.

북봉까지 와서 케이블카 정거장으로 갔더니 수리를 위해 당분간 폐업이란다. 산 아래까지 장장 4시간을 걸어 내려오면서 비로소 남봉의 장공잔도, 동봉의 요자번신에서도 체험하지 못했던 화산길의 험난함을 원 없이 체험했다.

9장

하남성 1

― 낙양

이제 여행길은 황하의 중하류 지역인 하남성으로 들어왔다. 하남성을 흘러가는 황하를 따라서 유구한 역사를 자랑하는 고도 낙양洛陽, 정주鄭州, 개봉開封을 둘러볼 것이다. 중악 숭산嵩山, 우공이산愚公移山의 왕옥산王屋山, 산동과 산서를 가르는 장대한 태항산太行山도 황하의 물줄기에서 멀지 않으니 다 둘러볼 생각이다. 조금 남으로 내려가면 소동파가 아버지와 동생과 함께 영면하고 있는 삼소묘三蘇墓도 있고 조금 북으로 올라가면 강태공의 고향 위휘衛輝도 있으니 모두 가슴 설레는 여행지다.

낙양은 화하문명 발상지 중 하나로, 4,000년 전에 이미 도시가 건설되었으며 1,500년의 긴 역사 속에서 수많은 왕조가 수도로 삼은 유서 깊은 고도이다. 황하의 지류인 낙하洛河(낙수洛水)의 북쪽에 자리하고 있어 '낙양'으로 이름하였다. 섬서성 위남渭南에서 시작된 낙하는 섬서성 동남부, 하남성 서북부를 흘러 낙양을 관통해서 하남성 공의鞏義

북쪽 황하로 들어간다. 낙양 여행의 시작을 낙하가 황하와 만나는 공의에서 시작하려는 까닭은 이 공의가 바로 시성 두보의 고향인 까닭이다. 두보는 공의에서 태어났고 약 70킬로미터 떨어진 낙양에서 성장했다. 고고지성이 울리는 고향 옛집을 찾아가 시인의 탄생을 함께 기뻐하며 경의를 표한 후에 그가 성장한 낙양으로 와서 시성의 옛 자취를 찾다 보면 낙양의 명승과 자연스럽게 조우하게 될 것이다.

1. 시 왕국의 아침을 깨우는 고고지성

– 공의鞏義 두보고리(杜甫故里, 뚜푸꾸리)

공의가 두보와 인연을 맺게 된 것은 그의 증조부 때부터다. 두보의 원적은 호북 양양襄陽인데, 증조부 두의예杜依藝가 공현鞏縣(공의의 옛 이름)의 현령을 맡으면서 이곳으로 옮겨오게 되었고 조부 두심언杜審言, 부친 두한杜閑 대를 거쳐 두보에 이르게 된 것이다. 공의시 남요만촌南瑤灣村에 위치한 두보의 고향 두보고리는 시성의 위대한 업적을 기리는 기념관으로 조성되어 있다. 다양한 자료와 첨단 영상으로 두보의 일생을 소개하고 그의 유명한 작품을 해설하는 교육 전시장이다. 입구를 들어서면 왼손에 둥글게 말린 두루마리를 들고 생각에 잠긴 듯한 거대한 두보 동상이 서 있는데, 그 크기를 보면 두보가 중국문학사에서 차지하고 있는 지위를 알 수 있다. 시의 나라 중국, 별처럼 많은 시인들 가운데 가장 높은 성취를 일궈 성인의 경지에 이르렀으니 이런 존경의 표현은 의당한 것이리라.

기념관 곳곳에 두보의 삶과 문학적 성취를 안내하는 공간들이 배치되어 있는데, 가장 안쪽 깊숙한 곳에 두보가 태어난 토굴집 '두보탄생요杜甫誕生窯'가 있다. 앞 장에서 말했듯이 토굴집은 예로부터 산서성, 하남성 일대에서 가장 흔한 주거 형태였으니 두보가 이런 토굴집에서 태어난 것은 하나도 이상할 것이 없다. 당 현종 선천先天 원년(712년), 이 허름한 토굴집에서 시 왕국의 찬란한 아침을 깨우는 고고지성이 힘차게 울렸던 것이다. 뒤쪽으로는 세 좌의 작은 산봉우리로 조성된 나지막한 토산이 병풍처럼 있는데, 이 토산이 그 유명한 필가산筆架山이다. 필가산 뒤쪽에 움푹 파인 장방형의 흙구덩이가 있는데, 사람들은 이 평범한 흙구덩이까지 동원하여 시성에 대한 예찬에 거창하게 활용한다. '필가'는 옛날 문인묵객들이 사용하는 붓을 잠시 보관하는 문방구로, 붓자루 끝을 대롱대롱 매다는 입식 붓걸이 형태가 아니라 바닥에 놓고 붓털이 있는 부분을 얹어놓게 만든 것이다. 마치 작은 산봉우리가 연이어져 있는 모습으로 산봉우리 사이의 오목한 곳에 붓을 걸쳐놓는 것이다. 이 필가를 닮은 산 밑에서 대 문장가가 나온다고 하는데 두보는 바로 이런 믿음의 확실한 증거가 아니겠는가.

두보는 고산高山을 붓걸이로 삼고 대지大地를 벼루로 삼아 천고에 남을 불후의 시편을 남길 수 있었다. 필가산 하나로는 부족했던 모양이다. 토굴집 옆쪽에 마련된 전시실에는 두보의 어린 시절 모습이 생동감 넘치는 밀랍 인형으로 만들어져 있어서 관람객들의 발길을 붙잡는다. 모두 두보가 쓴 작품의 내용에 기초해서 마련한 것이다. 일곱 살에 입을 열면 봉황을 읊었다는 구절에 따라 어린 두보가 둘러싼 어른들을 배경으로 근엄하게 시를 읊는 모습이라든지, 아홉 살에 붓글씨를 잘 썼다는 구절을 따라 책상에 앉아 붓글씨를 열심히 쓰고 있는 조금 더 자란 두보의 모습을 만들어놓았다.

◈ 두보고리 고모상

　이런 전시물 중에서 유독 눈을 끄는 것은 두 아이를 돌보고 있는 자애로운 여인의 모습이다. 얼핏 보면 두보의 모친인가도 싶지만 사실 두보의 고모다. 두보의 모친은 두보를 낳은 지 얼마 안 되어 세상을 떠났고, 낙양에 살고 있던 고모가 이 가엾은 생명을 거두어 길렀다. 고모의 극진한 돌봄 속에서 잘 자랄 수 있었으니 두보는 고모에 대한 효심이 남달랐던 것으로 보인다. 고모가 죽은 뒤 두보가 눈물로 쓴 묘지명墓誌銘 〈당고만년현군경조두씨묘지唐故萬年縣君京兆杜氏墓志〉 말미에는 놀라운 이야기가 쓰여 있다.

낙양 인풍리仁風里 고모 집에서 잘 자라던 두보가 어느 해 심각한 병에 걸렸다. 고모에게 두보와 같은 또래 아들이 있었는데 이 아이 역시 두보와 같은 병에 걸렸다. 아이들을 구하기 위해 백방으로 노력했지만 백약이 무효, 두 아이의 생명이 시나브로 꺼져가자 고모는 마지막으로 무녀를 찾아 살 방도를 물었다. 무녀는 말했다. "집 동남쪽 구석에 한 아이를 누이면 그 애는 살 것이오!" 고모는 그 동남쪽에 두보를 뉘었다. 결국 두보는 살아남았고 사촌은 죽었다. 이 이야기는 주변 사람들이 고모를 향한 두보의 극진한 효심을 칭송하자 두보가 눈물을 흘리며 말했다는 내용으로, 두보는 이 이야기를 다 자란 뒤에 집안의 하인들로부터 들었다고 적고 있다.

두보고리 한쪽에는 청년 시절 두보의 활기찬 모습이 동상으로 만들어져 있다. 훌륭한 벗들과 어울려 명산대천을 유람하던 젊은 날의 여행을 소재로 한 것들이다. 이들 가운데 시선 이백이 젊은 두보와 손을 잡고 나란히 서 있는 동상이 있다. 그 옆에는 두보의 시 한 수가 새겨져 있는데, "술에 취해 가을날 함께 이불을 덮고, 손을 잡고 매일 함께 걸었네醉眠秋共被, 携手日同行"라는 구절이 나온다. 이백과 함께 산동 지역을 여행할 때 지은 〈여이십이백동심범십은거與李十二白同尋范十隱居〉라는 시다.

두 사람이 처음 만난 곳은 이백이 정치적으로 실의하여 장안을 떠나 산동에 있는 집으로 돌아가는 길에 잠시 들른 낙양이었다. 이백은 비록 정치적으로는 뜻을 얻지 못하였지만 그의 시명은 이미 천하에 가득했다. 이 시기 권문세족의 집을 드나들며 벼슬길 찾기에 분주하며 부박한 염량세태에 질려 있던 서른 살 남짓의 두보는 이백과 처음 만난 자리에서 의기투합하여 여행을 떠났다. 하남성, 산동성 곳곳의 명승과 명인을 찾아 오랜 시간 함께 여행했다. 위 시는 바로 이 시기에 쓴 것인데, 이렇게 친밀한 여행에서 문학적으로도 두보가 이백에게서 배우고 익힌 것이 적지 않았을 것이다.

두보기념관을 나와서 우리 일행이 찾아간 곳은 두보의 무덤이 있는 두보능원杜甫陵園이다. 두보능원은 공의시 서북쪽에 자리한 강점촌康店村에 있다. 우수 어린 얼굴로 구부정 뒷짐 지고 서 있는 두보의 동상이 쓸쓸한데, 사람들의 발길도 뜸하고 건물도 퇴락해서인지 쓸쓸한 느낌이 더했다. 푸른 나무가 제법 빼곡한 숲속에 하단을 벽돌로 두르고 약 10미터 정도 높이로 조성된 두보의 무덤에 이르니 긴 세월 타향을 떠돌며 사향의 노래를 눈물로 부르던 시인의 모습이 떠올라 가슴이 먹먹해진다. 두보는 당 대력大曆 5년(770년) 장강을 떠돌던 배에서 숨을 거두었다. 시신은 동정호 부근 악양에 임시 안장되었다가 43년이 지난 뒤 손자 두사업杜嗣業에 의해 이곳으로 이장되었다. 무덤 동쪽으로 큰 아들 종문宗文과 둘째 아들 종무宗武의 무덤이 나란히 자리하고 있다. 안녹산의 난으로 동생들과 헤어진 뒤로 난리를 피하여 살길을 찾아 낯선 타향을 전전하며 늘 고향으로 돌아갈 날을 꿈꾸었던 두보, 인구에 회자되는 그의 수많은 명편은 고향에 대한 그리움이 빚어낸 것들이 대부분이다. 무덤을 어루만지면서 두보의 평안한 영면을 빌며 그가 고향을 그리며 지은 유명한 시 〈월야억사제月夜憶舍弟〉를 노래했다.

수자리 북소리에 사람 자취 끊기고
변방의 가을 외기러기 소리
이슬은 오늘 밤부터 희어지고
달은 고향처럼 밝은데

동생들 다 뿔뿔이 흩어져

생사를 물을 집조차 없다네

편지는 오랫동안 가닿지도 못하니

하물며 전쟁이 아직도 끝나지 않음에랴

戍鼓斷人行, 邊秋一雁聲。

露從今夜白, 月是故鄉明。

有弟皆分散, 無家問死生。

寄書長不達, 況乃未休兵。

낙양에서 청소년 시기를 보내며 독서에 전념하던 두보는 스무 살 약관의 나이가 되자 책상에서 벌떡 일어나 긴 여행을 시작한다. 낙양까지 연결된 대운하를 따라서 운하의 시발점인 절강 항주까지 가는 긴 여행이다. 명산대천에 임하여 호연한 기상을 기르고 그 영험한 땅에 거처하는 걸출한 사람들을 만나 교제하면서 5년 동안 최고 행복한 시절을 보낸다.

25세 때 낙양으로 돌아와 과거시험을 응시하는데, 머리에는 만 권의 책이 가득하고 가슴에는 호연한 기상이 넘쳐나니 붓을 들면 신들린 듯하다며 자부하던 두보는 무슨 연유에서인지 과거시험에서 낙방하고 만다. 실망이 컸던 탓일까, 아니면 대수롭지 않게 생각한 것일까, 두보는 다시 짐을 싸서 여행을 떠난다. 현존하는 두보의 시집은 바로 이 시기에 쓴 작품들에서 시작한다. 두보 시집의 첫 작품 〈용문 봉선사에서 노닐다遊龍門奉先寺〉는 집을 떠나 들른 첫 여행지 낙양 봉선사에 갔을 때 지은 것이다.

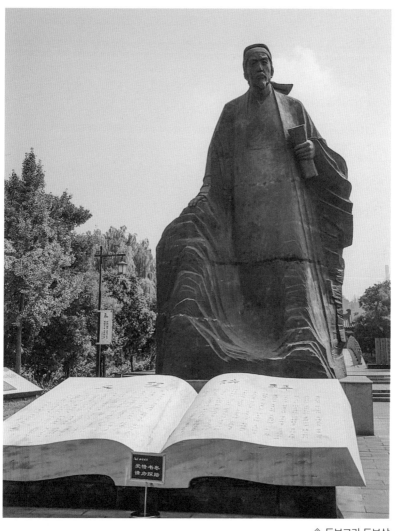

◈ 두보고리 두보상

스님을 따라 노닐다가

스님의 처소에서 잠을 자네

어두운 계곡에선 빈 바람 소리 일고

달빛 숲에는 맑은 그림자 흩어지네

하늘 문에는 별들이 바짝 다가들고

구름에 누우니 옷이 차갑구나

잠 깰 무렵 듣는 새벽 종소리

깊이 삶을 돌아보게 하네

已從招提游, 更宿招提境。

陰壑生虛籟, 月林散清影。

天闕象緯逼, 雲臥衣裳冷。

欲覺聞晨鐘, 令人發深省。

용문 봉선사에서 스님과 함께 노닐고 절집에서 하루 묵으면서 지은 시다. 마지막 구절 새벽 종소리에 잠깨어 스스로의 삶을 깊게 성찰하는 모습에서 과거 실패에 따른 반성적인 분위기가 감지된다. 이제 25세 청년 두보의 뒤를 따라 용문석굴로 가보자. 공의시에서 용문석굴까지는 70킬로미터 남짓한 거리이다.

2. 측천무후의 얼굴로 빚은 노사나대불
– 용문석굴

용문석굴은 낙양시 낙용구洛龍區를 흘러가는 이하伊河를 끼고 양쪽으로 솟아 있는 용문산과 향산의 절벽에 조성된 석굴이다. 돈황敦煌의 막고굴莫高窟, 대동大同의 운강석굴雲岡石窟, 천수天水의 맥적산석굴麥積山石窟과 함께 중국의 4대 석굴로 꼽힌다. 석굴 조성은 북위北魏 효문제孝文帝(471~499년) 때부터 시작되어 수, 당을 거쳐 송대에 이르기까

◈ 용문석굴

지 400여 년간 이어졌다. 남북으로 1킬로미터에 달하는 절벽에 조성
된 감실은 2,345개, 모셔진 불상만 10만 존을 넘고 석굴을 조성한 경
위를 새긴 비각도 2,800여 품이 넘는다. 감실 앞으로 조성된 길을 따
라서 절벽을 오르내리면서 다양한 모습의 불상을 감상할 수 있다.

　북위 때 조성된 불상은 수척한 데 비해, 당나라 때 불상은 풍만하여
시대마다 다른 미의 기준을 보여주기도 한다. 도굴로 인해 훼손된 감
실과 불상도 많다. 특히 일본과 전쟁이 한창이던 1930년에서 1940년
사이에 도굴 광풍이 불어 수많은 불상과 비각이 뜯겨나가 일본, 미국
등지로 밀반출되었다고 한다. 이제 이 용문석굴의 주인공을 만나볼
차례다. 바로 젊은 두보가 낙방의 쓰라린 심정을 안고 찾아갔던 봉선
사 석굴이다. 봉선사는 용문석굴 중에서 규모가 가장 크고 화려한데,

이는 황가皇家의 사원이었기 때문이다. 당 고종 함형咸亨 3년(672년) 당시 고종의 황후이자 막강한 권력을 지니고 있던 측천무후가 자신의 화장품 비용 2만 관을 찬조하여 석굴 조성을 시작, 3년 9개월의 공사를 거쳐 상원上元 2년(675년)에 완공했다. 약 30미터에 달하는 넓은 동굴 절벽에 조성된 불상들은 풍만한 얼굴과 온화한 미소로 당대 불상의 예술적 특징을 선명하게 보여준다.

중앙에 모셔진 주불은 삼신불三身佛 중에 한 분이신 노사나대불, 석가모니의 보신불報身佛이다. 전체 높이는 17.14미터로, 머리는 4미터, 귀의 길이만 해도 1.9미터에 달한다. 얼굴은 풍만하고 둥글며, 눈썹은 초승달처럼 굽어 있고 수려한 눈매로 아래쪽을 응시하고 있다. 높고 곧은 콧대 아래 자그마한 입술에는 인자한 미소가 걸려 있다. 두 귀는 길게 아래로 처져 있고 아래턱은 둥근데 약간 앞쪽으로 돌출된 느낌이다. 몸에 걸친 가사의 주름은 소박하게 동심원 무늬를 이루며 퍼지고 있다. 전체적으로 지혜롭고 자상한 중년 부인의 후덕한 모습이다. 혹자는 이 노사나대불이 측천무후의 형상이라고 말하기도 한다. 그 근거로 이 봉선사 석굴을 조성한 경위를 적은 〈대노사나불감기大盧舍那佛龕記〉에 실린 "실로 우리 황후에 의지하여 그 아름다운 바탕을 그려낸 것이다實賴我皇, 圖玆麗質"라는 대목을 든다. '아황我皇'을 황제가 아닌 황후로 풀이할 수 있는지에 대해서는 이견이 있을 수 있다. 그런데 당시 측천무후가 황제의 지위는 아니었지만 고종과 나란히 '이성二聖'으로 불리며 조정에 참여했기 때문에 실질적으로는 황제나 마찬가지였다는 점이나, 봉선사 석굴이 완공되었을 때 측천무후가 친히 문무백관을 이끌고 노사나대불의 개광의식開光儀式에 참여했다는 점 등을 미루어 보면 그런 식의 유추가 전혀 불가능한 것 같지는 않다.

◈ 낙양 봉선사 노사나대불

노사나대불 좌우로는 제자 가섭迦葉과 아난阿難이 시위하여 서 있고, 보살, 천왕, 역사들이 각각 온화하고 지혜로우며 우아하고 웅장한 모습으로 화엄의 세계를 열고 있다. 노사나대불의 우아하고 자비로운 얼굴을 바라보고 있자니 1,300년 전, 젊은 두보도 역시 저 자애로운 얼굴을 바라보고 있었겠지 하는 생각이 든다. 얼굴도 생각나지 않는 어머니의 얼굴을 상상했을까? 아니면 어머니처럼 사랑해준 고모의 얼굴을 떠올렸을까? 이 시기 낙양 인풍리 고모는 아직 살아 계실 때다. 잔잔한 미소로 굽어보는 부처님의 얼굴 위로 힘내라며 등 다독이는 고모의 인자한 얼굴이 겹쳐졌을 것이다.

3. 다음 생에는 이곳 절의 중이 될까
- 백거이白居易의 향산사(香山寺, 샹산스)

이제 대불의 미소 속에서 여전히 살아 숨쉬는 측천무후의 자취를 따라 다시 발걸음을 옮긴다. 봉선사를 내려와 강을 건너가면 유서 깊은 절 향산사香山寺가 있다. 예로부터 낙양의 제일경은 용문이요, 용문의 제일경은 향산사라 할 만큼 명승지로 크게 알려진 곳이다. 이 향산사에 측천무후의 자취가 선명하게 남아 있다. 향산사는 북위北魏 희평熙平 원년(516년)에 처음 지어졌는데, 측천무후가 황제로 즉위한 뒤로 이 절을 크게 중수하고 자주 들러 노닐었다. 푸른 소나무와 잣나무로 둘러싸인 향산사는 고졸하고 단아한 당나라 건축 양식이다.

이층으로 날렵한 처마를 갖춘 고루와 종루도 아담하고, 미륵불을 모신 천왕전天王殿, 18나한을 모신 나한전羅漢殿도 규모가 크지 않고, 주전인 미타보전彌陀寶殿만 이층으로 조금 더 웅장하게 지어졌다. 이 건물 중에서 석루石樓라는 명칭이 붙은 조그만 건물이 하나 있다. 바로 측천무후가 향산사에 들렀을 때 조회를 열거나 군신들과 연회를 하던 장소다. 지금 건물은 그저 그런 장소였음을 알려주는 의미만 있을 뿐, 몇 사람이 들어가면 꽉 찰 정도로 작은 규모다. 황제에 오른 측천무후가 어느 봄날 군신들을 이끌고 향산사에 도착해 석루에서 주연

◈ 향산사

을 베풀었다. 그리고 즉석에서 시회를 열어 가장 먼저 시를 짓는 자에게 비단 도포를 하사하기로 했다. 신하들이 즉시 머리를 굴리고 붓을 놀려 시를 짓기 시작했는데, 잠깐 사이에 좌사左史 동방규가 시를 완성해서 황제에게 바쳤다.

춘설이 하늘 가득 내려와
닿는 곳마다 꽃이 핀 듯하네
정원 속 나무들
어느 게 진짜 매화인지 알 수가 없네

春雪滿空來, 觸處似花開。

不知園裏樹, 若個是眞梅。

마침 때늦은 춘설이 난분분히 흩날렸던 모양인데, 측천무후는 이 시가 대단히 마음에 들었던 모양인지, 정경情景이 교융交融하고 시의가 낭만적이라면서 바로 비단 도포를 하사했다. 동방규가 희희낙락 비단 도포를 받아들고 돌아서자마자 대신 송지문이 42구에 달하는 긴 시를 황제에게 바쳤다. 송지문은 문학사에서도 이름이 높은 대시인이니 아마추어들과는 격이 달랐던 것이다. 시의 한 대목이 황제의 심중을 흔들었다.

선왕께서 구정을 정립하여 산하가 공고한데
보배로운 천명이 주나라에 임하여 만물이 새롭다네
우리 황제는 요지의 즐거움을 탐하지 않으시나니
때맞게 내린 비에 봄 농사를 살피러 나오셨다네
先王定鼎山河固, 寶命乘周萬物新。
吾皇不事瑤池樂, 時雨來觀農扈春。

측천무후는 본시 봄놀이를 나온 것인데, 송지문은 황제가 민정을 살피러 나온 것으로 바꾸어 아부한 것이다. 측천무후는 희색을 감추지 못하고 큰 소리로 낭랑하게 읽고는 이 작품이야말로 문채와 이치가 균형 맞게 잘 갖추어져 있으니 오늘의 장원이라 선포했다. 그리고는 동방규가 꼭 끌어안고 있던 비단 도포를 빼앗아서 송지문에게 건네주었다. '향산부시탈금포香山賦詩奪錦袍', 향산에서 시를 지어 비단 도포를 빼앗은 사건의 전말이다. 당나라에서 시가 크게 흥성해서 정점에 이르게 된 데는 측천무후와 같은 군주들의 문학 애호가 큰 역할을 했다. 측천무후 스스로가 시인이기도 해서 그녀의 시 46수가 《전당시》에 실려 있다.

역대로 봉건적인 문화 속에서 측천무후에 대한 평가는 부정적이었지만 지금은 그녀가 일군 정치, 경제, 문화적인 업적이 정당하게 평가를 받으며 대중들의 인식도 변하고 있다. 측천무후의 파란만장한 극적인 삶은 근래 들어 자주 드라마로 만들어지고 있는데, 2014년 〈무미낭전기武媚娘傳奇〉 96부작은 유명한 배우 판빙빙范氷氷이 측천무후 역을 맡아 화제가 되기도 했다. 지금도 석루 안쪽에는 동방규의 시와 송지문의 시가 나란히 걸려 있어서 아득한 옛날의 낭만적인 시회를 떠올리게 한다. 춘설이 난분분히 흩날리는 쌀쌀한 봄 날씨에 손을 호호 불어가면서 붓을 놀리던 군신들의 모습이 멀어질수록 향기로운 매화향기처럼 천년 먼 세월을 넘고 있었다.

이 석루 맞은편에 구로당九老堂이라는 건물이 있는데, 이 건물의 주인공이 시왕詩王, 시마詩魔로 불리는 당나라 대시인 백거이白居易다. 구로당은 백거이가 조직한 '향산의 아홉 명의 노인들 모임'인 '향산구로회香山九老會'를 기념해서 지은 건물이다. 안에 들어가 보니 노인들의 초상이 진열되어 있고 향년 나이가 명시되어 있는데 대부분 팔십 이상이고, 구십, 백세에 이른 노인도 있다. 하남윤河南尹으로 재직하던 시기, 백거이는 향산사에 거금을 시주해서 절을 중수하고 스스로 〈수향산사기修香山寺記〉를 쓰니 향산사는 천하의 명찰로 거듭난다. 벼슬에서 물러난 뒤에는 향산사에서 자주 노닐며 '향산거사香山居士'라 자호自號하고 아홉 명의 노인들과 함께 구로회를 만들어 시로 창화하며 유유자적하였다. 회창會昌 6년(846년) 향년 75세의 나이로 세상을 뜬 백거이는 구로회의 회원이자 자신의 스승이었던 여만如滿 스님의 향산 부도탑 옆에 묻혔다. 백원白園이라 이름 붙인 그의 묘역에는 무덤과 함께 그를 기념하는 비문이 즐비하게 서 있다. 무덤 옆에 세워진 커다란 비석에는 그의 대표작 〈부득고원초송별賦得古原草送別〉이 유려한 행서체로 새겨져 있다.

> 무성한 초원의 풀이여
> 해마다 시듦과 영화를 반복하네
> 들불이 태워도 다 태우지 못하니
> 봄바람 불면 다시 살아난다네
> 먼 향기 옛길에 스미고
> 맑은 푸름이 황폐한 성에 이어지는데
> 또 떠나는 그대를 전송하자니
> 무성한 이별의 정만 가득하구나
>
> 離離原上草, 一歲一枯榮。
> 野火燒不盡, 春風吹又生。
> 遠芳侵古道, 晴翠接荒城。
> 又送王孫去, 萋萋滿別情。

이 시는 초원에 자라는 무성한 풀을 빌려 벗을 보내는 이별의 정서를 표현한 작품이다. 찬바람에 다 시들었다가도 다시 봄바람에 무성하게 자라는 풀처럼 세월이 흘러가도 변함없이 삶의 초원을 채우는 가없는 그리움을 말하고 있다. 그 그리움은 맑고 푸른 초원의 색깔과 향기처럼 옛길과 같고, 황폐한 성처럼 메마른 삶에 생기를 부여한다. 이 멋진 시에서 특히 유명한 구절은 "들불이 태워도 태워도 다 태우지 못하니, 봄바람이 불면 풀은 또 살아난다"라는 '야화소부진, 춘풍취우생野火燒不盡, 春風吹又生'이다. 초원의 풀은 이별의 정서가 아닌 고난을 이겨내는 강인한 정신으로 읽혀 들불과 같은 고난 속에서도 인내하며 봄바람 속의 부활을 기다리는 희망의 노래로 대중에게 수용되었다.

사실 이 시는 백거이가 대중에게 알려지게 된 이른바 입신지작立身之作이다. 젊은 시인 백거이가 과거시험을 보기 위해 경사로 가서 당시 유명한 문인이었던 고황顧況을 찾아 인사했다. 그러자 고황이 백거이의 이름을 놀리며 말했다. "살 거居에 쉬울 이易라! 장안은 쌀값이 비싸 사는 게 쉽지는 않을 걸세!" 백거이가 얼굴을 붉히며 자신이 지은 시 한 편을 보여줬다. 바로 이 〈부득고원초송별〉이었다. 시를 읽어내려 가던 고황의 시선이 2구 '야화野火'에 이르러서는 크게 감탄하면서 말했다. "이런 시를 써낼 수 있다면 자네 이름대로 쉽게 살 수 있겠구만!"

백원을 나와 다리를 건너 용문산 쪽으로 가는데 흰 새 한 마리가 훨훨 강을 건너 향산으로 간다. 평생 향산을 사랑하고 노래하며, 향산에 묻힌 향산거사 백거이라면 어쩌면 저 새가 되어 훨훨 자유롭게 향산과 용문에 노닐고 있는 것은 아닐까 하는 낭만적인 생각이 들었다. 북으로 흘러가는 이하伊河의 물결을 굽어보다가, 향산으로 가는 새를 올려보다가 백거이가 노년에 쓴 〈향산이절香山二絶〉을 읊어 이곳 용문과 향산에 어린 그의 시혼을 기렸다.

빈산은 고요하고 늙은이 한가로워
새를 짝하고 구름을 따라 오고 간다네

가양주 술병에 차고 책은 서가에 가득하니
살림을 반이나 향산으로 옮겨왔다네
空山寂靜老夫閑, 伴鳥隨雲往復還。
家醞滿瓶書滿架, 半移生計入香山。

바람 부는 애풍암에서 소나무에 오르고
달 그리는 연월담에서 바위에 앉네
구름과 샘과 잠시 인연을 맺었으니
다음 생에 응당 이 산의 중이 되겠지
愛風岩上攀松蓋, 戀月潭邊坐石棱。
且共雲泉結緣境, 他生當作此山僧。

하남성 2
— 숭산

10장

낙양을 떠나 다음 행선지 중악 숭산嵩山으로 향했다. 낙양에서 숭산이 있는 등봉시登封市까지는 약 1시간이 소요된다. 총면적 450제곱킬로미터인 숭산은 태실산太室山과 소실산少室山으로 나뉘어 있다. 72개의 봉우리 중에 가장 높은 봉우리는 소실산에 속하는 해발 1,512미터의 연천봉連天峰이다. 태실은 큰 집, 소실은 작은 집이란 뜻인데, 산 이름에 이런 명칭이 붙은 것은 치수 영웅 우의 두 아내 중 첫째 부인은 태실산에서, 둘째 부인은 소실산에서 살았기 때문이라고 한다. 숭산 일대는 우의 부친 곤이 다스리던 땅이었다. 태실산에는 4대서원 중 하나인 유서 깊은 숭양서원嵩陽書院이 있고, 소실산에는 중국 선종의 발원지이자 소림무술로 유명한 소림사가 있다. 우리는 먼저 태실산 산자락에 있는 숭양서원을 둘러보고 다음으로 소림사 무술학교에 들러 무술 시범을 관람한 후에 마지막으로 숭산의 비경을 보기 위해 삼황채三皇寨로 가는 험한 산길을 오르기로 했다.

1. 유불도가 번갈아 차지한 최고의 길지
- 숭양서원(嵩陽書院, 쑹양수위안)

숭양서원은 태실산 남쪽 기슭에 자리하고 있다. 고졸하고 소박하며 전아한 운치가 있어 고대 서원건축의 표본으로 수많은 서원의 모델이 되었다. 숭산은 중국의 중앙에 자리하고 있어서 예로부터 유불도儒佛道의 삼대 종교 모두가 이곳에 자신들의 핵심 기지를 세우고자 했다. 그래서 숭양서원 자리도 세 종교가 번갈아 가며 차지했다. 맨 먼저 이곳을 차지한 종교는 불교였다. 북위北魏 태화太和 8년(484년)에 숭양사嵩阳寺라는 큰 사찰이 이곳에 세워졌는데 승려의 수가 수백에 달했다. 후에 수나라 대업大業 연간(605~618년)에 도교에서 이곳을 차지하면서 도관을 세우고 숭양관嵩陽觀이라 이름하니, 이곳은 당을 거쳐 오대五代까지 줄곧 도교의 복지福地가 되었다. 최후의 승자는 유교 쪽이었다. 송 경우景祐 2년(1035년)에 유교 쪽에서 이곳에 서원을 세우고 숭양서원이라 이름했으며, 그 뒤로 긴 세월 유교의 성지가 되어 지금에 이르게 된 것이다.

송나라 초기에 나라가 태평하여 문풍文風이 사방에서 크게 일어나니 유학의 큰 스승들은 산림 속 조용한 곳을 찾아 학문을 연구하고 제자를 가르치는 것을 큰 보람으로 여겼다. 특히 숭산 지역은 유교에서 성인으로 받드는 요, 순, 우, 주공周公 등이 일찍이 거했던 곳이어서 이곳에 자리한 숭양서원은 유학자들의 특별한 관심을 받았다. 범중엄, 사마광, 정호, 정이, 주희 등 기라성 같은 학자들이 숭양서원에서 유학을 강학했다. 명·청시대 전성기에는 학생 수가 수백에 달하였으니, 과거제도가 폐지되고 새로운 신식 학교가 세워질 때까지 천 년이 넘는 긴 세월 동안 숭양서원은 교육기관으로서의 자기 역할을 충실히 수행했다. 서원은 역대 수차례에 걸쳐 증축되고 보수되었는데, 청 이전의 건축 풍격을 유지하고 있다. 역대 스승과 현인을 모신 선현사先賢祠, 학생을 가르치던 강당, 책을 비치하던 장서루藏書樓 등이 순서대로 정연하게 배치되어 있다.

숭양서원에는 관람객들의 특별한 주목을 받는 명물 두 개가 있다. 하나는 당나라 때 세워진 '대당비大唐碑'요, 또 하나는 중국

◈ 숭양서원 대당비

에서 현존하는 최고령 측백나무 '삼대장군三大將軍'이다. 대당비는 당나라 현종이 천보天寶 3년(744년)에 세운 거대한 비석으로 정식 명칭은 '대당숭양관기성덕성응이송비大唐嵩陽觀紀聖德盛應以頌碑'라는 긴 이름이다. 숭양서원 대문 밖 서쪽에 세워져 있으며 비석의 높이는 9.02미터, 폭은 2.04미터, 두께는 1.05미터로 크기가 굉대하고 받침돌 귀부龜趺와 머릿돌 이수螭首의 조각이 정미하다. 비석의 무게는 80톤인데, 위에 덮은 머릿돌만 10톤이다. 당초 이 거대한 비석을 만들어놓고도 세

우지 못해 공사 책임자 여럿이 목숨을 잃기까지 했다고 전해진다. 비석의 본체는 겨우 세웠는데 10톤에 달하는 머릿돌을 올릴 재간이 없어서였다. 다행히 지나가던 노인이 일러준 대로 흙을 비석 끝까지 높이 쌓은 후에 그 흙더미 위로 머릿돌을 굴려 비석 위에 얹는 방식으로 해결했다고 한다. "지혜로 당나라 비석을 세우다"라는 뜻의 '지립당비智立唐碑'의 전고가 이로써 만들어졌다. 이 비에 새겨진 글자는 1,000여 자에 달하는데, 숭양관의 도사가 당 현종을 위해 불로장생의 단약을 만든 이야기다.

글씨는 당시 유명한 서예가 서호徐浩가 썼으며, 필체가 단정하고 강약이 적당하여 강하면서도 우아한 당대 예서의 대표적인 작품으로 꼽힌다. 이 당비가 특별히 사람들의 주목을 받게 된 것은 이 비문을 작성한 사람이 간신 재상으로 유명한 이임보李林甫이기 때문이다. "입에는 꿀이 흐르지만 뱃속에는 칼이 있다"라는 '구밀복검口蜜腹劍'의 재상 이임보는 양귀비 치마폭에서 백성과 나라를 잊은 현종을 조종하며 조정을 장악해 전권을 휘둘렀던 간신 재상이다. 재상으로 있던 19년 동안 모든 비판적인 언로를 폐쇄하고 어질고 능력 있는 현신들은 모두 축출하여, 무능하고 부패한 조정을 만든 일등 공신이다. 결국 안녹산의 난이 일어나고 당나라가 내리막길을 가게 된 데는 당시 황제인 현종과 최장수 재상 이임보에게 무한책임이 있다고 해야 할 것이다.

간신 재상 덕분에 더 유명해진 이 대당비 앞에서 사람들은 불편한 마음을 감추기 어렵다. 아름답고 훌륭한 글씨와 조각에 기대어 간신의 글이 천년 세월을 넘어 전해지고 있으니 말이다. 옛사람들도 그것이 마음에 걸렸는지 염흥방閻興邦의 〈숭양서원嵩陽書院〉 같은 시가 전해진다.

한나라 측백나무는 천년의 고목인데

당나라 비석은 백대의 수치로구나

서호의 글씨에 기대어

간신 이임보의 이름이 남게 하지 말거라

漢柏千年古, 唐碑百代羞。

莫因徐浩筆, 偃月姓名留。

이제 위 시에서 언급한 한나라 측백나무인 삼대장군을 뵈러 갈 차
례다. 서한 원봉元封 6년(기원전 110년) 한 무제가 숭산에 놀러왔다가
높게 자란 거대한 측백나무 세 그루를 보고는 그 기상의 늠름함을 칭
송하며 각각 대장군, 이장군, 삼장군으로 봉했다고 한다. 2천 년 전에

이미 거대한 나무였으니 그 수령을 짐작하기가 어려운데, 임학林學 전문가에 따르면 4,500년은 너끈히 되었을 것이라고 하니 중국 최고령 측백나무인 셈이다. 대장군은 나무 높이가 12미터, 둘레는 5.4미터로 긴 세월을 이기지 못하고 담장에 기대어 기울어져 있긴 해도 여전히 무성하게 잎을 피우고 있다. 이장군은 높이 18.2미터, 둘레는 12.54미터로 늠름하게 곧게 솟아 있다. 거대한 몸통에서 갈라져 나온 굵은 가지들은 용트림을 하며 하늘로 솟구쳐 푸른 잎을 토해내고 있는데 그 기상이 얼마나 삼연森然한지 보는 이를 압도한다. 낡은 건물들 사이를 다니며 옛사람들의 희미한 흔적을 찾던 사람들은 이곳에 이르러 수천 년 장구한 세월의 강을 건너온 살아 있는 역사의 증인을 보고는 감탄을 금치 못한다. 다만 그 증인의 언어를 배우지 못해 소통하지 못하는 것을 아쉬워할 뿐이다.

2. 9년 면벽수도의 달마대사, 선禪과 무武를 합치다
— 소림사(少林寺, 샤오린쓰)

소실산 산자락에 있는 소림사로 갔다. 소실산의 울창한 숲에 있다고 해서 '소림少林'이라고 한 것이다. 이 유서 깊은 절은 중국 선종 불교가 시작된 곳이다. 서역에서 온 달마대사가 숭산의 동굴에서 9년간의 면벽수도 끝에 깨우친 심오한 선종의 교의를 이곳 소림사에서 본격적으로 가르쳤다. 문자나 강설에 의존하지 않고 좌선을 통해 진리에 이르는 선종의 가르침이 이곳에서 본격적으로 중국 곳곳에 전파되었다.

소림사는 중국 무술의 발원지이기도 한데, 이 무술의 기원 역시 달

◈ 숭산 소림사 무술 공연

마대사와 관련이 있다. 오랫동안 면벽수도를 하다 보니 가장 중요한 것이 건강 관리이고, 이를 위해 달마대사가 훈련한 운동법이 바로 소림 무술의 기원이라는 것이다. 소림사에 마련된 무술관에 들러 각종 무술 시범을 보았다. 권술, 봉술, 창검술 등 현란한 무술 공연이 약 20여 분 진행되었다. 동작이 화려하고 유연해서 무술이라기보다는 춤에 가까운 듯한 느낌이다. 소림 무술의 요체는 선禪과 무武의 합일이다. 선종의 핵심은 좌선을 통해 진리에 이르는 것인데, 좌선의 성패는 바로 망념을 떨치고 화두에 몰두하는 집중력에 달려 있다고 할 것이다. 바로 이 집중력을 양성하는 것이 소림 무술의 진정한 목적이다. 짧은 공연을 관람하고 나오면서 멋진 공연을 보여준 젊은 승려들이 더 수련을 쌓아 깊은 깨달음으로 나아갈 수 있기를 기원했다.

무술관에서 나온 우리 일행은 소림사 서쪽 300미터 정도의 거리에 있는 '탑림塔林'에 들렀다. 역대 소림사의 주지를 지냈던 고승들이 쉬고 있는 묘역이다. 시대별로 양식을 달리하는 부도탑 240여 개가 숲

◈ 숭산 탑림

을 이루고 있다. 높이도 크기도 다른데 아마도 탑의 크기는 스님의 살아생전 영향력을 반영한 것일 게다. 여기 잠들어 쉬고 있는 고승들이 깨친 진리는 어떤 것이었을까? 문자로도 강설로도 전할 수 없는 진리를 어떻게 전하고 가르쳤을까? 선종의 스승들은 제자들을 깨우치기 위해 특별한 방식의 수행법을 발전시켰는데, 당나라 때의 덕산德山대사와 임제臨濟선사가 가장 유명하다. 덕산대사는 수행자를 향해 갑작스럽게 몽둥이를 내리쳤고, 임제선사는 수행자를 향해 벼락같이 소리를 질렀다. 화두를 붙잡았지만 오만 가지 잡념으로 갈피를 못 잡고 해매고 있는 수행자들은 스승의 번개처럼 내리치는 몽둥이질과 천둥 같은 고함소리에 순간 미망의 안개가 걷히면서 깨달음의 문이 열리는, 돈오頓悟의 심오한 경지를 체험하기도 했다고 한다.

이 두 분의 지도법은 각각 "덕산의 몽둥이"란 뜻의 '덕산봉德山棒', "임제의 고함 소리"란 뜻의 '임제갈臨濟喝'이라는 이름으로 전해진다.

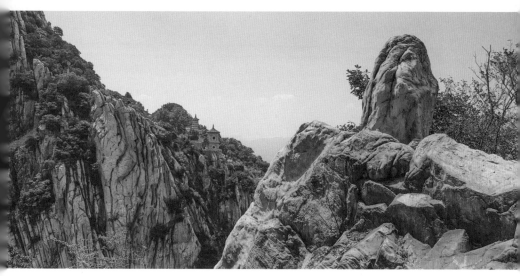

그리고 이 둘을 합해서 "정면을 향해 몽둥이를 내리치고 고함을 치다"라는 뜻의 '당두봉갈當頭棒喝'이라는 성어가 생겼다. 정수리를 후려치는 듯 갑작스러운 깨달음으로 인도하는 심오한 가르침을 뜻한다. 지혜로운 고승들의 탑림을 대하고 당두봉갈의 옛 이야기를 떠올리다 보니 탑 너머 나무 그늘진 곳에서 바른 인생을 주문하는 고승의 준엄한 목소리가 들리는 듯하다. 벌써 몽둥이 한 대가 날아왔는지 이마빡이 시큰하다.

탑림에서 다시 위쪽으로 조금 올라가면 숭산 깊숙이 들어가는 케이블카 정거장이 있다. 이조암二祖庵으로 가는 숭양색도嵩陽索道와 삼황채三皇寨로 가는 소림색도少林索道 두 노선이 있다(케이블카를 중국어로 '색도索道'라 한다). 이조암에 비해 삼황채로 가는 길의 풍경이 빼어나다 하여 소림색도를 탔다. 삼황채는 도교에서 인류의 시조로 여기는 천황天皇, 지황地皇, 인황人皇의 세 분이 거주했다고 전해지는 곳이다. 숭

◈ 서책애

산의 케이블카는 화산과는 비교가 되지 않을 정도로 산세가 밋밋하여 감동이 없다. 기복대祈福臺에서 케이블카를 내려 잠시 걸어올라가면 삼황채 풍경구가 시작된다. 등산로는 절벽에 설치된 아찔한 잔도와 계곡을 오르내리는 가파른 돌계단으로 이루어져 있다.

풍경구에 들어서자마자 숭산의 흰 봉우리들이 압도하는데, 한결같은 두께의 길고 넓은 석판을 켜켜이 쌓은 뒤 비스듬히 세워둔 것처럼 기묘하게 생겼다. 이름하여 '서책애書冊崖', 절벽이 마치 책을 쌓아놓은 듯하다고 해서 붙은 이름이다. 본래 수평으로 켜켜이 쌓여 있던 암석면이 수억 년 전 조산운동에 의해 수직으로 일어나서 이렇게 절벽으로 우뚝 서 있게 된 것이라고 한다. 오직 이곳에서만 볼 수 있는 독특한 지형이라고 하니 아찔한 잔도를 거닐면서도 풍경에 몰입하여 무섬증은 당초부터 없었던 듯 유쾌하였다.

절벽과 계곡으로 난 길을 따라 끝없이 펼쳐지는 중악 숭산의 수려하고 웅장한 자태를 마음껏 감상했다. 풍경에 취하여 길을 재촉하지 않은 탓에 당초 생각한 것보다는 훨씬 시간이 걸려 삼황채 풍경구가 끝나는 지점에 이르니 이미 해가 서쪽으로 기울고 있었다. 산을 내려가면서 당나라 시인 왕유의 시〈귀숭산작歸嵩山作〉을 빌어 아름다운 숭산을 예찬하였다.

맑은 시내 긴 숲을 감아 흐르는데
수레는 한가롭게 가는구나
흐르는 물은 마음이 있는 양
저녁 새들은 짝하여 돌아오누나
황폐한 성은 옛 나루터에 임해 있고
지는 해 가을 산에 가득한데
아득한 숭산 높은 봉우리 아래로
돌아와 잠시 사립문을 닫네
淸川帶長薄,　車馬去閑閑。
流水如有意,　暮禽相與還。
荒城臨古渡,　落日滿秋山。
迢遞嵩高下,　歸來且閉關。

◈ 삼소묘

3. 그리운 동생도 오고 고향에 계신 부친도 오시고
— 삼소묘(三蘇墓, 싼쑤먀오)

숭산을 내려온 우리 일행은 황하와의 재회를 미루고 다시 남하하기로
했다. 소동파가 그의 부친, 동생과 함께 잠들어 쉬고 있는 삼소묘가 숭
산에서 그리 멀지 않은 평정산平頂山 겹현郟縣에 있기 때문이다. 시를
따라 떠도는 우리의 긴 여행길에 충실한 반려자가 되어준 소동파가
아닌가. 파란만장한 삶을 접고 편히 안식하고 있는 그의 무덤에 들러
시 한 수 낭랑하게 읊어 고마운 마음을 전하는 것이 마땅한 도리일 것
이다.

숭산 소림사에서 겹현까지는 100여 킬로미터로, 차로 1시간 반 정
도면 갈 수 있다. 삼소묘는 하남성 평정산시 겹현 소분촌蘇墳村에 있다.

북으로는 숭산의 남쪽 산봉우리를 등지고, 남으로는 여수汝水를 임하여 산천이 수려하고 풍경이 아름다운 명당이다. 북송 건중정국建中靖國 원년(1101년) 7월, 강소성 상주常州에서 65세의 나이로 숨을 거둔 소동파는 이듬해 이곳으로 운구되어 묻혔다. 그리고 11년이 흐른 뒤 동생 소철도 하남성 허창許昌에서 죽어 이곳으로 와 형님 곁에 묻혔다. 아버지 소순의 무덤은 사천성 미산 옛 고향에 있는데, 학문의 뿌리인 아버지 소순에게서 멀리 떨어져 있는 두 아들을 안타깝게 여긴 겹현의 관리가 소순의 의관총을 만들어 두 아들 곁에 둔 것이다.

그렇다면 왜 소동파의 무덤이 고향 사천 미산이 아닌 이곳에 있게 된 것일까? 이야기는 소동파가 죽기 7년 전으로 거슬러 올라간다. 동생 소철이 소성紹聖 원년(1094년) 여주汝州의 지주가 되었는데 소동파가 동생을 보기 위해 찾아왔다. 두 사람은 여주 부근의 명승을 찾아 노닐다가 겹현에 이르렀는데, 현 북쪽으로 연화산蓮花山의 산줄기가 아련하게 이어지는 모습이 영락없는 고향 미산의 모습이었다. 이미 노령에 이른 소동파는 이곳이 자신이 안식할 땅임을 직감하고 동생 소철에게 이곳에 자신의 무덤을 만들 것을 주문했다. 동파가 죽은 뒤 소철은 형님의 뜻을 조카들에게 알렸고, 동파는 그의 원대로 이곳 겹현에 묻히게 된 것이다. 11년 후에 소철 역시 형님 곁에 묻히니 일생 동안 한시라도 떨어져 있으면 그토록 그리워하던 두 형제는 영원히 함께 있게 된 것이다.

소동파에게 동생 소철은 단순한 동생이 아닌 지기知己였다. 학문의 동반자요, 정치적 명운을 같이한 동지였다. 두 사람은 함께 있으면 절차탁마의 도리를 다하여 서로를 권면했고 떨어져 있으면 그리움의 긴 편지를 썼다. 동파의 수많은 명편 시문은 동생 소철과 주고받은 작품들이다. 삼소묘 입구에서 중국인 초등학생 한 명을 만났다. 어린 나이에 옛 시인의 묘소를 찾는 것이 기특한데 몇 마디 인사말에 동파의 시문이 줄줄 나온다. 동파가 동생 소철을 그리워하며 쓴 〈수조가두水調歌頭〉라는 긴 사詞 작품이다. 해마다 중추절이 되면 지금도 사람들이 즐겨 읽는 명편이다.

밝은 달은 언제부터 있었던가
술잔 들고 하늘에 묻노라
하늘나라 궁전은 오늘 밤이 어느 해일까
바람을 타고 올라가고자 하다가도
달나라 궁전 높은 곳 추울까 걱정이라
일어나 춤을 추며 맑은 달빛을 희롱하나니
어찌 인간 세상만 하겠는가
붉은 누각을 돌아
아름다운 창가로 낮게 찾아와
잠 못 드는 사람 비추는 달이여
무슨 한이 있길래
항상 이별해 있을 때만 둥글어지는 것이냐
인생의 슬픔과 기쁨, 헤어짐과 만남
달이 흐렸다 맑아지고 찼다가 기우는 것과 같다네
모든 것이 다 잘되는 일이야 예부터 어려운 일
그대여 그저 오래오래 건강하게 살아서
천 리 멀리 떨어져서도 밝은 달을 함께 볼 수 있기만을
明月幾時有, 把酒問靑天。

不知天上宮闕，今夕是何年。

我欲乘風歸去，又恐瓊樓玉宇，高處不勝寒。

起舞弄清影，何似在人間。

轉朱閣，低綺戶，照無眠。

不應有恨，何事長向別時圓。

人有悲歡離合，月有陰晴圓缺，此事古難全。

但願人長久，千里共嬋娟。

소동파가 중추절 밝은 달을 바라보면서 멀리 떨어져 있는 동생 소철을 그리워하며 지은 것이다. "무슨 한이 있길래 항상 서로 이별해 있을 때만 더욱 둥글어지는 것이냐"라며 절절한 그리움을 전하는 동파의 모습은 멀리 있는 연인을 향한 사랑의 고백처럼 들린다. "달도 차면 기울 듯 우리네 인생도 만나면 또 헤어질 때가 있는 법, 다만 바라기는 그대 오래오래 건강하게 살아서 천 리 멀리 떨어져 있어도 저 밝은 달을 함께 볼 수 있기만을 바랄 뿐이네." 수백 그루의 측백나무들이 옹위하고 있는 숲속에 마련된 삼소묘 앞에서 나도 〈수조가두〉를 높은 음으로 카랑카랑하게 불러 동파에 예를 표하였다. 돌아오는 길에 고개 돌려 바라보니 삼소묘 입구에 서 있는 동파의 동상 뒤로 희미한 낮달이 졸다 깬 눈을 비비며 바라보고 있었다.

하남성 3 — 정주, 왕옥산, 제원

황하는 정주鄭州의 도화욕桃花峪의 분계선을 기점으로 786킬로미터의 하류 구간을 시작하며 넓게 흘러간다. 더 이상 협곡을 만나 굽어질 일도, 폭포를 만나 소용돌이치며 흘러갈 일도 없다. 대신 넓게 흐르다 보니 황하가 실어 나르는 막대한 양의 모래가 하상河床에 쌓이면서 하상이 제방 밖 평지보다 더 높아지는 '현하懸河' 현상이 발생하기도 한다.

황하가 하류 구간을 시작하면서 처음 만나는 고도 정주에 왔다. 정주 시내에서 서북쪽으로 20킬로미터를 가면 황하유람구가 있어서 하류 황하의 진면목을 확인할 수 있다. 수륙양용 관광선을 타고 황하의 한복판에 들어가 물이 빠져서 마른 땅이 된 하상 위에 오를 수 있다. 배가 다시 떠나기까지 얼마간 산책을 하거나 오토바이를 타거나 말을 타고 달릴 수도 있다. 그냥 조용히 쭈그리고 앉아 황하의 심장박동 소리를 듣거나 흘러가는 강물에 깎이고 허물어지는 하상의 모래톱을 바라보는 것도 좋다.

정주 황하유람구에는 황하를 바라보는 두 개의 큰 바위 얼굴이 있다. 바로 중국인들이 자신들의 조상으로 여기는 염제炎帝와 황제黃帝다. 모두 고대 화하부족의 부락연맹을 이끌던 수령이다. 염제는 신농씨神農氏라는 이름으로 알려져 있는데, 쟁기와 보습을 발명해 농사를 크게 발전시킨 농업의 신, 약초를 찾고 분류하여 병을 치료한 의약의 창시자로 알려져 있다. 황제는 수레와 배, 문자, 음률, 역법, 관직 등 여러 문명을 창조해서 문명시조로 숭앙을 받는 인물이다. 황제는 염제 신농씨와의 주도권 싸움에서 승리하여 거대한 연맹체를 구성하고 동방의 치우蚩尤가 이끄는 부락 연맹과의 싸움에서 승리하여 중국을 통일하기도 했다.

1. 오백 년 대추나무에 주렁주렁 매달린 백가성
- 황제고리(黃帝故里, 황띠꾸리)

정주에서 가까운 신정新鄭에 황제가 태어나고 활동한 황제고리黃帝故里가 있다. 이 지역은 황제가 이끄는 유웅씨有熊氏 부족이 거주하던 땅이다. 한나라 때부터 이곳에 황제를 제사하는 사당 헌원묘軒轅廟가 세워졌다. 헌원은 황제가 태어난 언덕 이름으로, 황제의 호칭이 되었다. 사당은 역대에 걸쳐 중수되고 확장되어 지금에 이르러서는 해내외 모든 중국인들이 자신의 뿌리를 찾아 순례하는 중화민족의 성지가 되었다. 일부에서는 황제의 탄생일인 3월 3일을 '중화성탄절中華聖誕節'로 정해서 전 세계의 중국인들이 같은 날에 함께 헌원황제를 기념하자고 주장하기도 한다. 황제고리에는 넓은 광장이 조성되어 있는데, 바로 중화성씨광장中華姓氏廣場이다. 같은 조상에서 근원한 한 민족임을 강조하는 표어, '동조동원동근同祖同根同源'이라고 쓴 깃발들이 빼곡하게 둘러 있다. 황제를 상징하는 커다란 보정寶鼎이 서 있는 단상을 중심으로 성씨를 새긴 담벽이 길게 늘어서 있는데, 그곳에 새겨진 성씨의 수가 자그마치 4,600개다. 지씨只氏, 말씨末氏 등 설마 이런 성씨가 있으랴 싶은 성씨들도 많다. 성씨의 숫자가 이처럼 많지만 100위 안에 드는 성씨들, 이른바 백가성百家姓이 차지하는 인구 비율이 중국 전인구의 85퍼센트를 넘는다고 한다. 참고로 중국에서 가장 많은 성씨는 왕씨王氏다. 이씨李氏, 장씨張氏, 유씨劉氏, 진씨陳氏가 그 뒤를 잇는다.

황제고리 곳곳에는 같은 뿌리에서 비롯된 동일한 민족임을 강조하는 특별한 조경이 갖춰져 있다. 바로 대추나무다. 헌원묘에 오르는 길 양옆으로 백 년을 훌쩍 넘긴 오래된 대추나무들이 도열하고 있다. 사당을 오르는 계단 아래에 서 있는 수령 500년의 대추나무 두 그루는 여전히 싱싱하게 잎을 피우고 붉은 열매를 주렁주렁 매달고 있다. 수많은 대추 열매들이 모두 한 나무 한 뿌리에서 비롯된 것처럼 별처럼 많은 중화자손이 황제라는 한 조상에게서 비롯되었음을 보여주려는 것이다. 또 오랜 세월 풍성하게 결실을 맺는 대추나무는 자손의 왕성한 번식을 상징하기도 한다. 전통 혼례에서 대추와 밤을 던지는 것도 다 이런 상징에 따른 것인데, 이것은 나무의 특성을 고려한 것 외에도 중국의 고유한 문화인 해음문화와도 관련이 있다.

대추는 중국어로 '조자棗子'라고 쓰는데 이 '대추 조棗'의 발음이 '일찍 조무'와 똑같이 [자오, zǎo]이다. 그래서 '조자棗子'는 '조자무子'가 되어 "아들을 일찍 낳으라"는 뜻으로 읽히는 것이다. 밤 역시 마찬가지다. 밤은 중국어로 '율자栗子'인데 이 '율'의 발음이 '설 립立'과 같이

[리, li]여서 '립자立子', 아들을 세워라로 읽히는 것이다. 글자가 달라도 발음이 유사하면 뜻을 공유하는 중국의 독특한 해음문화가 만든 현상이다. 그러니까 황제고리에 심긴 대추나무는 황제가 자신을 찾아온 중화자손들의 번창을 축복하며 던지는 대추 열매인 셈이다. 황제고리 부근에는 대추 농사하는 농원이 많아서 길가마다 막 따온 싱싱하고 향긋한 대추를 파는 노점상들이 즐비했다. 아직은 푸른색이 다 가시지 않은 풋풋한 대추를 한 봉지 사들고 다음 행선지로 왕옥산王屋山으로 향했다. 왕옥산 정상에 황제가 하늘에 제사한 천단天壇이 있다.

2. 우공 가족의 불굴의 삽질에 사라질 뻔했던 산
- 왕옥산(王屋山, 왕우산)

왕옥산은 산서성 남부를 가로지르는 중조산에서 갈라져 나온 산이어서 하남성 제원시濟源市와 산서성 진성시晉城市 사이에 있다. 정주에서 보자면 다시 황하의 물길을 거슬러 올라가야 하는데, 거리가 200킬로미터도 채 안 되고 또 길도 잘 닦여 있으니 일정상 큰 무리가 없다. 또 왕옥산은 황제의 천단이 있는 도교의 성산으로도 유명하지만, 우리에게는 '우공이산愚公移山'의 이야기로 잘 알려진 산이니 한 번은 꼭 가봐야겠다고 벼르던 곳이다. 《열자·탕문》에 나오는 이야기이다.

　하북河北 북산에 우공愚公이라는 90세 노인이 살고 있었는데, 사방 700리에 달하는 크고 높은 산 왕옥산과 태항산이 이 노인의 집을 떡하니 가로막고 있어 외출할 때마다 산을 돌아가느라 여간 불편한 게 아니었다. 마침내 우공이 가족을 불러 자신의 결심을 말했다.

"힘을 합쳐 산을 옮겨 하남으로 곧장 통하는 길을 만들자!"

자식들은 모두 찬성했는데, 부인만은 시큰둥하게 말했다.

"당신 힘으로는 앞에 있는 작은 언덕 하나도 옮기기 어려울 것인데 저렇게 큰 산을 어떻게 옮긴다고 그럽니까? 그리고 그 많은 흙을 어디에다 버릴 겁니까?"

아들들이 나서서 그건 걱정할 것 없다며 말했다.

"동쪽 바다 발해渤海에 버리면 됩니다!"

이튿날부터 바로 우공은 아들, 손자, 며느리를 데리고 왕옥산에 올라 산을 옮기는 대장정의 첫 삽을 뜬다. 산에서 퍼낸 흙과 바위를 싣고 바다로 떠난 아들과 손자들은 한 해가 바뀌어서야 돌아왔다. 이런 무모하기 이를 데 없는 일을 보고는 마을의 한 노인이 충고하러 찾아왔다. 그는 지혜롭다고 자처하는 사람으로, '지혜로운 노인'이란 뜻의 '지수智叟'로 불렸다.

"당신은 참 어리석기 짝이 없구려. 당신 나이가 구십이오. 나무뿌리 하나 뽑기도 힘에 부치는 나이이거늘 그 큰 산의 흙과 바위를 어쩌겠다는 것이오?"

우공이 길게 탄식하며 말했다.

"당신이야말로 참 어리석소. 내 나이가 구십이고 언제 죽을지도 모르지만, 나에게는 아들과 손자가 있소. 내가 산을 옮기다 죽으면 아들이 이어서 산을 옮길 것이고, 아들이 옮기다 죽으면 손자가 또 그렇게 할 것이오. 그렇게 자자손손 흙과 돌멩이를 나르다 보면, 산이야 더 커지는 법도 없을 테니 언젠가는 다 옮겨지는 날이 올 것 아니겠소?"

지수 노인은 기가 막혀 유구무언, 끙하고 앓는 소리를 내며 몸을 돌려 돌아갔다. 그 후로도 우공 가족의 삽질은 계속되었는데, 이 계속

된 공사에 더럭 겁이 난 쪽은 왕옥산과 태항산에 거주하던 산신이었다. 이 노인네의 무모한 삽질에 언젠가는 자신의 거주지가 절단나 사라질 판이니 말이다. 산신이 급히 옥황상제에게 일의 시말을 보고하며 문제를 해결해 줄 것을 요청하니, 노인의 불굴의 정신에 감동한 옥황상제가 힘 좋은 과아씨夸娥氏의

◈ 우공이산 동상

두 아들에게 명하여 왕옥산과 태항산을 등에 지고 다른 곳으로 옮기게 했다. 이로써 하북에서 하남으로 직통하는 길이 열리게 되었다.

이 이야기에서 비롯된 '우공이산' 사자성어는 난공불락의 난제라도 불굴의 신념을 갖고 도전할 것을 요구하는 교육적이고 정치적인 표어가 되었다. 왕옥산 입구에는 우공과 가족들이 산을 옮기는 현장을 묘사한 커다란 동상이 서 있는데, 그 동상 기저에는 "우공이산愚公移山, 개조중국改造中國"이라는 모택동의 휘호가 새겨져 있다. 우공의 산을 옮기는 정신을 본받아 중국을 바꾸자는 뜻이다. 우리 일행이 막 도착했을 때 공무원인 듯한 20여 명의 젊은이들이 줄지어 서서 인도자를 따라 휘호 아래 새겨진《열자·탕문》의 글을 큰 소리로 읽고 있었다.

어찌 중국을 개조하는 일만 산을 옮기는 일처럼 어려우랴. 인생사 수많은 일이 다 높은 산이 아닌가. 바꾸기 어려운 오랜 습관이나 기질은 또 어떠한가. 사람 사이의 오랜 인간관계도, 사회의 오랜 제도도 모

◈ 왕옥산 천단

두 바꾸기 어려운 난공불락의 높은 산들이 아니던가. 이런 산들 앞에서 무력하게 절망한 적이 어디 한두 번이던가. 우공처럼 어리석은 듯 큰 호흡으로 가야 한다 싶은데, 만사 조급증에 길들여진 우리네 모습은 스스로 지혜롭다고 여긴 저 마을 노인네처럼 서둘러 결론을 내고 도전을 포기한다.

왕옥산 정상으로 가는 케이블카를 탔다. 왕옥산은 고도가 1,715미터나 되는 높은 산이다. 이 높은 산꼭대기에 도교의 사원이 마치 하늘에 걸쳐 있는 듯 구름을 뚫고 신비롭게 솟아 있다. 산의 경사가 가팔라서 케이블카를 타고 오르는 길이 아찔한데, 바위 절벽 곳곳에 새겨진 주름이 마치 우공 가족의 삽질 흔적처럼 보인다. 산 정상 가까운 곳에 이르렀더니 원시인 복장을 한 사람들이 창과 방패를 들고 왕옥산을 찾은 관람객들을 상대로 공연을 하고 있다. 황제가 이곳에 이르러 하늘에 제사하고 구천현녀九天玄女로부터 《구정신단경九鼎神丹經》이라는 비급祕笈을 얻어 마침내 동이족의 수령인 치우와의 싸움에서 승리하고, 중국을 통일한 고사를 연출한 것이다. 깃털을 머리에 꽂고 얼굴에 울긋불긋 색을 칠하고 털옷을 걸친 차림새만 봐서는 아메리카 인디언들과 크게 다르지 않아서 좀 생뚱맞다는 생각이 들었지만, 가파른 길을 오르느라 힘들었던 터라 다리쉼도 할 겸 그늘에 앉아 구경했다.

도교에서는 황제를 존귀한 신으로 모시기 때문에 황제의 족적이 남아 있는 이곳은 예부터 도교의 성지가 되어 유명한 도사들이 많이 거했다. 낙양에서 의기투합해서 여행을 떠났던 이백과 두보도 이 왕옥산의 도관을 찾아왔었다. 천보 3년(744년)의 일인데, 두보가 말년에 이 시절을 회고하면서 쓴 시 〈옛날의 노님昔遊〉에서 밝힌 내용이다.

옛날 도사 화개군華蓋君을 알현하려
깊숙한 왕옥산 동궁洞宮을 찾았더니
도사는 이미 죽어 하늘에 올랐고
밝은 해만 적막하였어라
수건이며 책상은 아직 그대로인데
제자 네댓 명이 들어와 눈물을 흘렸네
나는 그때 명산을 유람하던 시절
수레를 타고 먼 골짜기에 갔거늘
오랜 만남의 소원은 어긋나
처량하게 먼 하늘만 바라보았다네
숲은 어두워져 그윽한 경소리 그쳤는데
밤이 다하도록 석각에 누워 있었더니
선인 왕자교가 천단에 내려오고
희미한 달이 하얀 학을 비추는 듯하였네
　昔謁華蓋君, 深求洞宮腳。

玉棺已上天, 白日亦寂莫。

暮升艮岑頂, 巾幾猶未卻。

弟子四五人, 入來淚俱落。

餘時遊名山, 發軔在遠壑。

良覿違夙願, 含悽向寥廓。

林昏罷幽磬, 竟夜伏石閣。

王喬下天壇, 微月映皓鶴。

　왕옥산의 이름난 도사를 찾아갔다가 도사가 세상을 떠나는 바람에 크게 실망했던 추억을 되새긴 시이다. 이백 역시 이곳에서 노닌 추억을 떠올리며 왕옥산에 거하는 도사에게 편지한 시 〈기왕옥산인맹대융寄王屋山人孟大融〉에서 "선생을 따라 왕옥산 천단에서 신선과 함께 한가로이 떨어진 꽃잎을 쓸고 싶다愿隨夫子天壇上, 閑與仙人掃落花"라는 멋스러운 시구를 남겼다.

　황제가 제사한 천단 자리에는 3층으로 된 도관 총선궁總仙宮이 우뚝 솟아 있고 황제의 신상이 모셔져 있다. 도관 뒤쪽으로는 널찍한 관람대가 마련되어 있어 나가 보니 하남성 북단까지 흘러온 태항산맥의 수려한 산봉우리들이 만들어낸 기막힌 풍경이 파노라마처럼 펼쳐진다. 왕옥산의 푸른 봉우리들이 물결처럼 근경을 이루고 조금 더 멀리에서 불쑥 솟아오른 기이한 형태의 태항산 봉우리들이 병풍처럼 둘러 있고 그 뒤로 다시 먼 산들의 아스라한 실루엣이 첩첩 이어지니 그야말로 청산무진도青山無盡圖다. 실로 이런 선경이 따로 없으니 도사들의 수련 비결이 바로 이런 경치에 있는 듯했다. 아무리 보아도 질리지 않는 풍경 속에 오래도록 머물렀더니 이윽고 내 입에서도《도덕경》

25장 구절이 절로 술술 흘러나온다. 마치 가짜 도사라도 된 듯하였다.

혼돈 속 물物 하나가 있으니

하늘과 땅보다 먼저 태어났다네

조용하고 알 수 없구나! 변함없이 홀로 서 있네

두루 미치나 쉬지 않으니 우주의 어미가 될 만하구나

나는 그 이름을 알지 못하나

억지로 쓰자니 도라 쓰고

억지로 부르자니 크다고 한다

큰 것은 가는 것이요

가는 것은 널리 미치는 것이며

널리 미치는 것은 되돌아옴이다

그리하여 도가 크고, 하늘이 크며

땅도 크고, 사람 또한 크다

우주엔 큰 것이 네 개 있는데 사람도 그 한 자리를 얻는다

사람은 땅을 따르고, 땅은 하늘을 따르며

하늘은 도를 따르고, 도는 자연을 따른다

有物混成, 先天地生。

寂兮寥兮, 獨立而不改, 周行而不殆, 可以爲天地母。

吾不知其名, 乃强字之曰道, 强爲之名曰大。

大曰逝, 逝曰遠, 遠曰反。

故道大, 天大, 地大, 人亦大。

域中有四大, 而人居其一焉。

人法地, 地法天, 天法道, 道法自然。

3. 장강만 삼협이냐 황하도 삼협이 있다
— 하남제원황하삼협(河南濟源黃河三峽, 허난지위안황허산샤)

왕옥산에서 멀지 않은 곳에 황하삼협이 있다. 황하삼협하면 일반적으로는 황하상류 구간에 있는 감숙성의 병령협炳靈峽, 유가협劉家峽, 염과협鹽鍋峽으로 구성된 협곡을 가리킨다. 이 협곡들은 앞서 다녀온 병령사가 있는 곳이다. 지금 가려는 황하삼협은 하남성 제원시濟源市에 속해 있어 하남제원황하삼협河南濟源黃河三峽으로 구별하여 부른다. 2001년, 낙양 북쪽 맹진현孟津縣 소랑저촌小浪底村에 거대한 댐이 조성되어 황하의 물길을 막으면서 물길이 거슬러 올라와 협곡을 채우면서 산봉우리와 호수가 어울린 멋진 풍경구가 형성된 것이다.

황하삼협은 소랑저 댐으로부터 약 20킬로미터 상류 지역에 있다. 수려한 봉우리들이 이어지는 고산협孤山峽, 굽이굽이 이어지는 깊은 계곡이 멋진 용봉협龍鳳峽, 깎아지른 듯한 절벽이 웅장한 팔리협八里峽, 이렇게 세 개의 협곡이 이어진다. 배를 타고 협곡을 감상할 수도 있고 등산로를 이용해 높은 봉우리에 올라 감상할 수도 있다. 협곡 위를 오가는 케이블카는 물론이고 협곡을 건너는 투명한 유리 다리를 설치한다든지, 산비탈에서 아래로 내려가는 가파른 미끄럼틀을 조성하는 등 관광객을 유치하기 위해 애를 썼다.

협곡을 일주하는 배를 탔더니 기대한 것과는 달리 밋밋해서 재미가 없다. 아무래도 장강삼협을 너무 자주 오갔던 탓이다. 차원이 워낙 다르니 말이다. 배에서 내려 등산로를 이용해 산봉우리 높은 곳에 마련된 관람대까지 올라갔다. 비로소 황하삼협의 절경이 한눈에 들어오면서 감탄사가 터졌다. "관지觀止!" 보는 것은 이제 끝났다는 한문식 표현이다. 산골짜기 구석구석까지 깊게 들어온 황하의 물길이 굴곡진 지형을 따라가며 아름다운 선을 만들고 있는데, 물결이 일지 않아 마치 매끄러운 거울 표면 위에 산들이 파충류처럼 납작 엎드려 있는 듯한 모양새다. 크고 작은 봉우리들이 물길을 따라 아득하게 멀어져 가니 마치 하늘에서 내려온 황하가 산들과 함께 하늘로 돌아가는 듯했다.

함께 서서 연신 감탄을 하던 일행이 시 한 수 읊으라 하는데, 여기는 2001년에야 조성된 새로운 풍경구이니 관련된 옛 시가 있을 리 없다. 궁여지책으로 당나라 시인 왕유의 산수시 하나를 꺼내 들고 설명했다. "지금 내려다보이는 이 풍경은 왕옥산의 산줄기와 황하의 물줄기가 함께 그려낸 살아 있는 산수화입니다. 그래서 산수화에 뛰어났던 당나라 시인 왕유의 산수시 〈수장소부酬張少府〉가 적당할 듯합니다."

만년에 고요함만을 사랑하여
만사 별 관심이 없다네
돌아봐도 잘하는 일 없으니
옛 숲으로 돌아가자꾸나
솔바람에 허리띠를 풀고
달빛 아래 거문고를 탄다네
그대 궁하고 통하는 세상 이치를 묻는가
깊은 물가에 들리는 어부의 노래를 듣게나
晚年唯好靜, 萬事不關心。
自顧無長策, 空知返舊林。
松風吹解帶, 山月照彈琴。
君問窮通理, 漁歌入浦深。

마치 시에 화답하는 듯 강에서는 시원한 바람이 끊임없이 불어오니 허리띠 대신 배낭끈을 풀고 높은 산봉우리에 오랫동안 앉아 스스로 풍경이 되어갔다.

4. 황제의 스승을 배출한 진씨 가문의 북방 제일 대저택
– 황성상부(皇城相府, 황청상푸)

황하삼협이 있는 하남 제원에서 멀지 않은 산서성 양성陽城에 또 다른 명승지가 있다. 황하를 따라가며 지정된 황하 50경 안에 드는 명승지,

'황성상부'다. 황성상부는 청나라 때 대학사大學士 겸 이부상서를 지냈으며 35년 동안 강희 황제의 경연經筵 스승이었던 진정경陳廷敬의 저택이다. 명·청시대에 진씨 집안에서 9명의 진사와 6명이 한림학사가 나왔으니 공부깨나 한 집안이다.

제원에서 황성상부까지는 약 90킬로미터 남짓한 거리다. 내성과 외성으로 둘러싸여 있고 외적을 방비하기 위한 높은 망대와 병사들의 숙소까지 갖춰서 개인 저택이라고 믿기 어려울 정도이다. 그래서 중국 북방에서 제일가는 문화거족文化巨族의 주택이라는 평을 받고 있다. 내성은 진정경의 백부가 외적을 막기 위해 명나라 때 쌓았고 외성은 청나라 강희 황제 때 쌓았다. 내성 북쪽에 가장 높게 세운 보루 하산루河山樓는 길이 15미터, 너비 10미터의 장방형으로, 높이가 23미터에 달한다. 비상시에 머물 수 있는 지하 공간까지 연결되어 있다. 그 안에는 우물도 있고 각종 생활 도구가 마련되어 있으며 극한 상황에서는 외부로 피할 수 있는 통로까지 만들어져 있다.

기록에 따르면, 1632년 비적들이 갑자기 들이닥쳐 진씨 가족들과 부근의 촌민들 800여 명이 황급히 이 하산루로 피신하여 화를 면했다는데, 비적들이 아무리 애를 써도 난공불락이라 결국 포기하고 돌아갔다고 한다. 그 후로도 이 하산루로 피신하여 목숨을 건진 촌민들이 수천 명이나 되었다고 하니 그 요새의 견고함을 알 만하다. 성벽 안쪽으로는 125칸이나 되는 장병동藏兵洞이 5층으로 마련되어 있는데, 비상시에 병사들이 머무는 공간이다. 평소에 집안일을 하거나 농사를 짓던 하인들이 외적이 쳐들어오는 비상시가 되면 병사가 되어 이 장병동에서 대기하며 저택을 방비하는 것이다.

총면적 36,580제곱미터에 달하는 이 저택에는 무려 640칸의 방이 있다. 저택 입구에는 강희황제가 하사한 편액을 내건 어서루御書樓가 휘황하다. 진정경이 벼슬을 그만두었을 때 강희제가 써준 편액이다. '오정산촌午亭山村'이라고 쓴 황제의 글씨가 얼마나 반듯하고 힘이 있는지 진정경이 참 잘 가르쳤구나 하는 생각이 든다. '오정'은 진정경의 호다. 진씨 가문의 사당인 진씨종사陳氏宗祠, 진정경이 출생한 세덕원世德院, 진씨 가문의 규수들이 생활하던 소저원小姐院, 진씨 가문의 자제들이 공부하며 과거시험을 준비하던 남서원南書院, 문인 묵객들과 함께 어울려 음주하며 시를 짓던 지원止園 등 다양한 내용과 역사를 간직한 건물들이 빼곡하게 들어차 있다.

한 곳에 들어갔더니 철로 만든 각종 제품들이 가득한데, 웬 것이냐 물어보니 원래 진씨 가문은 철 산업으로 큰 부를 이루었다고 한다. 평소 차호茶壺에 관심이 깊은 벗이 생각나 모양이 독특하고 빛깔이 은은하며 묵직한 철제 차호 하나를 사서 나왔다. 차야 나중에 마셔도 그만이지만 저녁이 다가오니 당장 마실 술이 필요한 터, 수소문하여 진씨 집안 대대로 내려오는 비방으로 빚었다고 하는 벌꿀주 한 병도 샀다. 황성상부 앞 광장의 한 음식점에 들어가 이 지역의 특별한 음식이라 소개된 양성소간陽城燒肝과 소대총燒大葱을 주문해서 벌꿀주와 함께 먹었다. 양성소간은 돼지 간을 기름에 튀겨낸 것이고, 소대총은 대파를 기름에 튀긴 것이다. 간 요리는 퍽퍽한 데다 역한 맛이 느껴져 한입 먹고 말았고, 노릇하게 튀긴 대파에 매콤한 소스를 부어 만든 소대총이 먹을 만했다. 그런데 크게 기대했던 벌꿀주는 너무 독해서 마시기가 불편했다. 결국 마시지도 버리지도 못하는 바람에 여행길 내내 천덕꾸러기 신세가 되었다.

하남성 4
12장
— 개봉

다시 황하의 물길을 따라 하남성의 고도 개봉開封(카이펑)으로 갔다. 개봉은 하夏, 전국시대 위魏, 오대五代의 후량後梁, 후진後晉, 후한後漢, 후주後周, 그리고 송宋과 금金에 이르기까지 여덟 왕조가 도읍을 세운 곳이다. 황하의 물을 끌어들여 농업 생산력을 비약적으로 높인 전국시대 위나라 때에 크게 번성했고, 수나라 이후로 대운하의 한 구간인 통제거通濟渠가 개봉을 지나면서 정치적, 경제적으로 위상이 크게 향상되었으며, 마침내 송나라가 수도를 이곳에 정하면서 가장 휘황한 시기를 맞게 된다.

황하의 덕을 입어 발전한 도시이지만 황하의 무자비한 범람으로 큰 피해를 입기도 해서 지금 개봉의 지면 아래 3미터에서 12미터 사이에는 각각 다른 시대의 성터가 켜켜이 쌓여 있다고 한다. 도시 건설이 4천 년이 넘었지만, 황하의 잦은 범람으로 제대로 남아 있는 옛 건물이 거의 없다 해도 과언이 아니다. 사람들은 옛 건물을 묻은 땅 위에 새로운 건물을 세우고 다시 황하가 묻으면 그 위에 다시 건물을 세워서 삶을 이어갔다. 그래서 모든 악조건 속에서도, 거듭된 실패에도 좌절하거나 낙담하지 않고 다시 일어나서 꿋꿋하게 자기의 길을 가는 강인한 인간 정신을 보여주는 현장이라고 칭송하기도 한다.

개봉에서 우리에게 가장 익숙한 곳은 판관 포청천이 활약했던 '개봉부開封府'일 것이다. 이곳 역시 2002년 송나라 건축 양식을 따라서 중건되었다. 이곳 포청천 집무실에 가면 그 유명한 작두들을 볼 수 있다. 또 개봉부에서 멀지 않은 곳에 자리한 포청천의 사당 포공사包公祠에 포청천과 관련된 유적들이 남아 있다. 이 두 곳에 들러서 포청천 관련 유적이나 조형물들을 살피다 보면 철면무사鐵面無私의 공의로운 포청천의 모습이 선명하게 떠오를 것이다. 그리고 전성기의 개봉의 모습을 그린 명화 〈청명상하도淸明上河圖〉를 따라서 최근에 새로 조성된 청명상하원淸明上河園도 있으니 그런대로 천년 전 개봉의 번화한 분위기를 맛볼 수가 있을 것이다.

1. 작두를 대령하라!
– 판관 포청천의 개봉부(開封府, 카이펑푸)

포공호包公湖 동쪽 기슭에 자리한 개봉부는 도성의 행정과 사법을 담당하는 관리들이 집무를 보던 관아다. 이곳을 책임졌던 부윤府尹은 모두 183명이었는데, 그중에서 가장 유명한 부윤이 바로 포청천이다. 2002년에 새로 중건된 개봉부는 포청천을 주제로 곳곳에 포청천 관련 조형물들로 채워졌다. 송나라 건축 양식으로 지어진 붉은색의 개봉부 정문을 들어가면 '공생명公生明'이라고 새긴 커다란 돌이 우뚝 서서 눈길을 끈다. 이곳에 근무하는 관원들이 마음에 깊게 새겨야 할 교훈을 돌에 새긴 계석명戒石銘이다. '공생명', '공정함이 밝음을 낳는다'. 어디에도 치우침이 없는 공정한 자세야말로 바른 판단을 내릴 수 있는 밝은 지혜를 준다는 말이다. 이 말은 본래 《순자·불구不苟》에 나오는 다음과 같은 구절에서 유래한 것이다.

공정함은 밝음을 낳고, 치우침은 어둠을 낳는다.
근신은 통달을 낳고, 거짓은 폐색閉塞을 낳는다.
신의는 신묘함을 낳고, 과장은 미혹을 낳는다.
이 여섯 가지 '낳음生'에 대하여 군자는 신중하니
성군 우와 폭군 걸도 여기서 갈라지는 것이다.
公生明, 偏生暗。
端殼生通, 詐僞生塞。
誠信生神, 夸誕生惑。
此六生者, 君子愼之, 而禹桀所以分也。

순자의 이 글에서 비롯된 공생명 세 글자는 관리들이 지켜야 할 금과옥조가 되어서 관서 곳곳에 걸리게 되었다. 이 계석명 뒤쪽 면에는 또 다른 글자들이 새겨져 있다.

네가 받는 봉록은 백성의 기름이다.
아래 백성을 쉽게 해칠 수는 있겠지만 위 하늘은 속이기 어렵다.
爾俸爾祿, 民膏民脂。

下民易虐，上天難欺。

이 글은 오대십국시대 후촉後蜀의 군주 맹창孟昶이 신하들에게 반포한 〈반령잠頒令箴〉이라는 글인데, 본시 24구로 된 글에서 네 구절만 발췌해서 관아의 대청에 내걸게 한 사람은 송나라 2대 황제 태종이다. 이런 계석명이 관아의 뜰마다 높게 세워지고 관청의 집무실마다 대문짝만 하게 걸렸어도 여전히 탐관오리는 차고 넘쳤다. '공생명' 세 글자의 뜻도 제대로 모르는 자들이 어찌 그 어렵다는 과거시험을 통과해서 높은 지위까지 오르게 되었는지 알 수 없는 노릇이다. 하지만 이 탐관오리들 때문에 우리의 포청천 나리가 더욱 빛날 수 있었으니, 계석명을 돌아가면 포청천의 추상같은 목소리가 아직도 쟁쟁하게 울리는 개봉부의 정청正廳을 마주하게 된다.

가장 눈에 띄는 것은 청사 가운데 놓인 작두 세 대다. 황족용 용작두, 관리용 호작두, 백성용 개작두. 황족일지라도 너무 파렴치한 놈은 용작두를 쓸 자격이 없어 개작두로 끌려가서 처단을 당했다. 물론 포청천의 작두 이야기는 연극과 소설 속에서 민중의 구미에 맞게 각색된 것일 뿐 실제 사서에는 작두에 대한 언급이 없다. 하지만 작두로 목을 잘라야 비로소 한이 풀리는 민초들의 서슬 퍼런 원한이 만들어낸 것이니 그것이 어찌 역사적 사실이 아니라고 가볍게 여기겠는가. 대청을 쩡쩡 울리는 포청천의 목소리, "작두를 대령하라!" 포청천이 앉아 있는 자리 위쪽에 걸린 커다란 편액에는 '정대광명正大光明' 네 글자가 금빛으로 빛나고 있다. 원래 이 자리에는 글자를 대신하여 밝은 거울이 높게 걸려 있었다고 한다.

전설에 따르면 포청천이 어려서 우물에 빠졌다가 신비로운 거울 하

나를 얻었다고 한다. 이 거울 위에 피를 뿌리면 저세상의 도깨비들조차 다 들여다볼 수 있는 영험한 거울이었다. 포청천은 이 거울을 이용해 미궁에 빠진 사건들을 무수히 해결하여 억울한 백성들의 원한을 갚아주었다. 포청천은 자신이 죽고 난 후, 탐관오리들이 권력을 이용해 백성들을 괴롭힐 것을 염려하여 이 거울을 자신이 근무하는 개봉부 중앙에 높이 매달게 했다. 포청천이 죽고 세월이 흘러 어느 탐관오리가 개봉부를 맡게 되었는데, 마침 형제간의 재산 분할 관련 소송이 들어왔다. 한몫 단단히 챙길 기회라 여긴 탐관오리가 형의 뇌물을 받고 동생을 곤장 치고 동생의 더 큰 뇌물을 받고 형을 때렸다. 형제는 돌아가면서 더 높은 액수의 뇌물을 바쳤고 급기야는 양측 모두 가산이 다 탕진되기에 이르렀다. 마침내 형제는 소송을 포기하면서 돈을 돌려줄 것을 요청했다. 탐관오리가 무슨 헛소리냐며 오리발을 내밀자 형제가 큰소리로 외쳤다. "저기 중앙에 밝은 거울이 높이 매달려서 확실한 증거를 보여주고 있지 않습니까?" 개봉부에 모인 사람들의 시선이 중앙에 매달린 거울에 집중되었다. 거기에는 탐관오리가 형제에게서 막대한 뇌물을 받는 장면이 생생하게 재현되고 있었다. 이를 본 탐관오리는 대경실색하여 그 자리에 쓰러져 죽게 된다.

이 포청천의 이야기에서 비롯된 성어가 "밝은 거울이 높이 매달려 있다"라는 뜻의 '명경고현明鏡高懸'이다. 관리의 판결이 공정하고 법을 집행함이 정의롭다는 뜻이다. 안목이 예리하고 식견이 뛰어나서 전면적 통찰력을 갖춘 사람을 칭송하는 말로도 쓰인다. 만일 이 성어를 현대식으로 풀자면 '명경'은 정부나 기업이 부정한 길로 가지 않도록 감시하는 국민의 여론이나 언론의 공정한 비판이 될 것이다.

2. 법불아귀, 법은 부귀한 자에게 아부하지 않는다
- 포공사(包公祠, 빠오공츠)

포청천을 모신 포공사는 포공호 서쪽에 위치해 있다. 사당 안쪽 대전에는 높이 3미터의 포청천이 금빛 망포蟒袍를 두르고 옥대玉帶를 차고 의자에 근엄하게 앉아 있다. 그 옆으로는 포청천의 무덤에서 출토된 부장품들이 전시되어 있고 포공의 업적을 기리는 벽화가 조성되어 있다. 포공사 동쪽에는 조그만 정자 아래 우물이 하나 있다. 포청천 생전에 파서 가족들이 마셨던 우물인데, 포청천의 명성에 따라 덩달아 유명해져서 청렴한 우물이란 뜻의 '염천廉泉'이 되었다. 육각정을 세워서 우물을 덮고 화려한 무늬를 새긴 난간을 설치했는데, 정자 위쪽에 새긴 용 조각이 우물물에 비쳐 마치 용이 나는 듯하다 해서 용정龍井이란 이름으로도 불렀다. 이 물은 착한 사람과 나쁜 사람, 청렴한 관리와 탐관오리를 구분할 수 있는 신통력을 지닌 물로 각색되었다. 이 우물은 착한 백성, 청렴한 관리에게는 달고 시원한 물을 주었지만, 나쁜 놈, 탐관오리를 만났을 때는 표변하여 쓴 것은 말할 것도 없고 목을 타고 넘어가면서 가시가 훑는 듯한 엄청난 고통을 주었다. 머리가 터질 것 같은 두통과 창자가 뒤집히는 복통이 차례로 찾아오니 백약이 무효였는데, 고통을 덜어줄 유일한 비방은 개 오줌을 한 사발 마시는 것뿐이라고 한다. 우습기도 하고 통쾌하기도 하다.

포공사에는 포청천이 다루었던 사건 중에서 가장 유명한 〈찰미안鍘美案〉 사건을 밀랍으로 만들어 전시한 건물이 있다. 물론 가공되고 각색된 소설 속의 이야기인데, 대중에게 워낙 많이 알려져서 이 이야기에서 비롯된 관용어가 통용될 정도이다. 사건의 주인공은 서생 진세미陳世美와 그의 부인 진향련秦香蓮이다. 진세미가 십 년간 두문불출 과거 준비에 전념하는 동안 부인 진향련은 가난한 살림에도 성심껏 남편을 봉양하며 아이 둘을 키웠다. 마침내 진세미는 과거에 장원으로 합격했고, 사윗감으로 탐을 내는 황제에게 혼인 사실을 숨기고 공주와 결혼하여 인종 황제의 부마가 된다. 후에 남편을 찾아온 진향련에 대한 살인미수, 또 사건 증인으로 나온 고향 사람을 죽이는 증거인멸까지 타락의 진수를 보인 진세미는 결국 물적 증거와 인적 증거를 다 확보한 포청천에게 붙잡혀 작두 처형을 마주하게 된다. 소식을 들은 공주와 태후가 달려와서 사정을 하고 협박을 해도 포청천의 철면은

◈ 포청천

조금도 요동이 없고, 마침내 용작두가 입을 벌려 진세미의 더러운 피를 적신다.

밀랍 인형 전시장에는 진향련과 아이 둘이 보는 앞에서 끌려가는 진세미가 공주와 태후를 향해 절망적인 시선을 던지는 모습이 생생하게 만들어져 있다. 중앙에 서 있는 포청천의 머리 위에 걸린 '집법여산執法如山'이라는 큰 글자는 이 모든 이야기의 결론이다. 법을 집행함이 산과 같아서 막강한 권력에도, 사사로운 사정에도 조금도 흔들림이 없다는 뜻이다. 공정한 법 집행을 강조하는 이 성어는 본래 당나라 때 지방 말단 관리였던 이원굉李元紘이라는 자에게서 비롯되었다.

당나라 때 이원굉李元紘이라는 관리가 있었다. 그는 옹주雍州에서 사호司戶라는 낮은 벼슬을 하고 있었는데, 백성들의 각종 소소한 민원을 듣고 해결해주는 말단 관직이었다. 그는 매사를 성실하고 공정하게 처리하여 옹주 백성들의 신임을 얻었다. 어느 날, 옹주의 한 절에서 스님들이 찾아와 억울함을 호소했다. 당시 황제의 여동생으로 권세가 혁혁했던 태평공주太平公主가 절에 놀러 왔다가 절에서 쓰는 커다란 맷돌을 보고는 탐을 내 동의도 구하지 않고 무단으로 자신의 집으로 가져갔다는 것이다. 태평공주의 위세에 눌려 아무런 저항도 못했던 스님들이 용기를 내 찾아와 호소한 것이다. 이원굉은 이 사건을 꼼꼼히 조사한 후 태평공주는 즉각 맷돌을 절에 돌려주라고 판결했다.

이 판결이 나가자 화들짝 놀란 것은 이원굉의 직속상관인 옹주자사雍州刺史 두회정竇懷貞이었다. 두회정은 권력자에게 끝없이 아부하며 자신의 영달만을 위해 살아온 전형적인 소인배였다. 당시 실세인 태평공주 눈 밖에 나서 자신의 앞길이 막힐 것을 염려한 두회정이 이원굉을 불러 야단을 치며 판결을 번복할 것을 요청했다. 그러자 이원굉이 얼굴색 하나 변하지 않은 채 곧장 붓을 들어 판결문이 적힌 공문서 여백에 다음과 같이 글자를 썼다. '남산가이, 차판무동南山可移, 此判無動', "종남산을 옮길 수는 있어도 이 판결은 바꿀 수 없다!" 공정한 법 집행을 위해 조금도 물러서지 않고 권력에 단호하게 맞서는 이원굉의 모습에 그의 직속상관인 두회정도, 실세인 태평공주도 어쩔 수 없이 법을 따라야 했다.

《구당서》에 전하는 이 이야기를 "법을 집행함이 산과 같이 흔들림

◆ 리위뻬이몐

이 없다"라는 뜻의 '집법여산執法如山'이라는 성어로 표현한다. 법을 집
행함에 있어 권세에 아부하지 않는, '법불아귀法不阿貴'의 정신을 잘 보
여주는 성어이다. 권력의 으름장에도 굴복하지 않고 끝까지 법을 수
호했던 이원굉은 그 후로 어떤 직책에 있든지 줄곧 훌륭한 업적을 쌓
았고 마침내 재상의 반열에까지 오르게 된다.

개봉부와 포공사를 들러 포청천의 근엄한 훈도를 받고 나니 벌써
해가 기울었다. 일행 중에 우스갯소리를 곧잘 하는 이 하나가 빙글빙
글 웃는 얼굴로 말한다. "대인! '공생명'이니 '명경고현'이니 '집법여
산'이니 하는 묵직한 글자들로 머릿속은 가득 찼는데, 대신 배속이 텅
비어 기력이 없어 무거워진 머리를 끝내 지탱하지 못할 것 같사옵니
다. 어디든 빨리 가서 요기를 하십시다요." 모두 하하하 한바탕 웃고
근처 음식점으로 가서 개봉의 유명한 요리인 '용수염 잉어 요리 '리위
뻬이몐鯉魚焙面'을 먹었다. 튀긴 잉어 위에 달달하고 새콤한 탕추 소스
를 뿌리고 다시 그 위에 얇고 하얀 튀김 면을 얹은 요리다. 청나라 말
기 서태후가 이곳에 들렀다가 이 음식을 먹고 호평을 했다고 해서 더

유명해진 요리다. 달콤새콤한 데다가 튀김면의 고소한 맛까지 더해지니 제법 먹을 만했다.

저녁 식사 후 우리가 묵은 곳이 고루鼓樓 근처였는데, 부근에 아주 큰 규모의 야시장이 있다고 하여 구경하기로 했다. 개봉의 야시장은 사실 송나라 때부터 시작되었다 하니 개봉에 들른 이상, 야시장 구경을 빼놓을 수 없다. 배가 꺼지기를 기다려 야시장으로 구경을 가서 유명하다는 통즈지桶子鷄도 맛보고 고약한 취두부도 서로 억지로 먹여주고 하면서 즐겁게 놀았다. 송나라 어진 황제 인종仁宗 때 한밤중 야시장에서 떠들썩한 노랫소리가 궁중까지 들려왔다. 소란스러운 노랫소리에 황제의 심기가 불편할까 노심초사하던 신하들이 눈치를 살피자 임금이 이렇게 말했단다.

"백성들이 저렇게 소란스럽게 즐길 수 있는 것은 왕궁이 이처럼 적막하기 때문이 아니냐. 왕궁이 소란하면 백성들은 적막해질 것이다. 나는 이런 적막 속에서 백성들의 소란스런 노랫소리를 듣는 것이 좋구나!"

3. 송나라 시절의 개봉 거리를 걷다
- 청명상하원(淸明上河園, 칭밍상허위안)

이튿날 청명상하원에 갔다. 송나라 장택단張擇端이란 궁정화가의 〈청명상하도淸明上河圖〉에 나오는 개봉의 모습을 참고로 하여 구성한 테마파크다. 〈청명상하도〉는 번화한 개봉의 모습을 그린 풍속도다. 폭 24.8센티미터, 길이 528.7센티미터의 긴 두루마리 그림으로, 당시 개

◈ 청명상하도

봉의 모습을 사실적으로 세밀하게 그려내서 예술적인 가치뿐만 아니라 사료로서의 가치도 매우 높은 그림이다. 5미터 남짓한 그림 속에 500명이 넘는 사람들, 60여 필의 가축들, 20여 척의 배, 30채가 넘는 가옥 등이 당시 세계에서 가장 번화했던 도시 개봉의 모습을 핍진하게 전해주고 있다.

청명상하원은 이 그림을 바탕으로 개봉 서북부에 있는 용정호龍亭湖 서쪽 기슭에 대규모로 조성되어 1998년 10월부터 일반인에게 개방되었다. 장택단이 신묘한 필치로 개봉의 모습을 화폭에 꾹꾹 눌러 담았더니 긴 세월 화폭 속에 잠자고 있던 개봉이 천년이 흐른 어느 날, 기지개를 켜고 화폭에서 나온 것이다. 우리 일행이 제법 비싼 입장료를 내고도 곧장 들어가지 않았던 것은 청명상하원의 주인께서 직접 맞으러 나온다는 기별을 받았기 때문이다. 얼마를 기다렸을까? 북소리가 요란하더니 이마에 초승달이 선명하게 새겨진 검은 얼굴의 포청천이 부하들을 이끌고 나와 손님들에게 인사한다. 이른바 포청천이 손님을 맞이한다는 '포공영빈包公迎賓'의 의식이다. 이곳의 주인도 포청천인 셈이다.

포공영빈처럼 청명상하원에는 송나라 시절의 풍속을 체험할 수 있도록 구성된 공연이 시간별로 다양하게 펼쳐진다. 북춤, 투계, 전통혼례, 마술, 그림자극 등 종류도 다양하다. 남송의 영웅 악비岳飛를 주제로 한 마상전투 공연은 박진감이 넘치고, 포청천이 배를 타고 운하를 순시하며 백성들을 등치는 관리들을 혼내주는 공연도 통쾌하다. 호수를 따라 조성된 송대 건축 양식의 건물들도 제법 운치가 넘친다. 사람들이 오가는 길가에는 소설《금병매金瓶梅》에서 뛰쳐나온 듯 옛날 복장을 한 사람들이 호객하며 물건을 파는데, 잠시 내가 〈청명상하도〉에 나오는 인물 중의 하나가 된 기분마저 들었다.

13장 하남성 5
— 위휘, 학벽, 태항산

개봉 여행을 마친 우리 일행은 강물을 따라 산동성으로 들어가기 전
에 잠시 황하 북쪽에 있는 몇몇 관광지를 찾아보기로 했다. 강태공의
고향이 있는 위휘衛輝와 은나라가 수도로 삼았던 학벽鶴壁, 그리고 학
벽에서 멀지 않은 태항산 왕망령王莽嶺까지 둘러보기로 했다. 개봉 북
쪽을 흘러가는 황하를 다시 만나니 참 반갑다. 잠시 차에서 내려 강변
으로 가서 강물과 재회의 기쁨을 누렸다. 강폭이 얼마나 넓은지 개봉
을 흐르는 황하 위에 건설된 다리의 총 길이가 8킬로미터에 달하고
중심부 강물이 흘러가는 구간만 1킬로미터를 넘는다. 갈수기여서 뭍
으로 드러난 광활한 하상을 거닐면서 바삐 흘러가는 황하에게 아주
오래된 옛 노래 〈시경·위풍衛風·하광河廣〉 한 곡을 불러주었다.

　뉘 황하를 넓다 하는가
　갈잎 같은 배 하나면 건널 수 있다네

뉘 송나라 멀다 하는가

까치발로 서면 바라보인다네

뉘 황하를 넓다 하는가

칼 같은 작은 배조차 들어가지 못할 것을

뉘 송나라 멀다 하는가

아침 한나절도 걸리지 않는 것을

　　誰謂河廣，一葦杭之。

　　誰謂宋遠，跂予望之。

　　誰謂河廣，曾不容刀。

　　誰謂宋遠，曾不崇朝。

황하 북쪽 위나라에 거주하던 사람이 황하 남쪽에 있는 자신의 고국 송나라를 그리워하면서 부른 노래다. 하염없는 그리움 앞에서 바다처럼 넓은 황하는 한걸음에 건너는 도랑이 되고, 수백 리 먼 길도 아침 식전에 도착할 거리가 된다.

1. 곧은 바늘로 천하를 낚은 강태공의 고향
- 위휘(衛輝, 웨이후이)

개봉에서 위휘까지는 125킬로미터로, 1시간 40분 정도 소요된다. 위휘의 옛 명칭은 목야牧野다. 주나라 무왕武王이 이끄는 제후 연합군이 은나라 폭군 주紂의 군대와 결전을 치른 '목야지전牧野之戰'이 이곳에서 전개되었다. 이 전쟁에서 혁혁한 공을 세운 강태공이 바로 이곳 위휘 사람이다. 위휘시 서북쪽에 있는 강태공 고향 태공진太公鎭을 찾았다. 고향 마을 입구에는 '강태공고리姜太公故里'라는 큰 패방이 서 있어서 천하의 낚시꾼 강태공을 곧 만난다는 흥분과 설렘이 꽤나 증폭되었다. 하지만 차가 패방을 지나서 한 시간을 넘게 달려도 기대했던 강태공 고향 집은 보이지 않았다. 이리저리 헤매고 다니다가 물어물어 겨우 도착한 곳은 공사의 흔적이 어지러운 거대한 그의 무덤이었다. '강태공여상지묘姜太公呂尙之墓'라고 쓴 거대한 비석이 무덤 앞에 비를 맞고 서 있다.

강태공의 호칭이 다소 복잡한데, 그것은 그가 모계를 따른 성姓으로도 불리고 부계에서 나온 씨氏로도 불리기 때문이다. 강태공의 성은 강姜이요, 씨는 여呂다. 이름은 상尙, 자는 자아子牙, 그래서 보통은 강

자아姜子牙, 여상呂尙으로 불리는데, 때로는 강상姜尙, 여아呂牙로 불리기도 한다. 우리가 알고 있는 강태공은 후에 붙여진 이름이다. 주나라 문왕이 처음 강태공을 만났을 때 자신의 선친(태공太公)께서 늘 기대했던(망望) 현인을 드디어 만났다며 '태공망'이라고 불렀던 데서 비롯된 것이다. 새로 무덤을 단장하느라 주변은 온통 푹푹 빠지는 진흙탕이다. 강태공의 무덤은 여러 곳에 있다. 역사 기록에 따르면, 그는 주나라의 수도인 호경鎬京, 지금의 서안에서 죽었고 그곳에 묻혔다. 그런데 섬서성 함양咸陽에도, 이곳 위휘에도, 산동성 치박淄博에도 그의 무덤이 있다. 함양은 서안 바로 옆이고, 위휘는 그의 고향이고, 치박은 강태공이 봉해진 제나라 수도였던 곳이다. 각각의 도시들이 강태공과의 연분을 내세워 무덤을 만들어 자기 지역의 몸값을 높이려는 까닭이다.

◆ 강태공 고거

공사 현장을 지키는 노인 한 분이 있어서 강태공 관련 유적을 물으니 강태공의 사당 한 곳을 안내해 주었다. 다시 물어물어 돌고 돌아 도착한 태공사太公祠는 강태공의 혁혁한 이름에 비해 너무 초라하기 짝이 없는 조그만 신당이었다. 우리 일행의 실망한 기색을 보았는지 관리자들은 멀지 않은 곳에 있는 또 다른 사당 한 곳을 알려줬다. 하지만 그곳도 초라하기로는 도긴개긴, 다만 그곳은 강태공의 옛 집터라고 하니 좀 위안이 되긴 했다. '제태공고거齊太公故居(제나라 강태공의 옛집)'라고 쓴 낡은 비문이 마당에 있는데, 비록 청나라 때 세운 것이라고는 하나 새겨진 희미한 글씨만큼이나 스스로도 자신이 없어 보였다.

산동성 바닷가 도시인 일조日照 역시 강태공의 고향으로 알려져 있는 곳이다. 여러 역사서 기록에 보이는 "강태공은 동해 사람이다"라는 언급을 근거로 일조시에서는 2000년에 거대한 기념관까지 조성했다. 여러 가지 정황과 다양한 역사 기록을 가지고 보면 이곳 하남성 위휘가 강태공의 고향일 가능성이 큼에도 불구하고 번듯한 기념관 하나 없는 것은 아마도 하남성과 산동성의 경제력 차이가 큰 원인일 것이다. 기대가 큰 만큼 실망도 커서 다소 풀이 죽은 일행과 함께 다음 행선지인 학벽을 찾아가는 길에 위휘 부근을 흘러가는 위하衛河를 만났다. 오랜 가뭄 뒤 내린 단비에 강물이 제법 불었는데 강가 곳곳에 강태공의 후예들이 한가롭게 낚시를 드리우고 있다. 내려가 보니 제법 씨알이 굵은 붕어들이 올라온다. 한 낚시꾼에게서 낚싯대를 빌려서 나도 자잘한 붕어를 몇 수 낚았다. 일행들에게 내가 잡은 작은 붕어를 보여주며 말했다. "이런 자잘한 붕어 잡는 재미에 빠지면 강태공처럼 큰 낚시를 할 수 없는 겁니다."

은나라 폭군 주를 타도하고 새 세상을 만들겠다는 원대한 꿈을 품은 강태공은 백정 일도 하고 술집도 운영하면서 어려운 살림을 꾸려나가는 중에도 천문지리를 공부하고 병법을 연구하며 자신이 쓰일 날을 대비했다. 하지만 세월이 흘러도 아무도 그를 불러주지 않으니 부인마저도 이혼하고 떠나가버렸다. 마침내 70세를 넘긴 강태공은 신흥강국으로 주목받고 있던 주나라에서 가까운 위수渭水의 반계磻溪라는 곳으로 가서 낚시를 펼쳤다. 굽어져야 할 바늘은 일자로 곧고 미끼도 없이 수면 위로 한 자나 올려져 대롱대롱 매달려 있는 괴상한 낚시법이다. 지나가던 나무꾼이 기가 막혀 하며 말했다. "그래가지고서야 천년이 가도록 피라미 하나 잡을 수 있겠습니까?" 강태공이 퉁명스럽게 말했다. "이놈아, 내가 낚으려는 것은 피라미 따위가 아니다. 내가 낚으려는 것은 왕이다!" 반계 시냇가에 미친 노인네가 있다는 소문은 주나라 성왕 문왕의 귀까지 들어갔다. 문왕은 은나라 폭군 주에 의해

도탄에 빠진 천하 백성을 구하려는 큰 뜻을 품고 은밀히 천하 인재를 모으고 있던 차였다. 문왕이 병사와 대신을 차례로 보내어 강태공을 모셔 오려 했으나 강태공은 들은 척도 하지 않았다.

마침 사냥철이어서 전례에 따라 점을 쳤더니 이번에 포획할 동물은 곰도 아니요 호랑이도 아니며, 제왕의 패업을 이룰 훌륭한 신하를 얻게 될 것이라는 점괘가 나왔다. 문왕은 즉시로 큰 수레를 준비해 친히 반계로 가서 강태공을 만나고, 그와 나눈 몇 마디 대화로 즉시 그가 자신의 선친께서 그토록 열망하던 주나라를 부흥시킬 현인임을 알게 된다. 문왕은 강태공을 스승으로 모시어 국정을 새롭게 하고 강력한 군대를 길러 훗날을 도모하니, 그 아들 무왕에 이르러 은나라를 뒤엎고 새로운 주나라 세상을 만들게 된 데는 강태공의 혁혁한 도움이 있었다. 무왕이 그를 제나라의 왕으로 봉한 뒤에도 그는 임지로 가지 않고 조정에 남아 나라가 안정될 때까지 혼신의 힘을 기울여 왕을 보좌했다. 문왕, 무왕, 성왕成王, 강왕康王까지 네 명의 황제를 보좌한 주나라 최고의 충신 강태공은 마침내 강왕 6년에 파란만장한 삶을 접으니 향년 139세였다.

목야의 들판은 넓고
박달나무 수레 찬란하고
검붉은 네 마리의 말은 장대하다네
태공망은 마치 매가 나는 듯
무왕을 도와 은나라를 정벌하니
전쟁하던 날 아침은 맑고 밝았네
牧野洋洋, 檀車煌煌, 駟騵彭彭。

維師尚父, 時維鷹揚。

凉彼武王, 肆伐大商, 會朝清明。

- 〈시경·대아大雅·대명大明〉

강태공이 죽고 500년이 흐른 뒤 스승을 따라 천하를 떠돌던 공자의
제자들이 스승께 물었다. "강태공은 각고의 노력으로 80세에 문왕을
만났습니다. 요임금 시절의 현자 허유許由와 비교하면 어떻습니까?"
공자가 말했다. "허유는 그 자신만을 잘 건사한 사람이지만, 강태공은
천하를 아울러 이롭게 한 사람이다. 하지만 지금 세상에서는 문왕이
없으니 비록 강태공이 있다 한들 뉘 알아보겠느냐!"

14년간 천하를 주유했건만 자신을 알아주는 군주를 만나지 못한
공자, 80세 늦은 나이에라도 명군을 만나 꿈을 이룬 강태공이 한없이
부러운 공자의 깊은 탄식이었다.

2. 학을 사랑하다 백성 잃은 어리석은 군주의 도시
- 학벽(鶴壁, 허삐)

위휘를 관통하여 동으로 흘러가는 위하衛河는 학벽시 기문에 이르면
북쪽에서 흘러내려온 기하淇河와 합류하게 되는데, 이 기하를 따라 북
쪽으로 조금 올라가면 은나라 마지막 임금이었던 폭군 주의 무덤이
있다. 이 지역은 은나라의 마지막 수도 조가朝歌가 있었던 학벽시 기
현淇縣인데, 주의 무덤은 현성 동쪽 기하의 서쪽 기슭에 있다. 목야의
전투에서 패한 주가 녹대鹿臺에 올라 분신자살하여 은나라는 망하고,

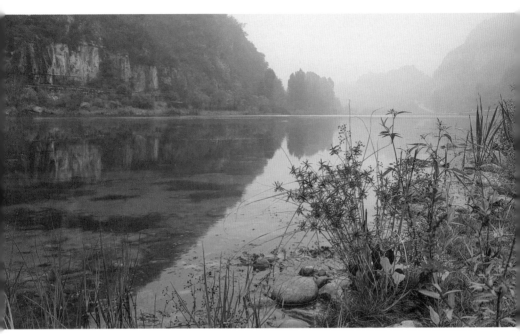

주의 시신은 생전의 그의 유언대로 기하의 강물 속에 안장되었다. 상류에서 강물을 막고 무덤을 건설한 후에 다시 강물을 흐르게 한 것이다. 그런데 후에 기하의 물줄기가 동쪽으로 이동하면서 하상에 있던 주의 무덤이 드러나게 된 것이다.

점차 민멸되어 강둑과 하나가 되어 있던 무덤을 1987년 9월, 길이 50미터, 너비 15미터, 높이 7미터의 장방형으로 재정비했다. 중건된 이 무덤 앞에는 새로 조성된 듯한 주의 석상이 서 있는데, 전형적인 어진 인군의 모습이다. 면류관을 쓴 인자한 얼굴로 한 손을 높이 들어 올려 백성을 위무하는 모습에는 어디에도 폭군의 험상궂은 모습이 없다. 옆쪽으로는 '공이 천고에 드리우고, 기개와 절조는 만년을 간다'라는 뜻의 "공수천고, 기절만년功垂千古, 氣節萬年"이라고 크게 새긴 비석이 있다. 이게 대체 무슨 일인가 했더니 은씨殷氏 종친회에서 세운 것이었다. 은나라가 망한 뒤, 그 유민들이 '은殷'을 성씨로 삼았다는 기록이 있으니 지금의 은씨의 조상들은 3,000년 전, 주왕의 신민이었던 것이다. 그 조상들의 군주를 기리겠다는 것인데, 승자의 편에서 기록된 역사에 폭군으로만 묘사된 주 입장에서 억울한 면도 있을 터, 종친회의 명예회복 운동이 전혀 이해 가지 않는 것은 아니지만 3,000년의 역사 교육에 의해 새겨진 폭군의 이미지는 그렇게 동상

◈ 주왕묘

하나 세우고 글자 몇 개 새겨서 씻어낼 수 있는 것은 아닐 것이다.

주의 무덤 뒤에는 그와 함께 주지육림酒池肉林의 환락을 즐기며 나라를 패망의 길로 이끌었던 달기妲己의 무덤이 있다. '소달기지묘蘇妲己之墓'라고 새긴 작은 비석에는 역시 은씨 종친회에서 2014년에 비석을 세웠음을 알리는 작은 글씨도 함께 새겨져 있었다. 주왕묘에서 기하를 따라 약 20킬로미터를 올라가면 학벽시에 도달한다. 조가朝歌라는 이름으로 불리던 이 도시를 학벽이란 이름으로 부르게 된 것은 춘추시대 위衛나라 18대 임금 의공懿公 때문이다. 의공은 사치와 일락을

◈ 달기의 묘

일삼은 혼군昏君이었는데, 특히 학을 기르는 것을 좋아하여 학에게 벼슬을 내리고 녹봉을 주기까지 하였다. 임금이 학을 좋아하는 것을 아는 벼슬아치들이 백성들을 들볶아 학을 잡아 바치게 하였으므로 원성이 높았다. 궁궐은 학으로 넘쳐서 아예 큰 절벽 아래에 학을 가두어 길렀다. 학벽은 바로 이 때문에 생긴 명칭이다. 학을 관리하느라 드는 막대한 비용 때문에 국고가 비어감에도 의공은 전혀 개의치 않고 학을 자신의 수레에 태우고 다니며 백성들에게 자랑했다.

의공 재위 9년이 되던 해에 북방의 이민족 북적北狄이 쳐들어왔다. 의공은 급히 징집령을 내렸으나 백성들이 아무도 응하지 않으면서 이렇게 말했다. "대왕께서 애지중지 기르던 학들을 보내 싸우게 하십시오. 그들이 벼슬도 받고 녹봉도 받지 않았습니까? 우리는 먹을 것이 없어 싸울 힘도 없습니다." 결국 의공은 적은 수의 군대만을 이끌고 나가 싸우다가 패해 죽게 된다. 이 이야기에서 비롯된 성어가 '애학실중愛鶴失衆'이다. 학을 사랑하다 백성을 잃어버렸다는 말로 소탐대실을 뜻하는 동시에 위정자들의 '완물상지玩物喪志(지나친 취미생활은 원대한 뜻을 잃게 한다)'를 경계하는 말이다. 학벽시 서북쪽을 흘러가는 기하의 물줄기로 조성한 기하습지공원淇河濕地公園에는 다양한 학을 기르는 조류원이 있어서 이곳의 지명이 갖는 역사적 교훈을 일깨운다.

기하는 상류에 상수원이 조성되면서 하류로 흘려보내는 물줄기가 약해지는 바람에 많은 구간이 물이 없는 건천이 되어버렸다. 그러다 보니 강물에 의해 조성된 멋진 풍경구들이 모두 무색해져버렸다. 천연태극도 풍경구는 강물이 태극 모양으로 흐르는 신비로운 지형으로, 문왕의 주역 공부가 이곳에서 비롯되었다는 곳인데 물이 없어서 태극인지 지극인지 알 수가 없는 지경이다. 아름다운 기하의 풍경을 기대하고 왔는데 이대로 말라비틀어진 기하만 보고갈 수는 없지 않은가.

내가 처음 기하라는 강 이름을 알게 된 것은《논어·학이學而》에 나오는 공자와 자공子貢의 대화에서였다.

자공이 공자에게 묻는다.

"가난해도 아첨하지 않고, 부유해도 교만하지 않으면 어떻겠습니까?"

공자가 대답한다.

"괜찮다. 그러나 가난하면서도 도를 즐거워하고, 부유하면서도 예를 좋아하는 사람만 못하다."

자공이 말한다.

"《시경》에서 말한 '깎고 다듬고 쪼고 간 듯하네'라는 구절이 바로 그것을 말한 것이로군요."

공자가 칭찬하며 말했다.

"자공아! 이제야 비로소 너와 함께 시를 논할 수 있겠구나."

자공은 가난하였으나 장사 머리가 있어서 부유하게 된 사람이다.

가난한 시절에도 아첨하지도 않았거니와 부유해진 다음에도 거들먹거리지 않았으니 그만하면 된 사람이다. 공자도 이미 훌륭하다고 인정했으나, 그는 자공이 한 걸음 더 나아가 어떤 조건에서도 도를 즐기며 예를 좋아하는 사람이 되기를 바랐던 것이다. 스승의 가르침을 이해한 자공이 《시경》의 시를 인용하여 응수하니 스승으로부터 최고의 기분 좋은 칭찬이 이르게 된 것이다. 자공이 인용한 시는《시경·위풍衛風·기오淇奧》라고 하는 작품이다. '기오'는 기수淇水, 즉 기하의 물굽이라는 뜻이다.

저 기수 물굽이 바라보니

푸른 대나무 우거져 있네

아름다운 우리 님이여

깎고 다듬고 쪼고 간 듯하네

묵직하고 위엄 있고 훤하고 의젓하시니

아름다운 우리 님을 내내 잊을 수가 없겠네

저 기수 물굽이 바라보니

푸른 대나무 쌓여 있네

아름다운 우리 님이여

금과도 같으시고 주석과도 같으시며

옥홀과도 같으시고 옥벽과도 같으시네

너그럽고 여유 있으신 모습으로

수레 옆 나무에 기대셨네

우스갯소리도 잘하시나 지나치지 않으시네

瞻彼淇奧, 綠竹猗猗。

有匪君子, 如切如磋, 如琢如磨。

瑟兮僩兮, 赫兮咺兮, 有匪君子, 終不可諼兮。

瞻彼淇奧, 綠竹如簀。

有匪君子, 如金如錫, 如圭如璧。

寬兮綽兮, 猗重較兮, 善戲謔兮, 不爲虐兮。

이 시는 기하가 흐르는 위나라의 훌륭한 군자를 칭송한 시이다. 외모와 덕망을 두루 다 갖춘 이상적인 군자의 모습을 기하 물굽이에 자라는 푸른 대나무를 빌려서 칭송한 것이다. 이미 훌륭한 천품을 지녔음에도 다시 다듬고 갈아서 더욱 원숙한 경지로 나아가기에 힘쓰는 사람이다. 학문을 닦고 덕행을 수행하는 것을 비유하는 '절차탁마切磋琢磨'의 성어가 이 시에서 나왔다. 이 아름다운 시를 보면서 상상한 기수, 기하는 푸른 대나무 그림자를 안고 굽이져 넘실넘실 흘러가는 아름다운 강이다.《시경》300편 가운데 39편이 이 강을 인용하고 있고, 《전당시》에도 이 강을 읊은 시가 40수나 된다. 황하와 장강을 제외하고 이처럼 자주 시에 인용되는 강은 없으니 과연 시의 강이라 할 만한데, 이제 어디서 그런 시의 강다운 모습을 확인할 것이냐. 상류로 더 올라가 보기로 했다.

이곳저곳 찾아다닌 끝에 학벽에서 약 30킬로미터 떨어진 태항산 동쪽 기슭의 대협곡 안에 자리한 칠리구七里溝 풍경구에 도착할 수 있었다. 바로 위 상수원 쪽에서 흘러나온 맑은 물이 계곡을 가득 채우고 있었다. 수려한 산봉우리가 그림자를 드리운 맑은 계곡 위로 흰 새들이 날아들고 있다. 이쯤이면 상상 속의 아름다운 기하와도 그리 멀지 않은 듯하여 그곳 민박집에 숙소를 정해두고 해가 저물도록 마음껏 강가를 쏘다니며 풍경을 감상했다. 이른 새벽에 밤새 쳐둔 그물을 거두러 가는 주인을 따라서 강으로 나갔더니 손바닥만 한 씨알 굵은 붕어들이 제법 걸려 나온다.

기하의 붕어는 예부터 이 지방의 특산으로 맛이 좋아 은나라 임금과 귀족들이 즐겨 먹던 요리였다. 물고기를 들고 주인을 따라 돌아오는데 청량한 닭 울음소리가 계곡을 깊게 울린다. 아침상에 오른, 주인 아주머니가 만든 기하 붕어 요리는 맛이 가히 일품이었다. 비린내가 전혀 없는 쫀득한 붕어살에는 구수하고 매콤한 양념이 깊게 배어서 주인 양반이 따라준 술잔을 비우는 것도 잊을 정도였다. 멋진 기하의 풍경에다 맛있는 기하 붕어 요리까지 맛보게 되니 마음이 흡족하여 아침부터 술잔의 수작이 빈번하였다. 민박집 주인과 이별하고 나오는 길에 다시 강변으로 내려가 〈기오〉를 큰 소리로 읊어 시의 강과 아쉬운 작별을 나누었다.

3. 험산준령 태항산 구절양장 인생길
- 태항산 왕망령(王莽嶺, 왕망링)

학벽에서 서북쪽으로 그리 멀지 않은 곳에 태항산 산맥이 지난다. 약 2시간 정도 걸려서 90킬로미터 떨어진 태항산 왕망령 풍경구로 왔다. 만선산萬仙山 풍경구가 좀 가깝긴 해도 왕망령이 여러 태항산 풍경구 중에서 가장 대표적인 지역이란다. "왕망령에 오르지 않으면 태항산을 어찌 알랴不登王莽嶺, 豈識太行山"라는 시구도 있고 하니, 조금 품을 팔더라도 왕망령으로 가는 것이 의당할 듯하다. 풍경구 입구에서 버스

◈ 왕망령 봉우리

를 타고 한 20여 분 올라갔을까? 산 정상에 마련된 널따란 주차장에
내리자마자 왕망령의 푸른 봉우리들이 그림처럼 펼쳐진다. 영락없는
북송 화가 곽희郭熙의 〈산수도山水圖〉나 오대 화가 동원董源의 〈하산도夏
山圖〉에 나오는 산봉우리다. 봉우리마다 기기묘묘 천차만별의 다른 모
습으로 깎여 솟아 있는데, 그 균형과 조화의 경지가 얼마나 지극한지
진실로 조물주의 신묘한 솜씨가 아니면 불가한 예술 작품이었다.

　이런 봉우리들이 펼치는 무진청산도無盡靑山圖를 다양한 각도에서
감상할 수 있도록 관광로가 구불구불 조성되어 있고, 곳곳에 관람대
가 설치되어 있다. 타조봉, 자매봉, 용천보검봉, 연화봉, 선녀봉 등 높
고 낮은 수십 좌의 봉우리가 각각 다른 이름과 모습을 가지고 수려함
을 다툰다. 한 곳에 이르렀더니 이름도 멋진 '산화대散花臺'다. 아래로

는 까마득한 현애절벽이 이어지는데, 날이 따뜻해지면 이 절벽 아래로부터 따뜻한 공기가 만든 상승기류를 타고 꽃잎들이 날아올라서 공중으로 흩어진단다. 그래서 마치 선녀들이 공중에서 꽃잎을 뿌리는 듯하다고 해서 붙여진 이름이다. 산화대에서 오랫동안 머물러 있어도 꽃잎도 날리지 않고 선녀의 옷자락도 보이지 않았지만, 눈앞에 펼쳐진 최고의 예술 작품을 맘껏 감상할 수 있어 가슴이 벅차도록 행복했다. "천하의 기봉들이 다 모여 있으니 구태여 오악에 오를 것 무에랴! 天下奇峰聚, 何須五岳攀."

패키지로 여행 온 관광객들이야 보통 30~40분 정도의 짧은 시간만 주어지니 주마간산이 따로 없는데, 우리야 그런 제한은 없어 다행이긴 하나, 문제는 산을 내려가는 버스가 6시 이전에 끊긴다는 것이다. 저 최고의 명화에 일몰의 채색이 더해지면 얼마나 아름다우랴! 주변을 탐색해서 방법을 찾았더니 마침 산 정상에서 관리 책임자로 머물고 있는 왕 선생이 흔쾌히 나서서 정상에서 가까운 민박집을 소개해 주었다. 그쪽에서 차량을 가지고 올라와서 데리고 간다 하니 저물녘 왕망령은 통째로 우리의 것이 되었다. 바람이 제법 불어 옷을 꺼내 겹쳐 입으면서 일몰 속에 고요히 푸른 눈썹먹을 지우고 잠자리에 드는 왕망령 봉우리들의 고혹적인 자태를 숨죽여 훔쳐보았다.

다음 날 새벽, 일찍 일어나 어두운 길을 더듬어 관일대觀日臺로 가서 한참을 기다려 일출을 보았다. 두터운 구름 띠가 동쪽 하늘을 가려서 예상 일출 시간을 한참 넘겨 힘겹게 구름 위로 솟아오른 아침 태양을 볼 수 있었다. 관일대 양옆으로 솟아오른 높고 수려한 봉우리의 하얀 절벽에 붉은 아침 햇살이 비치는데, 그 뒤로 아직 어둑한 봉우리들이 줄지어 서 있다. 마치 아침에 잠이 덜 깬 채로 눈도 못 뜨고 세수하려

◈ 왕망령

고 줄지어 있는 귀여운 모습이다.

아침은 직원용 식당에서 간단히 만터우와 샤오미쩌우小米粥로 해결하고 왕망령 동쪽에 위치한 금대琴臺를 찾았다. 왕망령 동쪽의 수려한 봉우리들 사이에 위치한 금대는 금琴 연주의 명인 백아伯牙가 그의 유명한 창작곡 〈고산유수高山流水〉를 완성시킨 곳이다. 전하는 바에 따르면, 춘추시기 초나라 금 연주의 명인 백아가 명산대천을 다니며 금의 고수를 찾다가 이곳 왕망령에서 진晉나라 맹인 악사인 사광師曠을 만나게 되었다. 사제의 늦은 만남을 한탄하며 두 사람은 매일 이 수려한 태항산에서 금을 연주했다. 마침내 백아의 실력이 일취월장하여 〈고산유수〉를 완성하니, 이 곡이 바로 백아가 지음 종자기鍾子期를 처음

◆ 왕망령 괘벽공로

만났을 때 연주했던 그 곡이다. 금대에 올라 바라보니 가까이에 왕망령의 준봉들이 웅장하게 솟아 있고 뒤로는 꽃봉오리 같은 봉우리를 무수히 거느린 능선들이 첩첩 명암을 달리하며 멀어지는데, 과연 이런 곳이라면 최고의 작품이 나올 만하다는 생각이 든다. 마침 날씨가 청명하여 눈부신 햇살 속에 앉아 아무리 보아도 질리지 않는 풍경을 마음껏 감상했다. 옛날 태항산에 올라 한껏 기분을 냈던 무명 시인의 시 〈제태항산석벽題太行山石壁〉을 한 수 읊어 이 즐거운 마음을 여지없이 드러냈다.

태항산 천 리에 방초가 이어지는데
홀로 기울이는 한 잔 술에 천지가 작구나
취하여 꽃 사이에 누우니 남들 알게 무에랴

꾀꼬리 울어 봄 산의 새벽을 깨는구나

太行千里連芳草, 獨酌一杯天地小。

醉臥花間人不知, 黃鶯啼破春山曉。

왕망령의 또 다른 비경은 절벽에 매달린 도로, 괘벽공로掛壁公路다. 태항산 깊숙한 산촌에 거주하는 사람들이 외부로 나가기 위해 만든 도로인데 석애구錫崖溝(시야꺼우)의 괘벽공로가 특히 유명하다. 1960년 대 초, 석애구 골짜기에 있는 17곳 마을의 주민들이 현대적인 중장비의 도움 없이 곡괭이와 삽만을 들고 30년에 걸쳐서 절벽에 '之'자 형 태로 7.5킬로미터에 이르는 길을 냈다. 이 도로를 통해 오랜 세월 절 벽에 막혀 폐쇄적으로 살 수밖에 없었던 산촌 사람들이 세상과 통하 게 되었으니, 현대판 '우공이산'의 기적이라 할 만하다. 산을 옮겨줄 옥황상제의 도움을 빌릴 것도 없이 스스로 길을 만들어 거대한 산을 넘어간 것이다. 이 도로가 건설된 경위가 세상에 알려지면서 '석애구 정신'이란 신조어까지 생겨났다.

태항산은 예부터 험한 산길로 유명하다. 태항산을 경계로 산동과 산서가 나뉘는데 양쪽을 오가려면 반드시 이 험한 산길을 넘어가야 했다. 조조도 군대를 이끌고 이 산을 넘어가면서 "북으로 태항산에 오 르니, 험산준령 괴롭기 그지없다. 구절양장 가파른 길에 수레바퀴가 부러진다北上太行山, 艱哉何巍巍, 羊腸坂詰屈, 車輪爲之摧"라고 했다. 또 시인들은 태항산 험로를 가지고 인생길의 험난함을 즐겨 비유했다. 백거이가 처음 태항산에 오를 때 적은 시 〈초입태행로初入太行路〉에서는 "말굽은 얼어붙고 길은 미끄럽나니, 구절양장 정히 오를 수 없구나"라고 탄식 하면서도 "세상 살아가며 걸어야 하는 인생길의 험함에 비교하면 손

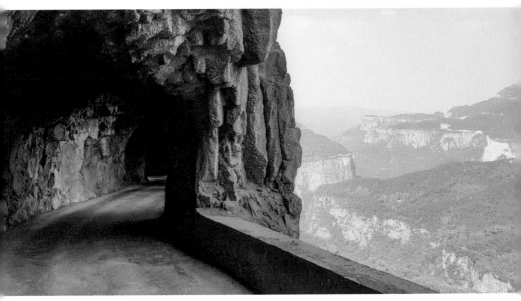

바닥보다 더 평평한 길若比世路難, 猶自平於掌"이라고 잘라 말하고 있다.

아쉽게도 우리가 찾았을 때, 석애구는 새로 길을 보수하기 위해 폐쇄된 상태였다. 부근의 다른 괘벽공로인 곤산괘벽공로昆山掛壁公路를 찾았다. 1992년에 현대적인 중장비의 도움으로 만든 길이다. 태항산 까마득한 절벽 중간에 긴 터널을 뚫었는데, 채광과 통풍을 위해서 중간중간 일정한 간격으로 절벽을 터서 창을 냈다. 차를 타고 가면서 그 창으로 밖의 풍경을 볼 수 있는데, 붉은 색깔의 수직 절벽을 두른 태항산의 봉우리들이 감추어진 깊은 계곡을 사이에 두고 웅장하게 솟아오르며 창마다 구도가 다른 대형 그림을 만들어 시선을 붙든다. 괘벽공로의 독특한 풍경을 보려는 관광객을 실어 나르느라 좁은 길에 차들이 줄지어 다닌다. 차에 몸을 싣고 있으면 태항산은 이제 더 이상 험한 길이 아니다. 이제 시인들이 이 태항산을 가지고 험한 인생길을

비유하긴 어렵게 되었다. 태항산은 절벽을 깎고 터널을 뚫어 길을 잘
도 만들면서 인생길은 어째서 여전히 험하고 위태로운가. 태항산 여
정을 마치고 돌아오는 길, 인생길의 험난함을 노래했던 이백의 〈행로
난行路難〉 노랫가락이 귓가에 쟁쟁 울려온다.

금잔의 청주는 만금이요
옥반의 진미는 만전이라
잔을 멈추고 젓가락을 던지고는
검을 뽑아 사방을 바라보나니 가슴이 막막하다
황하를 건너자 했더니 얼음이 강을 막고
태항산을 오르려 했더니 눈이 산에 가득하네
푸른 시내 낚시는 한가로운데
해 뜨는 곳으로 가는 배의 꿈이여!
인생길의 어려움이여, 어려움이여!
수많은 갈림길에서 나는 지금 어디 있는가!
큰 바람이 물결을 깨며 불어올 날이 반드시 오리니
구름 같은 돛을 곧장 펴고 드넓은 창해를 넘어가리라
金樽淸酒斗十千,　玉盤珍羞直萬錢。
停杯投箸不能食,　拔劍四顧心茫然。
欲渡黃河冰塞川,　將登太行雪滿山。
閑来垂釣碧溪上,　忽復乘舟夢日邊。
行路難,　行路難,　多岐路,　今安在。
長風破浪會有時,　直掛雲帆濟滄海。

산동성 1
— 제녕, 곡부
14장

1. 이태백이 한 말 술로 자연과 합일의 경지를 보였던 주막
— 제녕(濟寧, 지닝) 태백루(太白樓, 타이바이러우)

황하를 따라 산동성에 들어와서 처음 찾은 도시는 제녕濟寧이다. 공자
고향 곡부曲阜와 맹자의 고향 추성鄒城이 모두 제녕에 속해 있어서 예
로부터 유가문화의 중심지였는데, 북경과 항주를 잇는 경항대운하가
제녕을 지나가면서 상업적인 발전까지 안겨주었다. 제녕에서 가장 먼
저 찾은 곳은 시내에 있는 태백루太白樓다. 이곳은 이백이 자주 들러
술을 마셨던 평범한 술집이었는데, 이백의 시명을 따라서 덩달아 유
명해졌다. 이백이 세상을 떠난 지 100년 후에 이백을 흠모하는 문인
하나가 이곳에 들러 '태백주루太白酒樓'라는 간판을 새겨 걸고 글을 한
편 지어 세상에 알리니 이 평범한 술집이 단박에 시의 성지가 돼버렸

다. 여러 차례 중건을 거쳐 명대에 이르러서는 '주酒'를 빼버리고 '태백루'라 하였다. 더 이상 술을 팔지 않으니 '주'가 필요 없어 그런 것이었겠으나, 태백이 곧 술이요, 술이 곧 태백인지라 동의 반복의 언어 낭비를 줄이자는 뜻도 있지 않았을까?

본래 호북성 안륙安陸에서 살던 이백은 부인 허씨가 세상을 떠나면서 어린 자식들 둘을 데리고 이곳 제녕으로 이사 왔다. 먼 친척뻘 현령의 도움을 받아 집과 전답을 마련하고 주변 사람들의 소개로 새초롬하게 생긴 과수에게 새로 장가도 갔다. 이제 벼슬길만 열리면 제대로 사람 구실하며 살겠다 싶은데 그게 뜻대로 되지 않았다. 방귀깨나 뀌는 높은 벼슬아치들은 이백의 재주는 높이 사면서도 그의 분방한 기질을 못마땅해했다. 그들이 베푸는 잔치 자리에서 술은 마음껏 얻어먹었지만 정작 필요한 추천서를 얻을 수가 없었다. 새로 얻은 아내 역시 남편의 무능에 대해 차츰 알아가면서 노골적으로 무시하기 시작했다. 안팎으로 받는 스트레스가 날로 중해지니 이백이 갈 곳이 어디랴! 이 술집에 와서 술을 진탕 마시고 고래고래 노래를 부르며 검을 빼어들고 춤을 추니 주변 사람들이 다들 고개를 설레설레 저었던 것이다.

태백루 입구에 마련된 이백 동상은 역시 한 손에는 술잔인데, 그윽한 눈매로 상념에 깊이 잠겨 있는 것이 손님들이 오고 가는 것에는 아무런 관심이 없어 보였다. 이백의 생애와 시문을 소개하는 기념관 1층 전시실에서 가족들과 함께 온 초등학생 하나를 만났는데, 이백을 좋아하느냐 물었더니 대뜸 〈장진주〉를 다 외운다고 자랑한다. 이백의 대표작 중의 하나인 〈장진주〉는 7언구를 위주로 하되 3언구와 5언구도 있는 가행체歌行體인데 글자 수가 176자에 달하는 긴 시이다. 한

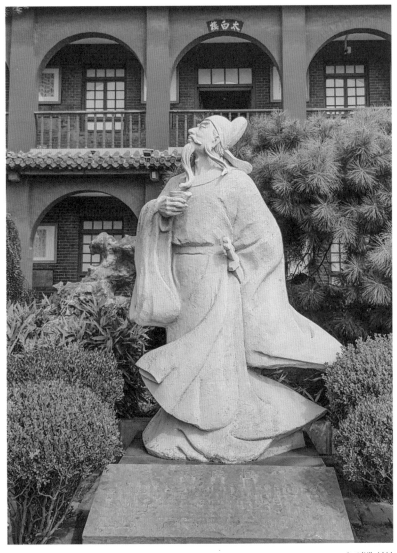

◆ 이백 석상

번 외워보라 했더니 엄마와 아빠, 온 가족이 같이 하겠다며 나선다. 온 가족이 소리도 낭랑하게 첫 구절 '군불견_{君不見}'에서부터 마지막 단어 '만고수_{萬古愁}'까지 한 구절 막힘도 없이 술술 외워낸다. 이백이 취생

몽사하던 공간에서 그의 술 권하는 노래 〈장진주〉가 울려 퍼지고 있으니 갑자기 이층 난간에서 얼굴 불과해진 이백이 빼꼼히 내려다볼 것만 같다. 다만 〈장진주〉에 담긴 이백의 울분과 격정을 풀어내기에는 아이의 목소리가 너무 해맑고 가족의 얼굴이 너무 행복했다.

이층 난간에는 이백의 〈월하독작月下獨酌〉에 나오는 유명한 구절 "석 잔 술에 대도에 통하고, 한 말 술에 자연과 합한다"라는 '삼배통대도, 일두합자연三杯通大道, 一斗合自然'의 구절이 붓글씨로 쓰여 걸려 있다. 음주의 최종 목표가 자연과 합하는 데 있다는 것이니 술꾼들의 거창한 명분으로 삼기에 부족함이 없는 구절이다. 이백이 "그저 영원무궁 취하여, 술에서 깨어나지 않길 바라노라"라고 한 것도 술로 이룬 '합자연合自然'의 오묘한 경지를 놓치기 싫어서였을 것이다. 계속 술을 주문하는 이백에게 주인이 더 이상은 못 주겠다고 한 모양이다. 이백이 고래고래 윽박지르듯 소리친다. "내가 돈이 없어 못 주겠단 말이오? 내가 타고 온 오화마五花馬를 끌고 가시오! 내가 입고 온 저 비싼 가죽옷도 가져가시오. 가져가서 최고급 술로 바꿔 오란 말이오. 오늘 나랑 함께 만고의 근심을 녹여버립시다! 내 삶을 좀먹는 이 회재불우懷才不遇의 패배 의식을 싹 날려보잔 말이오!"

아무리 기다려도 오지 않는 장안에서의 기별, 아무리 애를 써봐도 열리지 않는 벼슬길, 이백의 울분과 시름만이 갈수록 더해가는 시절이었다. 기다림이 체념이 되어갈 무렵, 마침내 조정으로부터 기별이 왔다. 천보 원년 8월, 42세의 이백은 장안으로 가 황제를 친견할 기회를 얻게 되었으니 25세 때 벼슬로 가는 여행을 시작한 지 꼬박 17년 만이었다. 집을 떠나며 이백이 남긴 시 〈남릉별아동입경南陵別兒童入京〉은 그 당시 이백이 느꼈을 감격과 설렘이 행간에 가득 넘친다.

막걸리 익어 산중에서 돌아오니

누런 닭 기장 쪼는 천고마비의 계절이로다

아이 불러 닭 잡아 막걸리를 마시니

아들딸은 좋아라 웃으며 옷을 잡고 늘어지는구나

술 마시고 노래하며 자신을 위로하고

일어나 검무를 추며 지는 해와 광휘를 다툰다네

천자에게 유세하는 일 참으로 늦었으니

채찍 쥐고 말 타고 어서 먼 길 가련다

회계의 어리석은 아낙 주매신을 깔보았지만

나도 집을 떠나 서쪽 장안으로 간다네

하늘 보고 크게 웃으며 문을 나서나니

내 어찌 초야에 묻혀 살 사람이더냐

白酒新熟山中歸,　黃鷄啄黍秋正肥。

呼童烹鷄酌白酒,　兒女嬉笑牽人衣。

高歌取醉欲自慰,　起舞落日爭光輝。

游說萬乘苦不早,　著鞭跨馬涉遠道。

會稽愚婦輕買臣,　余亦辭家西入秦。

仰天大笑出門去,　我輩豈是蓬蒿人。

　　기다림에 지친 이백이 산중을 떠돌다가 조정의 기별을 받고 집으
로 급히 돌아와 아이들과 기쁨을 함께하는 장면이다. 닭을 잡고 술을
걸러 마시고 노래를 부르고 일어나 검무를 춘다. 늘 풀이 죽어 지냈을
아이들이 오늘만은 희희낙락 아빠의 옷깃을 잡아당기며 친근함을 표
시한다. 그렇게 늘 자신을 무시하던 부인도 이날만큼은 살갑게 대했

을 터, 하지만 이백은 이미 정나미가 떨어졌는지 한나라 때 주매신朱買臣의 고사를 인용해 감정을 여과 없이 드러낸다.

주매신은 한나라 때 회계會稽, 지금의 소흥紹興 사람이다. 늦은 나이가 되도록 벼슬길에 나가지 않고 책만 읽고 지냈다. 호구지책으로 부인과 함께 나무를 해다 팔아 생계를 근근이 이어갔는데, 매번 주매신이 나무 짐을 지고 가면서 큰 목소리로 시를 읊어대는 통에 부인은 창피하여 견딜 수가 없었다. 결국 부인이 이혼을 요구하니 주매신이 말했다. "내가 점을 보니 나이 오십에 귀한 벼슬에 오를 운이오. 이제 얼마 남지 않았으니 조금만 참고 기다리면 좋은 날을 볼 수 있을 거요." 하지만 부인은 그렇게 부질없이 기다린 세월이 얼마냐며 매정하게 떠나갔다. 그런데 그 예언처럼 얼마 가지 않아 주매신은 회계 태수가 되었다. 부임하는 길에 이전 부인을 만나니 그는 새로 결혼한 남편과 함께 태수가 지나는 길을 청소하고 있었다. 부부를 수레에 태워서 관서로 돌아가 후하게 한상 차려 대접하니 부인이 부끄러워하면서도 은근히 다시 원래의 위치로 돌아가고 싶은 속내를 드러내었다. 주매신이 물 한 바가지를 가져오라 하고 그것을 땅에 붓게 한 후에 말했다. "저 물을 다시 바가지에 담을 수 있다면 내 당신과 다시 합칠 것이오." 절망한 부인은 돌아가 자진해서 목숨을 끊었다고 한다.

이백은 이 주매신 고사를 인용해서 그동안 자신을 멸시한 부인을 향해 통쾌한 일격을 날리고 있는 것이다. 집을 나서는 이백의 어깨가 활짝 펴 있고 발걸음도 봄바람처럼 가볍다. 태백루에서 멀지 않은 곳에 옛 운하가 남아 있다. 이 운하를 따라 황하에 이르고 다시 개봉을 거쳐 낙양에까지 간 후에 육로로 장안까지 갔을 것이다. 가을바람이 선선히 부는 뱃전에 앉아 들이켠 술은 또 얼마나 많았을까? 옛 운하

를 따라 산책하는 내내 앙천대소하는 이백의 웃음소리가 들려오는 듯
하다.

2. 옛 뜰에 울리는 공자의 음성, 아들아 시를 공부
하거라
― 곡부(曲阜, 취푸)

제녕에서 공자의 고향 곡부까지는 50킬로미터가 채 안 되는 거리여
서 1시간이면 갈 수 있다. 동방의 예루살렘으로 불리는 곡부는 세계
곳곳에서 오는 관광객들로 붐비고 있었다. 공자를 모신 사당 대성전大
成殿이 있는 공묘孔廟로 갔더니 마침 공자께 올리는 팔일무八佾舞 춤이
한창이다. 팔일무는 우리나라 성균관에서 공자에게 올리는 석전제釋
奠祭에서 추는 춤이어서 우리에게도 친숙한 편이다. 붉은 예복을 입고
꿩 깃털을 손에 들고 8인이 한 줄이 되어 8열, 총 64명이 춤을 춘다.
신분에 따라 그 규모를 달리해서 천자에게는 8인 8열 64명의 팔일무,
제후에게는 6인 6열 36명의 육일무, 사대부에게는 4인 4열 16명의
사일무를 올린다.

　공자의 지위가 후대에 갈수록 높아지면서 당나라 때부터 팔일무를
올렸다. 《논어·팔일八佾》에는 당시 노나라의 실권자였던 계손씨季孫氏
가 자신의 뜰에서 팔일무를 추게 한 일이 실려 있는데, 제후도 아닌
대부가 천자에게만 허락된 팔일무를 춘 일에 대해 공자가 극도로 분
개하며 다음과 같이 말했다. "팔일을 뜰에서 춤추게 하다니, 이런 짓
을 할 정도면 앞으로 그 무슨 짓인들 못하겠느냐!" 신분과 계급에 따

른 사회질서를 확립하고 유지하여 천하를 바로잡고자 했던 공자의 입
장에서는 참으로 못마땅했을 터, 이제는 자신에게 바쳐진 팔일무를
어찌 보실까. 황제들이 대성전에 찾아와 공자를 예배하고 '만세사표萬
世師表', 만세의 스승으로 모시었으니 존경의 마음을 담아 올리는 춤이
라면 팔일무면 어떻고 십일무면 어떠랴.

공자와 공자 후손들이 살았던 살림집 공부孔府로 갔다. 이곳에서 특
히 주목을 끄는 건물이 하나 있는데, 공자가 시와 예를 가르치신 것을
기념하여 세운 시례당詩禮堂이다.《논어·계씨季氏》에는 다음과 같은 재
미난 일화 한 토막이 소개되고 있다.

공자의 제자 중에 진강陳亢이라는 자가 공자의 아들 공리孔鯉를 만나
물었다. "혹시 스승님께서 따로 말씀하신 것은 없습니까?" 공자가 제
자들과는 달리 친아들에게는 특별한 교육을 했을 것이라고 짐작해서

묻는 질문이었다. 공리가 말했다. "별다른 말씀은 없으셨습니다만, 이전에 아버님께서 홀로 뜰에 계실 적에 지나가는 저를 부르시더니 대뜸 이렇게 물으셨습니다. "너는 시를 공부하고 있느냐?" 제가 아직 공부하지 못했다 여쭙자 아버님께서 자상하게 말씀했습니다. "시를 배우지 않으면 너는 말다운 말을 할 수 없을 것이다." 그 뒤로 저는 돌아가서 시를 열심히 익혔습니다. 얼마 뒤에 같은 장소에서 다시 저에게 물으셨습니다. "너는 예를 배웠느냐?" 제가 그것도 아직 배우지 못했다 여쭙자 아버님께서는 예를 배우지 않으면 제대로 설 수 없다 하시며 예를 공부하라 하셨습니다." 진강이 기뻐하면서 말했다. "하나를 물어 셋을 얻었도다. 시와 예를 알았고, 또 군자는 자기 아들이라 하여 특별히 가까이하지 않음을 알았도다."

이 일화에서 공자가 아들에게 공부할 것을 요구한 시와 예는 공자가 편찬한 《시경》과 《예기》를 두고 한 말이다. 시를 배워야 말을 할 수 있다고 했을 때의 말은 지식인으로서의 말이요, 관리로서의 말이다. 지식인들과의 교제에 필요한 문아하고 세련된 말이요, 관리로서 임금을 섬기고 백성을 인도하는 데 필요한 설득력과 감동까지 갖춘 말이다. 시 공부가 그런 언어의 능력을 길러준다고 본 것이다. 또한 예를 통해 자신의 행동거지를 잘 단속할 줄 알아야 어른다운 원만한 사회생활이 가능할 것이니 비로소 한 인격체로 섰다고 말할 수 있는 것이다. 후인들이 이 일화를 기념하여 공부孔府 뜰에 세운 것이 바로 시례당이다. 공자가 아들과 거닐며 이야기를 나누었던 뜰에 서니 흠결 없는 성인의 모습이 아닌 자상하고 친근한 아버지의 모습이 더 생생하게 다가와 가슴이 따뜻해진다.

공자의 무덤이 있는 공림孔林에 갔다. 지성림至聖林으로 불리는 이곳은 세계에서 가장 오래된 가족 무덤이다. 공자의 무덤은 아들 공리의 무덤을 왼쪽에 두고 손자 공급孔伋의 무덤을 앞에 두고 있어 아들을 옆에 세우고 손자를 품에 안은 행복한 모습이라고 한다. 아들 공리는 부친 공자보다 4년 먼저 죽었고, 슬하에 공급(자사子思)이라는 아들 하나를 두었다. 공자는 어린 손자를 품에 안는 천륜지락을 즐겼을 터, 어린 손자의 머리를 쓰다듬으면서 건강하고 총명하게 자라기를 무수히 축원했을 것이다. 공자의 축원대로 공급은 훌륭한 학자가 되어 공자의 사상과 학문을 맹자에게 전해줌으로써 유학 도통의 전승 과정에서 결정적인 역할을 했다. 그래서 성인의 학문을 밝히고 설명했다는 뜻의 '술성述聖'의 칭호를 누리고 있다.

공자의 무덤 앞에는 '대성지성문선왕大成至聖文宣王'의 거창한 이름이 새겨진 비석이 서 있다. 당나라 때 '문선왕'으로, 다시 송나라 때 '지성문선왕'으로, 원나라 때 최종적으로 '대성지성문선왕'의 시호로 추존되어 오늘에 이르게 되었다. 이런 거창한 수식어야 시대의 필요에 따라 더해진 것이겠지만 공자의 무덤 앞에 서니 공자가 평생의 자신의 삶을 요약한 말이 떠오른다.

나는 열다섯에 학문에 뜻을 두었고 서른에 자립했다. 마흔에 불혹에 이르렀고 쉰에 천명을 알았다. 예순에 귀가 순해졌고 일흔에 마음 내키는 대로 살아도 법도를 넘어서지 않게 되었다.

공자 생의 마지막 단계에서 마음 내키는 대로 살아도 법도를 넘어서지 않는 '종심소욕불유구從心所欲不踰矩'의 지극한 경지, 욕망이 절제의 한도를 넘지 않고, 절제가 욕망을 제한하지도 않는 지극히 조화로

운 경지에 이르렀다. 건강하고 지혜로운 노인의 원융무애圓融無礙의 모습이 이런 것은 아닐까? 이런 조화로운 경지가 어떻게 가능했을까? 그 비밀이 《논어》의 첫 편, 첫 장, 첫 구절일 것이다.

배우고 익히면 또한 기쁘지 아니한가!
벗이 멀리서 찾아오면 또한 즐겁지 않은가!
남들이 몰라줘도 성내지 않으면 또한 군자가 아닌가!
學而時習之, 不亦說乎。
有朋自遠方來, 不亦樂乎。
人不知而不慍, 不亦君子乎。

세상의 평가에 연연하지 않고 좋은 벗들과 어울려 학문의 기쁨을 함께 누리며 사는 것이다. 이것이 바로 공자가 칠십 세에 도달한 그 조화로운 높은 경지의 비결이었을 것이다. 곡부를 흘러가는 노을 진 사수泗水 강가에서 큰 스승 공자의 학문과 실천을 떠올리며《논어·학이》첫 구절을 길게 읊었다.

숙소로 돌아가면서 한 식당을 찾아 공자의 후손들이 곡부를 찾는 손님들에게 대접했다는 '공부연孔府宴'을 한 상 가득 주문해서 먹었다. 담백하고 깔끔한 맛이 음식에 들어간 정성이 깊음을 느끼게 해주었다. 맛나고 배부르게 먹고 다음 날 산행을 위해 일찍 쉬었다. 공자님께서 2,500년 전에 올라가신 몽산이 곡부에서 그리 멀지 않은 곳에 있다.

3. 공자님을 따라 동산으로 놀러가다
— 몽산(蒙山, 멍산)

몽산은 산동성 임기臨沂(린이)시 서북쪽에 있다. 곡부에서 몽산까지는 약 100킬로미터, 차로 2시간 거리다. 주봉 구몽정龜蒙頂은 1,156미터로, 산동성에서 태산에 이어 두 번째 높은 산이다. 옛날에는 노나라 동쪽에 있다고 해서 '동산東山', '동몽東蒙'으로 불렸다. 이 산이 특별히 주목받게 된 것은 맹자의 다음과 같은 언급 때문이다.

공자가 동산에 올라보니 노나라가 작아 보였다. 공자가 태산에 올랐더니 천하가 작아 보였다. 그러므로 바다를 본 자에게는 어지간한 물은 물처럼 여겨지지 않고 성인의 문에서 노닌 자에게는 어지간한 말은 말로 여겨지기 어려운 것이다.

– 맹자, 《맹자 孟子 · 진심상 盡心上》

이 말은 성인의 도가 위대함을 의미한다. 성인의 말씀을 듣고 감화된 사람에게는 아무리 교묘하고 심오한 말이라도 그저 수준 떨어지는 잡스러운 소음일 뿐이다. 바다를 보고 난 사람에게 강물이 아무리 넓다 한들 바다가 주는 감동을 주긴 어려운 것처럼 말이다. 동산은 노나라가 작게 보일 정도로 높은 산이다. 그런데 이런 동산도 태산에 오르기 전까지만 유효한 산이다. 천하가 작게 보일 정도로 높은 산인 태산 앞에서 동산은 그저 옛날의 희미한 감동만 남은 추억의 산일 뿐이다. 그런데도 이 몽산에 공자님께서 오르셨다는 사실 하나만으로 이미 명산이 되어 수많은 등산객을 불러 모으고 있다.

정상 구봉정에는 공자가 노 땅을 굽어보았다는 지점에 '공자소로처 孔子小魯處'라 쓴 비석과 공자상을 세워놓았다. 몽산의 '몽'은 어리석다는 뜻이다. 이런 글자를 산 이름에 쓴 것은 《주역》의 '몽괘 蒙卦'의 뜻을 살린 것이다. 몽괘의 괘사는 어리석어도 스승에게 물으면 어리석음을 면하고 형통하게 된다고 말한다. 공자님께서 2,500년 전, 구태여 몽산에 오르신 것은 자신의 어리석음을 절실히 깨닫고 예의를 갖춰 스승에게 지혜를 찾으라는 깨우침을 주시기 위함이 아닐까? 몽산의 정상에서 만나는 인류의 큰 스승 공자에 대한 생각이 절로 깊어져 나의 어리석음을 돌아보게 된다. 구봉정 정상에 올라 바라보니 멀리 서북쪽으로 태산 봉우리가 구름 속에서 신비롭게 솟아 있다. 몽산의 산줄기는 태산으로부터 산맥을 이루어 흘러온 것이다. 첩첩 포개어진 산 능선들이 모두 발아래에서 낮게 멀어져가니 과연 노나라가 작아

보인다 할 만했다.

　이 몽산에서 사람들의 이목을 끄는 특별한 봉우리가 있다. 산봉우리 하나를 통째로 깎아서 만든 장수의 신 '수성노인壽星老人'상이다. 구몽정 서북쪽 산봉우리에 높이 218미터, 폭 198미터의 거대한 수성노인을 조각해놓았는데, 길게 늘어진 귀, 툭 불거진 이마, 흰 수염이 허리까지 흘러내리는 노인은 한 손에는 지팡이를 들고 한 손에는 선도仙桃를 들고 산을 찾는 모든 관광객들을 환한 미소로 맞고 있다. 크기로 기네스북에 오른 이 수성노인이 잘 보이는 지점에 관람대가 설치되어 있어 케이블카를 타고 온 사람들은 이곳에서 수성노인께 절하며 온 가족의 건강과 장수를 기원한다. 우리 일행이 도착해서 연신 그 크기에 감탄하고 있는데 자세히 보니 암벽을 타는 산악인들이 수성노인의

얼굴 위로 줄지어 기어 올라가는 모습이 보였다. 불경이 아닌가 싶은데 성격이 온화하기로 유명한 수성노인은 손주들의 철없는 장난 정도로 여기시는지 여전히 따뜻한 미소를 짓고 계셨다.

몽산에는 약 3킬로미터에 달하는 잔도가 조성되어 있다. 그중 약 2킬로미터 구간은 까마득한 낭떠러지에 조성한 잔도여서 걷다 보면 수시로 오금이 살금살금 저려온다. 잔도가 끝나는 지점에 계곡을 건너는 유리 다리가 걸려 있다. 산과 강 곳곳에 이런 유리 다리가 만들어져 사람들에게 스릴 넘치는 아찔한 쾌감을 맛보게 하는데, 이 유리 다리는 특수 효과를 더해서 지나가는 사람들을 기겁하게 만들었다. 한 세 걸음 걸었을까? 갑자기 유리가 깨지는 파열음이 귀청을 때리면서 유리 다리 표면에 금이 쫙 간다. 사람들은 너도나도 놀라서 돌아

도망가다가 속임수인 줄 알고는 가슴을 쓸어내린다. 나중에는 속임수인 줄 뻔히 알면서도 와장창 파열음이 들리면 여전히 모골이 송연해진다.

　내려오는 길에 몽산 최고의 경치로 소개되는 응와봉鷹窩峰을 만났다. 높은 절벽이 수직이어서 매가 아니면 그곳을 오를 수가 없어 매가 사는 집이란 뜻의 '응와鷹窩'로 이름 붙인 것이다. 몇 개의 절벽이 수직으로 하늘로 솟구쳐 봉우리를 이루었는데, 그 위로 푸른 소나무가 운치를 더해 마치 세심하게 다듬은 정교한 조각품 같다. 응와봉을 보지 않으면 몽산에 오른 것이 아니라는 말이 과장이 아닌 듯했다. 그 그림 같은 응와봉을 오랫동안 감상했더니 그새 해가 저물어 어두운 산속에서 겨우 길을 찾아 내려왔다.

산
동
성
2

ㅣ
태
산
,
제
남

1. 언젠가 태산 꼭대기 올라 자그만 봉우리들을 굽어보리라

– 태산(泰山, 타이산)

동산에 오르셨던 공자님께서 다시 태산으로 가신 것처럼 우리도 태산
으로 갔다. 몽산에서 태산까지는 130킬로미터로, 차로 3시간 정도 소
요된다. 산 아래 풍경구 입구에서 버스를 타고 중천문中天門까지 올라
가 다시 케이블카로 태산 남천문南天門까지 갔다. 남천문은 태산 정상
으로 들어가는 남문으로, 이곳을 들어서면 옥황상제가 거하는 천계
에 들어가는 셈이다. 남천문 아래로는 태산에서 악명 높은 도로 태산
십팔반泰山十八盤의 1,633개 계단이 까마득히 이어진다. 1킬로미터를
못 가서 400미터 높이까지 도달하게 되니 길의 기울기가 거의 절벽에
가깝다. 중천문에서 걸어 올라오자면 약 3시간은 족히 걸려서 남천문

막바지에 이른 등산객들은 거의 기다시피 네 발로 올라온다.

　남천문은 원나라 때 도사 장지순張志純에 의해 건설되었다. 높다란
누각 형식으로 황색 유리기와 지붕을 올렸고, 벽돌을 쌓아 아치형의
둥근 출입구를 만들었다. 양쪽 옆에는 다음과 같은 멋진 대구 주련이
걸려 있다.

　천문이 구천을 열었으니
　삼층천에 올라 빼어난 경치 속을 걷노라
　만 개의 계단을 높이 올라
　천 봉우리의 기이한 풍경을 굽어보노라
　門辟九霄仰步三天勝跡。

階崇萬級俯臨千嶂奇觀。

이백이 한창 벼슬길이 열리지 않아 답답하던 시절, 이곳 태산을 찾아 노닐었다. 그때 남긴 시가 〈유태산遊泰山〉인데, 작품 속에 이런 멋진 구절이 있다.

천문에서 한번 길게 휘파람을 부나니
만 리에서 청풍이 불어오누나
아득히 텅 빈 작은 우주여
세상을 버리고 나니 얼마나 여유로운가!
天門一長嘯, 萬里淸風來。
曠然小宇宙, 棄世何悠哉。

남천문에 올라 저 먼 세상, 아직도 나를 몰라주는 세상을 향해 길게 휘파람을 분다. 내 휘파람에 이끌려 만 리 끝에서 맑은 바람이 불어온다. 나 이백이 노래하는 시가 온 세상에 맑은 바람을 불러일으킬 것이다. 온 세상이 나의 노래에, 나의 재능에, 나의 꿈에 주목하고 환호하게 될 것이다. 하지만 좁쌀처럼 하찮은 세상이니 뭐 미련을 가질 것이랴. 나는 그런 세상을 아무런 미련 없이 던져버리고 스스로 영원히 자유로울 것이다.

대단한 자부심이요 기백인데, 너무 호기를 부리는 듯 과해 보이지만 이 시기 이백에게는 이런 치기 어린 과장도 필요했을 것이다. 이 시를 짓고 얼마 안 되어 현종 황제로부터 조정에 들라는 조칙이 당도했으니 아마도 황제는 멀리 태산 남천문에서 분 이백의 휘파람 소리

◈ 태산 오악독존비

를 들은 것이요, 만 리 멀리서 불어온 청풍은 바로 조정으로 들라는
황제의 부름이 되었다.

남천문을 들어와 산 정상 옥황정으로 올라가다 보면 옥황정 조금
못 미친 곳에 우뚝 서 있는 태산 표지석이 하나 있다. 바로 '오악독
존五嶽獨尊' 네 글자를 새긴 암벽이다. 높이 2.10미터, 폭 65센티미터의
암벽에 오악독존 네 글자가 굵고 반듯한 해서체로 새겨져 있다. 청나
라 광서 정미丁未년(1907년)에 새긴 것으로, 태산 곳곳에 새겨진 2천여
마애석각摩崖石刻을 대표하는 작품이다. 태산에 오르는 사람들은 이 암

벽 앞에서 한참을 줄지어 기다려 인증사진을 찍는다.

오악 중에서 왜 태산이 가장 존귀한 것일까? 산의 높이로 따지면 서악 화산이 가장 높으니 태산이 독존을 주장할 수 없다. 오방의 위치로 보자면 중국의 중앙에 있는 중악 숭산이 더 존귀해 보이기도 한다. 태산이 독존의 지위를 갖게 된 것은 바로 천자들의 봉선의식封禪儀式이 주로 이 태산에서 이루어졌기 때문이다(봉封은 하늘에 제사를 지내는 것으로 태산 정상에서 이루어졌고, 선禪은 땅에 제사를 지내는 것으로 태산 아래에서 이루어졌다). 예부터 태산은 옥황상제와 직통하는 곳으로 여겨져서 진시황부터 청대에 이르기까지 13명의 제왕이 이곳에 직접 올라 봉선의식을 행했고 24명의 제왕은 관리를 파견하여 72차례나 제사했다. 황제들이라고 아무나 올라와서 봉선을 하는 게 아니다. 새로 나라를 개국했거나 태평성세를 만든 훌륭한 군주라야 이곳에 올라 하늘에 제사할 수 있었다.

봉선의식은 천자가 하늘에 자신의 위대한 공업을 아뢰고 하늘은 그 공을 인정하여 천하 백성을 다스릴 신권을 부여하는 매우 정치적인 의식이다. 중국의 창세설화 반고盤古 신화도 태산이 독존의 자리를 갖게 만드는 데 한몫을 했다. 반고는 거대한 몸집의 거인으로, 반고가 깨어나고 몸집이 자라나면서 한데 엉겨 있던 하늘과 땅이 분리되기 시작한다. 반고의 몸집이 다 자라나 하늘과 땅이 지금처럼 멀어졌을 때 거인 반고는 마침내 쓰러져 죽고 만다. 그의 두 눈은 하늘의 해와 별이 되고 머리카락은 숲이 되었으며 핏줄은 강물이 되었다. 그는 머리를 동쪽으로 두고 쓰러졌으므로 머리는 동악 태산이 되었고 오른손은 북악 항산, 왼손은 남악 형산, 울퉁불퉁한 거대한 발은 서악 화산, 불룩한 배는 중악 숭산이 되었다.

지존의 태산은 이곳을 오르는 이들로 하여금 다른 산을 오를 때와
는 사뭇 다른 마음을 갖게 한다. 스스로도 태산처럼 우뚝한 존재가 되
고 싶은 열망에 사로잡히기도 하고, 지존의 자리에 오르고 싶은 꿈을
과감히 드러내기도 한다. 그런 사람들 가운데 1,300년 전의 젊은 시
인 두보가 있었다. 25세에 과거에 응시했다가 고배를 마신 두보는 자
존심에 큰 상처를 입고 곳곳을 방랑하다가 이곳 태산에 올라 마음을
잡고 자신의 원대한 꿈을 세상에 선포한다. 그의 〈망악望嶽〉은 바로 이
시기 태산에 올랐을 때 지은 시로 두보의 1,400편 시 가운데 대표작
으로 꼽힌다.

　　태산은 대저 어떠한가

　　제齊와 노魯에 걸쳐 푸름이 끝이 없구나

　　조물주는 신령하고 수려한 봉우리를 모았고

　　산의 남북은 어둠과 새벽을 갈랐다

　　씻긴 가슴에 높은 구름 피어오르고

　　터질 듯한 눈자위로 돌아가는 새들 들어온다

　　언젠가 저 산꼭대기에 올라

　　자그마한 산봉우리들을 한번 굽어보리라

　　岱宗夫如何, 齊魯靑未了。

　　造化鍾神秀, 陰陽割昏曉。

　　蕩胸生曾雲, 決眦入歸鳥。

　　會當凌絶頂, 一覽衆山小。

　　전반부는 태산을 오르는 중에 고개 돌려 바라본 태산의 광활함과

수려함에 대한 묘사다. 후반부는 앞으로 올라갈 산 정상을 바라보면서 자신의 심정을 나타낸 것이다. 광활하고 수려한 태산을 오르면서 부는 바람에 가슴에 쌓인 좌절감과 열패감을 씻어 날려버린다. 태산 봉우리들 사이로 피어오르는 흰구름처럼 가슴에도 새로운 열망이 솟아오른다. 눈자위가 터질 듯 결기 어린 눈으로 태산 꼭대기를 바라보면서 세상을 향해 외친다. "언젠가는 태산 꼭대기에 올라 자그마한 뭇 봉우리들을 굽어볼 것이다!" 산길을 오르며 끝없이 올려다보았던 높고 수려한 봉우리들조차 태산 꼭대기에 서 있는 내 발아래 작게 엎드릴 것이다. 세상에 지존한 존재로 우뚝 설 것이라는 야무진 꿈을 선포한 것이다.

이러한 그의 선포대로 두보는 시의 나라, 시의 영토에서 가장 지존한 존재인 시성詩聖이 되었다. 이 시의 마지막 두 구절은 태산에서 가장 유명한 구절이 되어 태산 암벽 곳곳에 새겨져 있다. 태산을 오르는 등산객들이 너도나도 이 구절을 읊어대니 1,300년 전, 이곳 태산에 올라 호기롭게 외쳤던 두보의 음성이 아직도 태산을 감돌고 있는 셈이다. "후이땅~링쥐에띵~, 일란쭝산~시야오會當凌絶頂, 一覽衆山小."

◈ 공자 소천하처비

산 정상 옥황정에는 옥황상제를 모신 도교의 사원이 자리하고 있어서 복을 기원하는 사람들 발길이 분주하다. 신전 옆에는 옛날에 천자가 하늘에 제사를 지낸 곳임을 알리는 '고등봉대古登封臺' 비석이 있다. 그 옛날 천자나 그를 수행한 신하들이 이곳에 올라 오로지 하늘에 빌었던 것이 나라가 태평하고 백성이 평안한 국태민안國泰民安의 기원이었을 것이다. 예부터 "태산이 평안하면 사해가 모두 평안해진다泰山安, 四海皆安"라고 했으니, 태산에 계신 옥황상제께 정성껏 제사하여 먼저 태산의 평안을 구하고 그 덕으로 세상 모든 백성이 평안을 누리기를 바랐을 것이다.

옥황정을 내려와 일관봉日觀峰 쪽으로 가다보면 공자님의 태산 등정을 기념하는 비석이 있다. "공자가 태산에 올라 천하를 작게 여기셨다"라는 뜻의 '공자소천하처孔子小天下處'를 새긴 비석은 최근에 새로 조성된 것이다. 예전에는 옥황정 오르는 길 한쪽에 아주 작은 표지석으로 서 있어서 별로 주목을 받지 못했었다. 이제는 태산에 오르는 사람이면 누구나 볼 수 있게 산 아래의 풍광이 한눈에 들어오는 높은 바위 위에 큼지막하게 비석을 세웠다. 공자가 태산에 올라 천하를 작게 여긴 것의 상징적 의미를 알리고자 한 것이니, 광대한 세상을 작다 여길 정도로 넓은 흉회와 높은 이상을 가질 것을 주문하는 것이다. 이 비석 옆에 일출을 감상하는 일관봉이 있다. 태산의 일출을 보기 위해 수많은 젊은이가 한밤중 7,000여 개의 가파른 계단을 오른다. 그리고 동쪽에서 힘차게 떠오르는 태양을 보면서 자신의 꿈을 새기고 다짐한다. 오악독존의 암벽 글씨도 선명히 떠오르고, 두보의 시구도 귓가에 쟁쟁하다. "언젠가는 태산처럼 독존의 자리에 우뚝 서리라." 일출을 보고 돌아가는 길에 공자님께서 여전히 그 바위에 우뚝 선 채로 자상하게 격려하신다. "그래, 그렇게 높은 이상과 넓은 가슴으로 세상과 당당히 맞서거라! 너의 꿈을 응원하마!"

2. 샘물의 도시에서 마음을 씻다
- 제남(濟南, 지난)

산동성 성도 제남濟南으로 갔다. 태산에서 제남까지는 약 80킬로미터로, 고속도로가 잘 깔려 있어서 1시간이면 족히 갈 수 있다. 제남은 샘의 도시 '천성泉城'으로 불릴 정도로 곳곳에 큰 샘이 많다. 태산에서 제

◈ 제남 표돌천

남쪽으로 흘러 내려온 지하수들이 제남 북쪽의 단단한 지질층에 막혀서 곳곳에서 샘으로 분출하게 된 것이다. 예부터 제남에 유명한 샘 72곳이 있다고 했는데, 실제로 시내에 있는 샘만 해도 100여 곳이 넘고 제남시 권역 안에 있는 샘은 무려 733곳이니, 가히 샘의 도시라 할 만하다.

샘 중에서 가장 유명한 표돌천趵突泉(빠오투취안)을 찾았다. 제남시 역하구歷下區 천성광장泉城廣場 옆에 자리한 표돌천은 제남 72곳의 명천 중에서도 가장 이름난 샘물이다. 청나라 건륭 황제가 표돌천의 샘물로 끓인 차를 마시고 그 샘물 맛에 반해서 표돌천을 '천하제일천天下第一泉'으로 책봉했다. 표돌천 공원 입구에 걸려 있는 푸른 바탕에 금색 글씨의 '표돌천' 현판이 건륭 황제의 어필이다. 표돌천의 '표돌趵突'은 물이 세차게 뿜어져 나오는 모습을 형용한 글자이다('趵'는 '발로 찬다'라는 뜻으로 쓰일 때는 '박'으로 읽고 '뛰어오른다'라는 뜻으로 쓰일 때는 '표'로 읽는다. 중국어로 '박'은 [bō], '표'는 [bào]로 표기한다). 표돌천 샘구멍은 공원 안 낙원당濼源堂 건물 앞에 있다. 샘구멍에서 뿜어져 나온 샘물을 길이 30미터, 폭 18미터, 깊이 2.2미터의 장방형 연못이 가두고 있다. 세 개의 샘구멍에서 분출되어 나오는 물의 양은 하루 7만 톤, 최고로 많을 때는 16만 톤을 넘는다고 한다.

연못 옆에는 황금색 기와를 덮은 아름다운 정자가 하나 있는데, 그 안쪽으로 '관란觀瀾'이라고 쓴 커다란 비석이 있고 위쪽으로 '관란정觀瀾亭'이라 쓴 현판이 걸려 있다. 관란은 물결을 구경한다는 뜻이다. 이 관란정은 표돌천 샘구멍에서 솟구쳐 오르는 샘물의 물결치는 모양을 가장 잘 구경할 수 있는 곳이다. 관란은 《맹자·진심상盡心上》에 나오는 "물을 보는 데는 방법이 있으니 반드시 그 물결을 봐야 한다觀水有術, 必

觀其瀾"라는 구절에서 나온 말이다. 이 말은 물이 뿜어져 나오는 곳이
바로 샘의 근원이듯 성인의 가르침이야말로 바로 도의 근본임을 알리
려는 비유다. 표돌천 연못에는 난간이 설치되어 있는데, 이 유명한 샘
물을 보기 위해 각처에서 모여든 관광객들이 홍수를 이룬다. 황하와
장강의 황톳빛 탁류만 늘 보고 자라서 그런지 중국인들에게 표돌천의
맑은 샘물이 주는 감동이 적지 않은 듯하다. 소동파의 동생 소철이 표
돌천에 대해 쓴 시가 있다. 표돌천 옆에 세워진 함천정檻泉亭이라는 정
자에서 쓴 시 〈함천정〉이다.

연이은 산들이 성곽을 끼고 평야로 달려가는데
숨어 흐르던 물줄기 샘물에서 솟구치네
콸콸 가을 물소리 이어지는 밝은 달밤
짙은 새벽 물안개 걷히는 맑은 하늘
뉘 집 거위 오리인지 물결을 휘저어 가고
저물녘에는 소와 양이 길가에서 샘물을 마신다네
어떤 더러움도 방해할 수 없는 이 정결함이여
홀로 선 정자도 매번 올 때마다 한결같다네
連山帶郭走平川, 伏澗潛流發涌泉。
泅泅秋聲連明月, 蓬蓬曉氣欲晴天。
誰家鵝鴨橫波去, 日暮牛羊飮道邊。
滓穢未能妨潔淨, 孤亭每到一依然。

거위며 오리도 이 물에서 마음껏 헤엄치고 소와 양도 이 물로 갈증
을 해소하는 표돌천의 주변 풍경이 생생하게 전해진다. 달빛을 받으

며 맑게 흘러가는 물소리를 듣는 마을 주민들은 표돌천의 맑은 물처럼 심성도 모습도 맑고 단아할 것만 같다. 표돌천 난간에 기대어 맑은 샘물을 오랫동안 보고 있으니 마음까지 맑아지는 듯하다.

네모진 연못에 거울이 하나 열리니
하늘빛과 구름 그림자가 함께 오가는구나
그대 묻노니 어찌 그렇게 맑을 수 있는가
샘의 근원이 있어 활수活水가 들어오기 때문이라네
半畝方塘一鑑開, 天光雲影共徘徊。
問渠那得淸如許, 爲有源頭活水來。

주희朱熹 선생의 〈관서유감觀書有感〉이라는 시다. 삶을 맑히는 참된 근원에 대한 이런저런 생각의 파편들이 표돌천 물결에 부서지는 햇살처럼 반짝거렸다.

표돌천을 나와 제남의 수많은 샘물들이 모여 만든 아름다운 호수 대명호에 들러 산책도 하고, 유명한 잉어 요리 탕추리위糖醋鯉魚도 맛보면서 맑은 샘의 도시 제남의 청량한 기운을 마음껏 즐겼다. 이제 황하를 따라가는 여정도 거의 끝나간다. 제남에서 황하가 바다로 빠지는 황하구黃河口까지는 230킬로미터로, 차로 2시간 반 거리다. 긴 여행을 마치고 황하와 작별할 생각을 하니 벌써부터 마음이 쓸쓸해진다. 일행도 서운해하기는 마찬가지인지라 황하와의 작별을 잠시 미루고 산동성에 있었던 춘추전국시대 제나라의 수도 치박淄博으로 가기로 했다. 치박에 오래된 옛날 상점 거리 주촌고상성周村古商城이 있어 제법 운치가 고풍스럽다고 하니 그곳에서 술 한잔 기울이며 여행을 마무리

하고 황하와의 이별을 준비하면 될 것이다.

3. 옛 거리에서 부르는 사랑의 노래
- 치박(淄博, 쯔보)

제남에서 치박까지는 100킬로미터 남짓, 차로 2시간 반 정도 걸린다. 치박시 주촌구周村區에 있는 주촌고상성은 명·청시대의 고건축이 잘 보존된 옛 상점 거리다. 오래된 전통 건물들 속에 서양식 건물이 간간이 섞여 있어서 독특한 느낌을 주는데, 아직도 몇 상점은 영업을 하고 있어서 살아 있는 상업건축 박물관으로 불린다. 이 고풍스런 거리는 영화나 드라마의 촬영지로도 유명한데, 우리에게도 친숙한 장예모(장이머우) 감독의 영화 〈인생活着〉의 주요 촬영지가 바로 이곳이다.

　명나라 때부터 조성된 이 상점 거리는 청나라 후기에 이르러 많은 부상富商들이 운집하는 상업의 중심지가 되었다. 비단을 취급하는 포상布商과 지금의 은행에 해당하는 전장錢莊, 표호票號가 주를 이루었는데, 크지도 않은 거리에 매일 한 말의 금이 들어온다고 해서 '금주촌金周村'으로 불릴 정도였다. 어느 해 정월 보름 원소절에 청나라 건륭 황제가 이곳을 찾아와 화려한 등불에 휩싸인 번화한 거리를 보고 흡족해서 '천하제일촌天下第一村'이라는 이름을 내려주었다고 한다. 지금은 옛날보다 규모가 많이 축소되어서 중심 상점 거리는 약 400미터 정도로 짧다. 비단옷을 파는 가게에 들러서 중국 전통 의복인 탕좡唐裝 한 벌을 사 입었더니 얼마나 가볍고 부드러운지 몸에 봄바람이 감기는 듯하다. 여성용 전통 복장 치파오旗袍는 얼마나 화려한지 옷걸이에 걸

◈ 주촌고상성 상점 거리

려있을 뿐인데도 수려한 팔등신 미녀의 모습을 보는 듯했다.

탕창을 입고 건들건들 옛 거리를 걸으며 전통과자 사오빙燒餅 가게에 들러 과자 굽는 것도 구경하고 코담배를 파는 옛날식 약국에 들러 비전祕傳된 처방으로 만들었다는 코담배를 몇 번 코에 문질러 보기도 했다. 거리가 끝나는 지점에 이르니 "제악막작, 중선봉행諸惡莫作, 衆善奉行"이라고 쓴 담벽이 집안의 가훈처럼 서 있다. "어떤 나쁜 짓이라도 절대로 하지 말 것이요, 모든 선한 일은 다 받들어 행하라." 불교 경전 《아함경阿含經》에 나오는 구절이다. 돈을 쫓다가 상도商道를 그르칠 것을 경계하는 말일 것이다.

비단으로 만든 색색의 전통 우산들이 매달린 옛 거리의 하늘에 어둠이 내리고 가게 처마마다 홍등이 불을 밝힌다. 나그네 객수가 새로워지는 시간이다. 중심 거리에서 조금 벗어난 골목길에 있는 소박한 음식점에 들러 요리를 시켰다. 사람 좋게 생긴 주인 아저씨는 음식 재료 본연의 맛을 최대한 살려 건강한 음식을 만드는 것이 자신의 장기라고 장담을 하고는 이 맛도 저 맛도 아닌 어정쩡한 음식을 날라 왔다. 그나마 거리를 배회할 때 사둔 전통주 두 병이 있어서 음식 맛을 크게 탓할 필요는 없었다. 어둠이 짙어진 골목에는 다른 손님들도 없어 주인 아저씨는 저만치 물러나 물담배를 빨며 하루 끝의 여유를 만끽하고 있었다. 황하의 발원지로부터 시작된 긴 여행의 추억을 안주 삼아 마시는 술잔에는 황하의 물결이 출렁이고, 수시로 잉어가 튀어올랐다. 숙소로 돌아가는 길, 거리 한복판 길거리 노래방에서 사람들이 구성지게 노래를 부르고 있다. 한참을 재밌게 구경하다가 나도 끼어들어 한 곡 불렀다. 젊은 시절 한동안 애절하게 불렀던 대만 가수 통안거童安格의 〈망불료忘不了〉다. 가사 구절 구절이 마치 강물처럼 가슴을 깊게 적시며 흘러나왔다.

어째서 눈 깜짝할 사이에
세월은 섬광처럼 날아갔는가
흐릿한 세월 지울 수 없는 과거여
한바탕 불어온 바람이
사랑도 원망도 다 쓸어가 버린 듯
아마 그대와 나
누구의 잘못도 아니겠지
잊을 수 없는 그대 눈물
잊을 수 없는 그대의 사랑
잊을 수 없는 나를 감싸던 그대의 매력
또 잊을 수 없는 그대의 맹세
어째서 이 한바탕의 꿈에서
영원히 잠 깨지 않을 수 없는가
오직 그대와 나
영원에서 영원으로 이르는 이 꿈에서

4. 바다로 가는 황하에게 적어 보내는 이별시
– 황하구(黃河口, 황허커우)

황하가 바다로 들어가는 황하구는 동영東營시에 속해 있다. 치박에서
동영까지는 약 130킬로미터로, 차로 1시간 반 정도의 거리이다. 동영

은 중국에서 두 번째로 큰 유전지대인 승리유전勝利油田이 있는 도시이다. 석유를 퍼 올리는 기계들이 숲처럼 이어지는 유전단지를 지나 황하구생태여유구黃河口生態旅游區의 북문에 도착했다. 문을 들어서자마자 갈대숲이 우거진 드넓은 습지가 나타난다. 풍요롭고 광활한 새들의 낙원인 황하삼각주 자연보호구역이다. 이 습지 사이로 난 길을 따라가다 보니 바다를 앞두고 아직 습지 한복판을 유유하게 흘러가는 황하의 구부정한 모습이 보인다. 이 강물이 발해로 들어가는 모습을 보려면 강을 건너서 남쪽으로 가야 하는데 며칠 새 급격히 불어난 강물에 남쪽으로 넘어가는 다리가 폐쇄되었다. 다시 오던 길을 돌아가서 남문으로 가기에는 이미 시간이 너무 늦어 일정상 불가능하다. 일행과 상의한 끝에 이곳 습지에서 황하와 이별하기로 했다. 그리고 배를 한 척 빌려서 황하의 누런 물결과 바다의 푸른 물결이 만나는 지점으로 가서 황하의 마지막 신비로운 비경을 보는 것으로 여행을 정리하기로 했다.

습지의 무성한 갈대를 헤치고 강 언덕으로 올라가서 황하를 전송했다. 청해성의 고원에서 샘물로 솟아난 어린 황하, 자링후 어링후 자매 호수의 품에서 자라나 청해성과 사천성의 높은 초원 지역을 굽이굽이 아름답게 흐르던 푸릇한 소년 같던 황하, 내몽고의 사막도 지나고 섬서성과 산서성 사이의 대협곡도 지나 마침내 호구폭포에서 장렬하게 포효하던 청장년 같던 황하, 하남성과 산동성의 광활한 평원을 고루고루 적시며 비옥한 땅으로 만들어 헤아릴 수 없는 자식들을 든든히 기른 어머니 같은 황하, 그 황하가 이제 그 먼 여정을 다하고 더 큰 어머니 바다의 품속으로 돌아간다. 술 한 잔 강물에 따르고 며칠 전부터 준비한 송별시 한 수를 강가 모래밭에 적었다.

본시 천상의 물이었으니

응당 하늘 밖 하늘로 돌아가는 것

높은 초원에 아홉 구비로 아름다웠던 그대

대협곡에서는 만 마리 용으로 내달렸었지

함께 마시던 옛 나루터의 밤

손잡고 바라보던 둥근 지는 해

그대 어느 마을 지체하며 흘러가시는가

웃음소리 꿈속에 아득히 이어지는데

本是天上水, 應回天外天。

高原九曲妙, 大峽萬龍旋。

共飲古津夜, 携看落日圓。

何鄕君滯去, 笑韻夢中連。

– 김성곤, 〈송황하送黃河〉

흘러가던 황하가 잠깐 멈칫 돌아보았는지 갈대들이 일제히 손을 흔들었다. 배 한 척을 세를 내어서 황하와 바다가 만나는 지점으로 갔으나 풍랑이 심해서 가까이 가지는 못했다. 먼발치에서 그저 흐릿하게 삶과 죽음의 경계에 있는 듯한 황하의 마지막 모습을 볼 수 있을 뿐이었다.

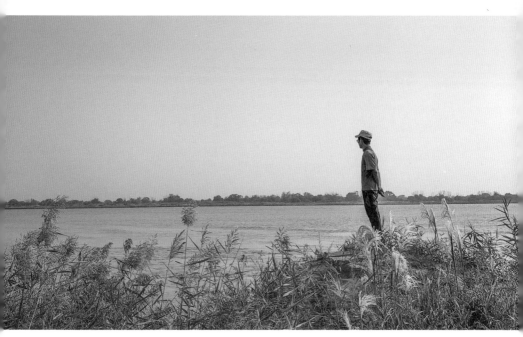

◈ 바다로 가는 황하를 보내며

여행 일정

촬영 당시의 여행 일정은 다음과 같다. 총 10회의 여행 중 사천성, 호남성, 호북성, 강서성, 강소성의 장강 유역을 아우르는 5, 6차 여행을 1부에, 청해성, 감숙성, 영하 회족자치구, 내몽고자치구, 산서성, 섬서성, 하남성, 산동성의 황하 유역을 유람한 8, 9, 10차 여행을 2부 황하편에 담았다.

1차 여행 2011년 9월 8일 ~ 9월 22일

절강성의 항주杭州, 소흥紹興, 안휘성의 황산黃山, 선성宣城, 마안산馬鞍山, 강소성의 남경南京, 소주蘇州 일대

2차 여행 2012년 4월 21일 ~ 5월 9일

사천성의 성도成都, 광원廣元, 아미산峨眉山, 낙산樂山, 중경重慶의 장강삼협長江三峽 일대

3차 여행 2012년 10월 12일 ~ 11월 1일

섬서성의 서안西安, 종남산終南山, 화산華山, 산서성의 대동大同, 호구폭포壺口瀑布, 하남성의 공의鞏義, 낙양洛陽, 산동성의 태산泰山 일대

4차 여행 2013년 8월 4일 ~ 8월 24일

섬서성의 함양咸陽, 보계寶鷄, 감숙성의 천수天水 맥적산麥積山, 장액張掖 칠채산七彩山, 주천酒泉, 돈황敦煌, 청해성의 기련산祁連山 일대

5차 여행 2014년 5월 21일 ~ 6월 10일

사천성의 의빈宜賓, 중경시 장강삼협, 호남성의 장가계張家界, 도원桃源, 악양岳陽, 동정호洞庭湖, 호북성의 무한武漢, 황강黃崗 일대

6차 여행 2014년 11월 3일 ~ 11월 23일

강서성의 여산廬山, 무원婺源, 안휘성의 화현和縣, 영벽靈璧, 강소성의 서주徐州,

회음淮陰, 남경南京, 양주揚州, 숭명도崇明島 일대

7차 여행 2015년 4월 24일 ~ 5월 15일

호남성의 장사長沙, 형산衡山, 유주柳州, 광동성의 대유령大庾嶺, 소관韶關 단하산丹霞山, 혜주惠州, 광서성의 계림桂林, 해남도海南島의 중화中和, 오지산五指山, 삼아三亞 천애해각天涯海角 일대

8차 여행 2016년 7월 11일 ~ 8월 2일

사천성의 구채구九寨溝, 루얼까이 대초원, 청해성의 황하원黃河源, 청해호青海湖, 서녕西寧, 감숙성의 난주蘭州, 경태景泰 황하석림黃河石林, 영하회족자치구의 텅거리 사막, 은천銀川 일대

9차 여행 2018년 5월 16일 ~ 6월 7일

내몽고자치구의 바오터우, 후허하오터, 산서성의 진섬대협곡晉陝大峽谷 노우만老牛灣, 임현臨縣 적구진磧口鎭, 석루현石樓縣 천하황하제일만天下黃河第一灣, 임분臨汾 호구폭포壺口瀑布, 임분 요도堯都, 태원太原, 평요平遙, 면산綿山, 운성運城 해주解州, 영제永濟, 섬서성의 한성韓城, 화산華山 일대

10차 여행 2019년 8월 29일 ~ 9월 24일

산서성의 양성陽城, 태항산太行山 왕망령王莽嶺, 하남성의 정주鄭州, 숭산嵩山, 낙양洛陽, 공의鞏義, 왕옥산王屋山, 개봉開封, 학벽鶴壁, 산동성의 제녕濟寧, 곡부曲阜, 료성聊城, 제남濟南, 태산泰山, 임기臨沂, 치박淄博, 동영東營 황하구黃河口 일대

사진 출처

김성곤 35, 53, 89, 93, 111, 123, 124, 128, 130, 131, 133, 137, 139, 142, 143, 145, 149, 152, 157, 160, 163, 172, 175, 177, 181, 183, 185, 191, 192, 200, 204, 206, 208, 210, 212, 217, 219, 221, 225, 228, 231, 237, 245, 254, 257, 259, 262, 264, 269, 270, 271, 272, 275, 278, 281, 283, 286, 293, 296, 297, 298, 300, 312, 315, 317, 318, 327, 331, 345, 347, 349, 350, 351, 352, 354, 363, 365, 370, 377, 382, 387, 389, 390, 394, 395, 396, 401, 403, 404, 406, 410, 415, 418, 421, 422, 425, 430, 431, 433, 438, 443면

Shutterstock 16-17, 166-167면

Hellorf 69, 288, 427면

나머지는 모두 위키커먼스에서 가져온 것으로, 아래 사진 이외의 것은 모두 퍼블릭 도메인임.

두보초당 (24면) 成都 杜甫草堂, 唐戈, 2006.

삼소사 (26면) 三蘇祠, C.M. Osman, 2009.

탁고당 (37면) Tuogutang, Tomasz Dunn, 2009.

구당협 기문 (49면) 夔門, Risemeagain at Wikipedia, 2006.

천문동 (62면) Top of Tianmen Mountain, Yoo Chung, 2006.

악양루 (70면) Yueyang Building in China, Alexsandie, 2006.

황학루 (80면) 黃鶴樓, Dice at Chinese Wikipedia, 2006.

왕구촌 (115면) Wuyuan Wangkou, Zhangzhugang, 2012.

우묘대우상 (303면) 禹廟大禹像, Gisling at Wikipedia, 2008

용문석굴 (333면) Longmen Grottoes at Luoyang in China, Gerd Eichmann, 2012.

노사나대불 (335면) 龍門 盧舍那大佛, Baiqitun at Chinese Wikipedia, 2005.

향산사 (337면) 香山寺, Aberlin, 2007.

개봉부 삼작두 (377면) 開封 包公祠, Gisling at Wikipedia, 2011.

포청천 (380면) The Memorial Temple of Bao Zheng, 猫猫的日記本 at Chinese
Wikipedia, 2012.

김성곤의
중국한시기행

장강·황하 편